Christian Jacq

Der schwarze Pharao

Roman Deutsch von Dorothee Asendorf

Wunderlich Taschenbuch

Die Originalausgabe erschien 1997
unter dem Titel «Le Pharaon noir» bei
Éditions Robert Laffont, S. A., Paris
Redaktion Heiner Höfener

Neuausgabe Juli 2001

Veröffentlicht im Rowohlt Taschenbuch
Verlag GmbH, Reinbek bei Hamburg, Juni 2000

Umschlaggestaltung: any.way, Barbara Hanke
(Foto: Panoramic Images / Bavaria)
Gesamtherstellung Clausen & Bosse, Leck
ISBN 3 499 26343 2

W

DER AUTOR: Christian Jacq, geboren 1947 bei Paris, promovierte in Ägyptologie an der Sorbonne. Er veröffentlichte zahlreiche wissenschaftliche Aufsätze und wurde von der Académie française ausgezeichnet. Im Zuge seiner Forschungen gründete er das Institut Ramsès, das sich insbesondere der Erhaltung gefährdeter Baudenkmäler der Antike widmet. Neben Beiträgen zur Fachliteratur schrieb er mehrere erfolgreiche Romane. Mit «Ramses» gelang ihm der Sprung auf die internationalen Bestsellerlisten.

Weitere Informationen zum Werk des Autors finden sich im Anhang dieses Buches.

Und die Erde wurde licht zu einem neuen Tag …

Pianchi-Stele

Kapitel 1

Die Ehefrau des Dorfschulzen sah ihren Mann vom Tempel zurückkehren und redete sich ein, er trüge einen Sack Getreide auf der Schulter. Am Tag zuvor hatte ihre kleine Tochter Geburtstag gehabt und war selig mit ihrem Geschenk, einer Lumpenpuppe, die der Vater für sie gefertigt hatte. Jetzt spielte sie mit ihren gleichaltrigen Freundinnen mitten auf der Straße, die das Dorf durchquerte, das den schönen Namen Hügel-der-Vögelchen trug und in der Provinz Herakleopolis, in Mittelägypten, gelegen war.

Der Mann warf den leeren Sack zu Boden.

«Es gibt nichts mehr. Demnächst sterben selbst die Priester Hungers, und dann setzen sich die Götter in den Himmel ab, weil niemand mehr daran denkt, die Gesetze unserer Ahnen zu befolgen. Lug und Trug, Bestechlichkeit, Selbstsucht, so heißen unsere neuen Herren.»

«Wende dich an den Wesir und, wenn es sein muß, an den Pharao!»

«Es gibt auch keinen Pharao mehr, nur noch Stammesfürsten, die sich gegenseitig bekriegen und so tun, als ob sie die oberste Gewalt wären. Der Norden des Landes ist unter dem Joch der libyschen Fürsten, und die schwelgen geradezu in Anarchie und inneren Zwistigkeiten.»

«Und der schwarze Pharao?»

«Ach, der! Der hat ein Heer in Theben stehen, das die heilige Stadt des Gottes Amun schützt, wo seine Schwester, die

Göttliche Sängerin, regiert, er selbst hat sich in seine Hauptstadt Napata im tiefsten Nubien zurückgezogen, und das ist so weit weg von Ägypten, daß er es längst vergessen hat!»

«Er wird uns helfen, da bin ich mir sicher!»

«Weit gefehlt, dazu ist er nicht in der Lage. Er gibt zwar vor, König von Ober- und Unterägypten zu sein, aber in Wirklichkeit beherrscht er nur seine verlorene Provinz und den Süden des Niltals. Den Rest des Landes überläßt er seelenruhig dem Chaos und der Anarchie.»

«Dann muß man ihm mitteilen, daß wir im Elend versinken, daß ...»

«Zwecklos», meinte der Dorfschulze. «Der schwarze Pharao gibt sich mit seiner falschen Herrschaft zufrieden. Für den existieren wir doch gar nicht.»

«Ich habe noch etwas Stockfisch, aber nur für einige Tage.»

«Man wird mich für die Hungersnot verantwortlich machen. Wenn ich keine Lösung finde, müssen wir allesamt sterben. Mir bleibt nichts weiter übrig, als den Fürsten von Herakleopolis zu bitten, daß er uns hilft.»

«Aber der ist ein treuer Freund des schwarzen Pharaos!»

«Wenn auch er mich abweist, gehe ich weiter nach Norden.»

Die Frau klammerte sich an ihren Mann.

«Die Wege sind unsicher, die libyschen Milizen werden dich anhalten und dir die Kehle durchschneiden! Nein, du darfst nicht gehen. Hier in Hügel-der-Vögelchen sind wir in Sicherheit. So weit trauen sich die nördlichen Fremdländer nie im Leben.»

«Aber dann verhungern wir ...»

«Nein, du ziehst einfach keine Steuern mehr ein, und wir teilen, was wir noch haben, brüderlich mit den anderen Dörfern! So könnten wir bis zur Nilschwemme durchhalten.»

«Und wenn sie schlecht ausfällt, sind wir verloren.»

«Nur nicht verzweifeln, wir wollen Tag und Nacht zur Göttin der Fruchtbarkeit beten.»

Der Dorfschulze blickte in die Ferne.

«Was bleibt uns auch anderes übrig? Die glücklichen Zeiten sind für immer dahin, das Leben ist zur Last geworden. Wie soll man noch den Versprechungen der Mächtigen glauben, wenn sie kein anderes Ziel haben als ihre persönliche Bereicherung? Ihre schönen, leeren Worte glauben doch nur sie selbst.»

Die kleinen Mädchen spielten mit ihren Puppen in ihrer eigenen, wunderschönen Welt, zu der nur sie den Schlüssel hatten. Sie schimpften die Puppen aus und schimpften immer weiter, weil die bösen Dinger ihnen einfach nicht gehorchen wollten.

Bei dem Anblick lächelte die Bauersfrau.

Ja, es gab noch Hoffnung. Sie lag im Lachen dieser Kinder und in ihrer unbewußten Ablehnung des Elends.

Der Nordwind erhob sich und mit ihm eine Staubwolke, die sich auf die Türschwellen legte. Mit bekümmertem Blick setzte sich der Schulze auf die steinerne Bank vor seinem Haus.

Gerade als seine Frau zum Besen greifen wollte, erzitterte die Erde.

Ein dumpfer Lärm, noch fern, kam von der Straße nach Memphis, der bevölkerungsreichsten Stadt des Landes und Herz seiner Wirtschaft. Memphis scherte sich nicht um die jämmerliche Herrschaft des schwarzen Pharaos, sondern kam von Tag zu Tag besser mit der libyschen Besatzung zurecht.

Die kleinen Mädchen bildeten einen Kreis und erklärten ihren Puppen, sie müßten schön artig sein, wenn sie groß und stark werden und hübsche Kleider tragen wollten.

Eine neuerliche Staubwolke wölkte bis zum Himmel, und der dumpfe Lärm wurde zum Getöse, schwoll so stark an, als würde eine angreifende Schar wütender Stiere hereinbrechen.

Die Bauersfrau kam gelaufen und blickte in Richtung Norden, doch sie konnte nichts sehen. Die Strahlen der Sonne spiegelten sich auf Metall und warfen ein grelles, blendendes Licht zurück.

«Streitwagen», meinte der Schulze, der aus seiner Erstarrung erwachte. «Streitwagen, Soldaten mit Helm und Harnisch, Schilde, Lanzen ...»

Aus dem Delta kommend, brandete das Heer der nördlichen Fremdländer auf Hügel-der-Vögelchen zu.

Die Bauersfrau stieß einen Schrei aus, doch die kleinen Mädchen hörten ihn nicht, denn die galoppierenden Pferde und die knirschenden Räder der Streitwagen übertönten ihre Stimme.

Endlich merkten die Kinder auf, wandten den Kopf in Richtung der Eindringlinge, sahen jedoch nicht, daß der Dorfschulze und seine Frau auf sie zuliefen und ihnen zuriefen, sie sollten sich im Palmenhain in Sicherheit bringen.

Die kleinen Mädchen waren wie gebannt von dieser wilden, unwirklichen Woge und drückten ihre Puppen an die Brust.

Und die Woge rauschte vorbei, überrollte Kinder und Erwachsene, zermalmte sie unter den Rädern der Streitwagen und den Hufen der Pferde, diese ersten Opfer Tefnachts, des Führers des libyschen Bundes im Norden, dessen Fußsoldaten die restlichen Einwohner von Hügel-der-Vögelchen abschlachteten und ihre weißen Häuschen in Brand setzten.

Wen kümmerten schon ein paar Leichen, wenn man sich anschickte, Herr der Zwei Länder, Herr von Ober- und Unterägypten, zu werden? Für General Tefnacht war die Stunde gekommen, den schwarzen Pharao vernichtend zu schlagen.

Kapitel 2

Tefnacht, das anerkannte Oberhaupt der Libyer, Herrscher des westlichen Deltas, Verwalter der Provinzen Unterägyptens, entfaltete eine Karte von Mittelägypten, die auf Papyrus allererster Güte gezeichnet war.

«Memphis gehört uns», verkündete er den versammelten Verbündeten des Nordens. «Licht gehört uns, und nun nähern wir uns der Stadt Herakleopolis. Meine Freunde, wir haben alles im Sturm genommen! Hatte ich euch nicht eine Abfolge von Siegen versprochen? Aber wenn wir noch mehr wollen, muß unser Bündnis stärker werden. Und darum bitte ich euch, mich zum Oberhaupt des ganzen Landes auszurufen.»

Tefnacht stammte aus Saïs im Delta, war von gedrungenem Körperbau und hatte schwarze, sehr lebhafte, tiefliegende Augen. Sein häßliches, knochiges Gesicht verriet einen brennenden Ehrgeiz; eine tiefe Narbe, Andenken an einen heftigen Kampf Mann gegen Mann, furchte seine Stirn.

Seit seinen Jugendjahren hatte Tefnacht Angst und Schrekken verbreitet. Er war das Befehlen gewohnt und duldete weder Laue noch Memmen, hatte jedoch gelernt, sich weniger schroff zu geben, wenn er mit Leuten verhandelte, die sich als seine Verbündeten ausgaben. Trotzdem konnte er seine Ungeduld nur schlecht verhehlen, und er hatte eine drohende Haltung einnehmen müssen, wenn er die Fürsten des Nordens für eine kriegerische Rückeroberung des Südens begeistern wollte.

Der Wortführer der libyschen Stammesfürsten, die in den Provinzen des Deltas herrschten, nachdem sie dort eingefallen waren, bot Tefnacht die Stirn. Wie seine Landsleute trug er die Haare mittellang und zu Zöpfen geflochten, in denen eine Straußenfeder steckte, und ein schöner Spitzbart zierte sein Kinn. An seinen Handgelenken klirrten Armreifen, auf Armen und Brust zeigten die Kriegertätowierungen Bögen und Dolche. Akanosch trug einen langen, roten Umhang, der auf der linken Schulter gebunden und mit Blumenmotiven verziert war, denn er war sehr auf Eleganz bedacht. Da er bereits sechzig Jahre zählte, hätte er sich gern mit der Macht begnügt, die er in seinem Herrschaftsbereich Sebennitos ausübte, hatte sich jedoch dazu bewegen lassen, an dem von Tefnacht so hochgepriesenen, militärischen Abenteuer teilzunehmen.

«Wir beglückwünschen dich, daß du uns bis hierher geführt hast», sagte Akanosch mit gelassener Stimme, «aber die Stadt Herakleopolis ist unserem Feind, dem Nubier Pianchi, der sich für den wahren Herrscher Ägyptens hält, treu ergeben. Bis jetzt hat er noch nichts unternommen. Unser Überfall hat ihn überrumpelt.»

«Der schwarze Pharao haust in seinem fernen Süden weit, weit weg von hier!» entgegnete Tefnacht.

«Gewiß, aber es dauert nicht lange», erwiderte Akanosch, «und seine in Theben stationierten Truppen greifen ein.»

Tefnacht konnte sein Lächeln nicht verbergen.

«Hältst du mich für einen Einfaltspinsel, mein Freund? Bestimmt gehen sie früher oder später zum Gegenangriff über. Aber sind wir nicht bereit, uns ihnen zu stellen?»

Akanosch verzog den Mund.

«Etliche unter uns halten unser Bündnis für nicht gerade stark ... Du bist ein wahrer Kriegsherr, Tefnacht, aber hier gibt es mehrere, die eine Art oberste Befehlsgewalt ausüben könnten, an die wir uns dann halten. Dringen wir weiter vor, könnte uns das vielleicht ins Verderben führen.»

«Es ist gerade der Stillstand, der alles zunichte macht und uns um die ganze Macht bringt! Muß ich euch das Chaos schildern, in dem wir uns befunden haben, bis ich mich an die Spitze unseres Bündnisses gesetzt habe? Vier Möchtegern-Pharaonen im Delta und ein gutes Dutzend Thronbewerber! Selbst der unbedeutendste Stammesfürst hat sich für einen unumschränkten Herrscher gehalten, und jeder hat sich mit dieser Anarchie und ihren blutigen Zwischenfällen begnügt.»

«Wahr gesprochen», bestätigte Akanosch, «und du hast uns ein neues Gefühl von Ehre vermittelt ... Aber wir sollten Vernunft walten lassen. Schließlich besitzen wir derzeit die Hälfte des Landes, ist es da nicht geraten, die errungenen Gebiete aufzuteilen, statt uns in unvernünftige Abenteuer zu stürzen?»

Am liebsten hätte Tefnacht die Memme erwürgt, es gelang ihm jedoch, seine Wut zu beherrschen. Er besaß noch nicht genug bewaffnete Streitkräfte, um allein handeln zu können, und mußte sich daher für kurze Zeit mit diesem Haufen Barbaren gütlich einigen.

«Ich weiß, daß du umsichtig bist, Akanosch. Bis zum heutigen Tag haben wir uns auf den Norden des Landes beschränkt, haben den Süden Pianchi überlassen und Mittelägypten als neutrales Gebiet angesehen. Wenn Ägypten jedoch wieder blühen und gedeihen soll, muß es von einem wahren Pharao geeinigt und regiert werden. Falls wir uns einbilden, wir könnten so uneins weitermachen, wäre das ein tödlicher Irrtum, durch den wir alles verlieren, was wir besitzen! Es gibt keine andere Lösung, als den Süden zu erobern und die Truppen des schwarzen Pharaos zu vernichten.»

«Das ist deine Meinung, Tefnacht, und ich achte sie. Aber du hast hier mehrere unabhängige Herrscher vor dir, die ihre Fürstentümer regieren, wie sie es für richtig halten.»

«Warum bestreitet ihr meine Oberhoheit, da wir uns auf dem Weg zu einem großen Sieg befinden?»

«Du hast uns zwar zu Verbündeten gemacht», räumte Akanosch ein, «aber bislang hat dir niemand die höchste Gewalt zugestanden. Wir wollten etwas erleben, wollten aus dem Delta heraus und Memphis einnehmen, das uns wie eine reife Frucht in die Hände gefallen ist, und wir wollten einige Provinzen Mittelägyptens erobern. Das haben wir erreicht, und es sollte uns genügen, oder?»

Tefnacht befahl seinem Mundschenk, den libyschen Fürsten Starkbier anzubieten. Die meisten wußten die Erfrischung zu schätzen, nur Akanosch lehnte ab.

«Wir haben kampflos gesiegt», erinnerte er. «Die Dörfer, durch die wir gekommen sind, haben nicht den mindesten Widerstand geleistet. Herakleopolis ist eine befestigte Stadt und wird von einer Garnison erfahrener Soldaten verteidigt. Wie viele Männer werden wir dabei verlieren? Sind wir alle mit einem solchen Opfer einverstanden?»

«Das ist der Preis für eine Eroberung», meinte Tefnacht. «Ihn zu leugnen hieße lügen, aber Rückzug wäre eine Niederlage.»

«Wir müssen nachdenken und uns besprechen.»

Tefnacht verbarg seine Enttäuschung. Die Zusammenkünfte der libyschen Fürsten versandeten stets in endlosem Gerede, und nie kamen sie zu einem greifbaren Ergebnis.

«Wenn das so ist, verlange ich eine klare Antwort auf

meine Frage: Gebt ihr mir Vollmacht, ja oder nein, daß ich die Eroberung ganz Ägyptens in Angriff nehme?»

Akanosch stand auf und zog sich in sein Zelt zurück, gefolgt von den anderen libyschen Fürsten, und für Tefnacht begann eine lange Zeit des Wartens.

Wütend brach er den unteren Zweig einer Tamariske ab und schleuderte ihn weit fort. Dann ging er mit weit ausholenden Schritten zu seinem eigenen Zelt, wo ihn seine beiden unzertrennlichen Ratgeber Yegeb und Nartreb erwarteten, zwei Semiten, die ein wunderliches Pärchen abgaben. Yegeb war hochgewachsen, hatte endlos lange Arme, ein sehr langes Gesicht mit einer alles beherrschenden Nase und geschwollene Knöchel; Nartreb hingegen war klein, schmerbäuchig, hatte fette Finger und Füße wie ein Säugling, ein rundes Gesicht und einen dicken Hals.

Yegeb war verschlagen und berechnend und älter als Nartreb und gab den Anstoß zum Handeln, während sich sein Helfershelfer einer unerschöpflichen Energie erfreute und diese auch jederzeit zur eigenen Bereicherung einsetzte. Yegeb war genauso verderbt wie Nartreb, berief sich jedoch unaufhörlich auf seine Ehrlichkeit, kleidete sich in Lumpen, speiste kümmerlich und tat so, als ob ihn materielle Dinge nicht reizten. Ihn bewegte eine einzige Leidenschaft: die Lust an heimlicher Machtausübung. Mit Hilfe von Nartreb drängte er Tefnacht, sich zum unumschränkten Herrscher der Zwei Länder zu machen, denn beide waren überzeugt, daß sich das für sie auszahlen würde.

«Läuft es gut?» fragte Nartreb, der auf einem Papyrusstengel kaute.

«Diese Schwachköpfe wollen sich beraten», sagte Tefnacht.

«Schlimmer hätte es nicht kommen können», meinte Yegeb und kratzte sich an der Nase. «Am Ergebnis der Beratungen kann kein Zweifel bestehen: Der Angriff wird abgebrochen, und wir kehren in den Norden zurück.»

«Was schlagt ihr vor?»

«Wir haben diese erbärmlichen, libyschen Gewaltherrscher seit Jahren ausgeforscht und haben einiges gegen sie in der Hand.»

«Machen wir Gebrauch davon», befahl Tefnacht.

Kapitel 3

Der junge Nubier sprang in den Nil, den entsetzten Büffeln nach, die in der Strömung spielten und zu ertrinken drohten. Es ist das mindeste, was ich tun kann, hatte Puarma drei jungen Frauen mit prächtiger, kupferfarbener Haut erklärt, die es zu beeindrucken galt. Die drei waren nackt und wollten sich gerade in einem natürlichen Badebecken zwischen zwei Felsen wohlig ausstrecken, als die von der Hitze überwältigten Büffel auf den Fluß zu stürmten. Sie gehörten einem Vetter von Puarma, und so beschloß er, die Flüchtigen unter den bewundernden Blicken der jungen Frauen wieder einzufangen. Der junge Mann war muskulös, ein hervorragender Schwimmer und fest entschlossen, alle drei zu erobern. Schließlich waren sie nicht geflohen, also hatten sie insgeheim eingewilligt, oder?

Dabei ließ die wilde Gegend am vierten Nil-Katarakt so gar nicht an Liebesspiele denken. Der Fluß wandte sich hier überraschend von Nordwesten nach Südwesten und tobte wild, da er sich nur mit Mühe zwischen Granit- und Basaltblöcken und wenig einladenden Inselchen hindurchzwängen konnte, die sich ihm in den Weg stellten. An den unwirtlichen Ufern ließen Sand und Steine nur wenig Platz für spärliche Anpflanzungen; und fast das ganze Jahr hindurch standen die Wadi, die die Wüste durchschnitten, trocken. Kräftige Dattelpalmen klammerten sich an steile Abhänge, die hier und da in schwärzlichen Fels übergingen.

Auf Reisende, die durch die Gegend des vierten Kataraktes zogen, wirkte sie wie ein Vorraum zur Unterwelt. Doch Puarma hatte in dieser Einsamkeit eine wunderbare Kindheit verbracht, und er kannte auch den letzten Schlupfwinkel ihres Felsengewirrs.

Er lockte die Büffel in eine Art Fahrrinne, wo sie sich wohlbehalten erfrischen konnten.

«Kommt her», befahl er den drei Schönen, «ihr riskiert gar nichts!»

Sie berieten sich mit Blicken, wechselten unter Gelächter ein paar Worte und hüpften dann behend von Fels zu Fels dem jungen Mann entgegen.

Die Beherzteste sprang auf einen großen Büffel und streckte Puarma den Arm hin. Als dieser versuchte, nach ihr zu greifen, zog sie den Arm zurück und ließ sich nach hinten fallen. Ihre beiden Gefährtinnen kamen unter Wasser auf Puarma zu geschwommen, ergriffen den jungen Mann bei den Beinen und zogen ihn zu sich heran, ehe sie wieder auftauchten.

Puarma war über seine Gefangennahme entzückt, streichelte hier einen herrlichen Busen und küßte dort heiße Lippen. Er würde es den Büffeln seines Vetters nie genug danken können, daß sie ihm die Idee zur Flucht eingegeben hatten.

Sich dem Liebesspiel mit einer ranken und schlanken Nubierin hinzugeben war eine Wonne, doch Spielzeug von drei begierigen und einfallsreichen Gespielinnen zu sein, war eine überirdische Wonne … Im Wasser tat Puarma noch so, als kämpfte er um seine Freiheit, doch als sie ihn aufs Ufer zogen, gab er jeglichen Widerstand auf und überließ sich ihren Küssen, die immer gewagter wurden.

Auf einmal stieß die auf ihm Liegende einen Schreckensschrei aus und sprang hoch. Ihre beiden Gefährtinnen taten es ihr nach, und alle drei stürmten davon wie Gazellen.

«Was ist los mit euch? … Kommt zurück!»

Puarma stand nun seinerseits enttäuscht auf und drehte sich um.

Oben über dem Liebesnest, auf einem überhängenden Felsen, stand in der sengenden Sonne ein Koloß von vier Ellen, dessen Haut wie schwarzes Ebenholz schimmerte. Der Mann, der die Arme verschränkt hatte, einen Schurz aus makellos weißem Leinen trug und den Hals mit einer erlesenen Goldkette geschmückt hatte, besaß einen Blick von seltener Eindringlichkeit.

Puarma fiel auf die Knie und legte die Stirn in den Staub.

«Majestät … Ich habe nicht gewußt, daß du zurück bist.»

«Erhebe dich, Hauptmann der Bogenschützen.»

Puarma war tapfer und würde es auch mit einer großen Übermacht aufnehmen. Aber dem Blick des schwarzen Pharaos standzuhalten, das ging über seine Kraft. Wie die übrigen Untertanen Pianchis wußte er, daß der Herrscher übernatürliche Kräfte besaß und mit ihnen allein regierte.

«Majestät … Will irgendwo ein Konflikt ausbrechen?»

«Nein, sei unbesorgt. Die Jagd war sehr gut, daher habe ich beschlossen, eher als vorhergesehen zurückzukehren.»

Pianchi hatte es sich zur Gewohnheit gemacht, in diesem Felsenwirrwarr zu meditieren, wo er über sein verlorenes Land nachdachte, das er so innig liebte. Harsch, unwirtlich, geheimnisvoll und allem Anschein nach arm war das tiefste Nubien, das so weit entfernt von Ägypten gelegen war und dennoch starke Seelen und kraftvolle Leiber hervorbrachte. Hier feierten Sonne und Wasser jeden Tag ihre Vermählung, hier wehte ein ungestümer Wind, erst eisig, dann wieder glühendheiß, der den Willen formte und die Menschen fähig machte, diesen tagtäglichen Prüfungen standzuhalten.

Pianchi trug zwar den Titel König von Ober- und Unterägypten, doch er verließ seine Hauptstadt Napata nie. Man hatte den schwarzen Pharao im Alter von fünfundzwanzig Jahren gekrönt, und nun regierte er seit zwanzig Jahren mit dem Wissen um die politischen und gesellschaftlichen Brüche, die Ägypten schwach wie ein Kind machten. Im Norden hörten die Besatzer, die libyschen Krieger, nicht auf, sich um noch mehr Macht zu streiten; im Süden lag die heilige Stadt Theben, in der nubische Truppen stationiert waren, die den Herrschaftsbereich des Gottes Amun gegen alle Angreifer schützen sollten. Zwischen Nord und Süd, in Mittelägypten, gab es zwei treue Verbündete des schwarzen Pharaos, die Fürsten von Herakleopolis und Hermopolis. Nur sie hielten die nördlichen Fremdländer davon ab, aus ihrem Einflußbereich auszubrechen.

Gewiß, Pianchi war mit der Lage der Dinge nicht zufrieden, doch er ließ es dabei bewenden, für das Wohlergehen Thebens und die Verschönerung seiner eigenen Hauptstadt zu sorgen, in der er zur höheren Ehre Amuns einen prächtigen Tempel hatte erbauen lassen, ein echtes Gegenstück zum Heiligtum in Karnak. Pianchi trieb nur ein Ehrgeiz, nämlich Baumeister zu sein und damit dem Beispiel der großen Herrscher der Vergangenheit zu folgen. Und die Götter hatten ihm ein Reich geschenkt, in dem man die Stimme der Maat, der Göttin der Gerechtigkeit und der Wahrheit, noch immer hören konnte. Um sich diesen Schatz zu bewahren, würde er bis zum letzten Blutstropfen kämpfen.

«Hast du letztens deine Männer gedrillt?» fragte er.

«Gewiß doch, Majestät! Meine Bogenschützen sind immer

kampfbereit. Anderenfalls verweichlichen sie. Befiehl, und wir ziehen in den Krieg.»

Pianchi wußte Puarmas Mut zu schätzen, und letzterer war davon überzeugt, daß die Begegnung keineswegs zufällig war.

«Majestät ... Müssen wir uns auf eine Auseinandersetzung gefaßt machen?»

«Nein ... Wenigstens nicht von der Art, wie du sie dir vorstellst. Der Feind greift nicht immer dort an, wo man ihn erwartet. Hier, in meiner eigenen Hauptstadt, gibt es Leute, die sich wünschen, ich würde weniger für die Götter und mehr für ihre Vorrechte tun. Ruf deine Männer zusammen, Puarma, und versetze sie in Alarmbereitschaft.»

Der Hauptmann der Bogenschützen verneigte sich vor seinem König und machte sich im Laufschritt nach Napata auf, während Pianchi sich wieder in die Betrachtung der wilden Kataraktlandschaft versenkte. Die Gewalt der Fluten und die unbeirrbare Dauerhaftigkeit der Felsen vermittelten dem schwarzen Pharao die unerläßliche Entschlußkraft für die Vollendung seiner Aufgabe.

Und Glück ... Ja, Pianchi zählte sich zu den Bevorzugten, die es erfahren hatten. Eine glückliche Familie, ein Volk, das satt zu essen hatte, sowie beschauliche Tage, die im Rhythmus der Feste und Riten dahinliefen. Und er, der schwarze Pharao, er hatte die Pflicht, diese Ruhe zu erhalten.

In der klaren Luft war auch das allerkleinste Geräusch zu hören. Und das hier kannte Pianchi gut, nämlich die regelmäßigen Huftritte eines Esels auf dem Pfad. Ein Esel, der Kühler-Kopf, den obersten Schreiber und Berater Pianchis, herantrug. Ein Esel, der sich über einen leichten Reiter freute, denn Kühler-Kopf war ein Zwerg mit strenger Miene und wunderschön proportioniertem Oberkörper.

Normalerweise entfernte sich der Schreiber so gut wie nie

aus seinem Amtszimmer, dem Mittelpunkt der hauptstädtischen Verwaltung. Wenn er diesen Ritt auf sich genommen hatte, mußte es einen ernsten Grund haben.

«Endlich finde ich dich, Majestät!»

«Was ist geschehen?»

«Ein Unfall auf der Baustelle, Majestät», sagte Kühler-Kopf, «ein schlimmer Unfall.»

Kapitel 4

Napata, die Hauptstadt des schwarzen Pharaos, lag im Schutz eines hochragenden Gebirges, des ‹reinen Felsens›, auch Gebel Barkal genannt, von zweitausend Ellen Höhe, der seit Anbeginn der Schöpfung die unsichtbare Macht des Gottes Amun, des ‹Verborgenen›, hütete.

Napata war um einiges flußabwärts vom vierten Katarakt in der Wüste, jedoch mitten in einer fruchtbaren Ebene gelegen, in die mehrere Karawanenstraßen mündeten. Und so fehlte es den Untertanen Pianchis weder am Lebensnotwendigen noch an Luxuswaren.

Doch die Karawanenführer durften sich nicht in Napata niederlassen, es sei denn, sie wechselten den Beruf. Sie hatten lediglich die Erlaubnis, sich eine kleine Weile aufzuhalten, die Zeit, in der sie ihre Waren an den Mann bringen konnten und sich ausruhten. Jedermann wußte, daß Pianchi unermeßliche Reichtümer besaß, doch die dienten nur der Verschönerung von Tempeln und dem steten Wohlergehen der Bevölkerung. Die seltenen Fälle von Bestechlichkeit zogen harte Strafen nach sich, ja sogar das Todesurteil. Der schwarze Pharao duldete keine ernsten Verstöße gegen das Gesetz der Maat, und nur ganz wenige Unvorsichtige riskierten es, sich seinen Zorn zuzuziehen.

Als einzelnes Gebirgsmassiv inmitten der Wüste hatte der Gebel Barkal Pianchi seit Kindesbeinen in seinen Bann gezogen. Wie viele Stunden hatte er nicht am Fuß seiner schroffen

Felswände verbracht, die über dem rechten Nilufer dräuten! Im Laufe der Jahre war ein wahnwitziger Plan in seinem Herzen gereift: er wollte den reinen Fels zum Reden bringen, die einsame Steilwand an einer Seite behauen und zu einem Symbol pharaonischer Macht umformen lassen.

Das Unterfangen ließ sich gefährlich an, aber Pianchi widmete sich ihm seit zwei Jahren unter Mithilfe von Freiwilligen. Da der Gipfel vom Massiv durch eine fünfundzwanzig Ellen breite und einhundertzwanzig Ellen tiefe Schlucht getrennt war, hatte man Löcher in den Felsen stemmen müssen, in die man die Träger für ein riesiges Baugerüst eingelassen hatte, und dazu hatte man sich schlichter, aber sehr leistungsfähiger Hebevorrichtungen bedient.

Gemäß den Anweisungen des obersten königlichen Baumeisters hatten Steinmetze, die auf schmalen Brettern saßen, den Gipfel des Gebel Barkal behauen. Von Osten her meinte man eine riesige Uräusschlange zu sehen, das Kobra-Weibchen, das sich auf der weißen Krone aufbäumte; von Westen her glaubte man, die rote Krone und die Sonnenscheibe zu erblicken.

Oben auf dem Gipfel hatte man zu Ehren Amuns eine Inschrift in Hieroglyphen eingemeißelt. Und ein Goldschmied hatte eine mit Blattgold vergoldete Tafel angebracht, die jeden Morgen bei Tagesanbruch das Licht widerspiegelte und das Ganze überraschend ausleuchtete, ein Triumph des Lichtes über die Dunkelheit. Unter der Tafel befand sich eine Nische mit einer Uräusschlange aus Gold.

Die Arbeiten neigten sich dem Ende zu, man hatte die letzten Körbe mit Steinen und Mörtel hochgezogen.

«Erzähle», sagte Pianchi zu Kühler-Kopf.

«Ein Steinmetz wollte sich sein Werk ganz aus der Nähe

ansehen und hat die Sicherheitsbestimmungen mißachtet. Auf der Hälfte des Wegs ist er auf einem Balken ausgerutscht.»

«Soll das heißen …?»

«Er ist tot, Majestät. Und dem Steinmetzgehilfen ergeht es nicht viel besser, der ist nämlich seinem Meister so unbesonnen zu Hilfe geeilt, daß ihm schwindlig geworden ist und er sich nicht mehr vom Fleck rühren kann.»

Pianchi hob den Blick und sah einen jungen Mann, der an der Wand klebte, sich an einen Felsvorsprung klammerte, die Füße auf brüchigen Stein gestützt. Um schneller voranzukommen, hatte der junge Mann nicht den Weg über die Leitern und Seile genommen, sondern hatte geglaubt, er könnte die Felswand mit nackten Händen hochklettern. Als er den Steinmetz hatte abstürzen sehen, hatte ihn Panik ergriffen.

Ohnmächtig und mit hängenden Armen warteten seine Gefährten auf sein unabweisliches Ende.

«Wie alt ist der Knabe da?» fragte Pianchi.

«Siebzehn Lenze, Majestät.»

«Was wiegt er?»

«Das weiß ich nicht genau», bekannte Kühler-Kopf, «aber er ist eher schmächtig.»

«Such zwei Männer aus, die mich begleiten», befahl Pianchi.

«Majestät, du willst doch nicht etwa …»

«Über ihm schließen sich die Wände ein wenig. Wenn es mir gelingt, dort festen Halt zu finden und seine Hand zu packen, er könnte es schaffen.»

Kühler-Kopf zitterte am ganzen Leib.

«Majestät, im Namen des Königreiches flehe ich dich an, geh dieses Risiko nicht ein!»

«Ich fühle mich verantwortlich für das Leben dieses Knaben. Mach schon, wir haben keine Zeit zu verlieren.»

Zwei Steinhauer mit breiten Schultern und sicherem Tritt gingen Pianchi voraus, kletterten die schmale Leiter hoch, die zur ersten Plattform aus massiven Akazienholzbalken führte.

«Halt dich gut fest», rief Pianchi mit kräftiger Stimme, die auf dem ganzen heiligen Berg widerhallte, «wir kommen!»

Der linke Fuß des Steinmetzgehilfen rutschte ab und glitt ins Leere. Mit einer Kraft, die der junge Mann nicht mehr in sich vermutet hätte, fand er das Gleichgewicht wieder und klammerte sich erneut an die Felswand.

«Ich muß noch höher hinauf», meinte der König.

«Dann mußt du dieses Seil mit den Schlaufen benutzen, Majestät», sagte einer der Steinhauer.

Mühelos kletterte Pianchi weiter und legte sich auf einen Felsvorsprung oberhalb des Unseligen, dessen Finger ganz weiß waren, so fest klammerte er sich an den Felsen.

Der Herrscher streckte den rechten Arm aus, doch ihm fehlten gut zwei Ellen, er erreichte den Knaben nicht, den er vor einem gräßlichen Tod bewahren wollte.

«Eine Leiter!» forderte der Pharao.

Die beiden Steinhauer richteten eine auf. Sie war so schwer, daß sich ihre Muskeln verkrampften. Das, was Pianchi vorhatte, erforderte schier übermenschliche Kräfte: Er wollte die Leiter in die Waagerechte bringen und damit zwei Felswände überspannen.

Langsam und ungeheuer gesammelt, die Finger um die mittlere Sprosse geklammert, drehte der König die Leiter. Als sie mit einem Ende den anderen Felsen berührte, lösten sich ein paar Brocken und schrammten am Kopf des Jungen vorbei. Er stieß einen erstickten Schrei aus.

«Gut festhalten, Kleiner!»

Die Leiter war gelegt.

Auf diesem improvisierten Steg bewegte sich Pianchi näher

an ihn heran, und das Holz erzitterte. Eine der Streben krachte unheildrohend, doch sie trug das Gewicht des schwarzen Kolosses. Geschmeidig streckte er sich auf der Leiter aus.

«Ich bin dicht bei dir, mein Junge, strecke jetzt den Arm aus. Du packst meine Hand, und dann hebe ich dich auf die Leiter herauf.»

«Ich … ich kann nicht mehr!»

«Du mußt dich umdrehen, sonst siehst du meinen Arm nicht.»

«Das geht nicht … geht nicht!»

«Atme gleichmäßig und sammle dich, und dann dreh dich um dich selbst.»

«Ich stürze ab, ich muß sterben!»

«Sieh vor allem nicht nach unten, sondern nach oben und auf meinen ausgestreckten Arm! Er ist genau über deinem Kopf.»

Die Leiter erzitterte aufs neue.

«Dreh dich um, dreh dich um dich selbst!» befahl Pianchi herrisch.

Starr vor Schreck und mit angehaltenem Atem gehorchte der Steinmetzgehilfe.

Kaum blickte er ins Leere, da glitt der Junge auch schon ab.

Mit weit aufgerissenen Augen stürzte er in den Abgrund.

Pianchi reckte sich, und es riß ihm fast den Arm aus der Schulter, aber es gelang ihm, die linke Hand des Jungen zu packen.

Der Ruck war furchtbar, doch der König schaffte es, ihn auf die Leiter zu heben.

«Majestät …» Der Junge brachte die Worte kaum heraus, dann brach er in Tränen aus.

«Wenn du schwerer gewesen wärst, Kleiner, wären wir jetzt beide tot. Und weil du die Sicherheitsvorschriften mißachtet hast, verurteile ich dich dazu, einen Monat lang bei den Wäschern zu arbeiten.»

Am Fuß des Gipfels beglückwünschten die Gefährten den Geretteten, nachdem sie dem König zugejubelt hatten.

Kühler-Kopf schien noch immer verärgert zu sein.

«Dieser Junge lebt, und nur darauf kommt es an, oder?» sagte der König.

«Das war nicht alles, Majestät.»

«Was sonst noch?»

«Leider haben sich meine Befürchtungen bewahrheitet: Gewisse Mitglieder deines Hofes, und nicht die unbedeutendsten, stellen deine Legitimität in Frage.»

Kapitel 5

Der schwarze Pharao hob den Blick zum Gipfel des Gebel Barkal. «Sieh gut hin, Kühler-Kopf, dieses Werk wird mich überleben. Nur was in lebendigen Stein gehauen ist, überdauert die Zeiten.»

Der Schreiber merkte, daß der König den Ernst der Lage verkannte, und hielt es daher für geraten, weiter zu beharren.

«Es handelt sich dabei nicht um die üblichen Nörgeleien, Majestät, sondern um echte Gegner deiner Person. Offen gesagt glaube ich, daß sogar eine von deinen Nebenfrauen darin verwickelt ist.»

«Muß ich mich mit so viel Erbärmlichkeit abgeben?»

«Die Angelegenheit ist ernst, Majestät.»

Kühler-Kopf machte seinem Namen Ehre. Seine Beharrlichkeit bewies, daß er gründliche Nachforschungen angestellt hatte.

«Ich und meinen Thron verlieren ... Wäre das eine solche Katastrophe?»

«Für dein Volk und dein Land, ja! Der, der dir nachfolgen möchte, wird nicht so für beides sorgen wie dein Vater und du selbst. Er denkt nur daran, sich in den Besitz von Nubiens Gold zu bringen und seinen Reichtum zu genießen.»

Das Argument wirkte. Sich zurückzuziehen machte Pianchi wenig aus, aber das Werk mehrerer Generationen zerstört zu sehen, das konnte er nicht hinnehmen.

«Ich gehe in den Tempel, Amun, mein Vater, wird mich leiten.»

Kühler-Kopf hätte es lieber gesehen, wenn der Monarch auf schnellstem Wege an seinen Hof zurückgekehrt wäre und mit seiner gewohnten Autorität energische Maßnahmen ergriffen hätte. Doch er wußte, daß der Herrscher einen Entschluß niemals widerrief.

Der Amun-Tempel, den man am Fuß des reinen Fels und damit in seinen Schutz gebaut hatte, war der ganze Stolz des schwarzen Pharaos. So weit entfernt von Theben hatte er dem höchsten aller Götter einen Wohnsitz errichtet. Dazu gehörten eine Allee aus Widdern, der Verkörperung des Gottes Amun, ein erster Pylon, dessen beide Sockel Okzident und Orient symbolisierten, ein erster, großer Säulenvorhof, in dem die höchsten Würdenträger bei Festtagen zugelassen waren, ein zweiter Pylon, ein zweiter Säulensaal, dann der überdachte Tempel mit einem Kapellenkranz und schließlich das Heiligtum, in dem nur der Pharao Zutritt hatte und wo er bei Tagesanbruch die Türen öffnete zum innersten Heiligtum, einer Statue des Gottes, die steingewordener Ausdruck seiner unsichtbaren Macht war. Pianchi begrüßte sie, opferte ihr Duftsalbe, erneuerte die Stoffe, mit denen sie bekleidet war, bot ihr zu essen an und stellte sie ins Innere des Urgesteins zurück, mitten in das Herz des Urmysteriums.

Während des Nachmittages lag der Tempel ruhig da. Vorlesepriester säuberten die Kultgegenstände in ihnen vorbehaltenen Werkstätten, und die aus den Wänden herausgemeißelten Figuren der Götter hielten Zwiesprache.

Ein Priester aus Karnak mochte glauben, daheim zu sein, wenn er bis in den geheiligten Bezirk hätte eindringen können, den Pianchi geduldig gebaut und unaufhörlich verschönert hatte, weil er das Andenken an die ruhmreichen Pharaonen ehren wollte, die sich hier, in Napata, darum bemüht hatten, die Botschaft Amuns heller erstrahlen zu lassen. Im Tempelinneren wurden die Stelen von Thutmosis III. aufbewahrt, dem der schwarze Pharao nacheiferte, dazu die von zwei weiteren ägyptischen Königen, die er verehrte, nämlich von Sethos I. und Ramses II. Für ihn verkörperten diese drei Herrscher die Größe der Zwei Länder, denn sie hatten in Harmonie mit dem göttlichen Willen das höchste Amt mit unvergleichlicher Strenge und Liebe wahrgenommen. Auch das kleine Heiligtum Tut-ench-Amuns war liebevoll erhalten, ebenso die Statuen der Götter, die im übertragenen Sinne stets zugegen waren.

Je weiter man ins Innere des Tempels vordrang, desto enger und dunkler wurde es, bis sich alles im innersten Heiligtum sammelte, dessen geheime Helle man nur mit den Augen des Herzens sehen konnte. Nirgendwo wurde das Geheimnis des Lebens erklärt, doch man konnte es leben und daran teilhaben.

Pianchi blieb vor einem riesigen Löwen aus Kalkstein mit ungewöhnlich feingemeißelten Zügen stehen. In Nubien nahm Amun gern die Gestalt dieses wilden Tieres an, denn der Name des Löwen lautete in Hieroglyphen *mai*, und das bedeutete ‹der, der sieht›. Und selbst wenn sich der Mensch in einen dunklen Winkel drückte, er entging dem Blick des Schöpfers nicht. Die Inschrift auf dem Sockel der Statue lautete: ‹Der GOTT erkennt seinen Getreuen, DER, dessen Nahen sanft ist, kommt zu dem, der ihn anfleht.›

Über dem Raubtier aus Stein erinnerte ein Halbrelief an die Opferung des Bogens.

Der göttliche Herrscher hatte ihm den Weg gewiesen: Er mußte weiterkämpfen.

Der Abend endete unsagbar milde. Es war die Zeit, wenn Hirten Flöte spielten, Schreiber ihren Pinsel beiseite legten und sich Hausfrauen endlich Ruhe gönnten und den Sonnenuntergang betrachteten. Die Arbeit trat zurück, die Tagesmühsal war während dieser verzauberten Augenblicke vergessen, die für die großen Weisen der Ausdruck von Vollendung war.

Als Pianchi das Gemach seiner Hauptfrau betrat, das in Dunkel getaucht war, dachte er zunächst, sie wäre nicht da, doch dann erblickte er sie oben auf dem Dach, in das einzigartige und stets neue Schauspiel versenkt, das die letzten feurigen Strahlen des Lebensgestirns boten.

Abile war fünfunddreißig Jahre alt und stand in der Blüte ihrer Schönheit. Sie war hoch gewachsen, zart gebaut, hatte ein längliches Gesicht ähnlich dem Nofretetes, eine kupferfarbene Haut und eine königliche Haltung. Pianchi hatte alle offiziellen Bewerber um die Hand dieser Tochter eines Priesters ohne Besitz verdrängt, der sich jedoch hervorragend in ägyptischen Ritualen auskannte und es verstanden hatte, seine Kenntnisse an Abile weiterzugeben.

Die Zeit hatte der prachtvollen Nubierin nichts anhaben können. Eher im Gegenteil, als reife Frau war sie noch schöner und edler, und selbst die hübschesten Verführerinnen aus Napata hatten es aufgegeben, sie auszustechen.

Abile trug nichts weiter als ein langes Hemd aus durchsichtigem Leinen. Sie hatte das duftende Haar gelöst und ließ die letzten Strahlen der untergehenden Sonne auf ihrem göttlichen Leib tanzen.

Als sich die Nacht auf Pianchis Königreich herabsenkte, kehrte sie ins Zimmer zurück, um sich wärmer anzuziehen, und da sah sie ihn.

«Bist du schon lange hier?»

«Ich wollte dich nicht in deinen Gedanken stören», sagte Pianchi.

Sie schloß ihn so leidenschaftlich in die Arme, als wären sie monatelang getrennt gewesen. Selbst wenn Abile böse auf ihn war, konnte sie sich doch nie seinem Zauber entziehen. Sich von diesem starken und zugleich feinfühligen König beschützt und geliebt zu wissen erfüllte sie mit einer Freude, die Worte nicht beschreiben konnten.

«Ist die Jagd gut gewesen?»

«Dem Hof wird es nicht an Fleisch mangeln ... Aber das wird ihn nicht an übler Nachrede hindern.»

«Fürchtest du dich davor?»

«Wer eine Verschwörung auf die leichte Schulter nimmt, verdient es nicht zu herrschen.»

Abile legte die Wange an Pianchis Schulter.

«Eine Verschwörung», sagte sie. «Steht es wirklich so schlimm?»

«Sollte die ägyptische Königin schlecht informiert sein?» fragte er zurück.

«Ich habe geglaubt, daß die Gerüchte keine Nahrung haben.»

«Da denkt Kühler-Kopf ganz anders», sagte der König.

«Kühler-Kopf ... Hörst du noch immer auf die Ratschläge dieses Schreibers?»

«Soll das ein Vorwurf sein?»

Abile ließ Pianchi los und trat etwas zurück.

«Du hast recht, Liebster. Kühler-Kopf würde dich nie verraten. Eine deiner Nebenfrauen, ein paar neidische Priester, ein knappes Dutzend hirnlose Hofschranzen und ein allzu ehrgeiziger Wesir ... Warum solltest du die ernst nehmen, du, der seit zwanzig Jahren regiert und für den selbst der niedrigste deiner Untertanen sein Leben geben würde!»

«Eitelkeit ist ein tödliches Gift, Abile. Sie führt zum schlimmsten aller Tode, dem des Gewissens.»

«Was wirst du machen?» fragte die Königin vorsichtig.

«Ich habe zu Amun gebetet, daß er mir einen Weg zeigt, und er hat mich erhört», sagte der schwarze Pharao.

Kapitel 6

Es war eine laue Nacht, und Tranan, der Verwalter der Schatzkammer, kostete sein Glück aus. Er saß unter der höchsten Palme seines Gartens und freute sich, daß sein Triumph immer näherrückte. Der Vierundfünfzigjährige hatte einen der wichtigsten Posten in der Regierung Pianchi inne und bewohnte ein prächtiges Herrenhaus mitten in der Stadt, für das sich auch ein reicher, adliger Thebaner nicht hätte schämen müssen. Er war glücklich verheiratet, Vater von fünf Kindern, hatte es in der Verwaltung von Napata zu etwas gebracht und hätte eigentlich mit seinen angenehmen Lebensumständen zufrieden sein können.

Er gehörte jedoch zu den wenigen Würdenträgern, die die wahren Einnahmequellen von Pianchis Königreich kannten, dessen Armut nicht zu übersehen war. Bescheidene Anpflanzungen längs des Nils, Fischfang und Jagd, Datteln ... Die natürlichen Reichtümer waren rasch aufgelistet, und aus ihnen konnte man folgern, daß Napata die Hauptstadt einer ärmlichen Gegend war.

Das aber hieß, das Wunder zu vergessen, das dieses nubische Land seinem Herrscher schenkte, nämlich Gold. Ergiebige Goldvorkommen von hervorragender Qualität. Als die ägpytischen Könige Nubien vorzeiten kolonisiert hatten, da wollten sie natürlich dieses kostbare Metall in ihren Besitz bringen.

Augenblicklich war es der schwarze Herrscher, der die

Hoheitsrechte über den Abbau ausübte. Er besaß alles, was gefördert wurde, und hielt dadurch alle Rivalitäten und Begehrlichkeiten kurz. Doch wie nutzte Pianchi dieses Riesenvermögen? Er verschenkte es an den Amun-Tempel und verwendete es zum Wohlergehen der Bevölkerung.

Mit dieser Politik hatte der Verwalter der Schatzkammer nichts im Sinn. Ein Herrscher, der vergaß sich zu bereichern, war schwach und verdiente es, früher oder später gestürzt zu werden. Tranan an seiner Stelle hätte dem Volk das Allernötigste zugestanden und mit seinen Angehörigen ein Leben auf großem Fuß geführt. Und da seine Frau allmählich alt wurde, hätte er sich junger Hofdamen bedient und wäre weit gereist, um sich bei prunkvollen Banketten von fremdländischen Fürsten bewundern zu lassen.

Mit Pianchi war ihm diese Zukunft verbaut. Der kümmerte sich nur um seinen Amun-Tempel und seine Hauptstadt, ja, der schwarze Pharao hatte weder Unternehmungsgeist noch Geschäftssinn. Die Stunde war gekommen, einen radikalen Wandel in der Politik herbeizuführen.

Tranans Haushofmeister brachte ihm einen Becher kühlen Wein und Honigkuchen.

«Gebieter, deine Gemahlin erwartet dich zu Tisch.»

«Sie soll mit den Kindern essen und mich nicht belästigen. Sobald mein Besucher da ist, führe ihn in den Massageraum, und gib gut acht, daß uns keiner stört.»

Tranan konnte nicht allein zuschlagen. Gewiß, er hatte die Unterstützung einiger Höflinge, doch die küßten den Boden zu Pianchis Füßen, sowie dieser nur die Stimme hob. Eine von Pianchis Nebenfrauen, die von ihrem königlichen Gemahl vernachlässigt wurde, wollte ihre Schlappe wettmachen, träumte von Rache und war so haßerfüllt, daß sie ihre zerstörerische Leidenschaft befriedigen mußte. Und Tranan hatte einen noch wertvolleren Unterstützer, nämlich den Dicken, der sich gerade im Massageraum eingestellt hatte.

Otoku, der sich überall mit Ketten und Ringen aus massivem Gold geschmückt hatte, wog einiges über tausend Deben, und das kam von seinen Rindfleischorgien, den fetten Saucen und Sahnekuchen. Sogar sein Gewand war mit Gold bestickt, und niemand durfte ihn berühren, sonst bekam er eins mit seiner goldenen Keule versetzt, und das tödlich. Denn Otoku war Oberhaupt des fernsten nubischen Stammes, dessen Stammesangehörige fast allesamt in einer riesigen Mine arbeiteten, in der sie erstklassiges Gold förderten. Vor vielen, vielen Jahren hatte er dem schwarzen Pharao Treue geschworen, aber mit der Zeit war sein Gefühl abgestumpft.

Angesichts von Otokus empfindsamem Gemüt hatte sich der Verwalter der Schatzkammer ihm in kleinen Schritten und äußerst vorsichtig genähert und hatte allmählich sein Vertrauen gewonnen. Glücklicherweise ließ sich der Dicke gern beschenken, vorzugsweise mit Schatullen aus Ebenholz, und er schätzte Leinenschals, die er sich um den Stiernacken legte, wenn die Nächte frischer wurden.

Doch den größten Genuß bereiteten Otoku Massagen, daher überließ er den fetten Leib mehrere Male am Tag kundigen Händen, die dann wohlige Schauer auslösten. Als Tranan ihm anvertraut hatte, daß er gerade eine bemerkenswert begabte Masseuse eingestellt hätte, hatte der Dicke nicht geruht und gerastet, bis er sie kennenlernte.

Die Sitten und Gebräuche seines Stammes erforderten es, daß Otoku in Gegenwart Niedrigstehender keinen Fuß auf den Boden setzte. Und da nur noch der schwarze Pharao über ihm stand, wurde der Dicke auf einem Tragesessel aus vergoldetem Holz, den vier kräftige Burschen kaum heben konnten, auf Tranans Anwesen getragen.

«Dein Besuch ist mir eine unermeßliche Ehre, Gebieter Otoku», verkündete Tranan, denn er hatte in Erfahrung gebracht, daß sein Gast großen Wert auf Ehrenbezeugungen legte.

«Gut so, gut so … Ich habe Rückenschmerzen. Man soll sich auf der Stelle um mich kümmern.»

Er mußte noch drei Stufen hochgetragen werden, die seine Träger jedoch nur mit Mühe bewältigten. Mit einer gewissen Anmut, die der eines sich hinknienden Elefanten glich, gelang es ihrem Herrn, sich auf den Bauch zu wälzen, während ein Diener ihm ein vergoldetes Polster unter denselben schob.

«Wo bleibt diese Masseuse, die du mir versprochen hast?»

«Hier ist sie, Gebieter.»

Eine zierliche Syrerin mit kurzem, fast blondem Haar stieg auf das Kreuz des Dicken und verteilte mit flinker Hand lauwarmes und duftendes Öl in den Fleischmassen.

«Um welche Köstlichkeit handelt es sich?» fragte Otoku angenehm überrascht.

«Es ist ein kostbares Öl aus Theben, Gebieter. Man sagt ihm nach, daß es bei Ramses dem Großen höchstpersönlich Schmerzen gelindert hat.»

Behend und genau lockerten die kleinen Hände der Masseuse die Muskelverspannungen des Dicken, der zufrieden vor sich hingrunzte.

Tranan hütete sich, die Behandlung zu stören, denn stand Otoku jetzt nicht in seiner Schuld?

«Wunderbar, meine Kleine, wunderbar. Man gebe dir ein Tütchen Goldpuder.»

Während sich die Syrerin entfernte, nahm der Stammesfürst wieder Platz auf seinem Tragesessel.

«Sag an, mein Freund Tranan, warum hast du mich in die Hauptstadt holen lassen?» fragte er.

«Diese kleine Masseuse ...»

«Deine Syrerin ist sehr begabt, aber reden wir von ernsteren Angelegenheiten. Du weißt, daß ich Reisen nicht ausstehen und es nicht leiden kann, wenn ich mein Dorf verlassen muß.»

Angeregt durchmaß Tranan den Raum.

«Die Sache ist ernst, Gebieter. Du bist der größte Förderer von Gold im Königreich, und ich bin der Verwalter der Schatzkammer. Zusammen mit Pianchi sind wir die einzigen, die das Ausmaß des Vermögens kennen, das Nubien zu bieten hat. Und ehrlich gesagt, finde ich, daß Pianchi keinen guten Gebrauch davon macht.»

«Beschuldigst du den Pharao etwa der Unehrlichkeit?»

«Nein, aber der allzu bereitwilligen Anpassung! Unsere Hauptstadt schläft vor lauter Reichtum ein, weil sich Pianchi so eifrig veralteten Traditionen widmet. Und so wie ich denken viele Würdenträger ... Er regiert jetzt seit zwanzig Jahren und vergißt darüber, was die Zukunft fordert. Falls du und ich nicht eingreifen, geht Napata dem Untergang entgegen.»

Otokus Augen wurden ganz schmal.

«Und auf welche Art sollen wir eingreifen?»

«Ein Teil des Hofes hat sich dafür entschieden, Pianchis Legitimität in Frage zu stellen. Und selbst die, die ihn gewählt haben, denken über einen Nachfolger nach.»

«Ein Nachfolger, dessen Name ... Tranan lautet?»

«Einzig und allein, wenn der Gebieter Otoku bereit ist, nach mir Verwalter der Schatzkammer zu werden, eine Ehre, die ihm gebührt.»

«Bekomme ich dann einen größeren Anteil an dem Gold, das mein Stamm aus dem Inneren der Erde herausholt?» fragte Otoku.

«Aber gewiß doch!»

Der Dicke brummelte vor sich hin, was bei ihm ein Anzeichen für äußerste Genugtuung war.

Tranan wußte, daß es ihm geglückt war. Habgier war stets ein gutes Lockmittel. Von jetzt an waren Pianchis Tage gezählt.

Katzenschnell schoß Otoku hoch und packte Tranan beim Hals.

«Ich habe dich seit langem für einen kleinen Lumpen gehalten, der der Stellung nicht würdig ist, die ihm Pianchi anvertraut. Leider hast du dabei etwas übersehen: Pianchi und ich sind seit zwanzig Jahren befreundet, und wahre Freunde verraten sich nie.»

Kapitel 7

Tranan kam nie wieder aus dem Bergwerk heraus, in dem er bis ans Ende seiner Tage schuften mußte. Doch Otoku war sich seiner Sache nicht sicher; er hatte lediglich eine Wespe zertreten, bei der die Augen größer waren als der Magen, doch Pianchi war noch immer ernstlich in Gefahr.

Der Kronrat, der aus Freunden und Unterstützern des Königs, Ältesten und Vorlesepriestern bestand und Pianchi vor zwanzig Jahren einstimmig gewählt hatte, schien sich dazu durchgerungen zu haben, ernste Bedenken hinsichtlich seines Verhaltens vorzubringen.

Die stützten sich auf falsche Berichte von Tranan, auf Klatsch, den eine von Pianchis Nebenfrauen verbreitet hatte, auf gehässige Beschwerden von Priestern, der schwarze Pharao ließe es an Frömmigkeit gegenüber Amun fehlen, was nicht stimmte. Falls Otoku die Gefahr zeitig gewittert hätte, er hätte diese Lügner am liebsten eigenhändig erwürgt, doch der Kronrat hatte rigoros wie gewohnt ein Verfahren in Gang gesetzt, das niemand mehr aufhalten konnte.

Natürlich würde es Pianchi keine Mühe machen, diese Schandtaten zu widerlegen, doch sein guter Ruf litte Schaden, und vor allem war er dazu imstande, auf die Krone zu verzichten und sich in den Amun-Tempel zurückzuziehen! Otoku kannte seinen Freund nur zu gut und wußte, daß er sich nicht an die Macht klammerte, wenn die Umstände es ihm erlaubten, sich ihrer zu entledigen. Doch Otoku wußte auch, daß es niemanden gab, der Pianchi ersetzen konnte, und daß seine Abdankung eine Katastrophe für Napata, für Nubien und für ganz Ägypten wäre.

Statt seine Verteidigung vorzubereiten, galoppierte der König durch die Wüste, weil er seinem Lieblingspferd Löwenherz Auslauf in den unendlichen Weiten verschaffen wollte, die dieser herrliche Vierbeiner so liebend gern durchmaß. Und vielleicht kehrten Reiter und Pferd nicht vor der Zusammenkunft des Kronrates zurück.

Sie zählte erst siebzehn Lenze, war die jüngste von Pianchis Nebenfrauen, und ihr Zorn wollte und wollte nicht verrauchen. Als ihr Vater sie an den Hof von Napata brachte, hatte er ihr natürlich klargemacht, daß sie den Pharao nie zu sehen bekommen würde und daß diese Vernunftehe unerläßlich sei. Sie besiegelte nur die Tatsache, daß der Stamm südlich des vierten Kataraktes, dessen Erbin sie war, geschlossen hinter dem Monarchen stand.

Doch die junge Frau hatte gar nicht richtig zugehört. War sie nicht die Schönste im Palast, verdiente sie es nicht, das Lager des Herrschers zu teilen und ihre Rivalinnen zu vertreiben?

Ungestüm hatte sie versucht, die Türen, die sie zu Pianchi hätten führen können, gewaltsam zu öffnen, doch ihre zügellosen Versuche waren gescheitert. Das Gefolge des Königs und insbesondere sein verfluchter, zwergenhafter Schreiber hinderten jeden aufdringlichen Menschen daran, seine Ruhe zu stören.

Sie, die Tochter eines Stammeshäuptlings und Nebenfrau, sie und aufdringlich! Aus Wut über diese Beleidigung hatte sie beschlossen, sich an diesem Gewaltherrscher zu rächen, der nicht fähig war, ihre Schönheit zu würdigen, und so hatte sie dem Kronrat enthüllt, Pianchi wäre bestechlich und ließe Reichtümer in der eigenen Tasche verschwinden.

Wenn erst ein neuer Pharao ernannt worden war, würde er sie schon bemerken und ihr den ihr zustehenden Platz geben.

Im Augenblick probierte sie die Wirkung einer Kette aus blauen Perlen, rotem Jaspis und Karneol aus, zwischen denen feine Goldscheiben angebracht waren.

«Lege sie mir um», befahl sie ihrer Dienerin.

«Diese Kette steht einer Königin wohl an ... Und du hast davon keine einzige.»

Ins Innerste getroffen drehte sich die junge Frau um und erblickte Abile, Pianchis Hauptfrau!

«Dieser Palast hat dich aufgenommen, meine Kleine, und du hast sein Vertrauen mißbraucht. Schlimmer noch, du hast den Pharao verleumdet und versucht, dich zur Seele einer Verschwörung zu machen.»

Entsetzt stand die Tochter des Stammeshäuptlings auf, sie konnte nur noch stammeln und matt protestieren.

«Auf einen solchen Fehler steht eine lange Freiheitsstrafe, aber du bist nur ein Kind mit einem bereits verbitterten Herzen ... Wehe dir, du machst Pianchis Namen weiterhin schlecht! Wenn du das tust, ist es mit meiner Nachsicht vorbei, und ich werde zur Tigerin.»

«Was – was machst du mit mir?»

«Du wirst zu deinem Stamm zurückkehren, wo die älteren Frauen dich lehren, wie man ein Haus in Ordnung hält. Dafür darfst du dich glücklich preisen.»

Der Älteste des Kronrates hatte sich trotz seiner siebenundneunzig Jahre einen scharfen Blick und eine unverblümte Rede bewahrt. Er war hager und hatte Zeit seines Lebens nur eine einzige kärgliche Mahlzeit am Tag zu sich genommen, trank keinen Dattelwein und zwang sich zu einem täglichen Spaziergang. Seine Umgebung fürchtete seine Bärbeißigkeit, die mit dem Alter noch schlimmer geworden war.

Der Gegensatz zu Otoku, der gern tüchtig Fleisch auf dem Teller hatte, hätte nicht größer sein können. Der Dicke wußte nicht, wie er diesen Griesgram nehmen sollte, der sogar einen Becher kühles Bier ablehnte.

«Auf deine Gesundheit ...»

«Meine Gesundheit, Otoku, geht dich nichts an, so wie ich mich nicht um deine schere. Wo versteckt sich dein Freund, der König?»

«Er ist ausgeritten.»

«Die Mitglieder des Kronrates haben mir ihre Schlußfolgerungen vorgelegt, und ich habe sie aufmerksam geprüft.»

«Dann dabei festgestellt, daß es sich um dummes Geschwätz handelt!»

«Du wagst es, die Arbeit von achtunggebietenden Persönlichkeiten zu kritisieren?»

«Die Informationen, die sie erhalten haben, sind erstunken und erlogen! Ganz offensichtlich wollten einige Neider Pianchi schaden, und sie gehören bestraft, wie sie es verdient haben!»

«Nach dem, was mir zu Ohren gekommen ist, hast du dir Tranan, den einstmaligen Verwalter der Schatzkammer, persönlich vorgeknöpft.»

«Ich habe ihn an die Arbeit geschickt ... Pianchi ist zuweilen zu nachsichtig. So ist es Pflicht seiner Freunde, ihn vor Menschen mit zwei Gesichtern zu bewahren.»

«Ich bin der Älteste des Kronrates, und ich lasse mich nicht beeinflussen. Ob es dem König nun gefällt oder nicht, er muß vor uns erscheinen, und das möglichst rasch.»

Löwenherz war fünf Jahre alt, stand in der Blüte seiner Jahre und konnte mit seinen siebenhundert Deben an Muskeln lange Ausritte schaffen, ohne zu ermüden. Er war das beste Pferd, daß Pianchi je ausgebildet hatte. Es war zwischen Mensch und Tier Liebe auf den ersten Blick gewesen, und der König konnte sich dem Streitroß fast mühelos verständlich machen, diesem stolzen, sogar scheuen Tier, das dennoch den zufriedenstellen wollte, der sein Vertrauen gewonnen hatte.

Löwenherz war ein Brauner mit falbfarbener, glänzender, seidiger Mähne, hochbeinig, mit freundlichem Ausdruck, festem Blick und königlicher Haltung. Die Reiter in Pianchis Heer betrachteten ihn mit Bewunderung und Neid, hüteten sich jedoch, ihm zu nahe zu kommen. Alle wußten, daß Löwenherz nur Pianchi gehorchte und außer sich geriet, wenn ein anderer ihn besteigen wollte.

Der König hatte ihm eine große Anzahl von Wegen gezeigt, die alle von Napata ausgingen, und das Pferd hatte sie sich erstaunlich gut eingeprägt und zögerte nie. Wenn Löwenherz in seinen Stall zurückkehrte, wo ihn Pianchi eigenhändig abrieb, schlug er immer den kürzesten Weg ein. Zu Kraft und Ausdauer gesellte sich bei diesem Pferd noch ein scharfer Verstand.

Oben von einer hohen Düne aus betrachtete der schwarze Pharao die Weiten der Wüste.

«Siehst du, Löwenherz, kein Herrscher würde ein Land wie das hier haben wollen. Aber wir lieben es, du und ich, weil es niemals lügt, weil es uns zwingt, unerbittlich mit uns selbst zu sein und die Allmacht des Lichtes zu verehren. Die Wüste und das bebaute Land sind einander fremd, sie finden nie zueinander, und dennoch macht eines die Notwendigkeit des anderen begreiflich.»

Kronenkraniche flogen über Reiter und Pferd hinweg. Von

fern beobachtete sie eine Säbelantilope mit langen Hörnern, die wie festgewachsen oben auf einer anderen Düne stand. Falls Pianchi eine Wasserstelle gebraucht hätte, er hätte ihr nur zu folgen brauchen.

«Man erwartet mich in der Hauptstadt, Löwenherz, und die, die meine Anwesenheit fordern, sind mir feindlich gesinnt. Sollte ich alles verlieren, werden mich zwei Wesen bis in den Abgrund begleiten: meine Frau und du. Bin ich nicht der Glücklichste unter den Menschen?»

Das Pferd richtete die Nüstern in Richtung Napata und setzte zu einem gewaltigen Galopp an. Es fürchtete sich genausowenig wie sein Herr davor, seine Kraft unter Beweis zu stellen.

Kapitel 8

Tefnacht wußte, daß er nur durch Krieg zur höchsten Macht gelangen konnte, doch er kämpfte nicht gern, ganz gleich mit welcher Waffe. Mochten sich andere wie die Wilden im Bogenschießen oder Lanzenwerfen üben, denn alle libyschen Häuptlinge waren stolz auf ihre körperliche Kraft, ihr Einiger scherte sich nicht darum.

Um seine Angst in den Griff zu bekommen, hatte Tefnacht seinen Schlachtplan und die Vereinigung der Zwei Länder an die hundertmal überarbeitet. Man hatte ihm Gespielinnen zugeführt, doch er hatte abgelehnt und auch keinen Krug Wein oder Bier angerührt. Diese Freuden schwächten und lenkten nur von seinem einzigen Ziel ab, nämlich als oberster Herr des libyschen Bündnisses anerkannt zu werden, die Truppen Pianchis zu vernichten, Nubien zu entmachten und sich im Süden, in Theben, und dann im Norden, in Memphis, zum Pharao krönen zu lassen.

Der Sieg war in Reichweite, falls sie rasch handelten und ehe der schwarze Pharao sich über Tefnachts Entschlossenheit und seinen wahren Ehrgeiz im klaren war. Bis jetzt hielt er ihn lediglich für einen libyschen Fürsten, der zwar mächtiger als seinesgleichen, aber genauso erbärmlich und käuflich war.

Doch Pianchi täuschte sich.

Tefnacht hatte einen libyschen Vater, jedoch eine ägyptische Mutter und hatte die ruhmreiche Vergangenheit Ägyptens studiert, und dabei war ihm eine Gewißheit gekommen:

Ägypten konnte nur wieder groß werden, wenn die Zwei Länder, das heißt Ober- und Unterägypten, wiedervereint wurden. Es war ein großartiges Projekt, das Pianchi einfach nicht zustande brachte und über das sich die libyschen Kleinfürsten lustig machten. Tefnacht hielt sich für fähig, diesen schwierigen Weg bis zum Ende zu gehen und die Fackel aufzunehmen, die die Nachfolger Ramses' des Großen hatten erlöschen lassen.

Ach, dachte er, warum bin ich nur vom guten Willen eines Haufens kleiner, kurzsichtiger Gewaltherrscher abhängig, die sich an ihre bescheidenen Vorrechte klammern? Wenn ich erst die höchste Macht errungen habe, dann ist Schluß mit der Anarchie, die das Land ausblutet. Alle Provinzen, ganz gleich ob im Norden oder Süden, werden wieder der alleinigen Oberhoheit des Pharaos unterstellt.

Es ging Tefnacht nicht um persönlichen Ruhm, sondern darum, Ägypten seine einstige Pracht zurückzugeben und, besser noch, es zum Mittelpunkt der neuen Welt um das Mittelländische Meer zu machen, die unter dem Einfluß Griechenlands und Kleinasiens allmählich Gestalt annahm.

Niemand verstand diese Vision, und er litt sehr unter seiner Einsamkeit. Obendrein mußte er sich, wenn er sein Ziel erreichen wollte, noch Yegebs und Nartrebs bedienen, zweier Kreaturen ohne Gesetz und Glauben. Doch wenn er Erfolg hatte, waren diese Zeiten des Zweifels und Leidens rasch vergessen.

Er entrollte den Papyrus, der aus der XIX. Dynastie, nämlich der von Ramses, datierte, und dachte an die Reichtümer, die Memphis in jener Epoche besessen hatte: üppige Felder, fischreiche Kanäle, Lagerhäuser, die von Waren überquollen ... Heute war die prächtige Stadt ein verschlafenes Nest und wartete auf einen wahren Herrscher, der ihr die Macht zurückgab, die sie brauchte, wenn sie ihre Rolle als ‹Waage der Zwei Länder›, das heißt Balancepunkt zwischen dem nach außen geöffneten Norden und dem traditionsbewußten Süden, spielen wollte.

«Darf ich etwas sagen, Gebieter?» fragte Nartreb in einem Ton, dem man die Erregung anhören konnte.

«Hast du gute Nachrichten?»

«Ausgezeichnete ... Aber ich komme um vor Durst.»

Der Semit schenkte sich mit fetten Händen einen Becher Weißwein ein, der in einem Krug kühl gehalten wurde, wie ihn nur die Töpfer Mittelägyptens herzustellen wußten.

«Haben die Provinzherrscher endlich zu meinen Gunsten gestimmt?»

«Die Lage ist etwas schwierig, Gebieter ... Offen gestanden hat sie sich in den letzten Tagen eher zum Schlechten entwickelt, und du hast nur noch Gegner. Wenn Yegeb und ich nicht eingegriffen hätten, wäre ihre Abstimmung gegen dich ausgefallen, und du hättest dich in dein Fürstentum Saïs zurückziehen müssen.

«Und wie habt ihr sie davon überzeugen können, daß sie anderen Sinnes geworden sind?» wollte Tefnacht wissen.

«Das ist nicht leicht gewesen ... Aber uns sind gute Argumente eingefallen.»

«Nartreb, ich will sie wissen.»

«Ist das unbedingt nötig, Gebieter? Du bezahlst uns, damit wir die Arbeit tun, die wir tun. Was zählen da Einzelheiten?»

«Da bin ich anderer Meinung», sagte Tefnacht kühl.

Nartreb spürte, daß Tefnacht allmählich wütend wurde, und verbeugte sich.

«Yegeb und ich haben seit mehreren Jahren tausendundeine Information über die Provinzfürsten des Nordens gesammelt, und das dank der Mithilfe örtlicher Würdenträger, die ihre Geheimnisse liebend gern verkaufen, Hauptsache, ihr Name wird nicht genannt. Heute ziehen wir nun Nutzen aus dieser Ameisenarbeit. Da diese Kleinfürsten alle mehr oder minder bestechlich sind und sich gegenüber ihren eigenen Verbündeten mehr oder minder schlimme Vergehen haben zuschulden kommen lassen, möchte jeder, daß diese möglichst schnell vergessen werden, daher haben wir nicht viel Mühe gehabt, ihr Einverständnis zu erhalten. Bleibt nur noch ein kleines Problem ...»

«Akanosch?»

«Nein, das ist ein Hasenfuß ... Er hat sich der Ansicht der Mehrheit angeschlossen. Die Rede ist von dem alten Fürsten, der in den Sümpfen des Deltas herrscht und den Fischfang kontrolliert. Ein Einfaltspinsel und Dickkopf ... Er will keinerlei Konflikt mit dem schwarzen Pharao. Bedauerlicherweise wiegt sein Wort noch viel und verhindert den Abschluß der Gespräche. Und es könnte sogar unseren Erfolg in Frage stellen.»

Nartreb verschlang ein paar Datteln auf leerem Magen.

«Und wie willst du das Problem lösen?» fragte Tefnacht.

«Darum hat sich Yegeb gekümmert ... Da ist er ja.»

Yegebs langes Gesicht strahlte vor Genugtuung.

«Darf ich mich setzen, Gebieter? Meine Beine wollen nicht mehr.»

«Und, hast du Erfolg gehabt?»

«Das Schicksal ist uns hold. Der alte Häuptling aus den Sümpfen hat den Geist aufgegeben.»

Tefnacht wurde blaß.

«Du hast doch nicht etwa ...?»

«Dein unnachgiebiger Gegner ist während seiner Mittagsruhe entschlafen ... Ein vollkommen natürlicher Tod.»

«Die Wahrheit, Yegeb!» forderte Tefnacht.

«Die Wahrheit ist, daß man eine Trauerfeier anberaumen wird, und anschließend geben dir die libyschen Fürsten Vollmacht.»

Als Akanosch in sein Zelt zurückkehrte, sah seine Gemahlin, eine rundliche Frau von fünfzig Jahren, sofort, daß er verärgert war. Nach dreißig Ehejahren konnte sie die Gefühle ihres Mannes lesen, ohne daß es eines Wortes bedurfte.

«Bedeutet das … Krieg?»

«Sie haben sich allesamt besonnen, und unser Ältester ist nicht mehr, er kann sie nicht mehr davon überzeugen, daß sie einen tödlichen Fehler begehen, wenn sie Tefnacht zum obersten Anführer wählen. Ja, es bedeutet Krieg. Wir bereiten uns darauf vor, Herakleopolis anzugreifen.»

«Du hast Angst um mich, nicht wahr?»

Akanosch ergriff die Hände seiner Frau und drückte sie.

«Wir sind die beiden letzten, die wissen, daß du aus Nubien stammst … Und niemand würde es wagen, meiner Frau etwas zu tun.»

Akanoschs Gemahlin hatte zwar die helle, von der Sonne gebräunte Haut der Ägypterinnen aus dem Norden, dennoch war ihr Vater Nubier gewesen. Der libysche Fürst hatte lange von einem Bündnis mit Pianchi geträumt, der ihn dann zum Unterhändler bei seinen Landsleuten im Delta bestellt hätte.

«Tefnacht macht mir zu schaffen», bekannte Akanosch. «Er ist klug, gerissen und hartnäckig … Um seinen Traum zu verwirklichen, taucht er Ägypten in Feuer und Blut.»

«Aber du mußt ihm gehorchen wie die anderen und deinen Soldaten befehlen, daß sie ihm folgen», sagte seine Frau.

«So ist es, ich habe keine andere Wahl. Mein Gewissen jedoch gebietet mir, daß ich Pianchi warne.»

«Nimm dich in acht, Liebster! Wenn man dich des Hochverrats bezichtigt …»

«Würde mich Tefnacht gewißlich eigenhändig erwürgen. Beruhige dich, ich weiß, wie ich es anfange und mich dennoch bedeckt halte.»

Kapitel 9

Der Kronrat hatte sich unter Kapas Vorsitz vor dem ersten Pylon des Amun-Tempels in Napata versammelt, an der Stelle, wo man ‹Maat›, das heißt Recht und Wahrheit, sprach. Die Freunde und Unterstützer des Königs saßen zu beiden Seiten des Vorsitzenden, die Ältesten und die Vorlesepriester hatten ernste Mienen aufgesetzt.

Der schwarze Pharao traf hoch zu Roß ein und stieg nur wenige Meter vor Kapa ab, der unbeweglich sitzen blieb. Pianchi trug die charakteristische Krone der nubischen Könige, eine Art Haube, die sich an den Kopf schmiegte und von einem Golddiadem gehalten wurde, auf dem sich zwei angreifende Kobras bäumten. Um seine Handgelenke und Oberarme schlangen sich Goldreifen mit seinem Namen. Sein Pektoral war mit einem winzigen Pantherkopf geschmückt, der im Licht funkelte.

Beim Anblick des Monarchen, dessen äußere Erscheinung erschreckte, wären die meisten Mitglieder des Kronrates am liebsten davongelaufen. Doch sie begnügten sich damit, sich nach dem Beispiel des alten Kapa ehrfürchtig zu verneigen, und der ergriff auch sofort das Wort, weil er eine ungeordnete Flucht verhindern mußte.

«Majestät, der Kronrat hat dich vor zwanzig Jahren zum Pharao von Ober- und Unterägypten gewählt. Keiner seiner Mitglieder mußte sich über dein Tun beschweren, doch jetzt haben unerquickliche Ereignisse den Frieden des Hofes gestört. Wir haben die Beschwerden untersucht, die uns mehr oder weniger auf Umwegen zugegangen sind und …»

«Warum zeigen sich meine Ankläger nicht offen?»

«Wir billigen die Verurteilung des Verwalters der Schatzkammer, Majestät, und die Verbannung der Nebenfrau, die zur Verschwörung anstacheln wollte. Ich für mein Teil halte selbst diese Maßnahmen noch für zu milde.»

«Wenn das so ist, was hast du mir dann noch vorzuwerfen?» fragte Pianchi.

Die Mehrheit des Kronrates hatte gehofft, daß sich Kapa mit dieser kurzen Auseinandersetzung begnügen würde, doch der alte Nubier hatte ein untrügliches Gespür für die Ausstrahlung von Menschen, für Zeit und Ort. Für ihn ging es darum, wie regiert wurde, nicht, welche Wesire gewählt oder welche Politik verfolgt wurde. Wer nicht mit sich und der geheimen Harmonie der Welt im reinen war, konnte das Land unmöglich richtig lenken.

«Während dieser zwanzig Jahre», erinnerte ihn der Älteste, «ist deine Macht nie angefochten worden. Wenn jetzt niederträchtige Menschen versucht haben, deinen Namen zu beschmutzen, gibt das nicht ernstlich Grund, an deiner Regierungsfähigkeit zu zweifeln?»

Mehrere Mitglieder des Kronrates fanden, der alte Kapa ginge zu weit, denn sie fürchteten Pianchis Zorn. Doch der schwarze Pharao blieb ruhig.

«Das göttliche Licht hat den König auf die Erde der Lebenden gestellt, damit er über menschliche Wesen urteilt und die Götter zufriedenstellt», sagte er mit tiefer Stimme und zitierte damit den Krönungsspruch, «damit er an Stelle von Unordnung, Lüge und Ungerechtigkeit die Harmonie der Maat herstellt, den Unsichtbaren Opfer darbringt und die Seelen der Verstorbenen ehrt. Zu dieser Aufgabe hat mich Amun bestimmt. ‹Nimm diese Krone›, so hat er befohlen, denn es ist wirklich Amun, der über mein Schicksal entschieden hat. Gott macht den König, das Volk ruft ihn aus. Und ich habe die Krönungsnamen meines ruhmreichen Vorfahren Thutmosis III., ‹Friedensstifter beider Länder›, ‹Einiger der Zwei Länder› und ‹Mächtig ist die Harmonie des göttlichen Lichtes›, angenommen. Wie er, der Sohn des Thot, suche ich nach Weisheit und Erkenntnis. Steht nicht im ‹Buch des strahlenden Lichtes› geschrieben, daß nur Erkenntnis Verderbtheit und Dunkel vertreibt, in die Zukunft blickt und das Land regiert? Aber du hast recht, Kapa, vielleicht habe ich etwas von meiner Regierungsfähigkeit eingebüßt. Vielleicht ist die Zeit gekommen, daß ich mich zurückziehe. Doch nicht ich darf darauf antworten, sondern Amun. Er wird uns ein Zeichen geben.»

Oben vom Dach seines Palastes inmitten von Palmen, Hibiskus und Oleander blickte Pianchi auf seine Stadt hinunter und dann in die Ferne, in die Wüste. Wie friedlich sie doch im milden Abendlicht wirkte, und dennoch lauerten dort so viele Dämonen, die sich auf den unvorsichtigen Reisenden stürzen wollten! Mehrfach hatte sich der schwarze Pharao den Gefahren der Wüste ausgesetzt, ihren trügerischen Gaukelbildern, ihren Pfaden, die sich im Nichts verliefen, ihren lockenden Dünen, an denen sich das Auge nicht satt sehen konnte.

Abile schmiegte sich an ihn und streichelte seine Wange. Wie er diese Frau liebte, die für ihn die Schönheit und den Adel Nubiens verkörperte! Ihr feinmaschiges Kleid ähnelte einem Fischernetz und ließ viel von ihrem Leib ahnen, eine mit Türkisperlen besetzte Goldkette schmückte ihren Hals, ja, sie war die Verlockung in Person. Sie hatte Pianchi einen Sohn und eine Tochter geboren, und erst durch die Mutterschaft war sie voll erblüht.

«Wohnen wir die letzten Nächte in diesem Palast?» fragte sie mit klarer, von keinerlei Besorgnis getrübter Stimme.

«Ja, wenn mir der Gott Amun sein Vertrauen entzieht.»

Abile schloß ihren Mann in die Arme.

«Wenn ich nur auf meine Liebe zu dir hören würde, ich würde Amun anflehen, daß er schweigt. Wir könnten uns in einen Palmenhain zurückziehen und mit unseren Kindern in Frieden leben. Aber ich bitte ihn nicht darum, weil nur du allein das Wohlergehen unseres Volkes gewährleistest. Das für unser eigenes Glück zu opfern wäre ein unverzeihlicher Verrat.»

«Nimmst du mich nicht zu wichtig?» fragte Pianchi.

«Du darfst ruhig an deiner Macht zweifeln, ich darf sie als solche gelten lassen. Ist das nicht die erste Pflicht einer ägyptischen Königin?»

«Warum hat Amun mir einen Bogen als Botschaft geschickt?»

«Ist Nubien nicht ‹das Land des Bogens›? Damit hat er dir offenbart, daß du noch länger regieren sollst.»

«Der Bogen ist auch Symbol des Krieges ... Aber nirgendwo ist eine Auseinandersetzung in Sicht.»

«Hast du denn keine Angst vor den Unruhen, zu denen die nördlichen Fremdländer anstacheln?» fragte die Königin.

«Sie sind zu sehr damit beschäftigt, sich gegenseitig zu zerfleischen; kein libyscher Fürst wird es jemals schaffen, sich zum Kopf von allen zu machen.»

Es war schon lange her, daß der alte Kapa mehr als zwei, drei Stunden die Nacht geschlafen hatte. Nach seinem Geschmack verrann das Leben viel zu schnell, doch ehe er vor die Göttin des Schönen Westens treten mußte, die dem Tod ein liebliches Lächeln entgegensetzte, wollte er jeden Augenblick auskosten.

Kapa hatte sein Heimatland noch nie verlassen, diese glühendheiße und unwirtliche Gegend, deren schönere Seiten niemand so gut kannte wie er. Sie offenbarte sich nur denen, die sie leidenschaftlich liebten, die ein unstillbares Verlangen nach ihr hatten, und aus diesem Grund war Pianchi ein so ausgezeichneter Herrscher. Doch der Alte hatte nach seinem Gewissen gehandelt und bedauerte nichts. Seiner Magie beraubt, wurde selbst ein Koloß leichte Beute finsterer Mächte.

Wenn die Götter Pianchi nicht als einen der ihren anerkannten, würden Nubien und Unterägypten in eine schlimme Krise mit ungewissem Ausgang stürzen. Nur Durchschnittsmenschen konnten davon träumen, ihn zu beerben, und die würden aus einer schwierigen Situation eine Katastrophe machen.

In tiefster Mitternacht strahlten die Sterne an einem lapislazuliblauen Himmel. Geöffnete Türen ließen ihr Licht herein, das in jedem Augenblick am äußersten Rand der Welt geboren wurde und die Menschen lehrte, daß der Schöpferblick nach oben gerichtet ist und nicht nach unten.

Auf einmal löste sich ein Stern aus seiner Gruppe und überquerte den Himmel mit der Schnelligkeit eines Windhundes in vollem Lauf. Wie unwiderstehlich von der Erde angezogen, stürzte er auf sie zu und zog dabei einen Feuerschweif hinter sich her.

Nein, Kapa war nicht das Opfer einer Einbildung! Der Stern fiel auf Nubien zu, fiel auf die Hauptstadt zu, fiel auf den königlichen Palast zu, der jetzt in rote Glut getaucht war.

Kapitel 10

Wer schlaflos lag, hatte gesehen, daß eine Feuerkugel auf dem Flachdach des königlichen Palastes einschlug, und alle dachten, der Zorn des Himmels hätte den schwarzen Pharao vernichtet. Amuns Antwort war furchtbar ausgefallen.

So schnell es seine alten Beine erlaubten, eilte Kapa zum Schauplatz der Katastrophe, um den sich auch die Einwohnerschaft der Hauptstadt allmählich sammelte, geweckt von den Schreien der Zeugen, die das Unheil gesehen hatten.

Puarma, der Hauptmann der Bogenschützen, hatte der Leibwache des Königs befohlen, den Zutritt zu dessen Gemächern zu untersagen.

«Müssen wir nicht Seiner Majestät zu Hilfe kommen?» erregte sich Kapa.

«Ich weiß es nicht», gestand der Hauptmann; er war so verstört, daß er zu keinem Entschluß fähig war.

«Ich jedenfalls gehe hin», beharrte Kühler-Kopf mit noch schlaftrunkenem Blick.

«Und ich begleite dich», entschied der Älteste des Kronrates.

Auf Puarmas Befehl hin ließen die Bogenschützen den Zwerg und den Greis vorbei, und die stiegen eine mit Blumenornamenten verzierte Treppe hoch und wagten sich in den Privatbereich Pianchis.

«Majestät ... Ich bin es, Kühler-Kopf! Kannst du sprechen?»

Keine Antwort.

Das Schlafzimmer, der riesige Waschraum, der Massageraum, das Arbeitszimmer, der Empfangsraum für Ehrengäste, die Bibliothek ... Alles leer.

«Bleibt nur noch die Terrasse», meinte Kapa.

Kühler-Kopf hätte am liebsten geweint. Im Inneren des Hauses hätte Pianchi den furchtbaren Einschlag des Sterns überleben können. Aber auf der Terrasse ...

«Meine alten Beine tragen mich nicht mehr», bekannte der Älteste des Kronrates.

«Dann ruh dich aus, ich gehe allein weiter.»

Mit zusammengeschnürter Brust stieg der Zwerg langsam die Stufen hoch, die zur Terrasse führten. Und dann erblickte er sie im Schein des Mondes.

Pianchi und seine Gemahlin lagen aneinandergeschmiegt, Abile hatte den Kopf auf die Brust ihres Mannes gebettet.

So waren sie im gleichen Augenblick in Liebe vereint gestorben.

«Was tust du hier, Kühler-Kopf?»

Der Zwerg fuhr zusammen, er zitterte an allen Gliedern. Das war die ernste Stimme des Gottes Amun, die himmlische Stimme, die ihn für seine Dreistigkeit bestrafen würde!

«Hat sich in meiner Hauptstadt etwas Schlimmes ereignet?» fragte Pianchi und setzte sich auf.

Kühler-Kopf glaubte, einen Geist zu sehen.

«Bist du das, Majestät? ... Bist du es wirklich?»

«Habe ich mich so verändert?»

«Ein Stern ist vom Himmel gefallen, ein Feuerball ...»

«Siehst du hier denn irgendwo Anzeichen einer Feuersbrunst ...»

Jetzt erwachte auch die Königin.

«Ich habe von einem Himmelsfeuer geträumt ... Es war

rings um uns wie eine schützende Gloriole. Und wir waren im Herzen einer Sonne, die in der Nacht leuchtete.»

«Ein Wunder!» schrie Kühler-Kopf und stürzte die Treppe hinunter. «Ein Wunder, Gott Amun hat das königliche Paar in Licht verwandelt!»

Das Urteil des Kronrates, das Votum der Priester und die Gefühle des Volkes, alle waren sich darin einig, daß es wirklich Amun gewesen war, dem es beliebt hatte, sich als Himmelsfeuer zu manifestieren, Amun, der im reinen Fels wohnte und Pianchi als seinen Sohn und rechtmäßigen Pharao anerkannt hatte.

Als sich die Sonne über dem Gebel Barkal erhob, dessen Gipfel dabei die Form einer Krone annahm, bestätigten die Freunde des Königs, die Vorlesepriester und die Ältesten Pianchi durch ihren Vorsitzenden Kapa als Staatsoberhaupt.

«Wir sind deine Diener», erklärte der alte Kapa. «Befiehl, und wir gehorchen, denn so will es der Schöpfer, der dich leitet.»

Otokus Gesicht verzog sich zu einem strahlenden Lächeln. Der Dicke träumte bereits von dem glanzvollen Bankett, das er zur Feier der zweiten Krönung des schwarzen Pharaos organisiert hatte. Es würde aufgrund des Überflusses und der hervorragenden Gerichte in die Geschichte der nubischen Küche eingehen.

«Es gibt nichts Dringlicheres, als die Vorväter zu ehren», verfügte Pianchi. «Sie kommen nicht an letzter Stelle, sondern an erster, denn sie kennen sowohl das Leben als auch den Tod.»

Pianchi bestieg seine königliche Barke, deren Bug nach dem heiligen Tier Amuns wie ein Widderkopf geformt war. Er nahm Platz auf seinem Thron, Königin Abile setzte sich an seine Seite, und dann gab der Pharao das Zeichen zum Aufbruch in Richtung Kurru stromabwärts von Napata, gefolgt von einer eindrucksvollen kleinen Flotte, in der kein einziger Würdenträger fehlte.

Kurru war die Begräbnisstätte der nubischen Herrscher, wo auch Pianchis Vater ruhte. Bescheidene Hügel mit einer Nische für Opfergaben grenzten an Feuergruben und Grabstätten, die mit ihren Mauern aus leuchtendem, schönem Kalkstein und ihren großen, nach Osten geöffneten Kapellen den ewigen Wohnstätten des Alten Reiches glichen und den Lebenden erlaubten, sich mit den Dahingeschiedenen mittels ihrer Opfergaben zu unterhalten.

Pianchi, dessen Name ‹der Lebende› bedeutete, stellte fest, daß sein eigenes Grabmal fast fertig war. Er hatte die Form einer Pyramide gewählt, in deren Innerem man einen Stollen gebaut hatte, der zur Grabkammer mit dem Stufengewölbe führte. Ganz in der Nähe war auch die letzte Ruhestätte seiner Gemahlin, so daß sie sich im Jenseits Gesellschaft leisten konnten.

In Pianchis Pyramide waren bereits zwei treue Freunde bestattet, nämlich seine beiden ersten Pferde, die man in tiefe Gruben gestellt hatte, nachdem man die Mund-, Augen- und Ohrenöffnungszeremonie an ihnen vollzogen und ihr sterbliches Herz durch ein unvergängliches ersetzt hatte.

Pianchi opferte seinen Ahnen Blumen, Duftsalben, Brot, Wein, Milch, Bier, Festtagsöl, Stoffe und Goldketten.

«Eure Namen sind in Stein gehauen», erklärte er, «und sie werden nie vergessen werden. Ich gebe ihnen das Leben zurück, wie es auch der Sohn meines Sohnes tun wird. In Wahrheit ist nur der seines Namens würdig, der die Erinnerung an seine Vorfahren wachhält und ihre Tische mit Opfergaben schmückt.»

Abile strahlte. Wie ihr Gemahl fand auch sie, daß die Ägypter der Zwei Länder von Tag zu Tag ihre Überlieferungen immer mehr vergaßen und das Gesetz der Maat mißachteten. Und sogar die heilige Stadt Theben vernachlässigte ihre frommen Pflichten und ließ sich statt dessen von den Gaukelbildern Gewinn und persönlicher Ehrgeiz verlocken.

Hier, in Napata, in dieser fernen und wilden Gegend, erhielt der schwarze Pharao noch die echten Rituale am Leben und las die uralten Texte, weil er die Weisheit aus der Zeit der Pyramiden und das Werk Thutmosis' III., Seths und Ramses' II. weiterreichen wollte.

Einer der Teilnehmer an der Zeremonie empfand großen Stolz: Kühler-Kopf, der gestrenge Schreiber, der sich einer Hieroglyphenschrift aus den ganz frühen Zeiten rühmte und forderte, daß man sich einer klassischen Sprache bemühen sollte, die keine barbarischen, fremdländischen Wörter benutzte, wie sie in der verderbten Sprache der nördlichen Fremdländer vorkamen. Hier sah er, daß die Pyramidenform wiederauflebte, ein Lichtstrahl aus Stein, und das erinnerte ihn an das Goldene Zeitalter der Pharaonen.

Pianchi pflanzte im Garten vor der Grabkammer seines Vaters eine Tamariske. In diesem Augenblick des Austausches mit dem Unsichtbaren wollte ihn ein Bild nicht loslassen, nämlich das des Bogens, den Amun gezeichnet hatte. Welche Bedrohungen sagte er voraus?

Kapitel 11

Tefnacht hatte seine gesamten Truppen gegen Herakleopolis, ‹die Stadt des königlichen Kindes›, geworfen, eine sehr alte Ansiedlung und dem schwarzen Pharao treu ergeben. Der neue General und Heerführer der Nordarmee war überrascht über den Gehorsam der Stammesfürsten gewesen, die seinen Plan ohne Aufbegehren durchgeführt hatten.

Die Libyer hatten an vier Stellen gleichzeitig angegriffen, ein Überraschungsangriff, der Panik unter den Verteidigern auslöste. Fürst Peftau, ein sechzigjähriger Schreiber, Erbe einer berühmten, alteingesessenen Familie und reicher Landbesitzer, hatte vor soviel Gewalttätigkeit aufgegeben. Zwar waren seine Soldaten gut ausgebildet, doch sie waren es nicht gewohnt, einen Kampf an mehreren Stellen abzuwehren.

Das Nordheer hatte eine halbe Stunde gebraucht, dann hatte es sich einer geheimen Ausfallpforte bemächtigt, hatte ein befestigtes Tor geöffnet und war in die Stadt geströmt. Oben auf den Mauern hatten Peftaus Bogenschützen versucht, die vernichtende Flut aufzuhalten, doch die libyschen Steinschleuderer hatten sie schnell erledigt. Einige Bürger hatten sich beherzt in den Kampf gestürzt, doch die wurden von den Angreifern in ihrem Erfolgsrausch in Stücke gehackt.

Peftau fürchtete, daß eine Fortsetzung des Kampfes nur zu einem Abschlachten der Bevölkerung führte, trat, umringt von seiner Leibwache, aus seinem Palast und forderte seine Männer auf, Schwerter und Schilde auf den Boden zu legen.

Tefnacht näherte sich dem Besiegten.

«Ergibst du dich bedingungslos?» fragte er.

«Wir sind deine Gefangenen, aber verschone bitte die Einwohner dieser Stadt!» war die Antwort.

«Einverstanden, wenn ausnahmslos alle Waffen auf dem großen Platz abgegeben werden.»

«Darauf gebe ich mein Ehrenwort», sagte Peftau.

Nach und nach war der Blutrausch gestillt. Herakleopolis gehorchte seinem Fürsten, Frauen und Kinder hielten sich aneinander fest, denn der grausame Blick der Sieger hatte sie verstört. Ein Soldat, der zu fliehen versuchte, wurde von vier Fußsoldaten eingefangen, sie trampelten auf ihm herum, ehe sie ihm eine Lanze in den Rücken stießen.

«Bist du nicht der Fürst von Saïs?» fragte Peftau benommen.

«Heute bin ich Kopf des nordischen Bündnisses. Morgen vereinige ich die Zwei Länder», bestätigte Tefnacht.

«Weißt du denn nicht, daß Pianchi der einzig rechtmäßige Pharao ist und daß ihm diese Stadt gehört?»

«Du kannst wählen, Peftau, entweder wirst du mein Vasall, oder du stirbst.»

Der Fürst von Herakleopolis begriff, daß Tefnacht keineswegs scherzte. Sein Blick war der eines unbarmherzigen Siegers.

Peftau verneigte sich.

«Ich erkenne dich als meinen Herrscher an.»

«Sagst du dich von Pianchi los?» fragte Tefnacht.

«Ich sage mich von ihm los ... Aber was hast du weiter vor?»

«Herakleopolis ist nur eine Zwischenstation.»

«Eine Zwischenstation ... Soll das heißen, du willst weiter in den Süden vordringen?»

Tefnacht blickte in die Runde.

«Ein Drittel deiner Soldaten ist gefallen oder verwundet... Folglich verbleiben zwei Drittel erfahrene Krieger, die sich meinen Truppen anschließen werden, damit wir eine andere Stadt, die Pianchi kontrolliert, erobern können.»

«Die Eroberung von Herakleopolis ist dir hervorragend gelungen», meinte Peftau, «und dein frisch gewonnener Ruf wird ausreichen, um die Nubier in Angst und Schrecken zu versetzen ... Warum willst du noch mehr?»

«Du bist doch kein Jämmerling, Peftau, und dennoch blickst du nicht weiter als bis zu den Mauern deiner Stadt. Begnüge dich damit, mir blindlings zu gehorchen, dann behältst du deine Vorrechte.»

Damit ließ Tefnacht den Besiegten stehen und versammelte die libyschen Stammesfürsten im Audienzsaal des Palastes. Einige waren bereits betrunken, andere noch bedeckt vom Blut ihrer Opfer, und alle jubelten den Namen ihres Generals, der sie zu solch glänzendem und raschem Sieg geführt hatte, wo sich doch die Mehrzahl auf erbitterten Widerstand seitens der Milizen von Herakleopolis gefaßt gemacht hatte. Tefnacht hatte ihnen bewiesen, daß er ein fähiger Kriegsführer war, und hatte ihnen eine unerwartet rosige Zukunft eröffnet. Er hatte in ihnen die Kampfeslust geweckt, die Lust, ihre Erbfeinde, die Ägypter, zu vernichten, die Libyen jahrhundertelang gedemütigt hatten.

Tefnacht hatte vorgehabt, Schlüsse aus diesem ersten militärischen Unternehmen zu ziehen, doch als er sah, in welchem Zustand seine Untergebenen waren, nahm er davon Abstand.

Angewidert von so viel Mittelmaß, überließ der General die Stammesfürsten ihrem Rausch. Als er aus dem Palast trat, stieß er auf Akanosch, der sich in ein langes, rotgestreiftes Gewand gekleidet hatte.

«Warum hast du dich nicht am Angriff beteiligt?» fragte Tefnacht.

«Ich bin Wortführer der Stämme, aber kein Fußsoldat, der den Auftrag hat, in die feindlichen Linien einzudringen.»

«Billigst du mein Handeln nicht?» fragte Tefnacht.

«Du hast einen glänzenden Sieg errungen, Tefnacht, und niemand wird jetzt noch deine Oberhoheit anfechten. Ich werde deine Befehle mit größter Genauigkeit weiterleiten.»

«Hier ist einer, Akanosch. Laß die Befestigungen von Herakleopolis verstärken, und teile die Wachablösung ein.»

Tefnacht machte sich auf die Suche nach Nartreb und Yegeb und traf letzteren unter den Plünderern an, die das Haus eines Hauptmanns der Bogenschützen aus Herakleopolis ausraubten, der bei dem Überfall gefallen war. Trotz seiner schmerzenden Knöchel und seiner Unbeweglichkeit erwies sich der Semit als der Behendeste und stopfte goldene Becher in einen großen Sack.

Er zuckte zusammen, als er Tefnacht erblickte.

«Gebieter … Keine Bange, ich überwache diese Männer! Sie nehmen nur das, was ihnen zusteht.»

«Ich vertraue dir. Wo steckt Nartreb?»

«Da oben», erwiderte Yegeb mit einem eigenartigen Lächeln. «Aber er ist, glaube ich, zu beschäftigt …»

Tefnacht stieg die Treppe hoch. Aus dem oberen Stock drang das Geschrei einer Frau, die Nartreb gewaltsam schändete und dabei ohrfeigte.

«Das reicht, Nartreb!»

Der Unhold machte weiter.

«Das ist doch nur die Tochter eines Offiziers in Pianchis Sold, und ich bin mir sicher, daß sie noch nie einen Mann wie mich gekannt hat!» antwortete Nartreb.

Tefnacht trat ihn in die Seite.

«Du hast mir weh getan, Gebieter!» heulte Nartreb auf.

«Geh hinunter zu Yegeb und stelle Nachforschungen über Peftau, den Fürsten von Herakleopolis, an.»

Nartreb ordnete seinen Schurz, und es war ihm einerlei, daß ihn die junge Frau mit haßerfülltem Blick ansah.

«Zweifelst du an seiner Treue, Gebieter?»

«Ich will alles über ihn wissen, und das schnell.»

Der Schänder drehte sich zu seinem Opfer um, ehe er zur Treppe strebte.

«Wir sehen uns wieder, meine Kleine», versprach er.

Die Ägypterin bedeckte Bauch und Brüste mit den Fetzen ihres Kleides.

«Wie heißt du?» fragte Tefnacht.

«Aurora. Bist du der libysche General?»

«Ich bin der neue Herr dieser Stadt.»

«Du hast meinen Vater getötet, und ich werde dich töten.»

Kapitel 12

In der Nähe des Amun-Tempels hatte man einen Palast für den schwarzen Pharao auf einem vier Ellen hohen Sockel erbaut und ihn mit einer hohen Mauer umgeben. Die beiden Flügel der großen Eingangspforte standen weit offen und ließen ganz Napata zu einem Bankett ein, zu dem alle zu Ehren von Pianchi geladen worden waren. Da der Zeremonienmeister kein Geringerer als Otoku war, freute sich jeder auf einen ungewöhnlichen Abend.

Puarma, der Hauptmann der Bogenschützen, hatte große Schwierigkeiten, seine Begleiterin für diesen Abend unter dem knappen Dutzend wunderschöner, junger Mädchen zu wählen, die ihn gebeten hatten, sie mitzunehmen. Nur durch das Los, weitschweifige Erklärungen und passende Geschenke, die ihn noch tiefer verschuldeten, war es ihm gelungen, sich aus dieser Klemme zu befreien.

Der Zufall wollte es, daß die am wenigsten Geschwätzige an seinem Arm hing und das Schauspiel, das sich ihr bot, mit großen Augen genoß. Im Garten aufgepflanzte Fackeln beleuchteten Palmen, Tamarisken, Sykomoren und Teiche, auf denen sich weiße und blaue Lotosblüten entfalteten und in ihrem Schein schimmerten. Diener boten den Gästen duftende Tücher und Becher mit kühlem Weißwein an, während diese die Säulen des Palastes bewunderten, die wie Papyrusstengel geformt waren.

Das Paar stieg die Ehrentreppe aus rosa Granit hoch, deren

Seitenwände mit Gestalten von am Boden liegenden besiegten Feinden geziert waren. Im großen Audienzsaal wimmelte es schon von Höflingen, und hier geriet man erneut ins Staunen. Gelbe, grüne, blaue und lila Kacheln, Deckengesimse aus vergoldetem Stuck und Flachreliefs, die wilde Stiere, Panther und Elefanten darstellten, schmückten die Wände.

Hinten im Saal stand ein Baldachin, den vier Löwen aus Kalkstein umgaben. Er wölbte sich über zwei Thronsesseln aus vergoldetem Holz, auf denen Pianchi und Abile bei offiziellen Audienzen Platz nahmen. Der Hauptmann der Bogenschützen merkte, daß es seiner Begleiterin beim Anblick dieser Wunder die Sprache verschlagen hatte, daher hütete er sich, ihr zu sagen, daß mitten unter dem Palast als Symbol des im Dunkeln verborgenen Lichtes ein großer Block Rohgold eingelassen war.

Jemand schubste Puarma.

«Also, wer ... Ach, du bist es, Kühler-Kopf! Aber du trägst ja gar keine Festgewänder.»

«Ich habe andere Sorgen», entgegnete der Schreiber, der sichtlich kurz vor dem Zusammenbruch stand.

«Was ist los?»

«Es geht einmal wieder um den Abfluß von Brauchwasser! Trotz der Anweisungen, die ich den Arbeitern gegeben habe, haben sie geschlampt. Und dabei ist es so einfach ... Man muß nur die Steinbecken mit Kupferbändern auskleiden, eine ausreichend große Öffnung herausschlagen, die man mit einem Metallstöpsel verschließt, und den Durchmesser der Rohre aus geschlagenen und zylindrisch geformten Kupferblättern genau berechnen. Ich würde ihnen gern die Pläne zeigen und ihnen die richtigen Maße geben, denn das Netz, das den linken Flügel des Palastes versorgt, ist schon wieder verstopft ... Und daraus folgt, ich kann mir das Fest abschminken, weil ich jetzt gehen und einen Haufen Stümper wecken muß!»

Der Zwerg verschwand unter Gebrummel, während im Audienzsaal die Musik einsetzte. Zwei Harfenspielerinnen zupften eine bezaubernde Weise, dazu gesellten sich mehrere Flötenspieler.

Gegen Schluß der Darbietung bat ein Oberhofmeister die Gäste, sich in den Bankettsaal zu begeben. Beim Anblick der prächtigen, niedrigen Tischchen aus Ebenholz, der mit Kornblumen und Alraunen bestreuten Pfade dazwischen, der Öllampen auf hohen Pfeilern aus vergoldetem Holz, aber vor allem beim Anblick des Geschirrs fiel die Begleiterin des Hauptmanns der Bogenschützen fast in Ohnmacht, denn alles, Teller, Becher, Schüsseln, Fingerschalen, alles war aus Gold!

Fächer, einige aus Schilfrohr und wie Lotosblüten geformt, andere aus Straußenfedern, sorgten bei den Gästen, die es sich in dem großen Raum bequem gemacht hatten, für angenehme Frische und verteilten liebliche Düfte.

Mit Ketten aus sechs Strängen Gold und Halbedelsteinen eiferten die Schönen von Napata darum, wer die Eleganteste war. Noch nie hatte Puarmas Gespielin solch verschwenderischen Reichtum an Karneol, Jaspis, Türkis und Lapislazuli gesehen. Und dazu noch die Ohrringe aus Gold, denen Goldschmiede die unterschiedlichsten Formen gegeben hatten!

«Bin ich schön genug angezogen?» sorgte sie sich.

«Du bist wunderschön», meinte der Hauptmann der Bogenschützen, dem die Mittel fehlten, seine Begleiterin für diesen einen Abend mit Geschmeide zu behängen.

Als Pianchi und Abile erschienen, stockte allen der Atem vor Bewunderung. Macht und Schönheit vereinten sich in dem königlichen Paar, und es stellte alle in den Schatten, die gehofft hatten, es ihnen gleichzutun. Der Gegensatz zwischen dem funkelnden Gold seiner Ketten und Armreifen und Pianchis schwarzer und Abiles kupferfarbener Haut versinnbildlichte eine beinahe übernatürliche Harmonie. Die Schmuckstücke, die das Herrscherpaar gewählt hatte, waren so vollendet, daß sie den Göttern wohl angestanden hätten. Jeder war aufs neue von der gewaltigen Kraft, die Pianchi ausstrahlte, und der angeborenen Würde seiner Gemahlin beeindruckt. Auch sie strahlte Kraft aus, war diesem eindrucksvollen Herrscher in jeder Hinsicht ebenbürtig!

Pianchi hielt eine große Perle hoch, auf die sich jetzt die Blicke der Gäste richteten.

«Betrachtet dieses Meisterwerk der Natur. Ist es nicht sichtbares Symbol des Schöpfungskreises aus dem durchsichtigen Inneren des himmlischen Meeres, in dem jeden Morgen eine neue Sonne geboren wird? Huldigt diesem Licht, das sich euch so verschwenderisch darbietet, diesem großzügigen Leben, das zuweilen das Antlitz des Todes annimmt, damit wir in der Ewigkeit zu einem besseren Leben erwachen können.»

Der König ergriff einen goldenen Becher, in den eine voll aufgeblühte Lotosblüte mit runden Blättern eingraviert war. Dieser Lotos, der aus dem Urmeer emporwuchs, sollte die Auferstehung, die Wiedergeburt der Seele darstellen. Und der Wein im Becher, war er nicht eine Huldigung an Hathor, die Göttin der Sterne und der Schöpferliebe, die die Sternenbilder vor Freude tanzen ließ, bis der göttliche Rausch die Herzen der Menschen erfüllte?

Pianchi trank einen Schluck, die Königin tat es ihm nach.

Das Fest konnte beginnen.

Wer an einem solchen Abend Wache stehen mußte, konnte darüber trübselig werden. Doch der Pharao hatte den Offizier und seine Männer, die für die Sicherheit der Hauptstadt sorgten, nicht vergessen, sondern hatte Sold und Rationen verdoppelt.

Es gehörte sich zwar, sich in regelmäßigen Abständen zu beschweren, wenn man befördert werden oder die Arbeitszeit ermäßigt haben wollte, dennoch mußte man zugeben, daß das Soldatenleben in Napata nicht zu den härtesten zählte. Die Stadt war reich und wurde gut verwaltet, die Einwohner waren glücklich und friedlich, es gab keinen einzigen inneren Streit, keinen Krieg am Horizont … Früher einmal, als die Nubier im Heer des Pharaos gekämpft und Libyer und Syrer auf gefährlichen Kriegszügen besiegt hatten, da war es durchaus geraten gewesen, mehrere Schutzamulette auf dem Leib zu tragen und stets kampfbereit zu sein.

Wenn es nach ihm gegangen wäre, hätte der Offizier im Schutz des Sternenzeltes, an dem die Seelen der Pharaonen, die ‹wahr an Stimme› waren, in alle Ewigkeit funkelten, ein erquickendes Schläfchen eingelegt. Doch einer der Wachtposten mußte ihn ausgerechnet dabei erwischen und ihn bei einem Vorgesetzten melden.

Der Offizier netzte sich Lippen und Stirn mit lauem Wasser und nahm seinen Posten wieder ein, den Blick auf den Weg nach Norden gerichtet, der am ersten befestigten Wachtposten der Hauptstadt endete. Dort wurden Reisende, die in die Hauptstadt wollten, streng kontrolliert.

Dank eines Vetters, der im Palast Koch war, würde der Offizier morgen etwas von den Speisen zu kosten bekommen, die Pianchis Gäste übriggelassen hatten. Unter anderem sollte es ‹Ramses' Labsal› geben, eingelegt in eine Marinade nach jahrhundertealtem Rezept.

Da, ein Licht in der Wüste.

Zunächst hielt es der Offizier für Sternengefunkel, doch die Sache klärte sich rasch: Es handelte sich um das Alarmsignal eines Spähers.

Ein Signal, das mehrfach wiederholt wurde und auf eine unmittelbar drohende Gefahr hinwies.

Kapitel 13

Der Offizier zögerte. Sollte er den König wecken oder bis morgen früh abwarten? Wer Pianchi aus dem Schlaf riß, riskierte seinen Zorn, doch wenn man ihn nicht auf der Stelle warnte, konnte es noch schlimmer kommen. Der Offizier war sich unschlüssig und entschied sich dafür, Kühler-Kopf zu Rate zu ziehen.

Der Schreiber hatte es geschafft, das Abflußsystem instand zu setzen und war gerade eingeschlafen, daher murrte er gewaltig, ehe er sich im Bett aufsetzte.

«Was willst du?» fragte er verdrießlich.

«Ein ernster Zwischenfall ... Vielleicht muß man Seine Majestät davon benachrichtigen.»

«Versucht jemand, in Napata einzudringen?»

«Na ja ...»

Jetzt war Kühler-Kopf hellwach.

«Hast du die Situation im Griff?» wollte er wissen.

«Ja, der Mann ist verhaftet worden», sagte der Offizier.

Der Zwerg zog die Augenbrauen zusammen.

«Der Mann ... Soll das etwa heißen, daß Napata von einem einzigen Mann angegriffen worden ist?»

«Wer nächtens reist, macht sich zwangsläufig verdächtig! Unsere Sicherheitsvorkehrungen haben sich als sehr wirksam erwiesen, und ich hoffe doch, daß meine Verdienste ...»

«Ich spreche mit dem König.»

Pianchi schlief nicht.

Stundenlang hatte er sich die Schmeichelreden der Höflinge anhören müssen, die wetteiferten, sich so feurig wie möglich in Lobhudeleien zu ergehen. Ein jeder hatte die köstlichen Speisen und Weine gelobt, und Otoku hatte als Dank für seine wunderbare Organisation sein Gewicht in Krügen Starkbier geschenkt bekommen.

Der schwarze Pharao hatte diesen prunkvollen Abend auch nicht einen Augenblick genießen können. Eine Angst verfolgte ihn, die ihn daran hinderte, von den Köstlichkeiten des Banketts zu kosten, von denen bei Hofe noch monatelang die Rede war. Abile hatte die Not ihres Mannes bemerkt, sich aber gehütet, seine Gedanken zu stören.

Als sie dann oben auf dem Palastdach waren, betrachtete Pianchi den Himmel. Nur die Sterne besaßen die letzte Weisheit, denn sie übermittelten die wahre Macht, die vom Ursprung allen Lebens.

Dann war auf dem Dach ein leichter Schritt zu hören.

«Kühler-Kopf … du schon wieder!»

«Vergebung, Majestät, wenn ich störe, aber da du ohnedies wach bist …»

«Um diese Zeit schlafe ich normalerweise den Schlaf des Gerechten», sagte der König.

«Ein Mann hat versucht, in die Stadt einzudringen, die Bogenschützen haben ihn festgenommen. Der wachhabende Offizier möchte seine Verdienste anerkannt wissen und bittet um eine Beförderung.»

«Er soll sich nächsten Monat um unsere nächtliche Sicherheit kümmern. Danach sehen wir weiter. Hat dieser Mann seinen Namen genannt?»

«Dem Offizier zufolge hat er nur Unzusammenhängendes geäußert. Er behauptet, ein Diener Amuns zu sein und eine vertrauliche Botschaft für den rechtmäßigen Pharao zu haben.»

«Hast du ihn befragt?»

«Nein, Majestät. Ich habe mir gedacht, daß du diesen seltsamen Reisenden so schnell wie möglich sprechen möchtest.»

«Führe ihn in den Audienzsaal.»

An diesem ersten Tag des ersten Monats der Nilschwemme im einundzwanzigsten Jahr der Regierung Pianchis färbte der Sonnenaufgang einen Teil des Himmels außergewöhnlich rot. Das Licht stieg aus dem Gebirge im Osten in Form einer Sonnenscheibe empor, als lebendiges Abbild des Schöpfers, dessen Statthalter auf Erden der Pharao war.

Der Audienzsaal des Palastes von Napata lag bereits im Schein der aufgehenden Sonne, als der Reisende vor Pianchi gebracht wurde, die Handgelenke in hölzernen Handschellen und zu beiden Seiten ein Soldat.

«Nehmt ihm die Handschellen ab und laßt uns allein», befahl der König.

Für eine geraume Weile verschlug die Erscheinung des Kolosses mit der schimmernden, schwarzen Haut dem Besucher die Sprache.

«Majestät ...»

«Wer bist du?»

«Ich bin ein Amun-Priester», stammelte der Mann.

«Was ist dein Rang in der Hierarchie?»

«Ich bin Vorlesepriester und damit beauftragt, die Gefäße für die Abendandacht zu reinigen.»

«Aus welchem Tempel kommst du?»

«Aus Karnak, aus dem Tempel Amun-Res, des Herrn über alle Götter», antwortete der Priester.

«Wie bist du gereist?»

«Ich habe mir eine Landkarte besorgt und mehrmals das Boot gewechselt, das letzte Wegstück habe ich zu Fuß zurückgelegt.»

«Es ist gefährlich, in der Dunkelheit zu wandern ... Eine Schlange hätte dich beißen können.»

«Das Risiko mußte ich auf mich nehmen, um dem Biß eines viel gefährlicheren Tieres als alle Kobras Nubiens zusammen zu entgehen, eines Reptils, das sich um Ägypten ringelt, so daß seine Bewohner nicht mehr atmen können, und das ihnen schon bald den Lebensodem abdrückt.»

«Du sprichst in Rätseln!»

«Sagt dir der Name Akanosch etwas?»

«Ein libyscher Fürst aus dem Delta.»

«Akanosch hat unter Einsatz seines Lebens eine Botschaft nach Karnak geschickt. Ich bin dazu auserwählt worden, sie dir zu überbringen.»

«Dann gib mir den Papyrus, den du bei dir trägst.»

«Die Botschaft ist mündlich.»

«Dann sprich», befahl der König.

«Tefnacht, Fürst von Saïs, ist zum General eines Bündnisses ernannt worden, zu dem sich die anderen Stammesfürsten zusammengeschlossen haben. Zunächst hat er sich des westlichen Deltas bemächtigt, dann des ganzen Deltas. Er hat Memphis eingenommen und zieht in Richtung Süden. Einheimische Fürsten, Dorfschulzen und Verwalter haben sich hündisch an seine Fersen geheftet, und niemand widerspricht mehr seinen Befehlen. Bis Herakleopolis haben ihm alle Städte die Tore geöffnet, und er hat sich zum Herrn ausgerufen.»

«Aber Fürst Peftau, mein treuer Untertan, hat ihm gewiß widerstanden und ihn am Weiterziehen gehindert? Dieser Aufschneider Tefnacht hat kehrtgemacht, und sein Bündnis ist zerfallen.»

«Es tut mir leid, Majestät, aber ich muß dich enttäuschen ... Tefnacht hat Herakleopolis mit einem Handstreich genommen, Peftau hat ihm nichts entgegensetzen können.»

«Ist er gefallen?» fragte der König.

«Nein, er hat sich ergeben.»

«Und die Einwohner?»

«Sind verschont worden», sagte der Priester, «aber Peftaus Soldaten stehen jetzt unter dem Oberbefehl Tefnachts.»

«Und sie haben sich überhaupt nicht gewehrt?»

«Wenn sie nicht gehorcht hätten, wären sie abgeschlachtet worden. Fortan sind sie deine Feinde.»

«Du sagst also, daß Tefnacht Herakleopolis beherrscht?» sagte der König.

«Ja, Majestät, und du mußt einsehen, daß er Oberbefehlshaber eines richtigen Heeres ist, das von Sieg zu Sieg eilt.»

«Weißt du etwas über Tefnachts Strategie?»

«Er ist bereit, sich jeden Tag zu schlagen und weiter nach Süden vorzudringen.»

«Bis nach Theben?» fragte Pianchi.

«Das ist gewiß, Majestät.»

Der schwarze Pharao schwieg. Man hätte denken können, diese Kunde hätte ihn fassungslos gemacht.

Doch dann fing er an zu lachen.

Kapitel 14

Pianchis Reaktion verunsicherte den Priester.

«Majestät ... Glaubst du mir etwa nicht?»

«Du bist ein Mann des Gebets und der Meditation, vom Krieg verstehst du nichts.»

«Aber Akanosch ...»

«Wie kann der eine unvoreingenommene Ansicht von der Lage haben? Akanosch ist ein libyscher Kriegsherr und untersteht diesem Aufschneider Tefnacht. Das Vorgefallene ist in keiner Weise bedenklich.»

«Aber, Majestät, demnächst kontrolliert Tefnacht ganz Mittelägypten!»

«Hermopolis, die Stadt des Gottes Thot, wird mir treu bleiben. Tefnacht wird es nicht wagen, sie anzugreifen.»

Der Amun-Priester war verstört.

«Dann willst du nicht darauf reagieren?»

«Ich werde meinen Kriegsrat einberufen. Keine Bange, man wird dich gut unterbringen und verpflegen. Der Amun-Tempel steht dir offen, du kannst dort deinen frommen Pflichten nachkommen.»

«Darf ich dir noch eine Bitte vortragen, Majestät?»

«Ich höre.»

«Erlaubst du mir, in deiner Hauptstadt zu bleiben? Man hat mir erzählt, daß hier noch die ältesten Traditionen gepflegt werden.»

«Wenn du möchtest, so sei es dir gewährt.»

Der Kriegsrat des schwarzen Pharaos setzte sich aus Abile, seiner Hauptfrau, dem Schreiber Kühler-Kopf, dem Hauptmann der Bogenschützen Puarma und Otoku, dem Betreiber der Goldbergwerke, zusammen. Pianchi vertraute ihnen, er wußte, daß sie weder mit heuchlerischer noch falscher Zunge redeten.

Wesire und Höflinge taugten nicht dazu, sie schwatzten lang und breit und hatten dabei nur ein Ziel im Auge, nämlich die Wahrung ihrer persönlichen Interessen. Daher war es besser, grundlegende Entscheidungen im engsten Kreis zu treffen und sie dann dem Hof mitzuteilen.

Pianchi hatte seine engsten Freunde im schattigsten Teil des Gartens versammelt, in dessen Mitte es einen Teich gab, in dem der König häufig schwamm. Pianchi genoß die Hitze des Hochsommers, die selbst für Nubier drückend war, setzte sie doch die Kraft der Erde frei und stellte die Charaktere auf die Probe.

Otoku dachte da ganz anders, er hatte die Füße in einer Wanne mit kühlem Wasser und legte sich ein feuchtes, mit Myrrhe getränktes Tuch auf die Stirn. Und was Kühler-Kopf anging, so trank er literweise schwaches Bier gegen die Hundstage, unter denen auch Königin Abile nicht litt. Sie saß unter einem Sonnenschirm und trug nichts als ein Netzkleid, das ihre herrlichen Formen kaum verbarg. Puarma, der Hauptmann der Bogenschützen, ging nackt, er hatte sich nicht bemüßigt gefühlt, seinen Übungsharnisch anzulegen.

«Ich hätte da eine Frage, Majestät», sagte Otoku, während er seine Fleischmassen mit einer Salbe aus Weihrauch und duftendem Zyperngras einrieb. «Diese Zusammenkunft ist doch rein freundschaftlich, oder etwa nicht?»

«Weit gefehlt. Wie du bereits erraten hast, handelt es sich um einen Kriegsrat», sagte Pianchi.

Der Dicke wischte sich die Stirn.

«Hat sich ein Stamm erhoben?» wollte er wissen.

«Die Ereignisse erscheinen mir ernster. Tefnacht, einem libyschen Fürsten, ist es gelungen, seine Verbündeten zu einen und ein Heer aufzustellen.»

«Lachhaft», meinte Puarma. «Es gibt keinen schlimmeren Feind als Libyer gegen Libyer! Der schafft es nie im Leben, sich zum Oberhaupt wählen zu lassen.»

«Trotzdem hat es Tefnacht erreicht, daß sie Vernunft angenommen haben, und die Nordprovinzen haben ihn zum General ernannt. Von jetzt an unterstehen sie seinem Befehl.»

«Das mußte so kommen», meinte Kühler-Kopf. «Der Norden leidet unter furchtbaren wirtschaftlichen Schwierigkeiten, Millionen von Menschen finden keine Arbeit, die Preise für Lebensmittel steigen unaufhörlich, die Götter werden nicht mehr verehrt, und allüberall herrschen unangefochten Ungerechtigkeit und Bestechlichkeit ... Da gab es nur noch eine Lösung: einen einigermaßen fähigen Gewaltherrscher, der sich auf ein gut ausgerüstetes Heer stützen kann.»

«Gut ausgerüstet! Das ist nicht möglich!» protestierte der Hauptmann der Bogenschützen. «Der Norden ist zu arm geworden, der kann doch keine schlagkräftigen Truppen aufstellen.»

«Tefnacht kontrolliert Memphis», eröffnete ihnen Pianchi, «und er hat Herakleopolis eingenommen.»

Die Worte des schwarzen Pharaos bestürzten seine Zuhörer zutiefst.

«Woher hast du diese Kunde, Majestät?» wollte Otoku wissen.

«Von einem Amun-Priester, der eine lange Reise auf sich genommen hat, um uns zu warnen.»

«Und du hast ihn gewiß nicht ernst genommen», bemerkte Königin Abile.

«Stimmt», gestand Pianchi. «Meiner Ansicht nach beabsichtigte dieser Tefnacht nur einen Handstreich, weil er seine Macht über die Fürsten der Nordprovinzen absichern mußte. Die Einnahme von Herakleopolis ist eine wahre Glanzleistung, aber er wird es nicht wagen weiterzugehen, denn dazu fehlt es ihm an allem. Ein Räuberhauptmann wird von heute auf morgen nicht zum Kriegsherrn.»

Der Hauptmann der Bogenschützen nickte zustimmend.

«Trotzdem müssen wir Vergeltungsmaßnahmen ins Auge fassen», meinte Otoku. «Wenn wir diesen Aufwiegler straflos weitermachen lassen, läuft das auf eine Ermunterung hinaus!»

«Ich sehe da schwärzer als du», gestand Kühler-Kopf.

Der Einwurf des Zwerges legte sich wie Frost auf die Versammlung. Jeder wußte, wie bemerkenswert klug er war, und nahm seine Worte ernst.

«Was befürchtest du?» wollte Otoku besorgt wissen.

«Einen radikalen Gesinnungswechsel bei den nördlichen Fremdländern. Bis heute haben ihre Streitigkeiten sie ohnmächtig gemacht. Haben wir die gleiche Anarchie nicht auch in Nubien erlebt? Von jetzt an haben sie ein Oberhaupt und eine Strategie und sind nicht mehr die Summe ihrer Schwächen, sondern ihrer Stärken. Und beweist sich ein Anführer nicht in der Feuerprobe? Memphis ist zwar wichtig, hat aber seit langem keinen denkenden Kopf mehr gehabt und konnte einem Eroberer, und sei er noch so mittelmäßig, keinerlei Widerstand entgegensetzen. Im Gegensatz dazu war Herakleopolis ein Riegel, ein stark befestigter Ort mit einer erfahrenen Garnison, die Peftau kommandierte, der bekanntermaßen Pianchi treu war. Die Einnahme dieser Stadt war keine geringe

Sache, Tefnacht kann sich also eines gewaltigen Erfolges rühmen, der seinen Ruf festigt.»

«Willst du uns angst machen oder uns reizen?» fragte Pianchi.

«Weder noch, Majestät. Ich spreche aus tiefster Seele.»

«Ich kann einfach nicht glauben, daß sich Tefnacht traut, uns die Stirn zu bieten!» empörte sich Puarma. «Dieser Sieg, wenn es denn einer war, wird keinen weiteren zur Folge haben. Wie kann es ein schlichter Räuberhauptmann wagen, den Zorn von Pharao Pianchi zu erregen?»

«Als man mir seine Heldentaten geschildert hat, habe ich schallend gelacht», gestand der Monarch, «aber die Schlußfolgerungen von Kühler-Kopf geben mir zu denken. Vielleicht habe ich unrecht gehabt.»

«Ein Abenteurer, der weiß, wie man das Elend der Menschen ausnutzt, kann sie zu Dummheiten verleiten», meinte die Königin. «Wenn sich Tefnacht an seinem Erfolg berauscht, verliert er alle Beherrschung und schert sich nicht mehr um die Leichen, die er auf seinem Weg zurückläßt. Wie Kühler-Kopf glaube ich, daß man diesen versuchsweisen Einfall in den Süden nicht auf die leichte Schulter nehmen darf.»

«Hermopolis greift er gewiß nicht an!» hielt Puarma dagegen. «Nemrod, der dortige Fürst, hat Pianchi Treue geschworen, und seine Truppen sind in der Lage, jedweden Angriff abzuwehren.»

«Das haben wir von Herakleopolis auch gedacht», erinnerte ihn der Zwerg. «Falls Tefnacht Herr von ganz Mittelägypten wird, steht ihm der Weg nach Theben offen. Und dann, wer weiß ...»

«Unwahrscheinlich!» meinte Otoku. «Hast du vergessen, daß die in Theben stationierten Regimenter eine Abschreckungswaffe schlechthin sind?»

«Hoffentlich», sagte der Zwerg.

Mit gesenktem Blick richtete der Hauptmann der Bogenschützen das Wort an Pianchi:

«Wie entscheidest du, Majestät?»

«Darüber muß ich nachdenken.»

Kapitel 15

Die Gemahlin des libyschen Fürsten Akanosch war so verstört, daß sie sich nicht einmal geschminkt hatte.

«Komm», sagte sie zu ihrem Mann, «komm sofort mit!»

«Ich bin noch nicht mit dem Frühstück fertig, ich bin noch nicht rasiert, ich …»

«Komm!»

Akanosch steckte sich eine Kriegerfeder in die geflochtenen Haare und band hastig den langen Umhang auf der linken Schulter zusammen. Schließlich konnte er die Straßen von Herakleopolis nicht ohne die Abzeichen seiner Macht betreten.

«Wohin willst du mit mir?»

«In das Siechenhaus, wo die während des Angriffs verwundeten Bürger gepflegt werden.»

«Das ist weder dein Platz noch meiner!»

«Gehörst du zu dem von Tefnacht anbefohlenen Bündnis, ja oder nein?»

«Ja, aber …»

«Dann komm jetzt mit ins Siechenhaus!»

Das Ziegelsteingebäude wurde von zwei Fußsoldaten bewacht, die ihre Lanzen kreuzten und ihnen den Zutritt verwehrten.

«Ich bin Fürst Akanosch. Laßt uns durch.»

«Yegeb gestattet keine Besuche.»

«Soldat, wie kannst du es wagen, dich gegen mich aufzulehnen? Dein Yegeb ist nichts als ein Ungeziefer! Wenn du dich weigerst, du und dein Waffengefährte, dann lasse ich dich in die Sümpfe des Deltas strafversetzen!»

Die beiden Wachtposten senkten die Lanzen.

Gleich beim Betreten des Gebäudes schlug Akanosch ein gräßlicher Gestank entgegen. Blut, Wundbrand, Tod ... Dutzende von Männern und Frauen lagen auf dem Boden, in der ersten Reihe wurde gejammert, die letzte bestand nur noch aus Leichen.

Zwei Soldaten zogen eine an den Beinen fort.

«Wohin bringt ihr sie?» fragte Akanosch.

«Die wird in eine Grube geworfen, die wir auf Yegebs Anordnung ausgehoben haben. Wieder ein Platz frei ... Wenn alle Toten draußen sind, kommen Verwundete hinein. Und immer so weiter, bis keiner mehr übrig ist ...»

«Wie werden die Unseligen gepflegt?»

«Überhaupt nicht. Für die ist das Beste ohnedies ein schneller Tod.»

Fürst Peftau hatte Tefnacht das obere Stockwerk seines Palastes in Herakleopolis zur Verfügung gestellt, wo sich der Sieger nacheinander mit seinen Verbündeten besprach, um sie von der Richtigkeit seiner Strategie zu überzeugen.

Vor dem Audienzzimmer befand sich Yegebs Arbeitsraum, und der unterzog jeden Besucher einer strengen Prüfung.

«Ich will Tefnacht auf der Stelle sehen», erklärte Akanosch.

Yegeb zog einen alten Fetzen Papyrus zu Rate, auf dem er Daten und Namen notiert hatte.

«Du bist nicht herbestellt. Bitte um eine Audienz und warte die Antwort des Generals ab.»

Jetzt platzte Akanosch fast vor Zorn, packte den Semiten bei der Gurgel und schleuderte ihn zu Boden, obwohl er kleiner war als ersterer.

«Komm mir nicht in die Quere, du Ungeziefer! Du bist ein Verbrecher und ein Mörder, und ich muß deinen Gebieter über deine Taten aufklären. Und dann will ich höchstpersönlich die Strafe an dir vollziehen, die er dir zumißt.»

Akanosch ließ Yegeb los, der mit Mühe nach Luft rang, während der libysche Fürst in Tefnachts Audienzzimmer eindrang.

Der General schrieb auf einer Schreiberpalette den offiziellen Bericht seines ersten großen Sieges über den schwarzen Pharao. Der würde dann in zahlreichen Exemplaren abgeschrieben, an die höheren Offiziere verteilt und darauf den Soldaten laut und deutlich verlesen werden. Und die Kunde würde sich in ganz Mittelägypten verbreiten, alsdann bis nach Theben. Sie würde Angst und Schrecken unter Pianchis Anhängern säen und sie dazu bewegen, sich zu ergeben.

Tefnachts schwarze Augen richteten sich auf den Eindringling.

«Meines Wissens habe ich dich nicht herbestellt.»

«Ich muß dir mitteilen, was in dieser Stadt vor sich geht!»

«Alles ist ruhig, unser Heer hat die Situation im Griff, Fürst Peftau ist mein Vasall geworden, wir haben also keinen Grund, uns zu beklagen, oder?» meinte der General etwas spöttisch.

«Weißt du, daß das Siechenhaus für die Bürger ein Totenhaus ist und daß man sie dort überhaupt nicht pflegt? Die Mumifizierer warten lediglich auf ihr Hinscheiden und werfen die Leichen dann ohne alle Totenriten in ein Massengrab! Und diese Greueltaten werden auf Befehl deines ergebenen Dieners Yegeb begangen. Ich verlange, daß diese Unseligen gut behandelt werden und daß man diesen Henkersknecht bestraft.»

Tefnacht schleuderte die Schreiberpalette gegen die Wand.

«Du hast hier gar nichts zu verlangen, Akanosch! Hast du vergessen, daß du mir unbedingten Gehorsam schuldest?»

«Aber die Bürger ...»

«Ist ein libyscher Stammesfürst mittlerweile so empfindsam wie eine verlassene Witwe geworden? Der Norden ist arm, wie du sehr wohl weißt, und es fehlt unserem Heer an Arzneien und Salben. Alles, was wir in Herakleopolis vorgefunden haben, ist für unsere Truppen bestimmt. So lauten meine Befehle, und wer ihnen zuwiderhandelt, wird als Verräter angesehen.»

«Dann lassen wir die Verwundeten also sterben ...»

«Wir befinden uns im Krieg, Akanosch, und wir müssen eine Wahl treffen. Mit rührseligen Gefühlen lassen sich Pianchis Krieger nun wirklich nicht besiegen.»

«Du hast versprochen, die Einwohner dieser Stadt zu schonen!»

«Bist du mit meinem Vorgehen nicht einverstanden?»

Akanosch hätte gern weiter aufbegehrt, doch die Worte blieben ihm im Halse stecken.

«Fasse dich, mein Freund, vergiß diese nebensächlichen Einzelheiten. Sammle deinen Geist wie wir alle auf ein einziges Ziel, nämlich auf die Zurückeroberung Ägyptens. Unser Sieg bringt dem Volk Glück, dessen darfst du sicher sein.»

«Dieser Yegeb ...»

«Ist mir treu ergeben und zieht meine Befehle nicht in Zweifel. Mach es wie er, Akanosch, dann lebst du glücklich bis an dein seliges Ende», sagte General Tefnacht warnend.

Der Stammesfürst entfernte sich und ging an Yegeb vorbei, ohne ihn eines Blickes zu würdigen.

«Wann kommen Wundärzte und kümmern sich um die Kranken und Verwundeten?» fragte Akanoschs Gemahlin ihren Mann.

Der Stammesfürst ließ sich auf ein Polster sinken.

«Sie kommen gar nicht», sagte er matt.

«Du ... du hast also nicht mit Tefnacht gesprochen?»

«Doch.»

«Und er hat ... sich geweigert?» Sie konnte es nicht glauben.

«Das mußt du begreifen, Liebste ... Wir befinden uns im Krieg. Weder du noch ich, noch Tefnacht können daran etwas ändern.»

«Tefnacht ist Oberbefehlshaber unseres Heeres, und er lügt, wenn er behauptet, daß er die Einwohner verschont!»

«Du hast ja recht, aber ...»

Die Nubierin musterte ihren Mann mit bekümmertem Blick.

«Du hast keine Lust mehr, zu kämpfen, Akanosch», sagte sie.

«Ich fühle mich alt und außerstande, mich gegen Tefnacht aufzulehnen. Wenn ich mich querlege, wird er mich aus dem Weg räumen, und dich wird er festnehmen und foltern. Ich und die anderen Stammesfürsten, wir sind nur noch Spielbälle in seiner Hand, aber ich bin der einzige, der sich dessen bewußt ist. Tefnacht schreckt vor nichts zurück, um Ägypten zu erobern, er ist wahrhaftig ein Krieger ... Wenn Pianchi nicht ganz schnell eingreift, hat Tefnacht Erfolg und errichtet eine Gewaltherrschaft, von der sich das Land nie wieder erholen wird.»

Kapitel 16

Barfuß und in ein Gewand aus feinstem Leinen gekleidet, schritt der aus Theben gekommene, kahlrasierte Priester langsam die Treppe hinunter, die zum heiligen See in der Nähe des großen Tempels führte, und füllte einen goldenen Krug mit dem heiligen Wasser.

Dieses Wasser hatte seinen Ursprung in *Nun*, dem Meer der Urkraft, in dem die Schöpfung entstanden war und in dem sie noch immer badete. Die Erde war nichts als eine Insel, die beim ‹ersten Mal› aufgetaucht war, nämlich in dem Augenblick, als der göttliche Gedanke Form angenommen hatte und Gestalt geworden war. Und wenn der Pharao dieses ‹erste Mal› nicht mehr durch die Riten lebendig werden ließ, würde die Insel Erde wieder im Urmeer versinken. Das Schicksal der Menschheit würde sich erfüllen, wie es geschrieben stand: Aus den Tränen der Götter war sie geboren und würde am Ende unter der Last ihrer eigenen Verderbtheit zugrunde gehen.

Die Rolle der Gottesdiener bestand darin, den Untergang aufzuhalten, indem sie den Göttern eine Wohnstatt boten und zu ihnen beteten, daß sie die Herzen der Menschen erleuchteten, die versuchten, den Weg der Maat zu gehen, und statt Lüge Wahrheit und statt Ungerechtigkeit Gerechtigkeit anstrebten.

Napata erstaunte den thebanischen Priester. Hier fand er eine Frömmigkeit vor, die er auf ewig verloren geglaubt hatte, und eine Strenge in der Feier der Riten, wie sie nicht einmal mehr in gewissen Heiligtümern von Karnak befolgt wurde.

Hier, in der Nähe des vierten Kataraktes, wurde Amun noch verehrt, wie es ihm gebührte.

Mit dem kostbaren Gefäß voll mit heiligem Wasser schritt der Priester zum Opfersaal. Ein Koloß vertrat ihm den Weg.

«Gefällt dir dein Aufenthalt bei uns?» erkundigte er sich.

«Majestät ... Ich bin im Himmel!»

«Das überrascht mich ... Trauerst du denn Karnak nicht nach?»

«Ich weiß nicht, wie ich meine Bewunderung ausdrücken soll ...»

«Beende deinen Dienst und komm zu mir in die Tempelbibliothek.»

Pyramidentexte, Totenbücher, Rituale der Mundöffnungszeremonie, Neujahrszeremonie, Liste der Glücks- und Unglückstage und andere Schriften, die seit dem Zeitalter der Pyramiden verfaßt und weitergereicht worden waren ... Der Priester aus Theben war ganz erschlagen vom Reichtum der Bibliothek in Napata. Der schwarze Pharao besaß alles, was zur heiligen Wissenschaft gehörte.

«Als ich begriffen habe, daß sich der Norden immer weiter von unseren Traditionen entfernt», erläuterte Pianchi, «habe ich beschlossen, alle Schriften, die zur Blüte unserer Kultur beigetragen haben, hier zu sammeln.»

Der thebanische Priester ging von einem Regal zum anderen und streichelte ergriffen die Kästen, in denen die Papyri sorgfältig aufgereiht lagen.

«Und Karnak, ehrt es Amun noch, wie es ihm zukommt?» fragte der König.

«Die fest angestellten Priester werden allmählich träge, die zeitweise angestellten nehmen ihre Pflichten zuweilen auf die leichte Schulter ... Und die Göttliche Sängerin, die von dir beauftragt worden ist, die Tempel in Theben zu leiten und darüber zu wachen, das alles reibungslos läuft, ist des Lebens müde und leidend. Es haben sich Klüngel gebildet, und gewisse Priester denken nur noch an die eigene Bereicherung und nicht an die Feier der Riten.»

«Spiegeln deine Worte tatsächlich die Wirklichkeit?»

Der Blick des schwarzen Pharaos drang dem Thebaner bis in die Seele. Wenn er den Herrscher überzeugen wollte, blieb ihm nur noch ein einziges Mittel, der Schwur.

«Beim Leben des Pharaos», sagte er feierlich, «schwöre ich, daß ich die Wahrheit gesagt habe. Falls ich gelogen habe, soll meine Seele vernichtet werden, und die Pforten zum ewigen Leben sollen mir verschlossen bleiben.»

Theben, die heilige Stadt, Theben, die Hauptstadt Amuns, das hunderttorige Theben mit den prächtigen Tempeln und Heiligtümern, Theben, wo sich das Geheimnis der Schöpfung offenbart hatte ... Der schwarze Pharao war zutiefst betrübt. Er war in den Tempel gekommen, um zu meditieren und Amun zu bitten, sein Tun zu leiten, und mußte nun feststellen, daß das Vorbild seines Tempels langsam verfiel.

«Wer hat diese Tafel verfaßt?» fuhr Kühler-Kopf seine zwanzig Schüler wütend an, die im korrekten Schreibersitz mit gekreuzten Beinen dasaßen.

Sie trugen einen kurzen Schurz, hatten sich den Schreibpinsel hinters Ohr gesteckt und hielten den Kopf gesenkt, so erschrocken waren sie über den Zorn ihres Meisters.

Einmal in der Woche erteilte der Zwerg Unterricht für Fortgeschrittene, die morgen Schlüsselstellungen in der Verwaltung einnehmen würden. Zu den Glücklichen, die in den Genuß dieses Unterrichts kamen, zählten auch vier junge Frauen.

«Ich wiederhole meine Frage: Wer hat diesen Text verfaßt?»

Kühler-Kopf schwenkte das Täfelchen. Schüler und Schülerinnen betrachteten ihre Knie.

«Keiner unter euch, der petzt ... Auch gut! Denn wenn jemand seinen Mitschüler verraten hätte, ich hätte ihn unverzüglich vor die Tür gesetzt. Und ich brauche auch niemanden, ich kenne diese Schrift.»

Der Zwerg ging jetzt den Mittelgang entlang und blieb vor einem Jungen stehen, der die Augen niederschlug.

Er entriß ihm den Pinsel und zerbrach ihn.

«Steh auf, du Lausebengel!»

Bei dem Schüler handelte es sich um den Sohn eines Wesirs, dem in der Hauptstadt mehrere Häuser und zwei Palmenhaine gehörten. Doch darum scherte sich der Schreiber Kühler-Kopf nicht.

«Ich habe dich in diese Schule aufgenommen, weil du mir für den Beruf des Schreibers geeignet zu sein schienst, aber jetzt merke ich, daß ich mich arg in dir getäuscht habe!»

«Meister, und dabei habe ich so aufgepaßt, daß ...»

«Sei still, du eingebildetes Bürschlein! O ja, deine Hieroglyphen sind vollendet geschrieben, es gibt keinen einzigen Grammatikfehler, und jeder Ausdruck ist hervorragend gewählt ... Aber du hast eine Liegenschaftsschätzung verfaßt, ohne einen Gedanken daran zu verschwenden, daß du den betreffenden Bauernhof besuchen, seinen Besitzer kennenlernen und ihn fragen solltest, ob er in familiären oder beruflichen Schwierigkeiten steckt. Wenn du so weitermachst, mein Junge, wird aus dir die schlimmste Sorte Beamter, nämlich ein unmenschliches Gerät, das sich einzig und allein der Anwendung seiner Vorschriften widmet und keinen Kontakt mehr zu den von ihm Verwalteten hat. Noch so ein Fehler, und ich werfe dich endgültig aus meinem Kurs! An dem Tag, an dem die Beamten nur noch im Amtszimmer hocken und jede Verantwortung von sich weisen, ist dieses Land nicht mehr regierbar!»

Doch der Zorn des Zwerges verflog so jäh, wie er gekommen war, die Atmosphäre hatte sich verändert.

Niemand hatte Pianchi das Klassenzimmer betreten sehen, doch allein schon seine Anwesenheit war zu spüren. Kühler-Kopf hob den Kopf und entdeckte den schwarzen Pharao, der mit verschränkten Armen dastand.

«Schluß für heute», sagte der Schreiber. «Und als Hausaufgabe entwerft ihr das Modell eines Briefes an einen Dorfschulzen. Daß ihr mir dafür keinen Papyrus verschwendet, ihr nehmt Kalksteinscherben und alte Tusche.»

Schweigend gingen die Schüler hinaus.

«Bist du zufrieden mit deinen Schülern, Kühler-Kopf?»

«Sie werden einmal keine schlechteren Wesire abgeben als die, aus denen sich deine augenblickliche Regierung zusammensetzt.»

Der Schreiber wusch die Pinsel aus und schmirgelte seine Tafel ab, damit er wieder eine glatte Fläche hatte, auf der er schreiben konnte. Kühler-Kopf war ein sparsamer Mensch. Man hatte ihm Material vom Staat zugestanden, und um das mußte er sich mit größter Sorgfalt kümmern.

«Hast du neuere Kunde aus Theben?» fragte der König.

«Berichte, die der Schreiber der Verwaltungsbehörde verfaßt hat.»

«Und was hat er zu berichten?»

«Nichts Neues, Majestät. Theben ist eine beschauliche Stadt und lebt im Rhythmus der Rituale.»

«Irgendein Zwischenfall?» bohrte der König weiter.

«Den Berichten zufolge nicht.»

«Der Schreiber der Verwaltungsbehörde, ist das ein vertrauenswürdiger Mann?» hakte der König nach.

«Was mich an dem Bericht stört, ist die unaufhörliche Wiederholung der gleichen Floskeln ... Genau darüber wollte ich mit dir sprechen, falls der nächste Bericht wiederum eine Kopie dieses Berichtes gewesen wäre.»

«Man versucht, uns zu beruhigen und unsere Wachsamkeit einzuschläfern, nicht wahr?»

«Schon möglich, Majestät», meinte der Zwerg.

Kapitel 17

Als Rechnungsführer eines landwirtschaftlichen Betriebes im Delta hatte Nartreb eine grundlegende Lektion gelernt, daß es nämlich einem, der sich auskannte, möglich war, mit Zahlen nach eigenem Ermessen zu verfahren. Natürlich würde ein Anfänger oder ein Geldmann, der es zu eilig mit der Bereicherung hatte, mit seinen frisierten Papyri nur wenige täuschen. Doch diese Art Fehler unterlief Nartreb nicht.

Bei einem kurzen Rundgang in Herakleopolis hatte sich herausgestellt, daß die Stadt reich war und vor allem mehrere Familien mit Ländereien hatte, die hübsche Vermögen angehäuft hatten. Da die Stadt nun von Tefnacht verwaltet wurde, mußte man die Gesetze ändern, die Pianchi erlassen hatte. Und so hatte Nartreb, den man mit dieser heiklen Aufgabe betraut hatte, den Verwalter der Schatzkammer von Herakleopolis zum Mittagessen eingeladen, einen führenden Mann der Stadt von siebzig Jahren, Witwer und ein Mann, der sich den Ruf größter Ehrlichkeit erworben hatte.

«Gebratenes Lamm, Feigenmus, grüne Bohnen in Sahne und Rotwein aus Imau, schmeckt dir das Menü, mein lieber Amtsbruder?»

«Amtsbruder?» sagte der Ägypter erstaunt, denn das Mondgesicht des Semiten gefiel ihm nicht.

«Tefnacht hat mich zum Finanzverwalter seines Feldzuges berufen. Mein Freund Yegeb, ein hervorragender Fachmann mit Zahlen, und ich nehmen ihm alle finanziellen Sorgen ab, damit er sich ganz auf die Zurückeroberung Ägyptens konzentrieren kann.»

«Und wie sind deine Pläne, meine Stadt betreffend?»

«Ich würde gern erfahren, was dieser verwünschte Pianchi hinsichtlich der Steuererhebung bestimmt hat.»

«Er hält sich an die Überlieferung. Landwirte beispielsweise schulden der Stadt die Hälfte ihrer Ernte, von der ein Teil während des Jahres verzehrt wird, der andere Teil wird als Vorrat in Kornspeichern eingelagert, falls die Ernte einmal schlecht ausfällt. Im Gegenzug dazu gibt ihnen die Verwaltung Dinge, die sie zum Bewässern und Bewirtschaften brauchen. Falls ein Landwirt mehr als vorgesehen erwirtschaftet, darf er Land kaufen und seine Ackerflächen vergrößern.»

Nartreb verzog das Gesicht.

«Sehr archaisch ... Dadurch entgeht dem Staat viel Gewinn.»

Der Finanzverwalter empörte sich.

«Die Landwirte sind es zufrieden, und ...»

«Wir haben eine Kriegswirtschaft und müssen die gesamte Produktion kontrollieren. Unsere Soldaten brauchen gutes Essen und die allerbesten Lebensbedingungen, sonst können sie nicht siegen. Hiermit beschlagnahme ich alle Bauernhöfe.»

«Diese Ungerechtigkeit kann ich nicht hinnehmen!» wehrte sich der Mann aus Herakleopolis.

«Mäßige deine Worte, lieber Amtsbruder! So hat es Tefnacht beschlossen.»

«Und was bleibt den Bauern?»

«Für diese niedere Klasse werden wir einen ausreichenden Anteil festsetzen, ihre Rationen können sie dann in der Hauptkaserne abholen.»

«Die meisten werden sich weigern, mit euch zusammenzuarbeiten.»

«Darauf steht sofortige Hinrichtung wegen Hochverrats. Wenn erst einige vor den Augen der Bevölkerung bei lebendigem Leib verbrannt worden sind, werden die Widerspenstigen klein beigeben. Was nun die Handwerker betrifft, so müssen sie für das Heer arbeiten, damit unsere Soldaten anständig ausgerüstet sind. Noch Einwände, lieber Amtsbruder?»

«Und wozu braucht ihr das Heer?»

Nartreb lächelte von einem Ohr zum anderen und rieb sich die fetten Hände. Allmählich brachte er den Alten zum Katzbuckeln.

«Im Augenblick hätte ich lieber das Thema große Vermögen in Herakleopolis angesprochen. Würdenträger wie du selbst verfügen über einen beträchtlichen Wohlstand, den wir besser nutzen möchten. Tefnacht muß reich sein ... und ich auch.»

«Du bist ... ein Dieb!»

«Aber, aber, mein lieber Amtsbruder, warum so erregt? Ich habe dir einen Vorschlag zu machen, der dich locken dürfte. Da du die ranghohen Persönlichkeiten dieser Stadt gut kennst, vertraue ich dir die Verhandlungen mit ihnen an. Du überbringst ihnen meine Befehle, führst ihre Güter zusammen und bekommst im Gegenzug dafür ... sagen wir, zehn Prozent. Du kannst in Diensten Tefnachts sehr reich werden.»

Während sich Nartreb vollstopfte, schob der alte Mann die Teller zurück, von denen er keinen Bissen angerührt hatte.

«Für wen hältst du mich? Mach dein schmutziges Geschäft allein! Ich ziehe meinen Landsleuten nicht das Fell über die Ohren, und ich helfe dir in keiner Weise. Im Gegenteil, ich werde überall verbreiten, was für ein Räuber du bist!»

Nartreb stand auf.

«Wir haben uns wohl mißverstanden ... Ich will nur dein Bestes, ohne dabei die mir erteilten Anweisungen aus dem

Auge zu verlieren. Ein Mann mit deiner Erfahrung müßte doch begreifen, wie schwierig meine Aufgabe ist.»

«Von deinen Lippen kommen nur Lügen.»

«Möchtest du nicht noch einmal darüber nachdenken?»

«Ich bin dein entschiedener Gegner, was auch immer mich das kosten mag.»

«Mit Verlaub, entschuldige mich einen Augenblick.»

Nartreb trat hinter den Verwalter der Schatzkammer und tat so, als wollte er in die Küche gehen. Doch er machte kehrt, packte den alten Mann haßerfüllt am Hals und brach ihm die Halswirbel.

«Es kostet dich das Leben, Dummkopf, aber ich schaffe es auch ohne dich!»

«Gebieter, alle Hindernisse sind beseitigt», sagte Nartreb ölig und verbeugte sich dabei vor Tefnacht.

«Haben die Würdenträger der Stadt dein neues Steuersystem angenommen?»

«Sie stehen geschlossen und ohne zu murren hinter mir und freuen sich, daß sie deiner Sache dienen können.»

Nartreb hatte sie vom Heer zusammenholen und an der Leiche des Verwalters der Schatzkammer vorbeigehen lassen, der sich der Gehorsamsverweigerung und Zusammenarbeit mit dem Feind schuldig gemacht hatte. Der Semit hatte keine großen Überredungskünste gebraucht, denn wie er feststellte, zeitigte seine Lieblingsmethode, nämlich Brutalität gepaart mit Erpressung, wie immer ausgezeichnete Ergebnisse.

«Und was hast du erreicht, Yegeb?» fragte Tefnacht.

«Die Stadt ist gesäubert, Gebieter, wir haben keine nutzlosen Fresser und keine unerwünschten Elemente mehr.»

«Ist Herakleopolis so reich, wie du angenommen hast?» fragte Tefnacht.

«Reichlich Vorräte, aber weniger Waffen als erwartet.»

Diese Nachricht ärgerte Tefnacht.

«Man bringe mir die Tochter des Hauptmanns der Bogenschützen.»

Der Befehl schien Yegeb peinlich zu sein.

«Ich weiß nicht, ob sie noch am Leben ist ...»

«Bring sie her!»

Trotz ihrer ungewaschenen Haare, ihrer schmutzigen, von blauen Flecken gezeichneten Haut, die von Prügeln stammten, war Aurora noch immer wunderschön und hatte nichts von ihrem Stolz eingebüßt.

«Haben meine Soldaten dich schlecht behandelt?» fragte Tefnacht.

«Was hatte ich anderes zu erwarten?» kam die Gegenfrage.

«Ich bekomme immer, was ich haben will. Und ich will wissen, wo dein Vater Waffen versteckt hat.»

«Woher soll ich das wissen?» gab sie hochnäsig zurück.

«Ich kenne mich mit Menschen aus ... Du bist stark und mutig. Ich bin mir sicher, daß er dich ins Vertrauen gezogen hat.»

«Da täuschst du dich», entgegnete sie.

«Ich brauche diese Waffen, Aurora. Entweder du redest, oder ich lasse jede Stunde ein Kind köpfen.»

Kapitel 18

Sie war jung, schön und feurig. Sie zählte achtzehn Lenze und war in der Liebe wie eine erfahrene Frau, jedoch von rührender Kindlichkeit.

Lamerskeni musterte die Schlafende, die zwanzig Jahre jünger war als er und sich so überzeugend bemüht hatte, ihn zu verführen, daß er am Ende schwach geworden war. Lamerskeni war bärtig, hatte einen rasierten Schädel und einen narbenbedeckten Körper, und er lief den Frauen nicht nach, doch die Frauen ihm, und er konnte ihnen nicht widerstehen.

Mit der linken Hand streichelte er ihre Lendengrube. «Bei allen Göttern im Himmel und auf Erden», dachte er, «was für eine Frau!»

Die rauhe Hand glitt weiter nach unten, wurde zudringlich und weckte die junge Schöne.

«Was willst du, Liebster?» murmelte sie schlaftrunken.

«Wir wollen es doch dabei nicht bewenden lassen ... Ich bin mir sicher, daß du mir noch nicht alles gezeigt hast.»

Sie umschlang ihn wie eine Liane und küßte ihn ungestüm, dann legte sie die Lippen auf den rechten Arm ihres Liebhabers, auf den beweglichen Holzarm, der sie faszinierte.

«Wo hast du deinen Arm aus Fleisch verloren, Liebster?»

«Eine Streitaxt, der ich nicht mehr ausweichen konnte, weil ich einen Augenblick gezögert habe, meinem Gegner die Gurgel durchzuschneiden. Seitdem habe ich nie wieder gezögert.»

«Ist er aus Akazienholz?»

«Aus einem sehr alten Stück Akazie bester Qualität, behält die Form und fault nicht, und ich habe tüchtig dafür gezahlt … Aber ich muß schon sagen, der Zimmermann hat ein Meisterstück gemacht. Die Gelenke sind hervorragend, und wenigstens werde ich in dem Arm hier niemals das Reißen bekommen.»

Lamerskenis Gespielin setzte sich jählings auf und bedeckte ihre Brüste mit den Händen.

«Da ist jemand, der uns zusieht … ein Riese!»

Lamerskeni griff nach seinem Kurzschwert und stand auf.

«Du, du bist das …», stammelte er und ließ die Waffe sinken.

«Zieh dich an, Kleine, und verschwinde.»

«Aber dieser Riese …»

«Der Pharao von Ägypten will dir nichts Böses, aber jetzt laß uns bitte allein», sagte Pianchi.

Eingeschüchtert verzog sich die junge Frau, ohne ihre Kleider einzusammeln.

«Eine neue Eroberung», meinte Pianchi. «Sie ist wunderschön.»

«Eher eine neue Niederlage», sagte Lamerskeni bedauernd und schenkte sich einen Becher Bier ein. «Ich kann dieser Sorte Verführerin einfach nicht widerstehen, auch wenn ich mich noch so sehr bemühe. Hoffentlich ist sie nicht verheiratet. Hast du Durst, Majestät?»

«Ich brauche einen guten Rat.»

«Du, Majestät? Du beliebst zu scherzen! In der Regel entscheidest du allein, ich habe doch keine Ahnung, welchen Rat ich dir erteilen könnte.»

«Wenn es ums Kämpfen geht, bist da nicht du der Fachmann?» fragte Pianchi.

Die hellblauen Augen des Hauptmanns der Fußsoldaten wurden dunkler.

«Kämpfen ... Ist hier etwa die Rede von einer richtigen Schlacht, mit richtigen Soldaten, mit einem richtigen Kampf Mann gegen Mann, mit vielen Toten und Verwundeten?»

«Ich weiß es noch nicht.»

«Aha, das habe ich geahnt! Also, nichts Ernstes. Im Königreich herrscht noch immer Ruhe, es ist nichts weiter als eine Rauferei zwischen zwei Stämmen. Dann schlafe ich wieder.»

Pianchi stieß die Holzläden auf und ließ Licht in den Raum.

«Majestät, du weißt sehr wohl, daß mir das Halbdunkel lieber ist.»

«Ich weiß, daß du dich zwar in dieses Kämmerlein zurückziehst, um die schönsten Mädchen Napatas zu lieben, aber dennoch über alles auf dem laufenden und der einzige militärische Fachmann bist, zu dem ich Vertrauen habe.»

«Stimmt, und deswegen hättest du mich schon vor langer Zeit zum General machen müssen!»

«Die Hierarchie schätzt weder deine unmäßige Vorliebe für starke Getränke noch deine Leidenschaft für Frauen und schon gar nicht deine Art zu befehlen. Von einem höheren Offizier erwartet man, daß er sich gut benimmt.»

«Ein Krieger benimmt sich nur dann gut, wenn er siegt!»

Offenbar fand Hauptmann Lamerskeni auch keinen Geschmack an Dingen des Haushalts. Überall lagen seine Schurze verstreut, ein Chaos, das deutlich machte, daß er nicht den geringsten Versuch unternahm, Ordnung zu schaffen.

«Hältst du ein Bündnis unter den nördlichen Provinzen für möglich?»

«Es ist unvermeidlich.»

«Wieso bist du dir da so sicher?» fragte der König.

«Selbst in einem Hornissennest setzt sich eine als Königin durch», erwiderte Lamerskeni.

«Und wer wird deiner Meinung nach diese Rolle übernehmen?»

«Da kommt nur Tefnacht, Fürst von Saïs, in Frage. Er hat nämlich das meiste Land und das beste Heer. Eines Tages erobert er das ganze Delta, und gleich darauf gehört ihm auch Memphis.»

«Und dann?»

«Dann berauscht sich Tefnacht an seinem leichten Sieg und hält sich für einen Kriegsherrn, der es noch weiterbringen und eine richtige Schlacht schlagen kann. Aus diesem Grund wird er die Zügel straffer ziehen, seine Gegner kaltstellen und sich nach Mittelägypten hineinwagen.»

«Hauptmann Lamerskeni, du bist ein Hellseher.»

«Aber trotzdem verhält es sich nicht so, oder?»

«Leider doch. Und wohin zieht Tefnacht deiner Meinung nach dann?»

Lamerskeni kratzte sich nachdenklich am Holzarm.

«Wenn er weiter vordringen will, muß er mehrere Hindernisse überwinden. Zuerst wird er ... Herakleopolis angreifen.»

«Warum ausgerechnet das?» fragte der König erstaunt.

«Weil Fürst Peftau sechzig Jahre alt und nicht mehr so kraftstrotzend wie früher ist. Weil er ohne Zweifel einem heftigen und wuchtig geführten Angriff nicht standhalten könnte.»

«Die Mauern von Herakleopolis sind stark befestigt», hielt der König dagegen.

«Nur äußerlich ... Die Wachsamkeit der Verteidiger hat

nachgelassen, sie glauben, daß allein der Name Pianchi sie schützt. Mit Verlaub, Majestät, du bist sehr weit entfernt vom Kriegsschauplatz, und wer kriegslüstern ist, wird sich nicht davon einschüchtern lassen.»

«Dann hältst du Tefnacht für fähig, Herakleopolis einzunehmen?»

«Falls es ihm gelingt, wird sein Traum von einer Eroberung langsam Wirklichkeit. Tefnacht, der Eroberer ... Genau das will er, und dazu ist ihm jedes Mittel recht, auch das barbarischste.»

«Herakleopolis ist Tefnacht schon zugefallen», gestand Pianchi.

Lamerskeni stellte seinen Becher auf einen niedrigen Tisch.

«Majestät, du machst dich über mich lustig, oder?»

«Nein, Tefnacht hat gesiegt, genau, wie du vermutet hast.»

«Zieht er weiter?»

«Er baut seine Stellung aus, will mir scheinen. Aber ich mißtraue den Informationen, die ich erhalte», sagte Pianchi.

«Ja, er baut sie aus ... Mit einem guten Stützpunkt im Rükken kann er zu weiteren Angriffen ansetzen», meinte Lamerskeni. «Die nächste Zwischenstation wird Hermopolis sein.»

«Fürst Nemrod wird ihn zurückwerfen», wehrte sich der König.

«Dazu ist Nemrod in der Lage, aber die Auseinandersetzung dürfte hart werden. Und wenn Tefnacht erst einmal außer Rand und Band ist, wenn er wiederum siegt, dann steht ihm der Weg nach Theben offen.»

«Was findest du, sollten wir tun?» fragte Pianchi.

«Laß die in Theben stationierten Truppen in Alarmbereitschaft versetzen, und schicke je nach Lage der Dinge Verstärkung.»

«Du brichst mit Puarma, dem Hauptmann der Bogenschützen, nach Theben auf, und ihr übernehmt den Oberbefehl über die dortigen Truppen. Euer Ziel ist es, Tefnacht aufzuhalten.»

«Majestät ... Ich kann diesen Puarma nicht ausstehen, außerdem bin ich nur Hauptmann ... Die höheren Offiziere in Theben werden meinen Befehlen nicht gehorchen!»

«Du bekommst einen Marschbefehl, Lamerskeni», sagte der König. «Oder hast du etwa Angst, dich zu schlagen?»

Der gelenkige Holzarm fiel so heftig auf den niedrigen Tisch, das dieser in zwei Stücke zerbrach.

«Majestät, morgen breche ich auf.»

Kapitel 19

Nartreb entriß der Mutter das Kind, und der kleine Junge brüllte los und wollte sich widersetzen, doch der Semit gab ihm eine Ohrfeige und stieß die Frau mit geballter Faust zurück. Zwei Männer, die eingreifen wollten, wurden von Mitgliedern der Miliz, die Yegeb eingestellt hatte, windelweich geprügelt.

Nartreb zwang den Jungen, den Kopf auf einen Holzklotz zu legen, und zog sein Schwert aus der Scheide.

«Wenn du dich weigerst, mir zu antworten», sagte Tefnacht zu Aurora, «wird diesem Kind der Kopf abgeschlagen. Und dann immer so weiter.»

«Du bist ein Ungeheuer!»

«Da täuschst du dich, ich will nur Ägyptens Glück. Um das zu erreichen, muß ich Pianchi schlagen, und dazu brauche ich Waffen», sagte Tefnacht. «Sprich, Aurora, sonst stirbt dieser Junge durch deine Schuld.»

Die junge Frau musterte Tefnacht mit eigenartigem Blick.

«Und wenn du mich anlügst?» fragte sie.

«Was willst du damit sagen?»

«Daß du, nachdem ich dir alles verraten habe, erst dieses Kind und dann mich umbringst.»

Tefnacht lächelte sein schmales Lächeln.

«Du verstehst mich nicht richtig, Aurora. Außerdem hast du gar keine andere Wahl, als auf die Zukunft zu setzen.»

«Wer ist der, den du schlagen willst?» fragte sie.

«Dieses Land ist geteilt und ohnmächtig und wird immer ärmer, weil der schwarze Pharao vorgibt, alles zu regieren, auch wenn er selbst im tiefsten Nubien bleibt! Wie ertragen du und die Deinen nur diese Willkürherrschaft? Ich habe bereits das Delta und die große Stadt Memphis erobert ... Morgen bringe ich mich in den Besitz des Südens. Danach sind die Zwei Länder wieder vereint, und das Volk wird mich als Pharao anerkennen.»

In den grünen Augen der jungen Frau stritten sich Zweifel mit Wut.

«Bist du aufrichtig?»

«Du kennst jetzt meinen einzigen Ehrgeiz», gab er zurück.

«Komm mit», sagte sie. «Aber allein.»

Jetzt mischte sich Yegeb ein.

«Gebieter, hör nicht auf dieses Mädchen! Sie stellt dir eine Falle.»

«Glaubst du, ich weiß mich nicht zu schützen?»

Aurora führte Tefnacht zum Haus ihres Vaters, schritt durch die Küchen und stieg eine steinerne Treppe hinunter, die in einer Höhle endete.

Die junge Frau kniete sich hin, kratzte die Erde mit bloßen Händen fort und legte einen Schlußstein frei.

«Die Waffen sind darunter.»

Tefnacht löste den Stein mit dem Dolch und hob ihn hoch. Eine neuerbaute Treppe verlor sich in der Tiefe.

Der General zündete eine Fackel an und stieg in das Untergeschoß, das mit Bogen, Pfeilen und Lanzen gefüllt war. Alles war neu und von ausgezeichneter Qualität. Dank dieser Waffen würde sich seine Angriffskraft merklich steigern.

Eine Klinge bohrte sich in seine Seite.

«Du hast meinen Vater umgebracht», sagte Aurora mit eisiger Stimme, «und jetzt bringe ich dich um.»

«Dein Vater ist als Soldat gefallen, er hat geglaubt, er könnte seine Stadt retten, und hat mich für seinen Feind gehalten. Darin hat er sich getäuscht, aber ich verbeuge mich vor seinem Mut und lasse zu seinem Andenken eine Stele meißeln. Schade ... Hätte er mehr Klarsicht bewiesen, er hätte sich meinem Befehl unterstellt, und ich hätte ihm in dem neuen Ägypten, das ich errichten will, einen verantwortungsvollen Posten anvertraut. Nicht ich habe deinen Vater umgebracht, Aurora, sondern der Krieg, dieser unerläßliche Krieg, den ich zu Ende führen muß.»

Die Klingenspitze drang tiefer, ein wenig Blut rann.

«Aurora, wenn du mich umbringst, wirst du es dein Leben lang bereuen, weil du nämlich deinem Volk Schaden zufügst. Im Grunde deines Herzens weißt du, daß ich der einzige bin, der dieses Land vor dem Untergang retten und dem Tod deines Vaters einen Sinn geben kann.»

«Wie kannst du es wagen!»

«Es ist die Wahrheit, Aurora. Hab Mut, es zuzugeben.»

Die Klinge zögerte, wurde aber vorsichtig nach und nach zurückgezogen.

Tefnacht drehte sich zu der jungen Frau um.

«Aurora, möchtest du mir nicht dabei helfen?»

«Dir helfen? Aber ich ...», stammelte die junge Frau.

«Du kennst dieses Land und seine Würdenträger gut. Mit deiner Hilfe lassen sich vielleicht blutige Auseinandersetzungen vermeiden. Anstatt im Gefängnis zu verfaulen, könntest du dich nützlich machen und zahlreiche Leben retten, ja?»

«Ich und dir helfen ...» Sie zögerte.

«Wie du dich auch entscheidest, ich greife Hermopolis an. Wenn du Fürst Nemrod davon überzeugen kannst, daß er Pianchi den Dienst aufsagt und mein Verbündeter wird, kannst du den Einwohnern viel Leid ersparen.»

Aurora biß sich auf die Lippen. Jedes von Tefnachts Argumenten hatte gewirkt. Sie haßte ihn zwar, aber in ihrem Herzen keimte Hoffnung. Und wie sie sich in diesem Zustand verabscheute … Sich zu waschen, die Spuren der Schläge und Befleckung zu tilgen, den Kampf erneut aufzunehmen, ein Gemetzel abzuwenden …

Tefnacht mochte Aurora nicht gestehen, wie sehr sie ihn verwirrte. Der Fürst von Saïs war von einer Höflingsschar umgeben, die nur danach strebte, ihn zufriedenzustellen, doch er achtete überhaupt nicht auf sie, weil ihn sein Eroberungsplan zu sehr beschäftigte. Aurora war so ganz anders, war ungestüm und widerspenstig und zu außergewöhnlichen Abenteuern fähig. Bis jetzt hatte sich Tefnacht noch keine Frau aufgehalst, doch wenn er erst zum Pharao gekrönt war, mußte er den Thron mit einer Großen Königlichen Gemahlin teilen. Nur Aurora war dieser Stellung würdig.

Die libyschen Stammesfürsten feierten ununterbrochen. Wer hätte gedacht, daß man nächtelang im Palast des Fürsten von Herakleopolis, einem Vasallen des schwarzen Pharaos, speisen würde? Und Peftau, der sich in sein Schicksal ergeben hatte, nahm gezwungenermaßen daran teil. Er hatte seinen Offizieren und Soldaten befohlen, Tefnacht bedingungslos zu gehorchen. Die obere Staatsgewalt hatte gewechselt, aller Widerstand war zwecklos.

Yegeb beobachtete jeden der Gäste. Wenn einer darunter Tefnacht verraten wollte, er würde es wissen. Was Nartreb anging, so stopfte er sich voll und leerte Becher mit Oasen-Weißwein, als handelte es sich um Wasser.

«Was hältst du von Peftau, Yegeb?»

«In seinem Alter will man nichts weiter als Unbequemlichkeiten aus dem Weg gehen und sich sein angenehmes Leben erhalten. Da Tefnacht stärker ist als er, folgt er ihm blindlings.»

«Der General hätte sich nicht in diese Aurora verlieben dürfen ... Frauen schwächen einen Krieger, und die da wird ihn immer hassen.»

«Da bin ich mir nicht so sicher, Nartreb. Tefnacht fasziniert sie. Außerdem hat sie nur noch bei ihm eine Zukunft, oder?»

«Man muß sie trotzdem scharf im Auge behalten.»

«Ein anderer beunruhigt mich mehr», sagte Nartreb.

«Und der wäre?» fragte Yegeb.

«Fürst Akanosch. Er hat die Miene eines besorgten und enttäuschten Menschen und zeigt keinerlei Begeisterung für unseren Eroberungskrieg.»

«Akanosch zweifelt Tefnachts Oberhoheit nicht an!» widersprach Yegeb.

«Das ist feiner gesponnen ... Auch er muß scharf überwacht werden.»

Tefnacht betrat den Bankettsaal im Harnisch. Er brauchte ein Weilchen, bis Schweigen herrschte, doch dann lauschten auch die Berauschtesten seiner Ansprache.

«Unsere Bewaffnung ist besser geworden, und unsere Truppen haben Zeit gehabt, sich auszuruhen. Der Augenblick ist da, wir brechen erneut in den Kampf auf. Ehe wir uns auf den Süden stürzen, müssen wir ganz Mittelägypten beherrschen und die Stadt Hermopolis, ihre Waffen und Reichtümer in unsere Gewalt bringen. Wir wollen versuchen, Fürst Nemrod zu überreden, daß er sich uns ergibt. Wenn er sich weigert, belagern wir Hermopolis.»

Kapitel 20

Hauptmann Lamerskenis Zorn wollte nicht mehr verrauchen. Einen Feldzug gen Theben zu organisieren, das schien eine Heldentat zu sein, die nicht zu verwirklichen war! Die Verwaltung verweigerte jegliche Mithilfe, jeder Schreiber berief sich auf seinen Vorgesetzten und erklärte sich für nicht zuständig.

Dem Hauptmann blieb nichts anderes übrig, als sich gewaltsam bei Kühler-Kopf Zutritt zu verschaffen, wenn er klare Anweisungen haben wollte. War der König nun für ein bewaffnetes Eingreifen gegen Tefnacht, ja oder nein?

Im Büro des Schreibers stieß Lamerskeni zu seinem Mißfallen auf Puarma, den Hauptmann der Bogenschützen. Letzterer ließ die Muskeln spielen, als wolle er seinem Rivalen beweisen, daß die Mächtigen auf seiner Seite waren.

«Ich bin untröstlich, dich zu sehen, Puarma», spöttelte Lamerskeni.

«Warum kommst du aus deiner Höhle gekrochen? Mir will scheinen, daß du nie mehr nüchtern bist», gab Puarma zurück.

«Besser betrunken als großmäulig und dumm.»

«Komm mit nach draußen, da tragen wir es mit bloßen Händen aus!»

«Das reicht», mischte sich Kühler-Kopf ein. «Ihr müßt gegen den Feind kämpfen, und das gemeinsam!»

«Ich für mein Teil bin bereit», bestätigte Lamerskeni

hochnäsig. «Warum wirft mir dieser Nichtskönner Steine in den Weg?»

Puarma blickte den Hauptmann erstaunt an.

«Was redest du da? Ich für mein Teil habe den Befehl erhalten, nach Theben aufzubrechen.»

Lamerskeni rang sich ein verkniffenes Lächeln ab.

«Ich weiß, wir müssen zusammenarbeiten.»

«Ich weigere mich!»

«Ein Offizier darf keinen Befehl seiner Majestät verweigern», sagte Kühler-Kopf streng und entrüstet über das Benehmen des Hauptmanns der Bogenschützen. «Noch so eine Befehlsverweigerung, Puarma, und du mußt dich vor dem Kriegsrat verantworten!»

Lamerskeni freute sich über Puarmas betretene Miene.

«Wer von uns beiden ist nun der Vorgesetzte?»

«Ihr habt beide den gleichen Grad, einer bei den Fußsoldaten, der andere bei den Bogenschützen. Unterwegs müßt ihr euch verständigen. In Theben untersteht ihr dem Oberbefehlshaber unserer dortigen Truppen.»

«Warum brechen wir nicht unverzüglich auf?»

«Wegen einer uns vor kurzem zugegangenen Botschaft», eröffnete ihnen Kühler-Kopf. «Es hat den Anschein, als ob Tefnacht weniger ehrgeizig ist, als wir angenommen haben. Er hat Herakleopolis verlassen und zieht in Richtung Norden.»

Lamerskeni fühlte sich arg hintergangen.

«Was! Der Krieg ist vorbei, ehe er überhaupt angefangen hat ... Dieser Tefnacht ist ein Drecksack!»

«Trotzdem bleiben wir wachsam», erklärte der Schreiber. «In welchem Zustand hat der Feind Herakleopolis zurückgelassen? Falls es Fürst Peftau nicht gelingt, die Ordnung wiederherzustellen und die Stadt aufs neue Pianchi zu unterstellen, müssen wir angreifen. Der Pharao wird Mittelägypten nicht in Anarchie versinken lassen.»

«Mit anderen Worten, wir müssen uns noch gedulden», beklagte sich Lamerskeni.

«Ich drille meine Bogenschützen weiter», versprach Puarma.

«Das haben sie auch dringend nötig. Was meine Fußsoldaten angeht, so haben sie schon den Marschbefehl.»

Chepena – oder mit vollem Namen Chep-en-Upet nach der Göttin der geistlichen Fruchtbarkeit –, Tochter des schwarzen Pharaos, war eine prachtvolle junge Frau von zwanzig Lenzen mit kupferfarbener Haut wie ihre Mutter, hochgewachsen und überaus elegant. Schon im Kindesalter hatte man sie in die Mysterien der Göttin Munt, der Gemahlin Amuns, eingeführt. Im Gegensatz zu anderen Mädchen ihres Alters verbrachte sie den größten Teil ihrer Zeit nicht mit Schwimmen, Tanzen, Musizieren und ließ sich auch nicht von den jungen Männern den Hof machen. In den Werkstätten des Tempels war sie zunächst Helferin eines Vorlesepriesters gewesen und hatte dabei eine Leidenschaft entdeckt, nämlich Duftsalben.

Ein alter Priester, der diese Duftsalben herstellte, hatte sie auf Herz und Nieren geprüft und sie streng kritisiert, ehe er ihr bestätigte, daß sie dazu Begabung zeigte. Und da er sich gern in eine kleine Dienstwohnung im Schatten des Gebel Barkal zurückziehen wollte, hatte er eingewilligt, sie in die Geheimnisse seines Berufes einzuweihen, was ihr jahrelange Forschungen und Versuche ersparte.

Chepena hatte dem Fachmann und den Göttern gedankt, daß ihr diese Gunst zuteil wurde, und sie hatte sich ihnen gegenüber verpflichtet gefühlt. Von da an widmete sie ihre Zeit der unaufhörlichen Verbesserung der Duftsalben, die für die Heiligtümer und Götterstatuen bestimmt waren. Wenn man den Tempel betrat, bezauberten herrliche Düfte die Seele und machten sie vogelleicht.

Da das Königreich Napata reich war und Pianchi forderte, daß den Göttern untadelig gedient wurde, besaß Chepena die seltensten und teuersten Produkte wie Myrrhe aus dem Jemen, die ‹Tränen des Horus› genannt wurden, Weihrauch aus dem Lande Punt oder Öl vom Behennußbaum, das sanft und farblos war und nicht ranzig wurde. Sie hatte gerade eine große Menge Styrax bekommen, der aus Syrien eingeführt wurde und zum Fixieren der Düfte unerläßlich war. Und unter ihren Vorräten gab es reichlich Lein- und Balanitöl, Rindertalg, Gummiharz, Balasame, persisches Mutterharz, Rosen- und Lilienessenz und Salz zum Trocknen ihrer Präparate.

Zum bevorstehenden Amun-Fest hatte Chepena beschlossen, einige Phiolen mit der schönsten aller Duftsalben, dem *Kyphi*, zu füllen, das schwierig herzustellen war. Nur Meister in der Duftsalbenherstellung wagten sich an dieses Abenteuer, das meistens mit einem Fehlschlag endete. Den überlieferten Rezepturen zufolge setzte sich die Duftsalbe aus zehn oder zwölf Zutaten zusammen, einige Fachleute behaupteten sogar, aus sechzehn. Chepena hatte Wacholderbeeren, Zyperngras, getrocknete Myrrhe, Mastix, duftende Baumrinden, Harz, phönizische Binse, Styrax, Schminkwurz, Bockshornklee und Pistazie gewählt. Nachdem sie die angegebenen Mengen peinlich genau abgewogen hatte, hatte sie das Ganze lange und sehr sorgfältig im Mörser zerstoßen, dann alles durch ein Sieb gedrückt und dabei drei Fünftel der ursprünglichen Masse erhalten. Sie hatte geprüft, ob das Pulver fein genug war, und es dann mit einem erlesenen Wein vermischt, ehe sie Honig, Harz und Serpentin zum Kochen brachte, denen sie schließlich das duftende Pulver zusetzte.

«Hast du Erfolg gehabt?» fragte Pianchi sie.

«Majestät, dein Besuch ehrt mich.»

«Man hört so viel Gutes über deine Werkstatt! Ich wollte mich mit eigenen Augen davon überzeugen.»

Chepena entstöpselte eine Phiole.

Und sogleich fühlte sich der Pharao in eine unwirkliche Welt versetzt, in der es weder Heldentaten noch Leiden gab. Die Kraft des Kyphi, das seine Tochter hergestellt hatte, übertraf alles, was er bislang gerochen hatte.

«Chepena, du bist eine Zauberin.»

«Gibt es etwas Schöneres, als die Götter zufriedenzustellen?» war ihre Antwort.

Pianchi bemühte sich, den Zauber der Duftsalbe zu vergessen.

«Vielleicht könntest du ihnen auf bedeutsamere und wirkungsvollere Weise dienen.»

Eine Zornesfalte erschien auf der Stirn der jungen Frau.

«Soll ich etwa meinen Beruf als Herstellerin von Duftsalben aufgeben?» fragte sie.

«Natürlich nicht … Aber du brauchst weitere Tätigkeiten, die dich mehr fordern.»

«Vater, ich verstehe nicht!»

«Deine Tante, die Göttliche Sängerin in Theben, ist alt und sehr krank. Sie schafft es nicht mehr, so zu regieren, wie es für die Tempelanlage von Karnak erforderlich ist. Es wird Zeit, eine Frau zu wählen, die ihr nachfolgt, damit sie diese in die Geheimnisse und Pflichten ihres Amtes einweihen kann.»

Chepena wurde blaß.

«Vater … die Göttliche Sängerin ist eine Königin, sie herrscht in einer Tempelstadt und befiehlt Tausenden von

Menschen! Und ich liebe die Einsamkeit, herrsche nur über meine Werkstatt und muß mich nicht um alltägliche Dinge kümmern.»

Pianchi schloß Chepena in seine kraftvollen Arme.

«Und ich habe dich erwählt, meine geliebte Tochter.»

Kapitel 21

Fürst Nemrod, der auf die Fünfzig zuging, war stolz auf sich und seine Erfolge. Sein Leben war eine lange Abfolge von besonnten Tagen gewesen, eine glückliche Kindheit in einem prächtigen Palast, wo ihn ergebene Diener umhegt hatten, bis zu dem Tag, an dem er die reiche und beneidete Stadt Hermopolis von seinem Vater geerbt hatte.

Nemrod hatte die Schreiberschule als Klassenerster beendet, war ein ausgezeichneter Bogenschütze, ein erfahrener Reiter, besaß eine eiserne Gesundheit und hatte mühelos die schönsten Mädchen verführt. Eine Geliebte ertrug er nicht länger als sechs Monate, zudem mußte sie den Mund halten und ihn nicht belästigen. Um nicht gegen die üblichen Moralvorstellungen zu verstoßen, hatte Nemrod eine Edelfrau geheiratet, die in ihre Gemächer verbannt war und sich mit luxuriösem Nichtstun bescheiden mußte.

Offen gestanden langweilte sich der Fürst. Nur zu gern hätte er in Memphis geherrscht, dort war das wahre Leben, dort verstärkte sich der Einfluß des Nordens, dort konnte er sich mit weniger Ärger in Liebschaften stürzen, weil das alte Gesetz der Maat nicht mehr befolgt wurde. Hier in Hermopolis, der Thot geweihten Stadt, des Gottes, der den Menschen das Geheimnis der Hieroglyphen und der heiligen Wissenschaften offenbart hatte, erstickte er in der Tradition.

Der große Thot-Tempel, der beinahe so riesig war wie der von Amun-Re in Karnak, besaß hochrangige Wissenschaftler:

Vorlesepriester, die Anregung aus alten Texten schöpften, Astronomen und Astrologen, Ärzte und Chirurgen, Magier, Duftsalbenhersteller und Architekten vertieften Tag für Tag ihr Wissen, doch Nemrod galt das gleichviel.

Von Zeit zu Zeit mußte er Abgesandte dieser Gelehrten empfangen, und dann tat er so, als lauschte er aufmerksam ihren Ausführungen, dachte dabei jedoch nur an ein herrliches, weibliches Wesen, das er noch am selben Abend nach einem üppigen Mahl in seinem Bett haben würde. Morgen würde er im Streitwagen in der fünfzehnten Provinz Oberägyptens, die unter seine Gerichtsbarkeit fiel, spazierenfahren oder sich auf dem Nil treiben lassen und dem Bier zusprechen.

Jeden Tag ließ sich Nemrod massieren, rasieren, frisieren und Hände und Füße pflegen. Seine Perücken, seine Kleidung und Duftsalben wählte er selbst aus und bekämpfte auch das kleinste Anzeichen von Alter. Dank der Salben, mit denen eine Dienerin sacht seine Haut salbte, hatte der Fürst nicht eine einzige Falte.

Die tüchtigen Schreiber seiner Verwaltung nahmen Nemrod alle Sorgen bezüglich der Geschäftsführung ab; seine Provinz war fruchtbar, die Ernte wurde streng überwacht, und die Steuern strömten nur so herein. Daher begnügte sich der Fürst mit einer oberflächlichen Prüfung der verschlüsselten Berichte, die ihm vorgelegt wurden und keinen einzigen Fehler enthielten.

Die einzige echte Sorge war der Unterhalt des Regiments, das Pianchi seinem Befehl unterstellt hatte. Es bestand aus den besten Bogenschützen und erfahrenen Fußsoldaten, die einen Angriff abwehren konnten. Die Befestigungen, die von Pionieren unterhalten wurden, ließ Nemrod in regelmäßigen Abständen verstärken.

Ein beschauliches Leben, zu beschaulich … Ägypten war

handlungsunfähig. Im Norden gab es die libyschen Fürsten und die Anarchie, im Süden die heilige Stadt Theben, die genauso in ihrer Tradition erstickte wie Hermopolis. Und in der Einsamkeit Nubiens, weit entfernt von der Zivilisation, gab es Pianchi, dessen Ruf allein schon ausreichte, daß seine Gegner erzitterten.

Als Nemrod von dem Angriff auf Herakleopolis hörte, wollte er seinen Ohren nicht trauen. Wieder einmal tüchtig aufgeschnitten, wie es die Libyer so an sich hatten! Und dann die Bestätigung … Peftau hatte Tefnacht nicht widerstehen können.

Tefnacht … Nie hätte Nemrod gedacht, daß der heißblütige Fürst von Saïs der Kopf des Bündnisses und ein brillanter Stratege war! Und sein Urteil war zutreffend, denn Tefnacht hatte es nicht gewagt, Hermopolis anzugreifen. Nach einer Zeit der Ruhe und der Zechgelage in Herakleopolis war das libysche Heer nicht nach Theben weitergezogen, wo es von Pianchis Truppen zerstreut worden wäre, sondern war ins Delta zurückgekehrt.

Folglich handelte es sich um eine unbedeutende Episode. Herakleopolis würde wieder von Peftau regiert werden, der sich erneut dem Schwarzen Pharao unterstellen würde, und der Stillstand wurde wieder Gesetz.

Nemrod würde sich weiterhin die Klagen der Bauern und Handwerker anhören müssen, die sich über heraufgesetzte Steuern und Arbeitsbedingungen beschwerten, die immer schwieriger wurden. Er würde mit härteren Gesetzen reagieren und beim kleinsten Anzeichen von Ungehorsam seine Milizen schicken, die die Ordnung wiederherstellten. Kurzum, Langeweile.

Nemrod wählte einen Wein für das Abendessen aus, als sein oberster General um eine Audienz bat. Der Mann hatte

Mut, doch ohne ernsten Grund würde er nicht gegen das Protokoll verstoßen.

«Fürst Nemrod, wir sind umzingelt!»

«Unmöglich ... Pianchis Heer, das kann nur Pianchis Heer sein, das uns zu Hilfe kommt!»

«Es sind keine nubischen Soldaten.»

«Aber war ist es ...»

«Tefnachts Heer. Ich habe die Truppen in Alarmzustand versetzt.»

«Sind wir wirklich in der Lage, uns zu verteidigen?»

«Die Angreifer sind zahlreich, aber wir können sie abwehren. Die Zisternen sind voll, und wir haben reichlich Vorrat an Lebensmitteln. Wenn sie viele Männer verlieren, geben sie vielleicht auf.»

«Jeder auf seinen Posten.»

Als die junge Frau in dem langen, grünen Trägerkleid und der schwarzen, ganz schlichten Perücke mutterseelenallein auf das befestigte Tor von Hermopolis zuschritt, warteten die verblüfften Bogenschützen auf Befehle.

Aurora wurde mit einer großen Eskorte in Nemrods Palast gebracht.

«Wer bist du?» fragte er schroff.

«Die Tochter eines Offiziers aus Herakleopolis, den Tefnacht umgebracht hat.»

«Und ... dich hat er freigelassen?»

«Ich bin seine Abgesandte», sagte sie hochfahrend.

«Machst du dich über mich lustig?»

«Die Soldaten von Herakleopolis unterstehen jetzt dem Befehl Tefnachts, und der hat beschlossen, deine Stadt mit Gewalt zu nehmen.»

«Ist das nicht anmaßend?»

«Du kannst mir glauben, Fürst Nemrod. Ich habe nun den Auftrag, dir das auszureden, denn ich habe begriffen, daß Tefnacht Ägypten vor dem Verfall retten und dem Land seine frühere Größe zurückgeben will. Wenn du an Pianchi festhältst, wird deine Stadt zerstört, und du gehst mit ihr unter.»

«Welchen Vorschlag macht mir Tefnacht?» fragte Nemrod.

«Öffne die Tore von Hermopolis und schließe dich ihm an. Deine Soldaten werden seinem Befehl unterstellt, und der Eroberungsfeldzug richtet sich gegen den Süden, gegen Theben.»

«Ein kurzweiliger Versuch, mich einzuschüchtern, junges Mädchen ... Aber Hermopolis hält einem Angriff stand.»

«Tefnacht ist zu allem entschlossen. Er geht bis zum bitteren Ende, wie hoch auch immer seine Verluste sein mögen. Hermopolis muß fallen, also fällt Hermopolis auch.»

«Wenn ich ihm meine Stadt übergeben habe, bringt Tefnacht mich um.»

«Fürst Peftau ist noch immer am Leben, und er herrscht noch immer in Herakleopolis. Warum willst du weiter Pianchis Joch erdulden, der sein Nubien niemals verläßt, sich über die Zukunft Ägyptens lustig macht und es zum Sklaven verkommen läßt? Seinetwegen gibt es keinen Wohlstand mehr, und alles gerät immer mehr ins Stocken. Unter Tefnachts Herrschaft erlangen die Zwei Länder ihre verlorene Einheit wieder, und wer zum Sieg beigetragen hat, erhält seine Belohnung.»

Nemrod dachte nach. Der schwarze Pharao war tatsächlich nur ein weitentfernter Herrscher, vor dem er sich dann nicht mehr verantworten mußte. Natürlich hatte er Pianchi unabänderliche Treue geschworen ... Doch die Notlage befreite ihn von dem Eid, den er so leichtfertig geschworen hatte. Tefnacht stand vor den Toren von Hermopolis, und er hatte einen großartigen Plan, der es Nemrod möglich machte, seiner Langeweile zu entfliehen und ein anderes, aufregenderes Leben zu führen.

«Du bist eine sehr überzeugende Gesandte», sagte Nemrod zu Aurora. «Es soll kein Blut fließen, ich öffne Tefnachts Heer die Tore von Hermopolis und unterstelle mich seinem Befehl.»

Kapitel 22

Unter dem Jubel der Bevölkerung zog Tefnacht an der Spitze seiner Truppen in Hermopolis ein. Eine Stunde zuvor hatte Fürst Nemrod zur Bevölkerung gesprochen und ihr verkündet, daß er jeglichen blutigen Konflikt vermieden hätte, und er hatte den Menschen eine rosige Zukunft versprochen. Die tagtäglichen Schwierigkeiten, die Erhöhung der Steuern, Geldabwertung, niedrige Überschwemmungen, Seuchen unter den Kleinkindern ... all diese Heimsuchungen verdankten sie einem einzigen Menschen, nämlich Pianchi, dem schwarzen Pharao. Mehrere Jahre lang hätte sich Nemrod vergebens bemüht, seine Gewaltherrschaft abzuschütteln, dank Tefnacht, dem künftigen Pharao Ägyptens, würde das Volk ein neues Zeitalter des Wohlstands erleben.

«Warum sind diese armen Menschen nur so leichtgläubig?» fragte sich Akanosch, dessen Pferd neben dem der anderen libyschen Fürsten dahintrabte. Die waren begeistert über den leichten Erfolg, den sie dem militärischen Genie Tefnachts verdankten, und keiner zweifelte mehr seine Oberhoheit an. Die Einnahme von Hermopolis machte ihn zum Herrn von Mittelägypten, stellte die Mitarbeit hervorragender Schreiber sicher und trug so beträchtlich zur Schlagkraft seines Heeres bei.

Dieses Mal konnte man nicht mehr von einem schlichten Überfall oder einer vereinzelten Heldentat sprechen. Tefnacht bekam wahrhaftig das Format eines Eroberers. Und noch eine

Frage beschäftigte Akanosch: «Warum greift Pianchi nicht ein?» Hatte er seine Botschaft nicht erhalten, oder sah er das Ausmaß der Gefahr nicht?

Von nun an stand der Weg nach Theben offen.

Nemrod hatte seinem neuen Herrn einen Empfang bereitet, der eines Staatenlenkers würdig war: Pavillons mit eleganten Säulchen aus vergoldetem Holz zum Schutz gegen die Sonne, einen Thron auf Löwentatzen, der mit Palmetten verziert war, dazu als Fußstütze eine kleine, gemeißelte Bank in Gestalt eines liegenden Nubiers ... die Botschaft war deutlich: Der Fürst von Hermopolis betrachtete seinen Bezwinger als neuen ägyptischen Pharao, dem nur noch die offiziellen Krönungszeremonien fehlten.

Mit Perücke geschmückt und nach Rosenessenz duftend, eine mächtige Kette aus Türkisen auf seinem erlesenen Leinengewand und mit eleganten Sandalen an den Füßen, so verneigte sich Nemrod vor Tefnacht.

«Diese Stadt gehört von jetzt an dir, Gebieter. Befiehl, und ich gehorche, wenn du mir das übergroße Vorrecht gewährst, sie weiter regieren zu dürfen.»

«Du bist ein einsichtiger Mann, Nemrod. In Kriegszeiten ist das eine seltene und kostbare Tugend. Wer kennt wohl diese uralte und ruhmreiche Stadt besser als du?»

Nemrod kniete nieder und küßte Tefnachts Beinschienen, denn der war in Rüstung und mit Helm gekommen.

«Danke, Gebieter. Du kannst auf meine unbedingte Treue zählen.»

«Erhebe dich, Vasall», sagte Tefnacht.

Der Fürst von Hermopolis warf einen Blick auf Aurora, die hinter Tefnacht stand.

«Die Klugheit und Schönheit deiner Abgesandten ...»

«Sie ist mehr als das, Nemrod. Aurora ist die künftige Königin Ägyptens.»

Ein zugleich erstauntes wie entzücktes Lächeln erstrahlte auf dem Gesicht der jungen Frau. Die Wunde, die ihr der Tod ihres Vaters geschlagen hatte, war noch nicht verheilt, doch sie erlag dem Charme dieses Eroberers, der an seine gerechte Sache glaubte. Er hatte bei ihr das gleiche Feuer geweckt, und obwohl sich in ihrem Herzen noch immer Haß und Verehrung stritten, die an Liebe grenzte, wollte sie ihm gern helfen. Tefnacht hatte sie nicht getäuscht, dank ihres Eingreifens waren Abertausende verschont geblieben. Demnächst, in Theben, würde Aurora taktisch genauso vorgehen. Vielleicht begriff die Göttliche Sängerin ja, daß der schwarze Pharao ein schlechter Herr war und jeder Widerstand Verrat an Ägypten.

Sie und Königin … Dieser Gedanke heilte viele Wunden. Sie, die nur in den Tag hineingelebt, die nie an die Zukunft gedacht hatte, verlor jählings ihre kindliche Sorglosigkeit. Gewiß, es war ein ziemlicher Schreck, doch sie hatte soviel Spaß am Leben, wollte sich so gern nützlich machen, wollte die gleiche Entschlossenheit beweisen wie Tefnacht!

Beim ersten Bankett zur Feier der Befreiung von Hermopolis wurde Aurora links neben Tefnacht plaziert. Vor den Augen aller verdeutlichte der Eroberer damit den Rang, den er der jungen Frau zugedacht hatte. Nemrod fühlte sich zwar von ihr angezogen, vermied es aber, ihr den Hof zu machen.

«Es tut mir leid, daß ich so schnell ernste und langweilige Sachen mit dir besprechen muß», flüsterte Nemrod Tefnacht ins Ohr, «aber was das Steuersystem angeht, zu dem Pianchi uns geraten hat … möchtest du das geändert haben?»

«Augenblicklich hat die Kriegswirtschaft Vorrang. Meine Ratgeber Yegeb und Nartreb werden dir sagen, was wir brauchen, und die Einzelheiten regeln.»

«Was meine persönlichen Entnahmen angeht, so ...»

«Da du gut regiert hast, magst du sie erhöhen. Wie steht es um deine Waffen?» fragte Tefnacht.

«Sind sorgfältig gepflegt», entgegnete Nemrod.

«Und sind deine Soldaten kampfbereit?»

«Die besten Bogenschützen und erfahrene Fußsoldaten ... Hervorragende Krieger, sie werden den Nubiern starke Verluste beibringen.»

«Genieße dein Glück, Nemrod, mach dir keine Sorgen.»

Akanoschs nubische Gemahlin weinte.

«Yegeb und Nartreb wenden hier die gleichen Methoden an wie in Herakleopolis. Die Alten und Kranken werden systematisch ausgerottet, desgleichen die, die es wagen, Zweifel an Tefnachts Plänen zu äußern. Aber warum schweigt Pianchi? Er müßte sein thebanisches Heer schicken und diese Ungeheuer vernichten!»

Akanosch war völlig gebrochen.

«Der thebanische Priester, der ihn benachrichtigen sollte, ist vielleicht gar nicht in Napata angekommen. Ich muß diese Mission selbst übernehmen.»

Sie packte ihn beim Arm.

«Nein, Akanosch! Man wird dich nicht aus dieser Stadt herauslassen, man wird dich verdächtigen, festnehmen und foltern!»

Der libysche Fürst ließ den Kopf hängen.

«Du hast recht, es wäre töricht. Bleibt nur noch eine Möglichkeit, daß sich nämlich die Thot-Priester nicht mit einer solchen Situation abfinden können!»

«Kennst du einen?»

«Nein, aber das Risiko müssen wir eingehen. Geh du hin und beschwere dich in der Tempelwerkstatt, sag ihnen, daß das uns zugewiesene Haus voller Flöhe ist und daß wir ätherisches Minzöl und wilde Minze brauchen, wenn wir sie loswerden wollen. Angesichts meines Ranges und der angeforderten Dinge wird man uns einen Sachkenner schicken.»

Der Sachkenner war ein Priester reiferen Alters, der seine Phiole mit Minzöl äußerst behutsam trug. Er stellte sie bedächtig ab und überprüfte dann die Empfangsräume in Akanoschs Herrenhaus.

«Fürst, ich bin erstaunt ... Dieses Haus scheint vollkommen in Ordnung zu sein, ich kann keinen einzigen Floh entdecken.»

Akanosch sprang ins kalte Wasser.

«Bist du noch immer Pianchi treu?»

«Die Antwort könnte mich das Leben kosten ...»

«Vor mir mußt du dich nicht in acht nehmen. Ich bin ein libyscher Stammesfürst, ich gehorche Tefnacht. Wenn es sein muß, kämpfe ich an seiner Seite. Aber ich muß gestehen, daß sich seine Handlanger wie Folterknechte aufführen und die Bevölkerung quälen. Daher erscheint es mir erforderlich, daß wir Pianchi verständigen. Vielleicht kommt es zu einem grausamen Krieg, vielleicht – und das ist meine Hoffnung – bleibt die Lage wieder einmal, wie sie ist. Wenigstens werden dann die Bürger verschont, und Tefnachts Gewaltherrschaft breitet sich nicht weiter aus.»

«Machst du dich damit nicht des Hochverrats schuldig?»

«Ich höre auf die Stimme meines Gewissens. Kann der Thot-Tempel jemanden mit der Nachricht zu Pianchi schikken, daß Hermopolis an Tefnacht gefallen ist?»

«Nimm diese Phiole mit Minzöl, Fürst Akanosch, und verteile ihren Inhalt in deinen Räumen. Schließlich hast du mich gerufen, damit wir Ungeziefer bekämpfen, oder?»

Kapitel 23

Pianchi öffnete den Flakon aus Glas, einem überaus kostbaren Material, den ihm seine Tochter gegeben hatte. Ihr Kyphi war wirklich außergewöhnlich! Ob das die Götter in der Seligkeit des Jenseits atmeten, wo das Schwert nicht mehr verletzte und die Krokodile nicht mehr bissen?

Abile nahm ihm den Flakon behutsam ab und rieb Pianchis mächtigen Oberkörper ein.

«Dieser Duft ist betörend ...»

Die Königin schmiegte den nackten Leib an den ihres Mannes. Sie war wie alle Blumen und Düfte, war zauberhaft wie die Nilufer und verführerisch wie die fruchtbare, verlockende und sonnengebadete Erde.

«Ich habe immer nur eine Frau geliebt, und ich werde auch nur eine lieben.»

«Und ich glaube dir, weil ich weiß, daß du die Wahrheit sagst.»

Mit ihren schlanken, zarten Fingern, deren sich eine Göttin nicht schämen mußte, knüpfte Abile Pianchis Schurz auf. Und der schwarze Pharao kostete den unvergleichlichen Duft ihres liebenden Körpers mit dem gleichen Entzücken wie beim erstenmal.

Kühler-Kopf wußte nicht mehr weiter. Die Wachtposten hatten ihm den Zutritt zu den Privatgemächern des Herrschers nicht verwehrt, aber durfte er den König und die Königin, die nackt und engumschlungen ruhten, aufwecken und ihnen schlechte Kunde bringen?

Doch der Zwerg stand in Diensten des Staates und durfte keine Rücksicht auf Vorrechte nehmen. Und so berührte er mit der Stirn den Boden vor dem Monarchen.

«Majestät, wach auf ...»

Pianchi öffnete ein Auge.

«Ach, du bist es, Kühler-Kopf ... Was machst du hier?»

«Es tut mir furchtbar leid, aber es ist sehr wichtig!»

Der Pharao musterte den schönen Leib seiner Frau. Hatte er nicht wie alle Menschen das Recht, in Gesellschaft der Frau, die er liebte, die Last der Welt zu vergessen?

Abile erwachte und stand auf. Mit unnachahmlicher Anmut und prächtig anzusehen in ihrer Nacktheit, ging sie leichten Schrittes zum Baderaum.

«Kühler-Kopf ... wenn du mich wegen einer Nichtigkeit gestört hast, bist du nicht mehr mein Freund!»

«Auch wenn deine Freundschaft von unschätzbarem Wert ist, Majestät, ich würde sie für den Frieden opfern, falls sich letzterer noch retten ließe.»

«Nachrichten aus Mittelägypten?»

«Leider ja.»

Der vom Thot-Tempel abgesandte Bote war ein Mann mit festem Blick und muskulösen Beinen.

«Woher kommst du?» fragte Pianchi.

«Aus Hermopolis», war die Antwort.

«Wer schickt dich?»

«Der Hohepriester des Thot-Tempels.»

«Wie heißt das Tal, in dem man dieses Heiligtum erbaut hat?» fragte der König.

«Das Tamaris-Tal.»

«Was wird in der Werkstatt hergestellt, die sich dicht beim Eingang befindet?»

«Schreiberpaletten.»

«Wie lautet der heilige Name von Hermopolis?»

«Stadt Ogdoade, das heißt die Stadt der acht Götter, die die Welt erschaffen haben und heute in Theben ruhen.»

Pianchi hatte sich vergewissert, daß der Bote kein Hochstapler war.

«Warum hast du gegenüber Kühler-Kopf von einer ‹Katastrophe› geredet?»

«Weil Fürst Nemrod uns verraten und Tefnacht die Tore von Hermopolis geöffnet hat», sagte der Mann.

«Das mag ich nicht glauben ... Nemrod hat mir Treue geschworen, und er hatte die Möglichkeit, sich zu wehren.»

«Dennoch ist es die Wahrheit, Majestät! Nemrod hat die Mauer seiner Stadt schleifen lassen, er hat sein Ehrenwort vergessen und ist Tefnachts Vasall geworden. Er hat auch nicht gezögert, ihm die Schatzkammer von Hermopolis zu öffnen und seine Soldaten unter den Oberbefehl des Libyers zu stellen. Vergib mir meine Empörung, Majestät, aber wie lange willst du noch schweigen, während Tefnacht von Sieg zu Sieg eilt, ohne daß ihm jemand Widerstand leistet? Es ist dein Ruf, der deine Macht begründet hat, Majestät, und nur er allein hält deine Gegner davon ab, Ägypten zu verheeren.»

Das Pferd mit der falbfarbenen Mähne trug Pianchi weit in die Wüste hinein. Der schwarze Pharao ritt und ritt, sog die reine Luft ein und tauschte sich mit dem klarblauen Himmel aus. Löwenherz merkte, daß sein Herr Sorgen hatte, und änderte Rhythmus und Richtung, noch ehe er den Befehl dazu erhalten hatte. Mensch und Pferd waren eins und dachten an nichts anderes als an den wilden Ritt, den weiße Ibisse und Kronenkraniche begleiteten.

Schließlich hielt Pianchi dicht bei einem Brunnen an.

Er ließ Löwenherz saufen, bevor er selbst seinen Durst stillte, dann bewunderte er die Wüste. Nichts befleckte diese Weiten, die sich der Sonne und dem Wind darboten. Kein verderbtes Wesen konnte diese Harmonie stören, die von dem verborgenen Gott geschaffen worden war, dessen Gegenwart sich außerhalb jedes menschlichen Verständnisses offenbarte.

Pianchi meditierte stundenlang.

Seine Lippen murmelten die uralten Gebete, die schon seine Vorgänger an Amun gerichtet hatten:

«Allmächtiger Gott, du schenkst allen Wesen das Leben. Gegrüßet seist du, du Einziger, du Herr der Maat, du, der in Frieden über den fernen Himmel zieht. Du läßt Licht werden, dein Wort ist Gesetz. Du, der einmalig ist und dennoch die Vielfalt erschafft, mein Herz sehnt sich, dich zu empfangen. Wie lieblich ist es, deinen Namen zu nennen, denn er ist Lebensfreude! Du bist der Hirte, der die Rinder zur Weide führt, das Bronzetor, das seine Stadt schützt, der Steuermann, der die Biegungen des Flusses kennt. Du bist Amun, der Herr des Schweigens, du zeigst dich den Demütigen. Du, der allen Odem schenkt, die ihn brauchen, errette mich, denn ich erleide Anfechtung und Ungewißheit.»

Als sich die Sonne neigte, machte sich der schwarze Pharao wieder auf den Weg in seine Hauptstadt.

Auf Pianchis Befehl hin wiederholte der Thot-Priester vor dem ganzen Hof, was er bereits dem König eröffnet hatte.

Alles machte lange Gesichter, mit Ausnahme von Hauptmann Lamerskeni, der sich auf eine rosige Zukunft mit völlig rechtens abgeschlachteten Libyern freute. Seine Anwesenheit mißfiel einigen hochgestellten Personen, die enttäuscht über die Gunst waren, die man diesem Haudegen ohne Treu und Glauben schenkte.

«Was willst du unternehmen, Majestät?» fragte Otoku, dem es jählings den Appetit verschlagen hatte.

«Wir müssen den Tatsachen ins Auge sehen, die Einnahme von Hermopolis ist kein vereinzelter Handstreich, und Nemrod ist ein Verräter der allerschlimmsten Sorte. Er hat Tefnacht seine Stadt geschenkt und ist damit zu einem gefährlichen Gegner geworden, den wir mit allen Mitteln bekämpfen müssen.»

Vor diesen Worten hatte sich der Dicke gefürchtet.

«Majestät, ich hoffe doch sehr, daß du nicht vorhast, Napata an der Spitze eines Heeres zu verlassen! Deine Anwesenheit ist hier unerläßlich, und du hast nicht das Recht, dein Leben aufs Spiel zu setzen!»

«Ich muß Otoku recht geben», sagte Königin Abile. «Die unverhofften Unruhen in Mittelägypten haben ein beunruhigendes Ausmaß angenommen, weil Nemrod uns verraten hat, aber ein rasches Eingreifen unserer in Theben stationierten Truppen dürfte genügen, um die Ordnung wiederherzustellen.»

«Dazu kommt noch eine Freischar unter den Hauptleuten Puarma und Lamerskeni», verkündete Pianchi. «Sie haben den Auftrag, die Städte Herakleopolis und Hermopolis zu befreien, das feindliche Bündnis zu zerschlagen und die Flüchtenden nach Norden zu jagen.»

Otoku war erleichtert. Also blieb der König in seiner Hauptstadt und überließ seinen Elitesoldaten die Arbeit, einem aussichtslosen Aufstand den Garaus zu machen.

Kapitel 24

Nemrod war entzückt. Er behielt nicht nur seine gesamten Vorrechte, sondern war auch aller materiellen Sorgen enthoben. Nartreb und Yegeb, die beiden Ratgeber Tefnachts, kümmerten sich hervorragend um die Verwaltung der Stadt, die sie mit Feuereifer und schöner Regelmäßigkeit schröpften. Kein Bereich des öffentlichen Lebens entging ihnen, denn sie hatten die in Herakleopolis angewandten Methoden noch verfeinert.

Auf Anweisung von Tefnacht hatten die beiden Schurken Hermopolis in eine riesige Kaserne verwandelt, in der alle Einwohner, vom Kleinkind bis zum Greis, auf die eine oder andere Weise für das Heer arbeiteten. Die Krieger der Befreiungstruppen mußten verwöhnt werden, jeder Wunsch war ihnen von den Augen abzulesen. Daß Familienmütter zur Hurerei und zehnjährige Jungen zum Tragen von schweren Körben mit Lebensmitteln gezwungen wurden, störte weder Yegeb noch Nartreb. Alles hatte sich der Kriegswirtschaft unterzuordnen. Nachdem man alle nutzlosen Fresser ausgerottet hatte, war ganz Hermopolis zum Kampf bereit.

Tefnacht rief seinen Kriegsrat im Speisesaal von Nemrods Palast zusammen. Dazu gehörten der Fürst der Stadt, Nemrod, Yegeb, Nartreb, die libyschen Stammesfürsten, Fürst Peftau aus Herakleopolis und Aurora, deren Anwesenheit den meisten Teilnehmern mißfiel. Doch wer mochte schon an den Entscheidungen des Generals herummäkeln?

«Ist Nachricht aus Theben gekommen?» fragte er.

«Ja, Gebieter», sagte Yegeb hastig. «Unsere Anhänger dort unten werden immer zahlreicher. Die Einnahme von Herakleopolis hat ihnen klargemacht, daß die Rückeroberung tatsächlich begonnen hat und daß die Hoffnung, die Zwei Länder wieder zu vereinen, kein Trugbild ist.»

«Hast du Spione eingeschleust?»

«Wir haben dort einige vertrauenswürdige Spitzel. Sie müssen außerordentlich vorsichtig vorgehen, weil Theben immer noch lauthals Treue zu Pianchi bekundet.»

«Was haben sie in Erfahrung gebracht?»

«Daß sich der schwarze Pharao endlich rührt und eine Freischar nach Theben schickt.»

Jählings verschlossen sich die Mienen der Anwesenden.

Bis jetzt waren ihnen die Siege in den Schoß gefallen, aber sich gefährlichen, nubischen Kriegern von legendärer Grausamkeit stellen zu müssen, das freute niemanden.

«Peftau, was schlägst du vor?» fragte Tefnacht.

«Gebieter Tefnacht, du hast zwei Städte besiegt und bist Herr von Mittelägypten. Wenn Pianchi das anerkennt, warum noch weiter vordringen? Ein Austausch von Gesandten würde die neue Lage bestätigen», meinte Fürst Peftau.

«Peftau, du hast nicht begriffen, was ich mit meinem Kampf bezwecke! Mir ist nicht an einer Anerkennung meines Herrschaftsgebietes gelegen. Was ich will, ist das Ägypten von einst, ein Ägypten, das wieder das führende Reich rings um das mittelländische Meer ist! Pianchi mag mit mir verhandeln, wenn seine Truppen vernichtet sind und er einsam und im Elend in einem Nubien sitzt, das wieder von Ägypten regiert wird, das dessen Reichtümer erneut nutzen kann. Aber den Fehler, diesen Thronräuber am Leben zu lassen, den begehe ich nicht! Ein nubischer Aufrührer verdient keine Nachsicht.»

Fürst Peftau beharrte nicht länger auf seiner Ansicht.

«Wenn Pianchi eine Freischar schickt», überlegte Aurora laut und ergriff damit zur allgemeinen Überraschung das Wort, «dann will er weder verhandeln noch Frieden schließen. Gewiß hat er seine besten Männer ausgewählt, und sie sollen die in Theben stationierten Truppen in die Schlacht führen.»

«Wir lassen uns doch von keiner Weibsperson Unterricht in Strategie erteilen», begehrte ein libyscher Stammesfürst auf.

«Und warum nicht? Mir kommt er ausgezeichnet vor», meinte Tefnacht.

«Los dann, auf nach Theben und angegriffen!»

«Das ist dumm!» sagte Aurora scharf. «Wir würden auf Pianchis Truppen treffen, und der Ausgang der Schlacht wäre ungewiß. Laßt uns statt dessen auf sie warten! Damit zwingen wir sie, sich zu zersplittern, denn nur ein Teil der Männer wird versuchen, Hermopolis zurückzugewinnen, falls sie Theben nicht ungedeckt und schutzlos zurücklassen wollen. Wir sind es, die militärisch den Ton angeben, das sichert uns den Sieg. Dann, und erst dann, ziehen wir nach Theben, dessen Widerstand merklich geschwächt sein dürfte.»

Die Stammesfürsten knurrten, einige zuckten mit den Achseln, doch viele mußten zugeben, daß die junge Frau die Lage zutreffend eingeschätzt hatte.

«Warum hast du einen Teil der Befestigungen in Hermopolis schleifen lassen?» fragte Akanosch Tefnacht.

«Damit der Feind glaubt, daß die Stadt zerstört ist und er mühelos eindringen kann. Sind sie erst einmal drinnen, sitzen Pianchis Soldaten in der Falle.»

Der General entrollte einen Papyrus mit einer sehr genauen Landkarte der Gegend.

«Den Rest der Freischar nehmen wir in der Ebene in die Zange, und längs der Hügel legen wir mehrere Hinterhalte an, damit schneiden wir ihnen jede Rückzugsmöglichkeit ab. Pianchi hat doch keine Ahnung von Kriegskunst, er glaubt, daß brutale Kraft genügt, um jedweden Kampf zu entscheiden. Die Zeit ist reif, ihm eine ordentliche Lehre zu erteilen.»

«Riskieren wir nicht, daß sich die Bevölkerung gegen uns erhebt?» fragte Akanosch.

«Woher diese Unsicherheit?» staunte Tefnacht.

«Weil wir so hart mit ihr verfahren!»

«Wir befinden uns im Krieg, Fürst Akanosch. Jedes Anzeichen von Schwäche verleitet sie zu Ungehorsam. Meine beiden Ratgeber leisten hervorragende Arbeit.»

Yegeb drückte seine Gefühle durch ein leichtes Lächeln aus.

«Dank uns fühlen sich die Menschen regiert und beschützt. Was fordern wir denn vom Volk? Daß es Tefnacht gehorcht und ihm sein Vertrauen schenkt, mehr nicht. Und jeder weiß, daß wir zu seinem Wohl arbeiten, auch wenn er auf Anhieb nicht versteht, warum wir diese Opfer verlangen.»

Akanosch trotzte dem Heuchler mit Blicken, doch er wagte es nicht, die Anschuldigungen auszusprechen, die ihm auf der Seele brannten.

«Hat jemand eine andere Strategie vorzuschlagen?» fragte Tefnacht.

Kein Stammesfürst brach das darauffolgende Schweigen.

«Dann werden wir also unsere verschiedenen Heeresgruppen auf allen Schauplätzen, auf denen sie eingesetzt werden, verstärkt drillen, und zwar nach Plänen, die ich euch jetzt erläutere. Am Tag der Begegnung dulde ich kein Zögern. An die Arbeit.»

Nartreb kaute auf einem Papyrusstengel herum, Yegeb beschäftigte sich mit seinen Rechnungen.

«So langsam werden wir reich, mein Freund. Dank der Generalvollmacht, die uns Tefnacht erteilt hat, arbeiten wir rechtens und unauffällig in unsere eigene Tasche und machen einen hübschen Gewinn. Häuser, Grundstücke, Kleiderposten, Sandalen und Geschirr ... Wenn wir erst einmal aufs Land gehen, fallen mir hoffentlich ganze Herden in die Hände. Dieser Krieg ist ein schöner Krieg!»

«Vorausgesetzt, er dauert», meinte Nartreb, «und das Kriegsglück ist uns hold.»

«Ich habe die Offiziere aus Herakleopolis und Hermopolis reichlich dafür bezahlt, daß sie Tefnacht blindlings gehorchen. Falls er siegt, stellen sie keine Fragen. Ein Soldat erwartet klare Befehle und einen guten Sold. Dann tötet er, ohne mit der Wimper zu zucken», sagte Nartreb.

«Wollen wirklich all unsere Verbündeten diesen Sieg?»

«Denkst du dabei an Fürst Akanosch?» fragte Nartreb.

«Ich habe den Eindruck, daß er sich mit einem Ende der Feindseligkeiten begnügen würde und daß er unsere Art der Stadtverwaltung nicht zu schätzen weiß.»

«Du hast recht, Nartreb, dieser Akanosch könnte unbequem werden.»

«Soll ich eingreifen ... auf meine Weise?»

«Nein, ein gewaltsamer Tod würde bei den anderen Stammesfürsten Argwohn gegenüber Tefnacht wecken und eine Spaltung des Bündnisses bewirken. Ich habe da eine bessere Idee, wir stellen ihm eine Falle.»

Nartreb salbte die fetten Füße mit einer Salbe aus Akazienblatt, Zizyphusblatt, nubischer Erde, Kieselmalachit und dem Inneren einer Süßwassermuschel. Der Semit ging nicht gern zu Fuß, davon bekam er heiße Zehen.

«Aurora gewinnt zuviel Einfluß», beklagte er sich. «Wenn wir sie so weitermachen lassen, verbannt uns Tefnacht noch ins zweite Glied und vergißt uns zu guter Letzt, ja, verstößt uns sogar!»

«Ich kann Weiber nicht ausstehen. Läßt man sie aus dem Schlafzimmer und der Küche heraus, machen sie nichts als Ärger! Wenn Tefnacht erst regiert, raten wir ihm, ein Gesetz zu erlassen, das die Frauen zwingt, von Kopf bis Fuß verschleiert zu gehen, nicht mehr zu arbeiten und das Haus zu hüten.»

«Eine sehr gute Idee, Yegeb. Und während wir darauf warten, müssen wir verhindern, daß dieses ehrgeizige Weib Königin wird ... Ohne daß Tefnacht uns dafür verantwortlich macht!»

«Das wird nicht leicht, mein Freund, aber wir schaffen es», sagte Yegeb.

Kapitel 25

Eine günstige Jahreszeit, eine kräftige Strömung, schnelle Boote und hervorragende Steuermänner, alles trug zu einer glücklichen Reise bei. Innerhalb von drei Wochen hatte die Freischar unter dem Befehl der Hauptleute Lamerskeni und Puarma ihr erstes Ziel, nämlich Theben ‹die Mächtige› und ‹Stadt Amuns›, erreicht.

Damit sie nicht miteinander reden mußten, hatten die beiden Offiziere die Reise nicht auf demselben Schiff gemacht. Dennoch hatten sie ihre Befehle zusammen vom schwarzen Pharao erhalten, und der hatte die Einhaltung einer sehr präzisen und ausgeklügelten Taktik gefordert, mit der sie Tefnachts Offensive ein Ende machen sollten. Lamerskeni hatte eingewandt, daß Unwägbarkeiten des anzutreffenden Geländes zu einer Abänderung der Strategie führen könnten, doch Puarma hatte dem Herrscher versprochen, er wolle dessen bewaffneter Arm sein und sich hüten, aus eigenem Antrieb zu handeln.

Wäre da nicht die Aussicht auf prächtige Schlachten gewesen, Lamerskeni hätte Puarma liebend gern mit seinem Arm aus Akazienholz niedergeschlagen. Es war dem Hauptmann jedoch gelungen, sich zu beherrschen, und dank der innigen Gunstbeweise zweier junger Nubierinnen, die er heimlich und gegen die Vorschriften an Bord geschmuggelt hatte, hatte er sich zwischen Napata und Theben besänftigt. Die beiden Schönen freuten sich so sehr darauf, Tänzerinnen in einem

Bierhaus der großen Stadt des Südens zu werden, daß sie begeistert in alle Launen des Helden einwilligten.

Als sie sich der Stadt näherten, versperrten Kriegsboote den Strom. Die nubische Flotte hielt an.

Einen Augenblick lang meinte Lamerskeni, Tefnacht hätte Theben eingenommen, und er müßte sich ihm in einer Schlacht von eins gegen tausend stellen. Doch die Anwesenheit eines nubischen Offiziers im Bug des Flaggschiffes beruhigte ihn.

Da Puarma dem Hauptmann der Fußsoldaten das Vorrecht der ersten Kontaktaufnahme nicht gönnte, kam er zu ihm an Bord gesprungen.

«Ein ziemlich merkwürdiger Empfang, was?»

«Sind deine Bogenschützen in Stellung gegangen?»

«Wir sind in Theben, und da …»

«Sie sollen sich bereithalten, Dummkopf! Wir befinden uns im Krieg, da kann jeden Augenblick etwas passieren.»

Puarma erteilte zwar den Befehl, aber er ärgerte sich.

Der Marineoffizier musterte die Ankömmlinge.

«Wer da, und was wollt ihr?»

«Lamerskeni, Hauptmann der Fußsoldaten. Und das ist mein Waffengefährte Puarma, Hauptmann der Bogenschützen.»

«Ich habe Befehl, euch zum Tempel von Karnak zu bringen.»

«Was soll der Unfug!» protestierte Lamerskeni. «Wir sind Soldaten, keine Priester! Wir wollen auf der Stelle vom Befehlshaber der Garnison empfangen werden.»

«Hier befiehlt die Göttliche Sängerin. Der Befehl ist von ihr, ich führe ihn nur aus.»

Puarma fing Lamerskenis Hand ab, die zum Schwert in der Scheide fahren wollte.

«Gut, wir folgen euch.»

Die beiden Hauptleute wurden auf ein schweres Kriegsschiff gebeten, auf dem eine Hundertschaft Bootsmänner saß.

«Mach das nicht noch mal», sagte Lamerskeni zu Puarma, «oder ich breche dir die Knochen!»

«Das war nur zu deinem Besten, Dummkopf. Vergiß nicht, du sollst dich mit unseren Feinden schlagen, nicht mit unseren eigenen Leuten.»

Beim Anblick von Karnak hörten sie auf, sich zu streiten.

Benommen staunten die beiden Hauptleute über den riesigen, heiligen Bezirk von Amun-Re, dem König der Götter, der von einer hohen Umfassungsmauer umgeben war, über die die goldüberzogenen Spitzen der Obelisken ragten. Gewiß, der Tempel von Napata war eindrucksvoll, doch der hier ging über jegliches Vorstellungsvermögen hinaus. Jahrhundertelang hatten die Pharaonen das Heiligtum, das den Namen ‹der, der den Standort aller Tempel festlegt› trug, vergrößert und verschönert. Hier zeigte sich das Leben zum erstenmal in Gestalt einer Insel, die aus dem Urmeer emportauchte, und seitdem hatte Amuns Odem nicht mehr aufgehört, sich im Blähen der Bootssegel zu manifestieren.

«Donnerwetter, Donnerwetter ... das würde eine gewaltige Befestigungsanlage abgeben!» rutschte es Lamerskeni heraus.

Puarmas Augen hingen an dem Eingangspylon, der sowohl die Gebirge des Ostens als auch des Westens und die Göttinnen Isis und Nephtis symbolisierte. Zwischen ihnen und dank ihrer wurde die Sonne jeden Tag neu geboren.

«Die Götter haben Karnak erbaut», murmelte der Hauptmann der Bogenschützen, «nicht Menschen.»

Ein Priester mit rasiertem Schädel führte die Abgesandten Pianchis zu einer Seitentür in der Umfassungsmauer, wo sie ein Vorlesepriester mit strenger Miene nach ihren Namen fragte.

«Habt ihr euch innerhalb der letzten drei Tage einer Frau genähert?»

«Aber natürlich nicht», log Lamerskeni. «Wir kommen zu Schiff von Napata, und es waren nur Soldaten an Bord.»

«Wenn das so ist, dürft ihr durch diese Tür treten.»

«Der Pharao schickt uns, daß wir gegen die Libyer kämpfen, wir haben keine Zeit zu verlieren.»

«Folgt mir.»

Der Mann mit dem Kunstarm stieß einen gereizten Seufzer aus. Sie waren in Karnak, da mußte man sich wohl den Launen dieser Frommen beugen.

Bedächtigen Schrittes, was Lamerskeni erneut zur Weißglut brachte, führte der Priester seine Besucher zum heiligen See. Puarma konnte sich nicht satt sehen an den prächtig bemalten Tempeln, die wie ineinander verschachtelt wirkten, während sich Lamerskeni von den lieblichen Düften, die an erlesene Gespielinnen erinnerten, bezaubern ließ.

Die Größe des Sees erstaunte die beiden Hauptleute. Hunderte von Schwalben flogen über seine bläuliche Oberfläche, auf der die Priester, mit Ausnahme von Festtagen, winzige Barken schwimmen ließen.

«Legt eure Kleidung ab», befahl der Priester.

«Dürfen wir hier schwimmen?» erkundigte sich Lamerskeni.

«Ihr müßt euch reinigen.»

«Wir haben nicht die Absicht, Priester zu werden!»

«Die Regel erfordert, daß jeder, der im Tempel zugelassen wird, auch wenn es nur vorübergehend ist, gereinigt sein muß. Entkleidet euch, steigt langsam auf der Steintreppe in den See, taucht ins Wasser, verharrt kurz, und sammelt euch im Geist auf das Licht.»

«Mein Schwert behalte ich aber», verlangte Lamerskeni.

«Kommt nicht in Frage, Waffen müssen auf der Schwelle des Tempels abgelegt werden.»

«Na los», empfahl Puarma, der sich williger fügte.

Als Lamerskeni sein rauhes Hemd auszog, konnte der Priester sein Erstaunen nicht verbergen.

«Ein komischer Arm, was? Vor meinem Aufbruch in Napata hat man mir die Holzvorrichtung mit Metall verstärkt, und ein Fachmann für Streitwagen hat das Ganze mit Harz bestrichen.»

Die beiden Soldaten reinigten sich nackt im heiligen See. Dann kleidete man sie in einen blendendweißen Leinenschurz, rasierte sie und rieb sie mit Weihrauchduft ein.

«Vor Gott», so riet ihnen der Priester, «brüstet man sich nicht mit seiner Macht! Ohne ihn fehlt dem Arm die Kraft. Es ist Gott, der die Schwachen stark macht, er ist es, der einen einzigen Mann fähig macht, Tausende zu besiegen.»

Nachdem Lamerskeni und Puarma nun ‹reine Priester›, der erste Grad in der geistlichen Hierarchie, geworden waren, wurden sie aufgefordert, ein wenig heiliges Wasser auf das Essen zu spritzen, das man ihnen vorsetzte, und dazu ein rituelles Gebet zu sprechen, das an Amun gerichtet war: «Zeige uns den Weg, erlaube uns, im Schutz deiner Allmacht zu kämpfen.»

«Und nun», sagte der Priester, «dürft ihr in den großen Säulensaal.»

Die beiden Offiziere stießen einen unterdrückten Seufzer aus.

Der Saal, den Sethos I. und Ramses II. hatten erbauen lassen, bestand aus riesigen, steinernen Papyristengeln mit gemalten Szenen, die den Pharao beim Opfern für die Götter zeigten. Zwischen den großen Steinplatten der Decke gab es kleine Öffnungen, die Lichtstrahlen durchließen.

Und genau in einem dieser Strahlenbündel hatte Lamerskeni eine Erscheinung, nämlich eine junge Frau in langem, weißem Trägerkleid, die Brüste von einem hellgelben Schal verdeckt.

«Eine Göttin», stammelte er, «das ist ja eine Göttin!»

Kapitel 26

Seid ihr die Hauptleute Lamerskeni und Puarma?» fragte die Erscheinung.

«Ich bin Lamerskeni. Und ich habe die Götter schon immer verehrt, vor allem die Göttinnen.»

Die Erscheinung lächelte. Ihre Züge waren so zart, daß Lamerskeni richtiggehend eingeschüchtert war.

«Bist du die Göttliche Sängerin?» fragte Puarma.

«Nein, nur ihre Oberhofmeisterin. Ihre Majestät ist ernstlich erkrankt und verläßt ihre Gemächer nicht mehr. Darum hat sie mich gebeten, euch zu empfangen und euch zu informieren, ehe ihr eure Waffengefährten kennenlernt.»

«Uns zu informieren …? Aber was soll das?»

«Kommt bitte mit.»

Die hübsche Priesterin führte die beiden Hauptleute bis zu dem weltlichen Bereich der Göttlichen Sängerin, der aus einer Kapelle, Privatgemächern und Amtszimmern für Schreiber bestand. In eins davon führte sie ihre Gäste.

Lamerskeni war so entzückt, daß er den Blick nicht mehr von ihr abwenden konnte.

«Wie heißt du?»

«Marjolaine.»

«Bist du verheiratet?»

«Weder die Göttliche Sängerin noch die Priesterinnen, die ihr dienen, heiraten. Du interessierst dich also für religiöse Fragen, Hauptmann Lamerskeni?»

«Leidenschaftlich.»

«Ich habe eine traurige Nachricht für euch: Der Befehlshaber des Militärstützpunktes Theben ist vor vier Tagen gestorben.»

«Wie unerfreulich für ihn. Wer tritt an seine Stelle?»

«Das möchte auch die Göttliche Sängerin so schnell wie möglich wissen, denn sie sorgt sich um die Sicherheit Thebens. Seit man uns euer Kommen gemeldet hat, will auch die Stadt wissen, wer von euch den Befehl über die Truppen übernimmt.»

Lamerskeni und Puarma tauschten einen bestürzten Blick.

«Wir haben den gleichen Rang ...»

«Die Fußsoldaten sind die ältere Waffengattung und die mit der meisten Tradition», erklärte Lamerskeni. «Folglich ...»

«Bei den Bogenschützen dienen nur Elitesoldaten», wehrte sich Puarma. «Dennoch ...»

Dieser Streit ärgerte Marjolaine.

«Die Göttliche Sängerin möchte die Befehle kennenlernen, die euch der Pharao gegeben hat.»

«Wir sollen zusammenarbeiten und uns dem Befehl des Befehlshabers hier unterstellen», teilte ihr Puarma mit.

Lamerskeni und Puarma stritten sich eine ganze Stunde lang mit einem Haufen von Scheinargumenten.

«Und wenn wir schlicht die Befehle Pianchis ausführen?» schlug der Hauptmann der Bogenschützen vor. «Er will, daß wir uns die Befehlsgewalt teilen, also tun wir das doch!»

«Das geht nicht.»

«Wir haben keine andere Wahl.»

Lamerskeni handelte lieber, als daß er redete.

«Einverstanden, aber wenn wir gemeinsam mit den Soldaten sprechen, dann ganz strikt als Gleichrangige, und du versuchst nicht, deine Befehlshoheit auf Kosten meiner mit dem Vorwand herauszustreichen, daß du einen Bogen schwingen kannst.»

«Laß uns dem augenblicklichen Fehlen eines Befehlshabers dadurch abhelfen, daß wir unseren Auftrag ausführen. Der Pharao wird uns dankbar dafür sein. Anderenfalls ist sein Zorn furchtbar.»

«Endlich ein triftiges Argument ... Im Grunde genommen hast du recht, Puarma. Laß uns zusammenhalten und -arbeiten, damit wir Erfolg haben. Aber überlaß mir die Führung, denn davon verstehst du nichts.»

Es war nicht leicht, die in Theben stationierten Soldaten zu überzeugen. Zunächst einmal beklagten sie das Hinscheiden ihres Befehlshabers, um den sie noch weitere Tage trauern wollten, immer in der Hoffnung auf eine Zulage; außerdem hatten sie sich an den Frieden gewöhnt und zeigten nicht die geringste Kampfeslust, um so mehr, als Tefnacht Theben nicht bedrohte. Folglich war die beste Lösung, auf neue Befehle aus Napata zu warten. Der Wortführer der Truppe, ein Unteroffizier, überreichte ihnen sogar eine Beschwerdeliste, in der es um die Qualität des Essens, der Uniformen und Urlaubstage ging.

Puarma befürchtete schon, daß Lamerskeni dem Mann mit seinem Holzarm den Hals brechen würde, doch der Hauptmann der Fußsoldaten hielt den Mund.

Tefnacht streichelte sehr bedächtig Auroras nackte Brüste.

«Du bist eine Zauberin ... Wie hast du es nur geschafft, mich so zu verhexen?»

«Du hast mich verhext, denn ich teile jetzt deine Ideale. Das Land zurückzuerobern, es so stark wie einst zu machen, ist das nicht die berauschendste Aufgabe, die man sich denken kann?»

Tefnacht hatte sich in den anrührend schönen Leib dieser jungen Frau von mitreißender Kindlichkeit verliebt, und den mußte er immer wieder erforschen. Aurora erwiderte seine Zärtlichkeiten, aber sie redete unaufhörlich von dem großen Plan, den sie sich mit verzehrender Leidenschaft zu eigen gemacht hatte.

«Hast du Kinder?» fragte sie ihn.

«Ich habe in Saïs mehrere Frauen zu meiner Verfügung, aber ich liebe keine von ihnen. Sie haben mir Kinder geschenkt … Die Töchter sind im Norden geblieben, zwei meiner Söhne im mannbaren Alter stehen als Offiziere in meinem Heer. Keiner von ihnen ist fähig, mir nachzufolgen. Nach mir wird unser Sohn den Thron besteigen.»

Aurora nahm sein Gesicht in die Hände.

«Ich liebe dich, Tefnacht. Ich liebe dich, weil dein Herz von einer großen Vision erfüllt ist. Aber ich will kein Kind, ehe du nicht Pharao bist und sich die Zwei Länder vor dir verneigen.»

Auroras Zielstrebigkeit beeindruckte Tefnacht. Sie war nicht aus dem gleichen Holz geschnitzt wie die Frauen, die er gekannt hatte, und zuweilen machte sie ihm richtiggehend angst.

«Wie du willst …»

Als Dank für seine Einwilligung bedeckte sie sein Gesicht mit Küssen wie eine Löwin, die wild entschlossen ihre Beute verschlingen will. Tefnacht hatte wenig Spaß an der Rolle des Opfers, daher zwang er Aurora, sich auf den Rücken zu legen, und übernahm wieder die Führung.

Man klopfte an die Zimmertür.

«Wer wagt es», donnerte Tefnacht.

«Yegeb, Gebieter. Eine wichtige, eine sehr wichtige Nachricht.»

«Kann die nicht warten?»

«Ich glaube nicht.»

Der General öffnete die Tür, Yegeb verneigte sich.

«Unser Spionagenetz hat uns gerade mitgeteilt, daß der Befehlshaber der Garnison Theben verstorben ist. Die Freischar ist eingetroffen, ist aber durch die Verwirrung handlungsunfähig. Pianchis Hauptleute zerfleischen sich gegenseitig, keiner ist in der Lage, einen klaren Befehl zu erteilen, und ehe nicht neue Anweisungen aus Napata kommen, können die Truppen nicht in Marsch gesetzt werden. Eine ausnehmend gute Gelegenheit, nicht wahr?»

Tefnachts Augen funkelten.

«Theben vom Nil her angreifen und der Garnison herbe Verluste zufügen ... Ja, der Augenblick ist gekommen!»

«Wir hatten uns eine andere Taktik überlegt», erinnerte ihn Aurora, ohne sich um Yegebs Anwesenheit zu kümmern, der den Leib der jungen Frau halb interessiert, halb angeekelt musterte.

«Man muß sich den Umständen anpassen, und hier winkt uns ein entscheidender Vorteil! Eine erste Angriffswelle soll sich auf der Stelle unter dem Befehl eines Stammesfürsten einschiffen.»

Kapitel 27

Die Garnison lag in tiefem und langem Schlaf. Seit dem Tod des Befehlshabers war nur noch wenig gedrillt worden, man machte sich einen schönen Lenz.

Der Soldat Risin jedoch fand keinen Schlaf mehr, seit er seinen besten Freund in einem blutigen Kampf mit den ‹Sandläufern›, Plünderern und Beduinen aus der Wüste hatte sterben sehen, daher wußte er die ausgedehnte Ruhe seiner Kameraden nicht zu schätzen. Er seinerseits liebte den Drill. Wenn er seinen Körper ermüdete, verscheuchte das die bösen Träume.

Mit weitgeöffneten Augen betrachtete Risin die Holzdecke der Kaserne.

Auf einmal fiel ein Balken wie in zwei Teile zersägt in den Schlafsaal. Zwei Palmenstämmen erging es ebenso, und unter den mit einem Ruck aufgewachten Soldaten brach Panik aus.

«Hört mir zu!» brüllte Lamerskeni, der zusammen mit Puarma und an die zwanzig Bogenschützen auf dem Dach hockte. «Nehmt auf der Stelle eure Waffen und kommt heraus aus eurem Loch. Sammelt euch auf dem Exerzierplatz. Wer sich weigert, wird wegen Ungehorsam hingerichtet.»

Die gleiche Szene wiederholte sich in den anderen Kasernengebäuden, und am Ende des Vormittags befand sich die Garnison von Theben im Kriegszustand.

«Da hast du es», sagte Lamerskeni zu Puarma, «wenn man sich darauf versteht, sie richtig zu nehmen, klappt es auch.

Diese Bürschchen brauchten einen, der sie aufweckt, das ist alles. Jetzt nimmst du sie in die Mangel. Ich breche mit einer kleinen, gut ausgerüsteten Flotte gen Norden auf.»

«Das Risiko ...»

«Wie wollen wir sonst feststellen, ob vorgerückte Truppenteile von Tefnacht Fallen für uns aufgestellt haben?»

Puarma kam fast um vor Sorge.

Er bedauerte es, dem Vorschlag von Hauptmann Lamerskeni zugestimmt zu haben, er hätte ihn nicht allein an der Spitze von einigen hundert Bootsmännern aufbrechen lassen sollen. Ein Hauptmann der Fußsoldaten, der eine Expedition zu Schiff befehligte, die Katastrophe war vorherzusehen gewesen.

Aber er mußte handeln ... Pianchi hatte die beiden Hauptleute angewiesen, in Schlachtordnung vorzugehen, Tefnacht in eine Schlacht zu locken, ihn zu besiegen und gefangenzunehmen und mit der Zerstörung seiner Schiffe zu beginnen, denn das gewährleistete die Sicherheit Thebens.

Unter Puarmas Schutz lief die heilige Stadt des Gottes Amun keine Gefahr. Was den Rest betraf ... hing alles davon ab, ob Lamerskeni Glück hatte.

Der Oberste der Kuriere baute sich vor Puarma auf.

«Zu Befehl, Hauptmann.»

«Ist der Kurier nach Napata abgegangen?»

«Heute morgen mit einem Begleitschutz aus Bogenschützen. Du kannst sicher sein, daß er wohlbehalten ankommt.»

Puarma hatte einen langen Bericht verfaßt, in dem er keine Einzelheit ausgelassen hatte. Jetzt war es an Pianchi, die Lage auszuwerten, Entscheidungen zu treffen und ihm seine Befehle so schnell wie möglich zuzuschicken.

«Ein weiterer Kurier soll sich reisefertig machen. Von

heute an wird es zwischen Theben und Napata ein unaufhörliches Kommen und Gehen geben.»

«Wird gemacht, Hauptmann.»

Wenn die Göttliche Sängerin starb, war Puarma Alleinherrscher von Theben, und vor dieser unverhofften Verantwortung schreckte er zurück. Doch die heilige Stadt würde er bis zum letzten Blutstropfen verteidigen.

«Schneller!» tobte der libysche Stammesfürst und feuerte die Ruderer höchstpersönlich an. «Nicht einschlafen, ihr Faulpelze! Bald seid ihr in Theben, und da bekommt ihr die schönsten Mädchen Ägyptens und Wein nach Herzenslust.»

Doch diese Aussichten zeitigten keine Wirkung. Die Bürger aus Herakleopolis und Hermopolis, die man zwangsrekrutiert hatte, hatten es nicht eilig, sich den Truppen Pianchis zu stellen und in einer Schlacht zu sterben, an der sie gar nicht teilnehmen wollten. Daher war die von Tefnacht losgeschickte Flotte langsamer vorangekommen als vorhergesehen. Die ägyptischen Ruderer zu töten war auch keine Lösung, denn kein einziger libyscher Soldat würde sie ersetzen wollen.

Als Nordwind aufkam, konnte man endlich die Segel hissen und kam schneller voran. Der Stammesfürst, ein alter Sandläufer, den das gute Essen und die Lieblichkeit Ägyptens verlockt hatten, merkte, daß seine Kampfeslust zurückgekehrt war. Er malte sich bereits aus, wie er den Amun-Tempel in Brand steckte, die Göttliche Sängerin schändete und der heiligen Stadt ihre Schätze raubte.

Tefnacht war ein guter General. Er hatte diesen Überraschungsangriff angeordnet, der die gegnerischen Verteidiger in Verwirrung bringen sollte, und wenn er dann den Sieg mit dem größten Teil des begeisterten Heeres vollendete, hatte er den Krieg in ein paar Wochen gewonnen.

Lamerskeni genoß seine neue Stellung. Er hatte sich in einer bequemen Kabine auf einem hervorragenden Bett ausgestreckt, kostete eine Weintraube nach der anderen und trank in kleinen Schlucken Süßbier, das ein wenig prickelte und an Kühle nichts zu wünschen übrigließ.

Die Flußstreitkräfte hatten durchaus ihr Gutes, und für einen Mann gab es nichts Schöneres als den Krieg. Während der unselige Puarma bange Stunden verlebte, weil er die Verteidigung von Theben organisieren mußte, schwamm der Krieger mit dem Akazienarm auf dem Nil.

Wenn sie sich Hermopolis näherten, war die Zeit gekommen, sich mit Tefnacht zu beschäftigen, diesem libyschen Hasenfuß, der sich nicht über Mittelägypten hinauswagte.

Der Soldat Risin, den Lamerskeni als Ordonnanz gewählt hatte, betrat seine Kabine.

«Hauptmann, man könnte meinen ... Schiffe.»

«Handelsschiffe?»

«Nein ... Kriegsschiffe! Sie kommen auf uns zu.»

«Du mußt dich täuschen, Risin.»

«Der Ausguckposten sagt, an die zwanzig.»

Lamerskeni wurde stutzig, verließ seine Kabine und ging zum Bug. Risin hatte nicht gelogen, es handelte sich weder um Fähren noch um Schleppkähne, sondern tatsächlich um Libyer, die nilaufwärts in Richtung Theben segelten.

«Dieser Tefnacht ist gefährlicher, als ich gedacht hatte.»

«Ziehen wir uns zurück, Hauptmann?»

Lamerskeni bedachte Risin mit einem nachdenklichen Blick.

«Seit wann hast du nicht mehr im Kampf gestanden, Soldat?»

«Seit einigen Jahren ... In Theben war es immer so ruhig.»

«Kennst du Pianchis Ruf?»

«Es wird behauptet, daß man nur seinen Namen aussprechen muß, und schon ist der Feind in die Flucht geschlagen.»

«Ausgezeichnet! Und du weißt außerdem, daß Pianchi mir befohlen hat, Tefnacht und seine Aufrührer in Richtung Norden zurückzuwerfen.»

«Ja, Gebieter, aber die Aufrührer da sind zahlreich, viel zahlreicher als wir.»

«Dann schlagen wir uns eben eins gegen zehn, aber im Namen Pianchis! Die Libyer haben nicht die geringste Chance.»

«Glaubst du das wirklich?»

«Soldat, Lamerskeni lügt nie! Klarmachen zum Gefecht, gib meinen Befehl an alle Boote weiter.»

«Nach welcher Taktik gehen wir vor?»

«Nach der einfachsten: Auf sie drauf.»

Der libysche Stammesfürst traute seinen Augen nicht. Auf der ganzen Breite des Nils verteilt, kamen ägyptische Schiffe geradewegs auf ihn zu. Da Lamerskeni den Bug der Schiffe mit Schilden zu wahren Befestigungsmauern hatte ausbauen lassen, konnten die Pfeile der libyschen Bogenschützen nichts gegen sie ausrichten. Dagegen starben viele Libyer durch Steine, die in den Linien der Feinde abgeschossen wurden.

Letztere bewirkten auch eine Panik unter den Rindern und Pferden, die auf Tefnachts Befehl an Bord gebracht worden waren, die einen als Nahrung, die anderen zum Ziehen der Streitwagen, die, in Einzelteile zerlegt, sofort nach der Landung zusammengebaut werden sollten. Die scheuenden Pferde rissen sich los, zertrampelten eine Menge Soldaten und brachten sogar Schiffe zum Kentern.

Der libysche Stammesfürst war ratlos. Einige seiner Untergebenen rieten zum Kampf, andere zum Rückzug. Die Ruderer flohen von ihren Bänken und sprangen in den Fluß.

Noch ehe sich der Bug seines Schiffes in ein libysches bohren konnte, enterte Lamerskeni mit dem Schwert das gegnerische Schiff und schnitt allen, die sich ihm in den Weg stellten, die Kehle durch. Von seinem Beispiel angefeuert, folgten ihm die Fußsoldaten der Freischar und sprangen in die von ihrem Hauptmann geschlagene Bresche.

Kapitel 28

Erstes Ziel erreicht», verkündete Lamerskeni stolzgeschwellt, «alle libyschen Schiffe, die in Richtung Theben unterwegs waren, sind zerstört. Überlebende gibt es nicht, und meine Verluste halten sich gering. Die nördlichen Fremdländer haben ihre erste Niederlage erlitten.»

«Du bist ein grober Kerl», meinte Puarma, der sich gerade mit den Truppen des Hauptmanns der Fußsoldaten vereint hatte, «aber das ist nur ein Scharmützel gewesen. Irgendwelche Beute?»

«Waffen, Lebensmittel, Krüge ...»

«Unser Anteil ...?» fragte Puarma.

«Hat Pianchi verboten», sagte Lamerskeni streng.

Die beiden Hauptleute hatten sich im Süden der Hasen-Provinz und in einiger Entfernung ihrer Hauptstadt Hermopolis getroffen. Als Nachricht von Lamerskeni gekommen war, hatte sich Puarma mit dem Rest der Freischar in Marsch gesetzt, denn die Anordnungen des schwarzen Pharaos mußten auch weiterhin befolgt werden.

«Sag mal, lieber Waffengefährte», fuhr Lamerskeni in einem honigsüßen Ton fort, der so gar nicht zu ihm paßte, «ich könnte doch einen neuen Vorstoß machen?»

«Und wie soll der aussehen?»

«Ich stürze mich auf Hermopolis und nehme es ein. Ein Überraschungsangriff mit unserer ganzen Truppe würde die Verteidigung der Stadt vernichten.»

«Deine Heldentaten auf dem Nil mögen gerade noch durchgehen … Aber was Hermopolis angeht, so dürfen wir nicht wild drauflosschlagen. Wir müssen nach dem Plan des Pharaos vorgehen, und an den halten wir uns auch.»

Lamerskeni begriff, daß er sich nicht durchsetzen würde, aber ihm wurde diese Kriegstaktik allmählich langweilig!

Im Audienzsaal des Palastes von Hermopolis verbargen die Mitglieder von Tefnachts Kriegsrat ihre Enttäuschung durchaus nicht.

«Ist Verlaß auf die Berichte?» fragte Fürst Akanosch.

«Unsere Schiffe sind versenkt», bestätigte Tefnacht, «kein Bootsmann unserer ersten Angriffswelle hat überlebt.»

«Niemand konnte voraussehen, daß wir auf eine gegnerische Flotte treffen würden», wehrte sich Yegeb.

«Ich habe euch ja gesagt, daß diese Strategie gefährlich ist», rief ihnen Aurora ins Gedächtnis.

Yegeb und Nartreb warfen der jungen Frau einen haßerfüllten Blick zu.

«Lassen wir die Vergangenheit ruhen», forderte Tefnacht. «Es handelt sich nur um ein kleines Scharmützel, was uns beweist, falls das nötig war, daß unsere Feinde zu allem entschlossen sind.»

«Vielleicht ist noch Zeit zu verhandeln», schlug Fürst Peftau vor.

«Verhandeln kommt überhaupt nicht in Frage! Wir wollen doch beim kleinsten Mißerfolg nicht schon den Mut verlieren, oder? Wer wüßte nicht, daß die Einnahme Thebens schwierig wird und zahlreiche Schlachten erfordert. Pianchi hält uns für schwächer, als wir in Wirklichkeit sind, daher wird er nicht wiedergutzumachende Fehler begehen. Als erstes wird er in die Falle Hermopolis tappen.»

«Vorausgesetzt», stellte Aurora klar, «daß der Kriegsrat sich weiter nördlich, in Herakleopolis, niederläßt. Wenn die nubischen Truppen in Hermopolis eindringen, weil sie glauben, die Stadt ist ihnen ausgeliefert, wird es zu äußerst heftigen Kämpfen kommen. Tefnacht darf erst nach der Vernichtung der Freischar eingreifen, und dann marschieren wir Richtung Süden.»

Nemrod wurde blaß.

«Muß ich als Fürst von Hermopolis in meiner Stadt bleiben?»

«Das wird nicht nötig sein», meinte Tefnacht, «da du Teil meines Führungsstabes bist. Nach dem Sieg kehrst du hierher zurück.»

Erleichtert billigte Nemrod den Plan des Generals.

«In Zukunft», sagte Aurora zu Yegeb, «enthältst du dich jeglicher Art von militärischem Rat und begnügst dich mit der Verwaltung unserer Städte.»

Die junge Frau hatte mit der Autorität einer Königin gesprochen und ließ Yegeb mit offenem Munde stehen.

Auch wenn die Überschwemmung ein wenig zu niedrig ausgefallen war, konnte man sie dennoch als ausreichend bezeichnen. An höher gelegenen Stellen ging das Wasser bereits zurück, und der alte Bauer, der einen Hof mit zwanzig Arbeitern bewirtschaftete, hatte seinen Knechten gerade befohlen, den Schwingpflug fürs Pflügen in Ordnung zu bringen, ehe sie dann mit den Ochsen die Aussaat begannen.

Sein Enkel, ein Junge von acht Lenzen, zupfte ihn am Ärmel.

«Großvater … was sind das da für Leute auf dem Hügelweg, die mit den Lanzen?»

«Geh ins Haus, mein Kleiner.»

Die Soldaten näherten sich dem Gehöft. An ihrer Spitze marschierte ein bärtiger Mann mit rasiertem Schädel und furchteinflößender Miene.

Zitternd drängten sich die Arbeiter hinter ihrem Herrn zusammen.

«Was willst du?»

«Ich bin Hauptmann Lamerskeni und gebe dir den Befehl, auf der Stelle die Arbeit einzustellen.»

«Aber ... wir müssen jetzt mit dem Pflügen beginnen!»

«In der Hasen-Provinz wird nicht mehr gepflügt, gesät und geerntet, solange sie vom Heer der nördlichen Fremdländer besetzt ist. So lauten die Befehle von Pharao Pianchi.»

«Ihr wollt also die nördlichen Fremdländer aushungern?»

«Sie werden sich ergeben, dadurch gibt es dann weniger Tote.»

«Und wir, wovon sollen wir uns ernähren?»

«Daran hat der Pharao gedacht, ihr bekommt alles aus den Vorräten in Theben. Aber versucht nicht, uns zu überlisten, denn wer dem Befehl zuwiderhandelt, kommt auf der Stelle ins Gefängnis.»

«Wird dieser Krieg lange dauern? Seit die Libyer in Hermopolis sitzen, quetschen sie uns aus! Im Nachbardorf haben sie sogar zwei Gehöfte abgebrannt und die Besitzer gezwungen, Ruderer zu werden. Wenn der schwarze Pharao ein gerechter Mann ist, soll er den Frieden wiederherstellen.»

«Daran arbeiten wir, Großvater.»

Von Hermopolis kommend, drangen die libyschen Soldaten im Morgengrauen in das Dorf ein. Sie waren die Nacht durchmarschiert, immer vor einer Kolonne Eseln und Trägern mit strohgeflochtenen Körben her. Der Stadt des Gottes Thot gingen allmählich die Nahrungsmittel aus, und städtische

Würdenträger beschwerten sich schon über das erbärmliche Essen bei ihren letzten Banketten.

Daher hatte der Befehlshaber der Garnison auf Anordnung von Nemrod mehrere Trupps wie diese ausgeschickt, daß sie die Stadt wieder mit Obst und frischem Gemüse versorgten. Die Bauern wehrten sich, doch man brauchte nur die Lautesten auszupeitschen, schon gaben die anderen Ruhe. Die Hasen-Provinz hatte einzusehen, daß sie zugunsten ihrer Hauptstadt Kriegsanstrengungen machen mußte.

Nemrods Soldaten kamen an riesengroßen Krügen vorbei, in denen Wasser für den Bedarf des Dorfes gespeichert wurde, dann am Backofen und blieben vor dem Haus des Dorfschulzen stehen, das mit Kalk geweißt und mit zierlichen, blauen Girlanden bemalt war.

Ein Fußsoldat klopfte an die Tür.

«Sofort aufmachen!»

Eine graue Katze versteckte sich im dichten Gras am Wegrain. Der Soldat trommelte weiter.

Ein Weilchen darauf öffnete sich knirschend die Tür.

«Ich habe tief und fest geschlafen, ja ... Was ist?»

«Weck die Bauern. Wir requirieren Lebensmittel.»

«Oh ... das geht nicht.»

«Das ist ein Befehl.»

«Hier gebe ich die Befehle», antwortete Lamerskeni und schlug dem Soldaten mit dem hölzernen Unterarm den Schädel ein.

Aus den anderen Häusern kamen Bogenschützen gelaufen und überredeten Nemrods Milizen, von einem Kampf abzusehen.

Keiner der Trupps, die dem abtrünnigen Fürsten Nahrungsmittel bringen sollten, kehrte nach Hermopolis zurück.

Kapitel 29

«Sie sind da», rief ein Späher. Der Befehlshaber der Festung Hermopolis setzte auf der Stelle den von Tefnacht vorgesehenen Plan in Gang.

Die Bürger mußten in ihren Häusern bleiben, Türen und Fenster schließen, während sich Fußsoldaten und Bogenschützen in allen Winkeln der Stadt versteckten, von der man einen Teil der Festungsmauer geschliffen hatte.

Die nubische Freischar würde unwiderstehlich von der verlassenen Stadt angezogen werden. Man mußte nur geduldig abwarten, bis der größte Teil der Truppen in der Falle saß, dann konnte man sie abschlachten.

Nach einer solchen Niederlage würde der schwarze Pharao nie wieder versuchen, die Hasen-Provinz zurückzuerobern, die dann ein vorgeschobener Stützpunkt Tefnachts werden würde.

«Kommen sie?»

«Ja», antwortete der Späher. «Aha! … Der Reiter an der Spitze macht halt.»

Puarma betrachtete Hermopolis.

Auf den ersten Blick hatte die Stadt gelitten. Auf den Mauern waren keine Bogenschützen, Nemrods Soldaten hatten sich zweifellos nach Norden abgesetzt.

Lamerskeni, der lieber marschierte, als daß er auf dem Rücken eines Vierbeiners mit unvorhersehbaren Reaktionen ritt, hatte schlechte Laune. Laut Pianchis Befehlen durften sie weder bei Nacht angreifen noch alle verfügbaren Kräfte in die Schlacht werfen, sollten aber trotzdem Tefnachts Heer vernichten und den Rebellengeneral gefangennehmen! Wie konnte man unter diesen Bedingungen, die einem Eiertanz glichen, ernstlich Krieg führen? Und dazu noch dieser Puarma, dieser gehorsame und übereifrige Offizier, der ihn daran hinderte, nach seinem Geschmack vorzugehen.

Der Hauptmann der Fußsoldaten holte mit seinem Waffengefährten auf.

«Eine hübsche Beute, was? Und wie ich dich kenne», sagte Puarma, «hast du bestimmt nur ein Ziel, nämlich dich auf Hermopolis stürzen und es einnehmen.»

«Da kennst du mich aber schlecht, Bogenschwenker! Meine Nase sagt mir, daß es sich um einen hervorragenden Hinterhalt handelt. Eine so wichtige Stadt überläßt man nicht einfach sich selbst. Tefnacht hat ein paar Hundertschaften erfahrener Krieger befohlen, sich drinnen zu verstecken und uns zu überrumpeln. Aber er hat des Guten zuviel getan, auf den Mauern läßt sich kein einziger Bogenschütze blicken.»

«Ob du nun recht oder unrecht hast, es ist ohnedies einerlei. Der Pharao hat uns befohlen, Hermopolis zu umgehen und Herakleopolis anzugreifen.»

«Um so besser für uns.»

Die Freischar ließ Hermopolis links liegen und zog in Richtung Norden weiter. Lamerskeni verspürte ein Kribbeln im Rücken. Das waren gewißlich mehr als hundert Augenpaare, die zusahen, wie sich ihre Opfer entfernten.

Verwüstete Dörfer, niedergebrannte Häuser, Hundekadaver, Katzen und kleine Affen, die in den Gassen herumlagen, verlassene Kinder, die nach ihren Müttern riefen, verhungerte

Greise, die man zum Abfall an eine Hofmauer geworfen hatte … Lamerskeni war zwar die Grausamkeiten des Krieges gewohnt, hatte aber trotzdem nie im Leben Gräßlicheres gesehen. Puarma ertrug es nicht länger, er setzte sich ab und weinte. Selbst erfahrene Soldaten waren entsetzt.

Lamerskeni klopfte dem Hauptmann der Bogenschützen auf die Schulter.

«Komm, hier können wir nicht bleiben. Wir müssen die Überlebenden sammeln und sie nach Süden schicken.»

«Entschuldige, aber …»

«Du mußt dich nicht entschuldigen. Ein guter Soldat findet keinen Gefallen an dieser Art Abschlachterei.»

Puarma ballte die Fäuste.

«Wenn Tefnacht und seine Verbündeten tatsächlich in Herakleopolis sind, bringen wir sie um! Und der Pharao wird stolz auf uns sein.»

Auf dem Weg, der zu dieser Stadt führte, überall das gleiche Bild, das gleiche Elend. Am Fluß brannten Fähren, die Tefnachts Männer in Brand gesteckt hatten. Ein Vorbeigehender erklärte den beiden Hauptleuten, daß die nördlichen Fremdländer die Taktik der verbrannten Erde befolgten, damit die nubische Freischar nichts zu essen vorfand und an einem leichten Vorankommen gehindert wurde.

«Das wird kein Kinderspiel», meinte Lamerskeni. «Falls die gegnerischen Kräfte in Herakleopolis zusammengezogen sind, haben wir ihnen nichts entgegenzusetzen.»

«Pianchi hat uns einen Auftrag erteilt, und diesen Auftrag führen wir aus!»

Puarmas Kriegsbegeisterung war ein erfreulicher Anblick.

«Einverstanden, Bogenschütze! Aber überlaß mir die Führung, ich habe nämlich keine Lust zu sterben.»

Als Fürst Akanosch aus dem Saal trat, in dem der Kriegsrat getagt hatte, war er nachdenklich. Er hatte sich erhofft, daß der Rückschlag, den Tefnacht erlitten hatte, ausreichte, um ihn von seinen Eroberungsplänen abzubringen, doch da hatte er sich arg getäuscht.

Tefnacht nahm sich den Verlust seiner ersten Angriffswelle kaum zu Herzen, und er hatte aus dem Delta Reservetruppen zur Verstärkung kommen lassen. Der Rückzug auf Herakleopolis war eine geniale Taktik, so wollte der General den Gegner anlocken und ihn vernichten, falls er wie durch ein Wunder nicht in die Falle Hermopolis getappt war.

Tefnacht hatte recht, Ägypten mußte wiedervereint werden, aber doch nicht auf diese Weise! Eine gewaltsam eroberte Bevölkerung konnte den Gewaltherrscher nicht lieben, und früher oder später würde sie sich gegen ihn erheben. Leider hörte der General nur auf seine beiden Ratgeber Yegeb und Nartreb, weil sie es ihm durch Erpressung ermöglicht hatten, ein Bündnis zu schließen und sich an dessen Spitze zu setzen.

Als er seine Privatgemächer betrat, ließ ein betagter Mann mit sonnenverbrannter Haut und Kraushaar dicht neben ihm einen leeren Krug fallen, der in tausend Scherben zersprang.

«Verzeihung, Gebieter, ich hätte dich verletzen können!»

Auf einmal sagte der Mann mit leiser Stimme:

«Ich muß dich dringend sprechen, Gebieter. Befiehl mir, dir frisches Wasser zu holen.»

Akanosch merkte auf und tat wie geheißen.

Als der Mann mit einem schönen, mit Lilienblüten bemalten Krug zurückkehrte, empfing ihn der Fürst im Beisein seiner nubischen Gemahlin.

«Gebieter, ich muß dich allein sprechen.»

«Ich habe keine Geheimnisse vor meiner Frau. Sag, was du zu sagen hast, oder geh!»

«Hört auch niemand zu?»

Akanoschs Gemahlin überzeugte sich, daß kein Lauscher diese Unterhaltung mitbekam.

«Ich habe mich als Wasserträger anstellen lassen», eröffnete ihnen der Mann, «aber mich schickt Pianchi. Wenn ich so viele Gefahren auf mich genommen habe, um euch zu sehen, dann, weil gehandelt werden muß, und das schnell. Mit deiner Hilfe, Fürst Akanosch, soll ich das Arsenal in Brand stecken, in dem Tefnachts Streitwagen gelagert sind. Wenn er diese Waffe nicht mehr hat, ist er vielleicht so verunsichert, daß er den Kampf aufgibt und sich nach Saïs zurückzieht.»

«Ich bin weder ein Verräter, noch bin ich ein Verbündeter Pianchis!»

«Ich weiß, Fürst. Aber wie der Pharao möchtest du doch nicht, daß die Bevölkerung abgeschlachtet wird. Schon in dieser Nacht postiere ich mich mit gut einem Dutzend Männern in der Nähe des Arsenals. Wenn du die Wachtposten durch Soldaten deines Stammes ersetzt, könnten wir diesen Brand als Unfall verschleiern, und in der Region würde wieder Frieden herrschen. Hilf uns bitte, bitte!»

«Bist du nicht aus dem Stamm der Baksim, der dem Pianchis am nächsten ist?» fragte die nubische Gemahlin des Fürsten Akanosch.

«Stimmt ... Wir genießen sein Vertrauen und versuchen uns dessen würdig zu erweisen. Ich muß gehen ... Heute nacht, mein Fürst!»

Akanosch musterte die Bogen und Dolche, mit denen seine Arme tätowiert waren.

«Ich muß etwas unternehmen», entschied er.

«Heute nacht», sagte seine Frau, «schläfst du in meinen Armen.»

«Nein, ich ...»

«Es ist eine Falle, mein Schatz. Dieser Mann ist ein Lockspitzel, der herausfinden soll, ob du Tefnacht verraten willst.»

«Woher bist du dir da so sicher?»

«Weil es den Stamm der Baksim nicht gibt.»

Kapitel 30

Eine Enttäuschung», meinte Yegeb und rieb sich die geschwollenen Füße mit einer Salbe aus Weizenmehl, Fleischfett, duftendem Zyperngras und Honig ein. «Bist du dir sicher, daß unser Mann schlau vorgegangen ist?»

«Aber gewiß doch», entgegnete Yegeb gereizt. «Er hat gespürt, daß Akanosch zum Verrat bereit war, aber dann ist er heute nacht nicht zum Arsenal gekommen.»

«Weil er die von uns gestellte Falle gewittert und nichts unternommen hat! Wenn er erst weiß, daß er Tag und Nacht bespitzelt wird, kann er sich nirgendwo mehr mit dem Feind in Verbindung setzen. Im Grunde genommen ist das Ergebnis gar nicht so schlecht.»

Eine Ordonnanz kam in das Zimmer der beiden Ratgeber gestürmt.

«Der Feind ... der Feind steht vor den Toren von Herakleopolis!»

Lamerskenis Augen waren auf die Festung geheftet, während er die fünfte rohe Zwiebel verspeiste.

«Ein Mordsding», befand er, «aber zu mächtig für uns.»

«Pianchi hat uns befohlen, diese Stadt einzunehmen», beharrte Puarma.

«Aber er kennt das Ding nicht ... linker Hand der Kanal, den der Gegner hält, rechter Hand der von seinen Booten gesperrte Fluß ... In der Mitte diese Festung, deren Mauern mit

Hunderten von libyschen Bogenschützen besetzt sind! Wie viele Verbündete mag er noch in der Stadt haben? Wenn Tefnacht anwesend ist, kommen sich seine Truppen unbesiegbar vor.»

Herakleopolis war um einiges südlich von Memphis gelegen und herrschte über eine fruchtbare Region. Ein Tal in den Hügeln am Wüstensaum hatte die Aushebung eines Kanals möglich gemacht, der den Nil mit der reichen Provinz Fayum verband. Im wichtigsten Heiligtum, das einen Widdergott beherbergte, hatte sich ein Teich mit dem Urwasser erhalten, aus dem einst das Leben aufgetaucht war.

Die liebliche Landschaft und die leichte Brise, die den Nil zum Glitzern brachte, verlockten so gar nicht zum Kampf.

«Wo ist deine legendäre Kühnheit geblieben, Lamerskeni?» fragte Puarma.

«Ich bin lieber ein lebendiger Held. Und wenn mich mein Holzarm juckt, als wäre er noch aus Fleisch, dann weiß ich, daß ich einen unguten Weg eingeschlagen habe.»

«Aber trotzdem ziehen wir uns nicht zurück!» beharrte Puarma.

«Es gibt verschiedene Arten des Losschlagens, Puarma.»

«Das mußt du mir erklären.»

«Da sich Tefnacht sicher ist, daß wir die Stadt angreifen, hat er dort seine besten Männer stationiert. Auf der Nilseite haben wir nicht genug Boote, um seine Sperre zu durchbrechen. Als Ausgleich dazu können wir uns des Kanals bemächtigen.»

«Der ist das weniger interessante Ziel», meinte Puarma.

«Stimmt, aber dieser winzige Sieg dürfte eine Reaktion bewirken. Und die will ich mir zunutze machen.»

Fürst Peftau stand auf dem Hauptturm von Herakleopolis unter den durchbrochenen Holzplatten, die vor feindlichen

Pfeilen Schutz boten, und lächelte von einem Ohr zum anderen.

«Ist die Befestigung meiner Stadt nicht eindrucksvoll, General?»

«Du hast gute Arbeit geleistet», sagte Tefnacht anerkennend.

«Pianchi hat gedacht, daß sie dich daran hindern würde, meine Stadt einzunehmen. Heute kehrt sich diese Vorsichtsmaßnahme gegen ihn, denn dagegen können die Nubier nichts ausrichten ... Ihre jämmerliche Freischar weiß nicht mehr, was sie tun soll.»

«Sie zieht sich zurück», stellte Aurora fest, die in ihrem langen, roten Gewand bar allen Schmucks von einer fast strengen Würde war.

Peftaus schrilles und erregtes Lachen tat der jungen Frau in den Ohren weh.

«Sie haben Angst, die berühmten nubischen Krieger haben eine Todesangst! Diese Nachricht muß überall in Ägypten verbreitet werden. Das ist das Ende von Pianchis Ruf der Unbesiegbarkeit, sein Name erschreckt niemanden mehr!»

«Seht euch das an», sagte Aurora, «sie ziehen in Richtung Westen ab.»

«Dumm von ihnen», meinte Peftau, «was wollen sie in den Hügeln?»

«Du bist hier der Dumme!» tobte Tefnacht los, «sie wollen den Kanal angreifen.»

Der alte Würdenträger stammelte:

«Aber, Gebieter ... Sein Verlust schadet uns doch kaum.»

«Wenn sich die Nubier mit einer so mageren Beute zufriedengeben», dachte Tefnacht laut, «ist die Zeit reif, der Freischar eine harte Lektion zu erteilen.»

«Wir machen einen Ausfall», entschied er.

Puarmas Bogenschützen bewiesen eine bemerkenswerte Geschicklichkeit. Einer von zwei Pfeilen traf den Gegner entweder am Kopf oder in die Brust. Eine einzige Salve genügte, um die libysche Garde, bestehend aus jungen, unerfahrenen Rekruten, in Panik zu versetzen.

Puarma traf ihren Hauptmann in die Gurgel, als der versuchte, seine fliehenden Soldaten zu sammeln.

Während Lamerskenis Fußsoldaten die letzten Libyer mit der Lanze erledigten und ihre Leichen in den Kanal warfen, nahm er selbst nicht am Kampf teil, denn für ihn war es unter seiner Würde, sich an diesem jämmerlichen Scharmützel zu beteiligen.

Doch dann spitzte er jählings die Ohren.

«Da sind sie! Sie haben gerade das große Stadttor aufgemacht und versuchen einen Ausfall, bei dem sie uns in Stücke hacken wollen.»

Puarma blickte in Richtung Herakleopolis.

«Sie haben keine Streitwagen dabei …», sagte er. «Nur Fußsoldaten.»

«Sind deine Bogenschützen in Stellung?»

«Im Gebüsch zu beiden Seiten der Ebene», lautete die Antwort.

«Ich übernehme die erste Welle von vorn. Wenn ich mich zurückziehe, bist du an der Reihe», sagte Lamerskeni.

Die Libyer mit ihrer dreigeteilten Frisur, dem langen, in der Mitte zum Knoten hochgesteckten Zopf, in dem zwei große, gebogene Federn steckten, mit ihren Tätowierungen auf Brust, Bauch, Armen und Handgelenken, ihrem über der Brust gekreuzten Wehrgehänge und ihrem Schamschutz hätten jeden Gegner in Angst und Schrecken versetzt, doch nicht Lamerskeni und seine nubischen Krieger.

Der Hauptmann mit dem Arm aus Akazienholz schwang eine kurze, leichte Doppelaxt und hackte damit Hälse und Unterarme mit einer solchen Schnelligkeit durch, daß er fast allein den schönen Schwung des aus Herakleopolis kommenden Regiments ins Stocken brachte. Lamerskenis Waffe hatte auf dem Rücken eine Hohlkehle und auf dem Stiel drei hervorstehende Zapfen, die fest miteinander verbunden waren, und damit richtete er Verheerungen an, während sein Kunstarm Schädel zertrümmerte.

Als der Angriff nicht mehr wirkte, gingen die Libyer unter einem Stammesfürsten, der sich vor der Schlacht mit Palmwein berauscht hatte, erneut zum Angriff über.

«Zurück!» brüllte Lamerskeni.

Eine kurze Weile deckte der Hauptmann seine Männer, die auf die schmale Seite der Ebene zu rannten, dann machte er es wie sie.

Die Libyer setzten ihnen unter Siegesgebrüll nach.

Damit waren sie für Puarmas Bogenschützen eine leichte Beute. Der Rest der Freischar stieß in die linke Flanke des Regiments aus dem Norden und zerteilte es, während sich Lamerskeni und seine besten Leute erneut auf den Feind warfen und ihm jegliche Aussicht auf Rückzug abschnitten.

Der Ausfall der Libyer wuchs sich zu einem schmählichen Fehlschlag aus. Doch Lamerskeni wollte es nicht dabei belassen und nutzte seinen Vorteil.

«Zum Nil!» befahl er.

Bogenschützen und Fußsoldaten setzten zum Angriff auf die Boote der nördlichen Fremdländer an, die zur gleichen Zeit von der nubischen Flotte angegriffen wurden. Pianchis Leute waren in der Überzahl und berauscht von ihrem Erfolg, daher war es ein leichtes, den Sieg davonzutragen und Tefnachts Boote zu verbrennen.

«Und nun Herakleopolis!» entschied Puarma.

«Nein», wehrte sich Lamerskeni, «sieh gut hin!»

Ihre Mauern waren unversehrt und mit zahllosen Bogenschützen besetzt, man hörte die Pferde wiehern, die bereitstanden, die Streitwagen zu ziehen, die man im Norden der Stadt zusammengezogen hatte … der größere Teil von Tefnachts Heer war noch unversehrt.

«Wir haben ihnen nur Schrammen beigebracht», meinte Lamerskeni.

Kapitel 31

Im Schutz eines Pavillons aus vergoldeten, hölzernen Säulchen, dicht bei einem Teich, in dem sie badeten, wenn die Hitze allzu groß wurde, spielten Pianchi und seine Gemahlin das Spiel Hund und Schakal. In die ebene Oberfläche eines kleinen Tisches aus Sykomorenholz waren dreißig Löcher eingelassen, in die die Gegner kleine, spitze Holzpflöcke steckten, die am oberen Ende entweder einen Hunde- oder einen Schakalkopf trugen.

Weder König noch Königin waren bekleidet, doch sie hatten sich mit Öl vom Behennußbaum gesalbt und mit Kyphi, dem Meisterwerk ihrer Tochter, eingerieben. Nachdem sie sich im belebenden Wasser des Teiches geliebt hatten, kämpften sie nun ernsthaft.

Nach einem brillanten Zug war Pianchi der Überzeugung, seine Schakale würden die Hunde seiner Gemahlin besiegen. Doch der Monarch, den Abiles wilde Schönheit nicht unberührt ließ, konnte sich immer schlechter sammeln. Die prachtvolle Nubierin spürte seinen Blick wie eine streichelnde Hand und fing an, sich unmerklich zu bewegen, und lenkte den Spieler damit immer mehr ab.

Sie hob die Hand sehr langsam zum Holztischchen, versetzte einen Hund mit schönem und aggressivem Kopf und nahm fünf Schakale in ihren Besitz.

«Du hast gewonnen», mußte Pianchi eingestehen. «Aber du hast gemogelt.»

«Ich und mogeln?» empörte sich seine Frau.

«Du hast mich verhext.»

«Verstößt das gegen die Spielregeln?» fragte die Königin spöttisch.

Der schwarze Pharao schloß seine Frau in die Arme, als ob er ihr seine Liebe zum erstenmal beweisen wollte.

«Wie jede ägyptische Königin bist auch du eine großartige Zauberin. Dein Blick kennt die Geheimnisse von Welten, die ich nie betreten werde.»

«Sei nicht zu bescheiden, Majestät ... Bist du nicht im Besitz der Macht?»

«Wenn sie mir doch dazu dienen würde, Nubien vor allen Gefahren zu bewahren!»

«Was haben wir zu befürchten?» fragte die Königin.

Pianchis Blick verdüsterte sich.

«Kann diese großzügige Sonne nicht über die Schatten hinwegtäuschen?»

Ein kleiner Affe kletterte in den Wipfel einer Palme, eine weiß-rote Katze mit rundem Bauch schlich sich unter einen dichten Hibiskusstrauch.

Jemand nahte.

«Ich bin es, Majestät», kündigte sich Kühler-Kopf an, der eine schwere Schatulle voller Papyri anschleppte. «Ich habe Berichte von Puarma!»

In Anwesenheit des Pharaos und seiner Großen Königlichen Gemahlin erzählte Kühler-Kopf dem Kronrat auf Anweisung ersterer, was in Puarmas Berichten stand.

«Die Hauptleute Puarma und Lamerskeni sind in Mittelägypten auf starke Gegenwehr gestoßen. Gemäß den Befehlen Seiner Majestät haben sie Theben gerettet und geschützt, haben die heilige Stadt des Gottes Thot, Hermopolis, nicht angegriffen, deren Fürst Nemrod den Pharao verraten hat, sondern haben versucht, Herakleopolis einzunehmen, eine Stadt, die aufgrund von Peftaus Niederlage gleichermaßen an den Feind gefallen ist. Die Stadt ist in eine Festung verwandelt worden, unsere Fachleute halten sie augenblicklich für uneinnehmbar.»

«Die Mission unserer Freischar ist also ein Fehlschlag!» meinte Kapa, der Älteste, bestürzt.

«Die Lage ist ernster, als wir angenommen hatten», gestand der Schreiber, «Tefnacht ist wahrhaftig ein Kriegsherr, und er hat eine große Zahl Soldaten im Norden von Herakleopolis zusammengezogen und läßt ihre Mauern von den besten Bogenschützen verteidigen. Daher müssen sich die Hauptleute Lamerskeni und Puarma damit begnügen, den Feind zu ärgern und ihm den Weg nach Süden zu versperren.»

«Tefnacht kann also Theben noch immer angreifen?»

«Die heilige Stadt schwebt nirgendwo in Gefahr. Unsere Truppen haben die südliche Grenze und die Hasen-Provinz abgeriegelt, und die Garnison in der Stadt Amuns ist in ständiger Alarmbereitschaft. In Wirklichkeit kann Tefnacht nicht weiter vordringen.»

«Und wir», stellte der Älteste verbittert fest, «können auch nicht weiter nach Norden vordringen. Der Ruf des Pharaos hat Schaden genommen, er regiert nicht mehr im eigenen Land!»

«Die Hauptleute der Freischar werden nicht müde in ihren Bemühungen, aber sie müssen auch für ihre Leute sorgen und aufpassen, daß sie sich nicht durch zu gewagte Abenteuer von ihren Stützpunkten abschneiden lassen. Laut Hauptmann Lamerskeni, dessen Mut und Erfahrung wohl nicht angezweifelt werden, ist es nicht möglich, Tefnachts Truppen zu vernichten.»

Dumpfes Schweigen folgte dieser Erklärung, das von niemand anders als Königin Abile gebrochen wurde.

«Wie wird die Bevölkerung Mittelägyptens behandelt?»

«Majestät, ich ...»

«Die Wahrheit, Kühler-Kopf!» forderte die Königin.

«Die nördlichen Fremdländer befinden sich im Krieg und kümmern sich nicht um das Wohlergehen derer, die sie als ihre Untertanen ansehen. Unsere Truppe versucht den Ärmsten der Armen zu helfen, aber mehrere Dörfer sind zerstört, und viele Unschuldige sind umgekommen.»

«Ägypten versinkt in Anarchie», meinte der Älteste. «Es gibt keine Gerechtigkeit, keine Sicherheit, keine Achtung vor dem anderen mehr, sondern nur noch abscheuliche Gewalt und Elend, das sich anschleicht wie eine Schlange.»

«Wir sollten unsere Soldaten nicht länger unnötig in Gefahr bringen», empfahl der dicke Otoku, «sondern lieber im Norden eine Sperre aus kleinen Festungen bauen. Mittelägypten ist verloren, damit müssen wir uns abfinden. Sollte man aus einer Niederlage nicht eine Lehre ziehen?»

«Pianchi ist Pharao von Ober- und Mittelägypten!» protestierte der alte Kapa. «Er darf nicht mehr als die Hälfte seines Herrschaftsgebietes einem Unruhestifter überlassen, der seine Untertanen unter dem Joch einer unbarmherzigen Gewaltherrschaft verkommen läßt.»

«Das ist eine sehr hehre Vision, aber sie ist überholt, und ich bin der erste, der das beklagt», sagte Otoku ernst. «Das goldene Zeitalter ist dahin, niemand kann es wiedererstehen lassen. Hören wir also auf zu träumen, und stellen wir uns den Tatsachen. Pianchi herrscht in einem Königreich, das aus Nubien und Oberägypten besteht, Tefnacht hat den Rest des Landes in seiner Gewalt und gibt es nicht wieder her. Wir sollten nur noch ein einziges Ziel haben, nämlich unsere heiligen

Werte und das Glück zu wahren, daß wir in Frieden leben dürfen. Folglich verhandeln wir und erkennen die bei den Kämpfen entstandene Grenze an.»

Pianchi erhob sich.

An seinem Blick und seiner Haltung erkannte Abile, daß er zornig war wie ein wütender Panther.

Die Stimme des Pharaos erfüllte den ganzen Audienzsaal.

«Ich lehne die Ungerechtigkeit und die barbarischen Ansprüche eines Menschen ab, der sich für den Stärkeren hält. Tefnacht hat gegen das Gesetz der Maat verstoßen und wird das weiterhin tun, wenn wir nicht eingreifen. Als ich den beiden Hauptleuten den Auftrag erteilt habe, das Heer der nördlichen Fremdländer zu vernichten, da habe ich erwartet, daß sie diesen Aufstand rasch ersticken. Und was haben unsere Soldaten getan? Der Feind ist beinahe unversehrt davongekommen und in seiner Absicht, uns zu schaden, noch bestärkt! So wahr ich der bin, den Re liebt, so wahr mich mein Vater Amun leitet, so wahr werde ich selbst nach Ägypten ziehen und Tefnachts schändlichen Machenschaften ein Ende setzen. Er muß jeglichem Kampf abschwören, sonst werden die nördlichen Fremdländer die Härte meiner Hand zu spüren bekommen!»

Niemand wagte es, nach dem König noch das Wort zu ergreifen.

Seine Gemahlin folgte ihm auf das Dach des Palastes.

«Abile, ich weiß, daß du dagegen bist, aber ich habe kein Recht, selbstsüchtig mein Glück zu genießen, während Ägypten leiden muß. Ich hatte tatsächlich erwartet, daß Lamerskeni und Puarma mir ersparen würden, mich aus Napata zu entfernen und mich persönlich in den Kampf einzumischen. Meine Fehleinschätzung des Gegners war ein großer Irrtum. Augenblicklich bin ich nur wütend auf mich selbst, auf meine Kurzsichtigkeit und meinen Mangel an Durchblick. Und aufgrund meiner Schwäche hält sich Tefnacht für fähig, die Zwei Länder zu erobern. Es ist an mir, die Last zu heben, die auf ihnen liegt und für die ich die Verantwortung trage.»

«Du irrst, Pianchi. Tefnachts Eroberungslust und Zerstörungswut, mit der er seinen persönlichen Machtdurst stillt, sind sein einziger Lebensinhalt, und niemand und nichts können ihn zum Rückzug bewegen», sagte die Königin.

«Und er wird sich zurückziehen, das habe ich mir geschworen.»

«Pianchi ...»

«Nein, Abile, ich muß aufbrechen und das Gesetz der Maat leben. Wenn der Pharao nicht seiner vornehmsten Pflicht nachkommt, gibt es kein Glück mehr auf dieser Erde.»

«Ich bitte dich auch gar nicht hierzubleiben, ich will mit dir gehen.»

Kapitel 32

Die beiden Heere hatten sich ineinander verkeilt, die Heftigkeit des Aufpralls war furchtbar, viele junge Männer waren gefallen, und dieses entsetzliche Bild verfolgte Fürst Nemrod bis in seine Träume. Die entfesselte Gewalt hatte ihm eine Welt gezeigt, die er nicht für möglich gehalten hätte, eine Welt der nicht mehr kontrollierbaren Triebe, auf die ihn seine Erziehung zum Fürsten nicht vorbereitet hatte.

Ein eigenartiges Gefühl hatte ihn gepackt: Seine Stadt fehlte ihm. Er, der davon geträumt hatte, sie zugunsten von Memphis zu verlassen, kam sich zwischen Denkmälern, auf Straßen und in Häusern wie ein Waisenkind vor. In Herakleopolis eingeschlossen, mußte er die Seinen einer Soldateska überlassen, die nur an Blutvergießen dachte und die morgen vielleicht die uralte Stadt Thots zerstören würde.

Nemrod begab sich in das Quartier von General Tefnacht. Yegeb vertrat ihm den Weg.

«Es tut mir leid, Fürst, aber der General ist zu beschäftigt, und ...»

«Weg da!»

«Ich versichere dir ...»

Mit ungewohnter Entschlossenheit schob Nemrod den Semiten beiseite und öffnete die Tür zum Arbeitszimmer, wo der General eine Karte der Gegend entfaltet hatte, auf der er etwas rot unterstrich, nämlich die Orte, die er kontrollierte, und schwarz die, die noch Pianchi gehörten.

«Bitte, höre mich an.»

«Fürst Nemrod! Tritt ein und mach die Tür hinter dir zu. Diese Karte ist mein kostbarstes militärisches Geheimnis.»

«Warum habe ich dann nicht das Recht, sie mir anzusehen?»

In Tefnachts schwarzen Augen funkelte es überrascht auf.

«Seit wann interessierst du dich für die Kriegskunst, Fürst Nemrod?»

«Ich möchte meine Stadt selbst gegen Pianchi verteidigen. Wer anders als ich kennt Hermopolis wie seine eigene Tasche? Da unsere Falle nicht zugeschnappt ist, möchte ich die Stadtmauer, die wir geschliffen haben, wieder aufbauen und noch verstärken.»

Tefnacht blickte nachdenklich.

«Das hätte ich nicht von dir erwartet, Nemrod.»

«Du hast mich in diesen Krieg hineingezogen, General, und das Blut der Opfer hat mir den Blick getrübt. In diesem Elend ist mir etwas klargeworden, daß mir nämlich nichts über meine Stadt geht.»

«Wenn Pianchi zum Gegenangriff ausholt, bist du in der vordersten Linie.»

«Ich kenne den schwarzen Pharao gut, der verläßt seine Hauptstadt nicht, niemals. Seine Männer werden uns weiter zusetzen, bis sie schließlich im Süden meiner Provinz eine Art Grenze ziehen.»

«Und die werde ich zerstören», versprach Tefnacht.

«Du kannst mit meiner Stadt und mit meiner Hilfe rechnen, General», sagte Nemrod.

«Dann geh zurück nach Hermopolis, Nemrod, und mache die Stadt zu einer uneinnehmbaren Festung.»

Hauptmann Lamerskeni schlief unter freiem Himmel zwischen zwei hellgelben Hunden, die ihn bei der geringsten Gefahr wecken würden. Im Schlaf, der so leicht wie der eines Raubtieres war, dachte er an Nubien und seine langen Ausflüge in die Savanne. Er, der ausgezogen war, einen franken und freien Krieg zu führen, blieb in einem grausamen, aussichtslosen Konflikt stecken.

Ohne jede Verstärkung aus Theben, dessen Verteidigung die Freischar nicht hatte schwächen wollen, blieb ihr nur eine Lösung, nämlich ihre Angriffe auf Geplänkel zu beschränken, die dem größeren Teil von Tefnachts Truppen nichts anhaben konnten. Die Nubier eroberten ein Dorf zurück, das sie schon vor zwei Wochen befreit hatten, darauf zogen sie wieder ab und überließen es einem Gegenangriff der nördlichen Fremdländer. Dieses Hin und Her verriet eine Unbeweglichkeit, die an Lamerskenis Kampfmoral zehrte. Sie versackten in einem Morast, einem Mitteldings zwischen Krieg und Frieden, aber ohne Hoffnung und Zukunft, während die Ärmsten der Armen immer ärmer wurden.

Was sollte das Kämpfen, wenn es zu nichts weiter führte? Lamerskeni hatte nicht übel Lust, seinen Abschied zu nehmen und dem schwarzen Pharao sein Schwert zurückzugeben. Sollten ihn doch jüngere und überzeugtere Soldaten ablösen, die noch daran glaubten, daß jeden Tag dieselbe Sonne aufging.

Die beiden Hunde knurrten zur gleichen Zeit, und Lamerskeni schoß mit dem Schwert in der Hand hoch.

«Ich bin es, Puarma.»

«Warum weckst du mich mitten in der Nacht?»

«Tefnachts Männer versuchen einen Ausfall, sie wollen die Grenze zur Hasen-Provinz überschreiten.»

«Ach, wenn es weiter nichts ist ...»

«Falls sie damit Erfolg haben, stürzen sie sich auf Theben!»

«Das nächste Mal läßt du mich weiterschlafen. Bei meinem Aufgebot haben sie keine Aussicht durchzukommen.»

«Und wenn du dich irrst?» fragte Puarma bedenklich.

«Schlaf weiter, Puarma.»

Nartreb war zornesrot.

«Diese Nichtskönner, diese Feiglinge! Gebieter, du mußt sie bestrafen!»

Tefnachts häßliches und hageres Gesicht zeigte keinerlei Anzeichen von Gereiztheit.

«Wen denn, Nartreb? Alle Teilnehmer an dem Kommando, das du selbst ausgesucht hast, sind tot und bekommen weder Totenfeier noch Bestattung. Wie könnte ich sie sonst noch bestrafen? Du wolltest dich davon überzeugen, wie wirksam die gegnerische Verteidigung ist ... Jetzt sitzen wir fest. Die Grenze zur Hasen-Provinz ist unüberwindlich.»

Nartrebs Mondgesicht verzerrte sich zu einer Grimasse.

«Wenigstens wissen wir jetzt Bescheid ... Pianchi hat begriffen, daß ein Angriff sinnlos ist. Er beschränkt sich auf Verteidigung.»

«Falls er sich noch immer für den Pharao von Ober- und Unterägypten hält, wird er eine Situation, die so himmelschreiend seine Oberhoheit leugnet, nicht lange hinnehmen», meinte Tefnacht.

In den kleinen Augen des Semiten stand eine Frage.

«Glaubst du ... daß er persönlich eingreift?»

«Der schwarze Pharao ist zu eitel, als daß er seine nubische Hauptstadt verlassen würde, wo er im Glück lebt und sich von seinen Höflingen vergöttern und mit Schmeichelreden überschütten läßt», sagte Tefnacht höhnisch.

«Und … woran denkst du?» fragte Nartreb.

«An eine Äußerung seines Zorns, folglich an einen Angriff auf Hermopolis.»

Nartreb rieb sich die fetten Hände.

«Yegeb hält nicht viel von Fürst Nemrods Treue … Und ich auch nicht», sagte er.

«Hältst du mich für einfältig? Treue ist ein Gefühl, das Moralisten erfunden haben, die das Gebot des Zuschlagens übersehen. Wenn irgend jemand uns verrät, dann Nemrod, um seine Interessen zu wahren. Aber er handelt aus Liebe, aus Liebe zu seiner Stadt. Und er weiß, daß Pianchi ihm seine Abtrünnigkeit nie verzeihen wird. Daher bleibt ihm nur eine Lösung, nämlich seine Befestigungen so auszubauen, daß sie allen Angriffen trotzen, und seine Stadt bis zum letzten Atemzug zu verteidigen. Nemrod der Unschlüssige ist eine Säule meiner Taktik.»

«Gebieter … möchtest du, daß ich einem neuen Kommando befehle, die Grenze zur Hasen-Provinz zu überschreiten?» fragte Nartreb.

«Dieses brutale Vorgehen führt zu nichts. Aurora hat recht, Yegeb und du, ihr solltet euch ausschließlich auf die Verwaltung der von uns beherrschten Gebiete beschränken.»

Wutbebend zog sich der Semit zurück.

Barfüßig und geräuschlos kam die Geliebte des Generals heran und legte ihm die duftenden Hände auf die Brust.

«Schaff dir diesen Menschen und seinen Helfershelfer Yegeb vom Hals. Sie machen sich über dich lustig und wollen sich nur bereichern.»

Tefnacht küßte ihr ungemein gekonnt die Finger.

«Glaubst du, das weiß ich nicht? Jeder Herrscher braucht diese Art Ungeziefer, das die Zögernden aufspürt und die

Widerspenstigen kleinhält. Um ihre Stellung und ihre Vorrechte zu behalten, werden Yegeb und Nartreb, ohne zu zögern, bestechen oder töten. Darum sind sie ja meine teuersten Helfer.»

Kapitel 33

Der mit einem Pantherfell bekleidete Vorlesepriester schlug Pianchi gegenüber einen entschiedenen Ton an.

«Unmöglich, Majestät.»

«Dennoch muß ich aufbrechen.»

«Unmöglich, solange die Sterne so ungünstig für dich stehen. Wenn du trotzdem aufbrichst, droht deinem Unternehmen das Scheitern. Wir sind Kinder der Sterne, man muß ihre Botschaft achten.»

«Wie lange muß ich warten?»

«Einige Tage, Majestät, bis zur nächsten Mondumlaufzeit. Wenn der Mond, das linke Horusauge, in Harmonie mit deiner Reise ist, kann Seth, der Zerstörer, sie nicht in Einzelteile zerbrechen, und der kosmische Kampf der beiden Brüder ruht. Ihre Kraft geht auf dich über, und deine Kraft wächst noch mit zunehmendem Mond. Vergiß nicht, Majestät, der Vollmond ist das Abbild eines glücklichen Ägyptens, das alle seine Provinzen besitzt.»

Pianchi überzeugte sich höchstpersönlich davon, daß seine Soldaten ordentlich ausgerüstet waren. Er prüfte Schurze, Sandalen, Gürtel, Schwertscheiden, Schwerter, Bogen, Schilde und Pfeile und verwarf Mittelmäßiges. Dann kümmerte sich der König um die Lieblingsnahrung der Nubier, nämlich Fisch, der getrocknet und haltbar gemacht in Krügen aufbewahrt wurde, die wie große Würste geformt waren. Angesichts der langen Reise und der großen Zahl an Kriegern, die er nach Ägypten führte, würden Fischhändler und Fischhaltbarmacher Tag und Nacht zu tun bekommen.

Abile war auch nicht müßig. Mit Billigung ihres Mannes kümmerte sie sich um die unerläßlichen Sauberkeitsmaßnahmen, und hier vor allem um den Vorrat an Seife, die aus der Rinde und dem Mark des Balanitbaums hergestellt wurde, der reich an Saponin war.

Ganz Napata arbeitete emsig für Pianchis bevorstehende Abreise, die so sehr drohte, daß es Otoku den Appetit verschlug. Als der Pharao die Werkstatt eines Stellmachers betrat, der Räder herstellte, wagte es der Dicke, den Herrscher anzusprechen.

«Majestät ... ich habe nachgedacht», sagte er.

Pianchi spielte den Erstaunten.

«Was liegt dir auf der Seele, mein Freund?» fragte er.

«Dieses Unternehmen ist eine Torheit! Napata braucht dich hier.»

«Die Stadt ist reich und friedlich. Was hätte sie zu befürchten?»

«Entweder du wirst von Tefnacht getötet, der dann in Nubien einfällt, oder du residierst in Theben und regierst von dort aus Ägypten und Nubien, weil das einen neuerlichen Aufstand der nördlichen Fremdländer verhindert. Wie auch immer, Napata bleibt verwaist.»

«Du hast Scharfblick, Otoku, aber ich bestimme nicht über mein Schicksal. Amun hat mich zum Pharao auserkoren und mir viel Glück geschenkt. Jetzt, in der Stunde, da mein Land leidet und möglicherweise ganz verschwindet, habe ich nicht das Recht, mich undankbar zu erweisen, oder?»

«Du könntest dich damit begnügen, eine weitere Freischar zu entsenden ...»

«Der Ruf des Pharaos ist befleckt worden. Weder du noch der geringste meiner Untertanen können diese Schmach dulden.»

«Und wie soll Napata ohne dich überleben?» fragte Otoku.

«Ich vertraue meine Hauptstadt einem verläßlichen Menschen an, der sie liebt und weiß, wie man sie vor jeglichem Schaden bewahrt, nämlich dir, Otoku.»

«Aber Majestät ...», stammelte der Dicke.

«Du gibst einen ausgezeichneten Bürgermeister ab, falls du dich von Zeit zu Zeit mit dem alten Kapa berätst und dich auch nach seinem Rat richtest. Dank der Boten, die unaufhörlich zwischen Theben und Napata hin- und hergehen, werde ich dich in deinen Beschlüssen leiten. Fühlst du dich nun sicherer?»

«Nein, Majestät.»

«Um so besser, dann bleibst du wachsam», sagte der Pharao.

Pianchi ließ den Dicken stehen und betrat die Werkstatt, in der der Fachmann für Streitwagenräder arbeitete. Der König wußte, daß der Ausgang des Krieges vielleicht von einer Kleinigkeit abhing, nämlich von der Festigkeit dieser Räder, die während der Schlacht größter Belastung ausgesetzt waren.

Der Stellmacher hatte ihre Bauart vervollkommnet und wahrte eifersüchtig sein Geheimnis. Insbesondere die Speichen waren erstaunlich genau eingesetzt, und vom Durchmesser her konnten sie kaum besser sein. Pianchi hatte mehrere Streitwagen auf schwierigem Gelände ausprobiert, und sie hatten sich als bemerkenswert widerstandsfähig erwiesen.

«Wann bist du mit deiner Arbeit fertig?» fragte der König.

«Noch zwei, drei Tage, Majestät, dann kann ich alle angeforderten Räder liefern.»

«Verbürgst du dich für ihre Qualität?»

«Mit meinem Leben, Majestät! Steine, Sand, weicher Untergrund und Abhänge ... du bist Sieger auf welchem Gelände auch immer. Die Räder der nördlichen Fremdländer brechen vor deinen entzwei, das verspreche ich dir!»

Gerührt musterte der Handwerker das Werk, das er gerade beendet hatte.

«Wie schön ist doch so ein Rad! Es wirkt fest und unbeweglich, und doch birgt es das Geheimnis der Bewegung. In ihm entstehen alle Wege, und wenn es anhält, wahrt es das Geheimnis aller gefahrenen Strecken. Aber es wäre besser, wenn es niemals rollen würde, denn wird es nicht ausschließlich im Krieg verwendet?»

«Wenn ich die nördlichen Fremdländer nicht bekämpfe, dringen sie bis Napata und zerstören alles, was wir uns aufgebaut haben. Dank deiner Arbeit werde ich diese Katastrophe verhindern.»

«Bist du bereit, Chepena?» fragte Pianchi seine Tochter, die in ihrer Werkstatt gerade eine frische Duftsalbe hergestellt hatte, die nach Frühlingsmorgen roch.

«Ich wollte vergessen, daß ich eines Tages mein Geburtsland, meine Stadt und diesen Ort verlassen muß, wo ich nur Schönes erlebt habe. Du hast deinen Plan also noch immer nicht aufgegeben, Vater?»

«Das weißt du doch genau», sagte der Pharao.

«Muß ich bis ans Ende meiner Tage in Theben residieren?»

«Dieser Regel unterwirft sich die Göttliche Sängerin.»

Chepena stiegen Tränen in die Augen.

«Du zerreißt mir das Herz!» klagte sie.

Pianchi drückte seine Tochter zärtlich an sich.

«Ich weiß, Chepena, aber gerade dein Wesen hat mich davon überzeugt, dich als künftige Herrscherin von Theben auszuwählen. Du wirst in Karnak regieren, im Tempel der Tempel, und du wirst die heiligen Merkmale unserer Kultur wahren helfen.»

«Diese Aufgabe ist … furchteinflößend!» sagte Chepena.

«Nein, meine Tochter, sie ist mitreißend. Wenn du erst die rituelle Robe der Göttlichen Sängerin trägst, wird dir die Weisheit deiner Vorgängerinnen die kostbarste Hilfe sein. Hab keine Angst, Chepena, du besitzt eine Kraft, deren wahres Wesen du noch verkennst. Sie wird sich dir zeigen, wenn du die Stellung einnimmst, für die du geschaffen bist.»

«Ich will bis zur Abreise im Tempel meditieren», sagte Chepena.

Und dann küßte sie ihrem Vater die Hände.

Pianchi verließ die Stadt, weil er den reinen Fels und seinen Gipfel aus der Ferne im Schein der untergehenden Sonne betrachten wollte.

Die Steinmetze hatten ihre Arbeit beendet. Der Gebel Barkal im Herzen Nubiens trug auf ewig das Siegel des Pharaonentums.

Es schnürte Pianchi das Herz zusammen. Würde er es eines Tages wiedersehen, dieses Gebirge, in dessen Schutz er einen Amun-Tempel gebaut hatte, der ein fernes Echo des Tempels von Karnak war? Er hatte sich erhofft, daß er sich nie von hier entfernen und in seiner Obhut seine Tage in Frieden beschließen könnte.

Doch das Schicksal hatte es anders gewollt und stellte Forderungen, denen sich der Pharao nicht entziehen konnte. Sein Glück, die Abfolge beschaulicher Tage, die Pracht seines Palastes … angesichts der Tragödie, die das ägyptische Volk ins Elend gestürzt hatte, zählte das alles nicht mehr.

Kaum zwei Ellen von Pianchi entfernt bewegte sich etwas im Gebüsch.

Eine Kobra mit schwarzem Kragen, kampf- und bißbereit.

Dem Pharao blieb keine Zeit zu reagieren, denn eine Manguste, auch ‹Pharaos Ratte› genannt, war schneller als das Reptil, stürzte sich darauf und grub die Zähne in dessen Hals.

Das Fell des kleinen Fleischfressers mit der dreieckigen Schnauze und dem langen, geschmeidigen Schwanz sträubte sich vor Wut, er fand immer wieder eine geschickte Kampfstellung und konnte dem Biß des Reptils ausweichen. War die Manguste nicht eine der vielen Manifestationen Amuns, des Schöpfers? Zuweilen ließ sie sich zähmen und befreite ihren Besitzer von Eidechsen, Ratten und Mäusen. Aus Dankbarkeit wurde sie dann mumifiziert, und ihr für die Ewigkeit vorbereiteter Körper wurde in einen ihrer Größe entsprechenden Sarkophag gelegt.

Der Kampf war kurz und heftig. Die Manguste schöpfte Atem und betrachtete den Kadaver der Kobra.

Pianchi griff nach ihr, und sie versuchte erst gar nicht zu fliehen.

«Du hast mir ein Beispiel gegeben», sagte er, «ich nehme dich mit.»

Kapitel 34

Die Woche war zufriedenstellend verlaufen, die nubische Freischar hatte zwei Dörfer abgeben müssen und keine libysche Patrouille mehr angegriffen. Aus dem Norden erhielt Tefnacht regelmäßig und reichlich Nachschub und verstärkte unablässig die Befestigungen von Herakleopolis.

Jetzt saß er auf einem Stuhl mit Löwentatzen und sah zu, wie sich Aurora die Haare glattstrich, ehe sie unter einer üppigen Perücke verschwanden.

«Diese Situation hat lange genug gedauert ... Wir müssen ein Mittel finden, wie wir die Freischar zum Angriff reizen und vernichten können, damit ein Teil der in Theben stationierten Truppen ihnen zu Hilfe eilt. Anschließend haben wir freie Bahn.»

«Das ist wirklich die beste Taktik, Liebster.»

«Gut, dann wollen wir danach vorgehen und versuchen, dem Feind vorzugaukeln, daß Herakleopolis leicht einzunehmen ist.»

«Wie wäre es, wenn du ihnen klar und deutlich zeigst, daß du die Stadt verlassen hast und daß Fürst Peftau wieder Pianchis Vasall ist? Vor ihrem Verbündeten nehmen sich die Nubier nicht in acht, und schon schnappt die Falle zu.»

Tefnacht küßte Aurora auf den Hals.

«Du allein ersetzt mir einen ganzen Kriegsrat.»

«Ich will siegen ... für dich, für Ägypten», sagte sie.

Ein Adjutant Tefnachts meldete Yegeb.

«Später!» sagte Tefnacht.

«Dein Ratgeber sagt, es ist sehr dringend.»

«Dann herein mit ihm ...»

In Yegebs Augen stand Furcht zu lesen.

«Gebieter», stammelte er, «eine schreckliche Nachricht!»

«Woher hast du sie?»

«Von unserem Spionagenetz in Theben. Dort ist gerade eine Botschaft von Pianchi eingetroffen. Er verläßt Napata und kündigt der Stadt Amuns seine Ankunft an.»

Aurora bedeckte den vollkommenen Leib mit einem weißen Schleier.

«Das hätte ich nie im Leben für möglich gehalten», bekannte Tefnacht.

«Es ändert alles!» meinte die junge Frau. «Demnächst kämpfen wir also gegen das Oberhaupt der Nubier. Tefnacht gegen Pianchi ... Nach dem Tod des schwarzen Pharaos werden seine Anhänger die Waffen strecken.»

«Besser», zischte Yegeb, «wenn Pianchi Mittelägypten nie erreichen würde.»

«Eine ausgezeichnete Idee», meinte auch Tefnacht, «aber wie stellen wir ihm eine Falle? Der Süden ist ihm treu ergeben!»

«Die Reise wird lang und schwierig ... Ein paar entschlossene Männer sollen sich von der östlichen Wüste her bei ihm einschleichen. Falls sie scheitern, erreicht Pianchi Theben. Und dann wird ihm Amuns Stadt zum Grab.»

Dank einer jungen Bauersfrau, die nicht gerade scheu war und im Liebesspiel noch dazulernen wollte, hatte Hauptmann Lamerskeni eine vergnügliche Nacht verbracht. Für ein paar Stunden hatte er die Fehlschläge der letzten Wochen vergessen können. Nicht eine einzige libysche Patrouille war ihm ins

Netz gegangen, kein Gefecht, das diesen Namen verdient hätte, Tag für Tag kam alles mehr und mehr zum Stillstand.

Mehrfach hatte Lamerskeni versucht, Puarma davon zu überzeugen, von Theben Truppen anzufordern, nicht um Herakleopolis vollständig zu umzingeln und zu belagern, sondern um auf Dauer einige Orte in der Hasen-Provinz zurückzuerobern und sie dadurch sicherer zu machen. Doch der Hauptmann der Bogenschützen weigerte sich, die Verteidigung der Stadt Amuns zu schwächen.

Aber jetzt reichte es ihm. Lamerskeni würde seine Entlassung bei Puarma einreichen und ihm den alleinigen Befehl überlassen. Was er dann machen würde, wußte er noch nicht, der Mann mit dem Arm aus Akazienholz kannte nur das Soldatenleben, jede andere Tätigkeit kam ihm unschicklich vor.

Daß er diesem Bogenschützen weichen mußte, der niemals einen ordentlichen Angriff leiten konnte, das betrübte Lamerskeni, aber in diesem Stellungskrieg zu verharren, das hielt er auch nicht länger aus. Er verkümmerte ohne den großen Atem des Abenteuers.

Doch als Puarma dann von einem Ohr zum anderen grinsend zu ihm kam, da begriff Lamerskeni, daß dieser seine Absichten erraten hatte und sich schon darauf freute, von nun an freie Hand zu haben. Ein ehrgeiziger Soldat, der jede Art von Zugeständnissen machen würde … ja, genau das war dieser Bogenschwenker.

«Nachricht aus Theben», verkündete er.

«Etwa neue Befehle?» fragte Lamerskeni.

«Besser, Lamerskeni. Viel besser.»

Der Hauptmann der Fußsoldaten zog die Brauen zusammen.

«Ich verstehe nicht …»

«Pianchi kommt», jubelte Puarma.

Nach seiner Rückkehr nach Hermopolis lebte Fürst Nemrod auf. Er hatte wieder alte Gewohnheiten aufgenommen, genoß seine Gespielinnen, seinen Palast, seine Lieblingsgerichte und verbrachte die meiste Zeit mit Spaziergängen in den Straßen der Stadt, die er um ein Haar verloren hätte.

Doch Frauen und Festmähler waren eine zweitrangige Zerstreuung, seine einzige Geliebte war Hermopolis, das er unablässig verschönerte und zur reizvollsten Stadt der Gegend machte. Sein Haushofmeister hatte ihn taktvoll gemahnt, daß der Krieg noch immer wütete, doch Nemrod hatte nur entgegnet, daß die festgefahrene Situation zweifellos noch Jahrzehnte andauern würde und man sie lieber vergessen solle. Ja, vergessen wie seinen Verrat.

Der Fürst trank kühlen Weißwein und lauschte im Schutz eines von Klematis überrankten Pavillons im Tamaris-Tal, unweit des großen Thot-Tempels, einem Harfenspieler.

Der Befehlshaber seiner Miliz wagte es, diesen Augenblick des Kunstgenusses zu stören.

«Schon wieder ein Verwaltungsproblem?» fragte Nemrod.

«Nein, Fürst, von Tefnacht ist ein Bote mit einer versiegelten Rolle gekommen.»

Nemrod erbrach das Siegel des Generals und entrollte den Papyrus.

Er las die wenigen Zeilen, die der General eigenhändig geschrieben hatte, mehrere Male und versuchte sich einzureden, er hätte schlecht geträumt. Nein, der schwarze Pharao würde Napata nie mit Theben vertauschen. Nein, er würde Hermopolis nicht angreifen.

Er war zwar zum Bürgermeister von Napata ernannt worden, dennoch weigerte sich Otoku immer noch, in Gegenwart eines niedriger Gestellten einen Fuß auf den Boden zu setzen, und so trugen seine Diener seine über eintausend Deben in der Hauptstadt von Ort zu Ort.

Der Dicke litt unter solchen Ängsten, daß er zuweilen sogar eine der fünf Mahlzeiten am Tag abkürzte. Die Verantwortung für seinen Stamm hatte er einem Vetter anvertraut, dem er den Kopf abhacken würde, wenn er auch nur das kleinste Quentchen Gold abzweigte, und alsdann arbeitete er, Otoku, sich in die Geheimnisse der Zentralverwaltung ein.

Wenn der Dicke eine Aufgabe übernahm, dann machte er keine halben Sachen. Auch wenn es ihn seine Gesundheit kostete, er würde den Wohlstand Napatas wahren. Außerdem mußte er sich bei den Schreibern Achtung verschaffen und ihnen zeigen, daß er kein Stroh im Kopf hatte.

Wenn er das erreichen wollte, gab es nur ein einziges Mittel, er brauchte die uneingeschränkte Unterstützung von Kühler-Kopf. Aus diesem Grund ließ sich Otoku eilends zu dessen Wohnsitz tragen, einem hübschen Herrenhaus mit fünfzehn Zimmern, das sich in einem üppigen Garten mit alles überragenden Doum-Palmen verbarg.

Die Ehefrau des Zwerges war eine schöne, vollbusige Nubierin, die ihm einen Jungen und eine Tochter geboren hatte. Sie zählten vierzehn und zwölf Lenze, sollten auch Schreiber werden und wurden von ihrem Vater gründlich unterwiesen.

Die Ehefrau des Zwerges öffnete mit tränenüberströmtem Gesicht.

«Herrin Kühler-Kopf, ich möchte nicht stören, aber ich muß so schnell wie möglich deinen Mann sprechen.»

«Das geht leider nicht», schluchzte sie.

Ein Zittern schüttelte Otokus gewaltigen Leib.

«Du willst doch nicht sagen, daß ...»

«Nein, nein, Gebieter ... Kühler-Kopf ist nicht tot, aber Pianchi hat ihn mitgenommen.»

Das war ein harter Schlag, denn nun mußte Otoku allein zurechtkommen, wenn der schwarze Pharao stolz auf ihn sein sollte.

Kapitel 35

Die kristallklare Luft betonte noch die gelben Dünen der Wüste, nachdem sich die Schleier des Morgennebels gehoben hatten. Pianchis Flotte fuhr durch eine Gegend, die sein Heer in Erstaunen versetzte: falbfarbene Ebenen, hellroter Sandstein, zahlreiche Palmen, ein breiter Streifen bewässerten Landes, schimmernde Weizen- und Gerstenhalme, alles war lieblicher als beim vierten Katarakt. Der Nil strömte recht kräftig nach Norden, trotzte siegreich einer gefälligeren Wüste und floß durch kleine Dörfer mit weißen Häusern, deren Einwohner sich am Ufer drängten und dem königlichen Paar zujubelten, das im Bug des Flaggschiffes stand.

Pianchi drückte Abiles Hand. Er sog die leuchtende Schönheit der nubischen Erde ein, deren Feuer seine Seele nährte. Hoch oben in den Palmenwipfeln wiegten sich Affen, und Schwalben flitzten um die majestätisch dahinschwebenden weißen Ibisse herum.

Kühler-Kopf brachte ihnen Becher mit frischem Johannisbrotsaft.

«Majestät ... mit Verlaub, du bist der Gefahr zu sehr ausgesetzt. Hier im Bug bietest du einem erfahrenen Bogenschützen ein hervorragendes Ziel.»

«Was soll die Schwarzseherei, noch sind wir nicht auf von Tefnacht besetztem Gebiet», entgegnete der König.

«Und wenn er von deiner Abreise unterrichtet worden ist

und Mörder ausschickt, die verhindern sollen, daß du Theben erreichst?»

«Unmöglich.»

«Hoffentlich, Majestät, aber muß man bei einem Feind wie Tefnacht nicht mit allem rechnen?»

«Was würden die Nubier von mir denken, wenn ich mich in meine Kabine verkriechen würde? Sie würden den Pharao für eine Memme halten und kein Vertrauen mehr in ihn setzen! Meinst du nicht auch, Abile?»

«Kühler-Kopf hat recht, und du auch», sagte sie.

Der König und die Königin blieben im Bug und richteten den Blick gen Norden, wo Gewalttätigkeit und Mord auf sie warteten.

«Majestät», sagte der Kapitän, «wir nähern uns der Insel Argo. Sie sieht aus, als wäre sie schnell und leicht zu umschiffen, aber ich fürchte sie. Sie ist lang, und wir müssen einen von beiden Nilarmen wählen. Wenn wir uns irren, laufen wir Gefahr, in eine ungünstige Strömung zu geraten.»

«Würde das die Flotte gefährden?» erkundigte sich der König.

«Die Frachtkähne bestimmt.»

Auf den langen Kähnen befanden sich Getreide, Krüge mit Öl, Wein und Bier, Geflügel, Vieh, Gemüse, Salz, Käse, eingemachtes Fleisch, Trockenfisch und die erforderlichen Waffen für ein Heer, ganz zu schweigen von den Pferden, um die man sich mit größter Sorgfalt kümmerte.

«Wonach entscheidest du?» fragte der König.

«Nach dem Zufall, Majestät.»

«Zeig mir eine Karte», befahl Pianchi.

Er prüfte sie nicht mit den Augen, sondern mit den Händen. Berühren war eine viel feinere Sinneswahrnehmung, als die meisten Menschen ahnten. Die Hand konnte sehen und auch Unsichtbares wahrnehmen, wenn man sie ganz bewußt dazu erzogen hatte. So hatte Pianchi sein Pferd ausgesucht, hatte dessen Hals berührt, und so würde er auch den Weg wählen, den sie nehmen mußten.

«Fahr rechts an der Insel vorbei», sagte er.

Der Kapitän wäre lieber links vorbeigefahren, doch er hatte keinen stichhaltigen Einwand.

Der lange Geleitzug fuhr in ein Fahrwasser ein, wo Fliegenschwärme über ihn herfielen und die Steuerleute daran hinderten, den Fluß mit ihren langen Stangen auszuloten. Einer versuchte sie abzuwehren und fiel dabei ins Wasser. Zwei Bootsmänner eilten ihm sofort zu Hilfe und warfen ihm ein Seil zu, das er packte und sich damit an Bord ziehen ließ.

«Laßt Amselschmalz an die Mannschaften austeilen», befahl Pianchi.

Jeder rieb sich mit diesem kostbaren Produkt ein, und schon belästigten sie die Fliegen nicht mehr. Doch der König erkannte eine andere Gefahr: Obwohl der Wind nur schwach wehte, kräuselte sich das Wasser.

Ein Anzeichen, das niemals täuschte. Ein Anzeichen, das Sandbänke unter der Wasseroberfläche ankündigte.

«Anhalten», brüllte der Steuermann.

Zu spät für das Boot an der Spitze und das Flaggschiff, die auf einer Sandbank aufliefen und steckenblieben. Dem Rest der Flotte gelang es, das Hindernis zu umschiffen.

Es blieb nur ein Weg, sie mußten treideln. Pianchi sprang auf die Sandbank, befehligte die Rettungsaktion höchstpersönlich und zog ohne zu zögern und mit solcher Macht an dem Seil, daß er die Kraft von zehn Bootsmännern ersetzte.

Und schon bald war die Vorbeifahrt an der Insel Argo nur noch eine böse Erinnerung.

Den dritten Katarakt überwand man ohne Schwierigkeiten. Die nubische Flotte schlängelte sich zwischen aufgetürmten Granit- und Porphyrklötzen durch, bis dann eine seltsame Landschaft aus grauem Sand und schwärzlichen Felsen auftauchte. Ein paar Antilopen ergriffen die Flucht und setzten mit großen, anmutigen Sprüngen über die wenigen Büsche einer trostlosen Savanne.

Dann kamen von neuem ockerfarbene Sanddünen, zartes Palmengrün, Ufer mit rötlichem Schlick, der das Geheimnis ihrer Fruchtbarkeit war. Pianchi war ungemein bewegt, als sie an den Stätten vorbeikamen, wo man Soleb und Sedeinge Tempel errichtet hatte. Sie waren dem Andenken an die Liebe zwischen Amenhotep III. und seiner Gemahlin Tiyi geweiht, einer heiligen Liebe.

Pianchi schloß Abile in die Arme.

«Amenhotep hat auch den Tempel von Luxor erbauen lassen, eines von Thebens Kleinoden, und das zu einer Zeit, als die zwei Länder vereint, reich und glücklich waren.»

«Wenn es uns gelingt, Tefnacht zu besiegen, könnte doch wieder solch eine goldene Zeit anbrechen.»

«Abile, wir haben noch nie einen so umfassenden Krieg geführt, ob der Mut der Nubier da wohl ausreicht?»

«Du bist doch sonst kein Zweifler», sagte die Königin.

«Ich habe auch keine Angst, denn ich habe gar keine andere Wahl. Aber wie viele Tote wird es geben, ehe wir die Waffen ablegen können? Tefnacht hat einen großen Fehler begangen, als er die heikle Harmonie im Norden gestört hat, aber er hat mich aus dem Nichtstun gerissen. Es war ein Irrtum zu glauben, daß sich die libyschen Fürsten mit ihrem jeweiligen Gebiet begnügen und ihren unsinnigen Ehrgeiz begraben würden. Ich habe mich geirrt … Machtgierigen Männern sollte man niemals Vertrauen schenken. Und Feiglinge wie

Fürst Peftau und Fürst Nemrod sind nicht weniger gefährlich, weil sie dich bei der erstbesten Gelegenheit verraten. Ich habe gedacht, daß sie allein aus Angst auf dem rechten Weg bleiben würden, aber darin habe ich mich getäuscht. Vielleicht solltest du nach Napata zurückkehren, Abile.»

«Ich will diese Notzeit mit dir durchstehen. Und falls wir bei der Verteidigung unserer Sache sterben müssen, bin ich an deiner Seite.»

Die Manguste sprang auf Pianchis Schulter, als wollte sie ihm beweisen, daß auch sie kampfbereit war.

Das überstürzte Nahen von Kühler-Kopf, der über die Brücke rannte, auch wenn er dabei Gefahr lief, auszurutschen und sich den Hals zu brechen, hatte nichts Gutes zu bedeuten.

«Eine Katastrophe, Majestät! Und alles meine Schuld ...»

«Welchen Fehler hast du begangen?» fragte der König.

«Ich habe nicht alle Kisten mit Amuletten überprüft ... Und nun enthält eine nichts als Töpferwaren! Einige Bootsmänner bekommen jetzt keinen Zauberschutz ab, da werden sie sich weigern weiterzufahren!»

«Beruhige dich», empfahl Königin Abile. «Ich verteile die meiner Dienstboten an sie, sie sind reichlich damit versehen.»

Amulette aus Fayence, aus Quarzit, aus Karneol, aus rotem Jaspis oder Serpentin in Form einer Hand, einer Säule, eines Falkenauges, eines Nilpferdkopfes ... Kühler-Kopf beruhigte sich wieder. Da jetzt jedes Mitglied der Expedition gegen feindliche Kräfte gefeit war, konnte diese nur einen guten Ausgang nehmen.

Kapitel 36

Zahlreiche Pferde waren an Erschöpfung eingegangen, dennoch hatte die Botschaft einen Stamm im äußersten Süden Libyens erreicht. Im Austausch gegen zehn Silberbarren, Salben von hervorragender Qualität und hundert Esel hatten sich fünfzig junge Jäger bereit gefunden, heimlich die Grenze nach Ägypten zu überschreiten und Pianchi auf der Höhe des zweiten Kataraktes anzugreifen. Die Stelle eignete sich besonders gut für einen Hinterhalt. Da sich der Pharao seiner Sache zu sicher war, würde er auf diese Art Angriff auf seinem eigenen Gebiet nicht gefaßt sein.

Obwohl das Handgeld reichlich gewesen war, hatten sich nicht viele Freiwillige gefunden. Pianchi genoß den Ruf eines unbesiegbaren Kriegers, und erfahrene Soldaten kämpften lieber nicht gegen ihn. Nur Männer in der Blüte ihrer Jugend hatten sich auf dieses wahnwitzige Abenteuer eingelassen, hofften sie doch, ihrem Dorf den abgeschnittenen Kopf Pianchis zurückzubringen. Kafi, der jüngste Sohn des Stammesfürsten, hatte die Rolle des Anführers übernommen. Er wußte, daß er wenig Aussichten auf die Macht hatte, weil ihn sein älterer Bruder haßte, und hier bot sich Kafi Gelegenheit, seine wahre Tapferkeit zu beweisen.

Der Überfall stand von Beginn an unter einem Unstern. Bei Tage konnten sie den Nil nur auf den Strecken befahren, die nicht von Pianchis Soldaten überwacht wurden, nächtens liefen sie Gefahr, auf Felsen aufzulaufen. Doch sie durften nicht an ein Scheitern denken, sondern mußten so rasch wie möglich vorankommen, wenn sie Pianchi an der vorgesehenen Stelle überrumpeln wollten.

Der König bewunderte das viereckige Leinensegel, das ganz oben am Doppelmast befestigt war und mit der anderen Seite bis auf die Decksplanken reichte. Zwar nutzten seine Seeleute vor allem die starke Strömung, unternahmen jedoch zusätzlich heikle Manöver, um auch den Wind zu nutzen. Wenn sich letzterer legte, wickelten sie das Segel um die Rahen, holten den Mast ein und lagerten ihn auf zwei Pfosten mit gabelförmigem Ende.

Auf dem Flaggschiff hatte man neben der Kabine des königlichen Paares für Löwenherz, Pianchis Pferd, viel Raum geschaffen. Der Vierbeiner verfügte über zwei Pferdebuchten, und der Monarch ordnete regelmäßige Pausen an, damit er tüchtig Auslauf bekam. Wie die Soldaten betrug sich Löwenherz beispielhaft; auch er wußte, wie wichtig die Mission war, die sie zu erfüllen hatten.

Pianchi unterhielt sich oft mit seinem Pferd, das ihm mit Blicken und Wiehern antwortete und damit Zustimmung oder Mißbilligung ausdrückte. Darüber hinaus besaß Löwenherz eine seltene Eigenschaft, er konnte nämlich Gefahr wittern und drückte seine Angst durch laute Wutanfälle aus.

Einen Wutanfall wie beim Nahen des zweiten Nil-Kataraktes.

Kein Bootsmann wagte einzugreifen aus Angst, einen Huftritt versetzt zu bekommen, und niemand außer Pianchi hatte das Recht, sich Löwenherz zu nähern.

«Ganz ruhig, mein Freund, ganz ruhig», sagte der König in ernstem und gelassenem Ton.

Doch Löwenherz ließ sich nicht beruhigen.

Als Kühler-Kopf den König in die Pferdebucht treten sah, bekam er es mit der Angst zu tun. Das Tier war so aufgebracht, daß auch der Anblick seines Herrn es nicht beschwichtigte. Doch es gelang Pianchi, Löwenherz fest in die Augen zu blikken, und dann ging er ohne zu zögern auf ihn zu.

Da legte sich der Zorn des Pferdes.

«Löwenherz will uns vor einer Gefahr warnen», sagte Pianchi zu seiner Frau, die auf einem Lager mit Rückenlehne ruhte, das mit Elfenbein eingelegt war und auf Stierfüßen stand.

Abile blickte ungewöhnlich verstört.

«Ich habe eine Art Alptraum gehabt», sagte sie. «Aus dem Nil sind riesige Krokodile gekommen, und aus dem lockeren Uferboden sind ungeheuer große Nilpferde aufgetaucht. Anfangs haben sie sich mißtrauisch beäugt, und ich habe schon gedacht, gleich zerreißen sie sich. Aber sie haben sich gegenseitig respektiert und haben am Ende sogar eine Art Bündnis gegen ein Ungeheuer geschlossen, das aus der Wüste gekommen ist, ein Ungeheuer, das ich nicht erkannt habe ... Sie haben angefangen zu kämpfen, und da bin ich aufgewacht.»

«Ein Traum ... oder das zweite Gesicht?»

«Ich weiß es nicht ... Aber sollten wir einen solchen Fingerzeig nicht beachten?»

Pianchi setzte sich auf die Kante der Ruhestatt, und seine Frau schmiegte sich an ihn.

«Mit anderen Worten, nach Napata zurückkehren und Tefnacht und den Krieg vergessen ...»

«Warum soll ich es vor dir verbergen, ich habe Angst», sagte seine Frau.

«Wer keine Angst hat, hat auch keinen Mut. Wir haben nicht das Recht aufzugeben. Ich will die Soldaten warnen, daß wir zweifellos viel eher als vorgesehen kämpfen müssen.»

Die Nachricht verbreitete Unruhe. Welche Gefahr konnte einem nubischen Heer auf seinem eigenen Gebiet so weit entfernt vom Feind drohen? Trotzdem versetzten die Hauptleute auf den Schiffen ihre Mannschaften in Alarmzustand, und die Bogenschützen suchten die Ufer bei Tag und bei Nacht mit den Augen ab.

Kafi und seine Männer hatten es geschafft.

Sie hatten alle Hindernisse überwunden und waren nach einer schwierigen Wegstrecke, die glücklicherweise von Wasserstellen gesäumt war, in die Gegend des zweiten Kataraktes gelangt.

Die Landschaft war furchterregend: aus dem Nil ragten felsige Barrieren, dazu gesellten sich tobende Strudel und Stromschnellen, die gegen Eilande aus Granit anstürmten, Klippen schienen die Durchfahrt zu bewachen, besser gesagt, sie zu verhindern … Etliche Libyer zitterten vor Angst, sie waren überzeugt, daß Orte wie diese von bösen Geistern heimgesucht wurden.

Ein Libyer versuchte sogar zu fliehen, doch Kafi spannte gelassen seinen Bogen und erlegte den Feigling mit einem Pfeil in den Rücken.

«Memmen verdienen nichts Besseres», sagte er.

Da Kafi noch furchteinflößender war als böse Geister, schluckten die jungen Libyer ihre Angst hinunter.

«Genau hier werden wir Pianchi umbringen. Wenn er tot ist, sein Leib von unseren Pfeilen durchbohrt, werden seine Soldaten auseinanderlaufen wie verschreckte Hühner. Wir bemächtigen uns der Leiche, bringen Tefnacht ihren Kopf und fordern das Doppelte der versprochenen Belohnung. Bald sind wir reiche Männer!»

Diese Aussicht gab ihnen den Mut zur Tat.

«Die Klippen dort sind unsere Verbündeten», meinte Kafi. «So hoch oben sind wir außer Reichweite der nubischen Bogenschützen, während wir unser Ziel mit Leichtigkeit treffen können!»

Nun mußte der kleine Trupp nur noch den Nil überqueren, und zwar von Eiland zu Eiland, dann eine geeignete Klippe erklimmen, damit sie nicht die Sonne in den Augen hatten und gegen den Wind schießen mußten.

Als Kafi, der sich an die Spitze gesetzt hatte, die Hälfte des Weges hinter sich gebracht hatte, hörte er einen Schrei und drehte sich um.

Einer der Felsen war aufgetaucht, und ein Libyer stürzte in den Fluß. Es war kein Granitblock, sondern ein Riesennilpferd von ungeheuerlichem Gewicht, das sich in seiner Mittagsruhe gestört fühlte. Ein knappes Dutzend von ebenso riesigen Artgenossen stieß gräßliche Schreie aus und riß die Mäuler weit auf.

In seiner Panik beging der Libyer den Fehler, dem Flußpferd seinen Dolch in die empfindliche Haut zu stoßen. Verrückt vor Zorn und Schmerz, spießte das Nilpferd den Schwimmer mit den beiden spitzen Eckzähnen auf, die mehr als eine Elle maßen. Die anderen machten es ihm nach und schnappten nach den Libyern, die vergebens versuchten, ihnen zu entkommen.

Kafi stand am Ufer und sah, wie sich etwas bewegte, was er für versunkene Baumstämme gehalten hatte. Ein langer Kopf, Schuppen, ein Reptilienschwanz und kurze, aber flinke Beine, so flink …

«Krokodile! Wir sind gerettet, sie werden die Nilpferde angreifen!»

Zwischen den beiden Arten herrschte seit Urzeiten Krieg.

Das Nil-Krokodil wog zwar mehr als tausend Deben, war

aber dennoch von erstaunlicher Schnelligkeit. Entsetzt schlug einer der Libyer mit seiner Lanze auf die Wasseroberfläche ein, wollte das Raubtier mittels Wellen verscheuchen. Doch sein Verfahren hatte die gegenteilige Wirkung, es richtete sich gegen ihn. Und da fette Beute winkte, stieß die Echse einen Zischlaut aus, mit dem sie ihre Artgenossen zu Hilfe rief.

Kafi war bestürzt. Kein Krokodil kümmerte sich um die Nilpferde, kein Nilpferd kümmerte sich um die Krokodile, sondern die einen wie die anderen brachten seine Waffengefährten um.

Kafi blieb keine Zeit, einen Pfeil in das geöffnete Maul eines Männchens abzuschießen, das sich auf ihn stürzte, denn ein Weibchen biß in sein rechtes Bein, und das so tief, daß ihm das Wasser in die Augen stieg.

Reglos saß die Manguste auf Pianchis Schulter, hielt die Schnauze in den Wind und blickte in die Ferne wie Pianchi und seine Gemahlin. Mitten im zweiten Katarakt, den sie langsam und mit äußerster Vorsicht durchfuhren, sahen sie ein Gebrodel und hörten heiseres Gebrüll.

«Zweifellos ein Kampf zwischen Krokodilen und Nilpferden», meinte Pianchi. «Ja, jetzt kann ich sie sehen! Die Echsen entfernen sich anscheinend.»

«Das Wasser ist rot verfärbt», bemerkte Abile.

«Du hast recht! Aber dann …»

«Mein Traum hat also doch nicht getrogen. Ungeheuer haben auf uns gewartet, aber es sind weder Nilpferde noch Krokodile gewesen», sagte die Königin.

Die Flotte näherte sich.

Die Echsen hatten auch nicht das kleinste Fleischstückchen verschmäht, und dank der Strömung verteilte sich das Blut ihrer Opfer im dunklen Blau der Fluten.

Zum erstenmal seit der Abfahrt kam auch Chepena aus ihrer Kabine und stellte sich neben ihren Vater.

«Ich habe zu Amun gebetet», sagte sie, «ich habe seine unsichtbare Gegenwart herbeigefleht, damit sein Blick dein Schiff leitet. Furchtbare Prüfungen erwarten uns, daher bete ich unaufhörlich zu ihm.»

Die Manguste schlief auf Pianchis Schulter ein, und ungehindert durchfuhr die Flotte den Steinschlund des zweiten Kataraktes.

Kapitel 37

Die Fußpflegerin war mit der Pflege von Auroras feinen, zarten Füßen fertig, ihr folgte die Masseuse, die den perlmuttfarbenen Leib der jungen Frau mit einer Salbe aus Weihrauch und duftendem Schilfgras einrieb. So blieb ihre Haut den ganzen Tag über glatt und duftend.

Damit war die morgendliche Pflege fast beendet. Blieb nur noch die Haarpflegerin, bei der sie sich eine Perücke aussuchte. Aurora dachte noch immer an die stürmische Nacht, die sie mit Tefnacht verbracht hatte. In der Öffentlichkeit gab sich der General zwar kalt und streng und führte eine grobe Sprache, doch bei ihr verwandelte er sich in einen leidenschaftlichen Liebhaber mit unerwartetem Geschick. Doch noch in der höchsten Lust spürte sie, wie ihn sein großer Plan verfolgte. Wenn er sie liebte, dann nicht wegen ihrer Jugend oder Schönheit, sondern weil sie seinen Ehrgeiz teilte.

Das Gesicht der Haarpflegerin war tränenüberströmt.

«Was ist passiert?» fragte Aurora.

«Herrin, dieses Ungeheuer Nartreb …»

«Hat er dich etwa vergewaltigt?»

«An mich wagt er sich nicht heran, weil ich in deinen Diensten stehe … aber meine jüngere Schwester, die achtzehn und hübsch wie eine Lilie ist, die hat er geschändet!»

Nur mit einem durchsichtigen Leinenschleier bekleidet, mit offenem Haar und nackten Füßen verließ Aurora eilig ihr Schlafzimmer, ging an den Wachtposten vorbei, die an jeder

Flurecke standen, schob den Kämmerer beiseite, der sich zum Gruß verbeugte, und platzte wie ein Wirbelwind in das Beratungszimmer, wo sich Tefnacht Yegebs Bericht über die wirtschaftliche Lage der Gegend anhörte.

«Nartreb, dein Berater, ist ein Rohling und ein Verbrecher!»

«Warum regt dich das so auf, Aurora?» fragte Tefnacht.

«Weil er die Schwester meiner Haarpflegerin geschändet hat!»

«Das stimmt nicht», protestierte Yegeb, «ich verbürge mich für ihn.»

«Er soll hierherkommen und sich verantworten», forderte die junge Frau.

Yegebs Miene wurde hart.

«Hier erteilt doch wohl der General die Befehle?» sagte er.

«Hol deinen Freund her», befahl Tefnacht Yegeb.

Der Semit verbeugte sich und ging.

«Schaff sie dir vom Hals», riet ihm Aurora. «Sie machen dich bei der Bevölkerung am Ende noch verhaßt. Und laut unseren Gesetzen steht auf Vergewaltigung der Tod.»

«Aber du kannst nicht bestreiten, daß meine Berater tüchtig sind», hielt ihr Tefnacht entgegen. «Auch wenn ihre Methoden zuweilen brutal erscheinen, erzielen sie ausgezeichnete Ergebnisse, weil ich ihnen gestatte, sich zu bereichern. Dank ihrer Hilfe fürchtet mich das Volk und weiß, daß es gehorchen muß.»

«Rechtfertigst du etwa Vergewaltigung?» empörte sich Aurora.

«Hören wir uns erst einmal seine Version des Vorgefallenen an.»

Als sich Nartreb bei Tefnacht einstellte, wiederholte Aurora erregt ihre Anschuldigung.

«Es handelt sich um ein schlichtes Mißverständnis ... In Wirklichkeit bin ich der Ärmsten zu Hilfe geeilt, die von einem Bauern mißhandelt worden war. Ich habe sofort gemerkt, daß man sie fürchterlich drangsaliert hat und habe angeordnet, ihr auf meine Kosten Pflege angedeihen zu lassen.»

«Aber du bist es gewesen, nicht ein Bauer!»

«Sie war fast bewußtlos, redete irre vor Entsetzen ... Das ist natürlich verständlich, und ich verzeihe ihr.»

«Vor einem Gericht», beharrte Aurora, «steht ihr Wort gegen deines.»

«Ganz bestimmt nicht, denn ich habe drei Zeugen. Drei Männer von der Miliz waren in meiner Begleitung und haben den Bauern fliehen sehen. Ihr Zeugnis dürfte den Ausschlag geben.»

Yegeb lächelte.

«Da siehst du es, Nartreb ist über jeden Verdacht erhaben.»

«Der Fall ist abgeschlossen», urteilte Tefnacht.

Die Gemahlin des Fürsten Akanosch sang ihm zur Begleitung der Lyra eine Weise aus dem Großen Süden, die einschläfernd und traurig zugleich war. Sie erinnerte an frisches Wasser, das zwei Liebende trennte, an das geheime Einverständnis einer keimenden Liebe, sie sprach von Jugend, die mit der Strömung vergeht und in den Wellen ockerfarbenen Sandes ertrinkt, die sich zum Nil herabsenken.

Der Haushofmeister war zu Tränen gerührt und wartete das Ende des Liedes ab, ehe er das Wort an seinen Herrn richtete. Er war der einzige Bedienstete, der freien Zutritt zu den Gemächern des Paares hatte; eine rasche Nachforschung durch Akanoschs Gemahlin hatte ergeben, daß alle anderen in Yegebs Sold standen und versuchten, ihrem Mann etwas anzuhängen.

«Tefnacht ist wütend», erzählte ihnen der Haushofmeister.

«Auf mich?» fragte Akanosch.

«Nein, Fürst, keine Angst. Er hat gehört, daß die Libyer, die er dafür bezahlt hat, daß sie Pianchi im Verlauf seiner Reise töten, gescheitert sind. Der schwarze Pharao hat den zweiten Katarakt gemeistert und wird demnächst bei der Insel Elephantine eintreffen.»

«Pianchi in Ägypten ... Sollte dieser Traum wirklich in Erfüllung gehen?»

Die Manguste verbrachte die meiste Zeit mit Schlafen, Löwenherz war vollkommen ruhig, die Schiffsreise angenehm, und so genossen Pianchi und Abile diese wunderbare, wenn auch kurze Zeit. In Napata hatten ihre jeweiligen Verpflichtungen sie oft von den privaten Begegnungen abgehalten, die sie herbeisehnten; hier, in der geräumigen und gutbelüfteten Kabine, kosteten sie jeden Augenblick des Glücks intensiv aus, denn die düstere Gegenwart rückte unabweislich näher.

Abile war so unergründlich wie das Wasser und besaß den magischen Zauber einer Katze. Doch immer, selbst wenn sie sich der Lust überließ, hatte sie noch etwas Vornehmes. Jeder Tag war ein neues Liebesabenteuer, und damit schlug sie Pianchi in ihren Bann. Ohne sie hatte er keine Aussicht auf Sieg.

Die Manguste wachte auf, richtete sich auf und trommelte gegen die Kabinentür. Gleich darauf klopfte Kühler-Kopf.

«Herein.»

Der Zwerg machte auf.

«Majestät, der Kapitän ist besorgt. Ein Südwind ist aufgekommen, der Fluß hat bereits Wellen, und der Wind beschleunigt die Schiffe ganz ungewöhnlich. Und es kann noch schlimmer kommen! Wir müssen auf der Stelle haltmachen und die Boote vertäuen, sonst kentern wir.»

«Wir nähern uns dem ersten Katarakt, nicht wahr?» sagte der König.

«Ja, Majestät.»

«In die Bibliothek, rasch!»

Kühler-Kopf hatte sich nicht von einer Reihe von Papyri trennen können, vor allem denen mit Alltags- und Festtagsritualen, dem Festkalender, der Liste der Tempel und hundert anderen überaus wichtigen Themen, ohne deren Kenntnis er keine Verwaltung führen konnte.

Pianchi entrollte knapp ein Dutzend, ehe er den gesuchten Papyrus fand, rief sofort die leitenden Offiziere zusammen und begab sich in den Bug des Flaggschiffes, wo man ihm auf der Stelle die angeforderten Dinge brachte.

Mit der blauen Krone auf dem Kopf opferte der Pharao dem Nilgeist einen Schurz aus königlichem Leinen, einen jungfräulichen Papyrus erster Qualität, Festtagsöl, einen Krug Dattelwein aus dem ersten Jahr seiner Regierung, Honigkuchen und einen Goldbarren. Abile, die sich in ein langes, rotes Gewand gekleidet hatte, schwang zwei Sistren aus Gold, mit denen sie neue Geister vertreiben und die Harmonie zwischen Fluß und Mensch wiederherstellen wollte.

Nach und nach legte sich der Südwind, die Strudel verschwanden, und die Strömung beruhigte sich.

«Opfern», murmelte Pianchi, «so steht es in den alten Schriften geschrieben. Nur das allein kann das Böse abwenden und uns den Weg frei machen. Eins wollen wir niemals vergessen, Abile, daß nämlich ganz Ägypten eine Opfergabe an den Schöpfungsurquell ist. Darauf will ich meine Strategie aufbauen.»

Kapitel 38

Das Granitchaos des ersten Kataraktes beeindruckte die Nubier. Viele fragten sich, wie man diese Barriere aus Felsen wohl durchfahren könne, zwischen denen der Strom so wütend tobte.

Aufgrund genauer Karten fand Pianchi mühelos das Fahrwasser, das die Pharaonen der XII. Dynastie ausgebaut hatten. Selbst während gefährlicher Wegstrecken störten sie keine Klippen, es war schiffbar geblieben. Um den Austausch mit Nubien zu erleichtern, hatten die Herrscher der XVIII. Dynastie die Fahrrinne erweitern und sie zu einem richtigen Kanal ausbauen lassen, den selbst Frachtkähne befahren konnten.

Und hier begann das von den Göttern geliebte Land, die erste Provinz Oberägyptens, die erste der Doppelkrone, die ein Elefant symbolisierte, dessen Name ‹Aufhören› bedeutete, da die Grenze genaugenommen Ägyptens Ende kennzeichnete.

Von den Mauern der Festung Elephantine, die früher einmal für die Nubier ein unüberwindliches Hindernis dargestellt hatte und seitdem eine Mauer war, die Eindringlinge aus dem Norden abhielt, jubelte die ganze Garnison dem Schwarzen Pharao zu. Jeder erwartete, daß er bei der Festung ausstieg und die beiden Heeresteile vereinte, doch Pianchi hatte Dringenderes vor.

Erst bei der Anlegestelle des Khnum-Tempels ließ der König das Flaggschiff anhalten. Er stieg ganz allein aus, und die Bootsmänner seiner Flotte und die Soldaten der Garnison sahen zu, letztere sprachlos über den beeindruckend hohen Wuchs des schwarzen Pharaos.

Pianchi trat durch den ersten Pylon und wurde vom Oberpriester Khnums, des Widdergottes, begrüßt, der die Menschen auf seiner Töpferscheibe geschaffen hatte und die Überschwemmung auslöste, wenn er seine auf die Fluten gestellte Sandale hob. Im Inneren des prächtigen Kalksteingebäudes, dessen Schwellen und Türen aus Granit waren, duftete es nach Weihrauch.

«Dieses Heiligtum gehört dir, Majestät.»

«Führe mich in die Kapelle meines Vaters.»

In dem kleinen Raum gab es Wände mit gemeißelten Szenen, die Kahsta, Pianchis Vater, zeigten, wie er Khnum opferte. Zu Füßen der Statue des Gründers der nubischen Dynastie erinnerte eine Stele daran, wie er sich nach Elephantine begeben und sein wichtigstes Heiligtum reich beschenkt hatte.

Pianchi las die Hieroglyphenreihen, die schilderten, wie die Seele seines Vaters auferstand und im ewigen Licht zu denen versammelt wurde, die wahr an Stimme waren.

Und sein Vater sprach zu ihm mittels dieser Zeichen, die die Zeiten überdauerten, ohne dabei an Aussagekraft zu verlieren. In dauerhaften Stein gemeißelt, bewahrten die Hieroglyphen die Worte der Götter auf, die in der Morgendämmerung der Menschheit gesprochen worden waren.

Und sein Vater forderte, sein Werk weiterzuführen, so wie Ramses das von Sethos weitergeführt hatte, so wie jeder Pharao das seines Vorgängers zum Wohl der Zwei Länder weiterführen mußte.

Pianchi hätte einwenden können, daß sich die Dinge geändert hätten, daß Tefnachts Einfall ihn dazu hätte bewegen müssen, in Napata zu bleiben, damit er Nubien besser beschützen konnte, daß es nicht mehr möglich sei, Ober- und Unterägypten zu vereinigen … Doch aus Achtung vor dem verewigten Vater mäkelte der Sohn nicht an dessen Anweisungen herum.

Sie waren zu dritt, zwei Große und ein Kleiner. Der Kleine hatte das Sagen und erteilte knappe, genaue Befehle, da er sich in der Gegend bestens auskannte. Vor Tefnachts Einfall hatte er in dem Dorf gewohnt, das an der äußersten südlichen Grenze der Hasen-Provinz gelegen war, an einer Grenze, die ihnen Pianchis Freischar aufgezwungen hatte.

In regelmäßigen Abständen angeordnet, bildeten die Lager der Soldaten eine unüberwindliche Verteidigungslinie.

Unüberwindlich, doch nicht für die drei Männer, die wie Schlangen schleichen konnten. Man mußte allerdings ein Schlupfloch finden, durch das die drei dem Netz entkommen und sich nach Theben begeben konnten, wo sie dann Verbindung mit dem libyschen Spionagenetz aufnehmen und die Ermordung Pianchis vorantreiben sollten.

Viermal war der Kleine bereits enttäuscht worden, weil genauer überwacht wurde, als er angenommen hatte. Seine Gefährten wollten schon kehrtmachen, doch dem Kleinen kam noch ein letzter Einfall, nämlich der verlassene Friedhof, wo bebautes Land und Wüste aneinanderstießen. Die Ägypter waren abergläubisch, kein Soldat würde an dieser Stelle Wache stehen, wo sich möglicherweise Geister herumtrieben. Die drei würden zwischen den Grabstellen hindurchschlüpfen und so den wachsamen Feinden entgehen.

Der Kleine war kaum in die Totenstadt eingedrungen, da wußte er, daß er das Schlupfloch gefunden hatte. Trotzdem ließ er nicht nach in seiner Wachsamkeit und verlangte von seinen Gefährten die gleiche Vorsicht. Wenn sie erst einmal die Hasen-Provinz hinter sich hatten, würden sie schwimmend einen Kanal überqueren, einem Fischer den Kahn stehlen und bis zum Stadtrand von Theben fahren, wo sie der Leiter des libyschen Spionagenetzes erwartete.

Es würde nicht einfach sein, ein Attentat auf Pianchi zu organisieren, doch Gelegenheiten würden sich reichlich bieten. Die Ankunft des schwarzen Pharaos war ein so außergewöhnliches Ereignis, daß während der Festlichkeiten oder offiziellen Empfänge die Sicherheit des Herrschers nicht dauerhaft gewährleistet werden konnte.

Die drei schlichen sich an den Ruinen einer Kapelle entlang, der letzten der Totenstadt. Einer der beiden Großen hatte sich an die Spitze gesetzt. Er drehte sich um und wollte freudig verkünden, daß sie das Hindernis überwunden hätten, als ihm der Holzarm von Hauptmann Lamerskeni das Genick brach. Der andere Große schwang sein Kurzschwert, doch die Axt des Hauptmanns trennte ihm die Kehle durch. Was den Kleinen anbetraf, so versuchte er sich in die Totenstadt zurückzuflüchten, doch ein Fußsoldat nagelte ihn mit seiner Lanze an den Boden.

«Wußte ich es doch, daß sie eine solche Dummheit machen würden», sagte Lamerskeni zu seinen Männern. «Darum habe ich ihnen nur dieses Schlupfloch gelassen … Die Schwachköpfe haben sich tatsächlich eingebildet, daß ich Angst vor Gespenstern habe! Gibt es einen Überlebenden?»

«Nein, Hauptmann.»

«Schade, man hätte ihn befragen können … Aber andererseits, er hätte gewiß gelogen.»

Bei der Rückkehr ins Lager löschte Lamerskeni seinen Durst mit Starkbier, dann ging er in Puarmas Zelt.

«Ich habe drei Libyer aufgehalten, die die Hasen-Provinz verlassen wollten. Du weißt, was das bedeutet?»

«Fahnenflüchtige?»

«In Richtung Süden? Gewißlich nicht! Sie wollten in Richtung Theben.»

«Hast du dafür Beweise?» fragte Puarma.

«Das sagt mir meine Nase, und das genügt. Und falls sie nach Theben wollten, dann waren sie sicher, daß man sie dort gut empfangen würde.»

«Du redest dummes Zeug, Lamerskeni! Theben ist Pianchi treu ergeben.»

«Glaubst du etwa, daß Tefnacht dort keine Spitzel hat? Auch wenn es nicht viele sind, so gibt es doch einige Thebaner, die ganz auf einen Sieg der nördlichen Fremdländer setzen.»

Das stimmte den Hauptmann der Bogenschützen denn doch besorgt.

«Und welchen Schluß ziehst du daraus?» fragte er Lamerskeni.

«Daß die drei schlauen Bürschchen ihren thebanischen Verbündeten Anweisungen zu einem Schlag gegen den schwarzen Pharao bringen sollten.»

«Ein Attentat ...»

«Wenn Pianchi tot wäre, würden wir nach Napata zurückkehren, um unsere Hauptstadt zu schützen, und Tefnacht hätte freie Hand.»

«Leider hast du recht», sagte Puarma bedrückt.

Galoppierender Hufschlag drang durch die Nacht. Ein reitender Bote sprang vom Pferd und machte Meldung bei den beiden Hauptleuten. Er überreichte Puarma zwei erlesene Holztafeln, eine aus Theben, die andere aus Klippe-des-großen-Sieges, einem Dorf in der Hasen-Provinz.

Puarma strahlte.

«Pianchi hat ägyptischen Boden betreten! Er hat sich zum Khnum-Tempel von Elephantine begeben, hat dort das Andenken seines Vaters geehrt und sich dann nach Theben eingeschifft.»

«Pianchi in Ägypten», murmelte Lamerskeni benommen. «Nicht zu fassen ...»

Puarmas Jubel erstarb.

«Die andere Nachricht ist nicht so gut: Die nördlichen Fremdländer haben unter dem Befehl eines Sohnes von Tefnacht mit einem Überraschungsangriff das befestigte Dorf Klippe-des-großen-Sieges eingenommen, das uns den Weg nach Hermopolis versperrt.»

«Jetzt reicht es!» brüllte Lamerskeni so laut, daß Puarma fast zusammenzuckte. «Dieses Dorf erobern wir zurück und beweisen dem schwarzen Pharao, daß wir keine Nichtskönner sind.»

Kapitel 39

Der von Tefnacht zusammengerufene Kriegsrat war uneins. Etliche wollten sich nach Norden zurückziehen, andere die Befestigungen von Herakleopolis und Hermopolis verstärken, wiederum andere wollten sich Pianchi in einer offenen Feldschlacht stellen.

Fürst Akanosch ergriff das Wort.

«Ich bin Stammesfürst und Krieger wie ihr und habe meine Tapferkeit und meinen Mut in der Vergangenheit unter Beweis gestellt. Heute gilt es, Bestandsaufnahme zu machen und einen klaren Kopf zu behalten. Keiner kann siegen, weder Pianchi noch wir, weil beide gleich stark sind. Tefnacht, dem wir Gehorsam geschworen haben, hat uns dank seines Schwunges mitgerissen, und wir sind im Besitz einer fruchtbaren Gegend. Damit sollten wir uns begnügen und Tefnacht zum Pharao des riesigen Gebietes erklären, das vom äußersten Delta bis in den Süden der Hasen-Provinz reicht!»

«Du vergißt Theben!» sagte Aurora aufmüpfig. «Ohne die Stadt Amuns, des Gottes der Siege, ist Ägypten nichts als ein verstümmelter, kranker Leib. Die Bestandsaufnahme, die du forderst, sollte die nicht Hoffnung machen? Wir haben unsere Stellung ausgebaut, und es ist uns gelungen, Pianchi nach Ägypten zu locken! Was hat diese Reise zu bedeuten, die niemand erwartet hat? Daß die vom schwarzen Pharao ausgesandte Freischar gescheitert ist und Angst davor hat, Tefnacht allein schlagen zu müssen! Das ist das erste Eingeständnis von

Schwäche bei diesem Thronräuber, der keinen unserer Soldaten erschrecken kann.»

Auroras Beredsamkeit überraschte die wilden, libyschen Stammesfürsten, und selbst Akanosch wagte nicht, etwas zu entgegnen.

«Seit sich Pianchi auf ägyptischem Boden befindet», erläuterte Tefnacht, «ist er nicht mehr sicher. Auch wenn Theben noch unter dem Joch des Feindes ist, so fehlt es uns dort nicht an Anhängern, die ohne zu zögern für unseren Sieg kämpfen werden.»

Das interessierte Fürst Peftau.

«General, willst du damit sagen, daß Pianchi vielleicht ... beseitigt wird?»

«Wir müssen siegen, und dazu sind alle Mittel recht. Der schwarze Pharao täuscht sich, wenn er glaubt, daß seine Person heilig und er unbesiegbar ist, weil er sich in der heiligen Stadt Amuns aufhält. Er übersieht, daß er der Vergangenheit angehört und ich die Zukunft bin.»

Der Kopf des libyschen Spionagenetzes in Theben hörte zu seinem Verdruß von dem Tod der drei Soldaten, die Tefnacht zu seiner Unterstützung abgeordnet hatte. Obgleich die drei erfahren gewesen waren, hatten sie es doch nicht geschafft, die Grenze der Hasen-Provinz zu überqueren.

Mit ihnen zusammen wäre das Unternehmen leichter gewesen ... Doch er mußte seine Enttäuschung ganz schnell überwinden und die erforderlichen Risiken eingehen, wenn er Pianchi loswerden wollte. Seit Monaten hatte der Kopf des Spionagenetzes Tefnacht regelmäßig über die Lage in Theben und das Vorankommen des aus Nubien nahenden Heeres berichtet, und seine letzte Botschaft enthielt nur wenige Worte: «Morgen trifft Pianchi in Theben ein.»

Es war nur der schwarze Pharao, und nur er allein, der Tefnacht daran hinderte, Ägypten zu erobern und ihm seine Gesetze aufzuzwingen. Keiner unter den Nubiern konnte seine Nachfolge antreten. Wenn Pianchi tot wäre, würden seine Truppen Reißaus nehmen und nach Napata zurückkehren. Und danach würde ihnen die Festung Elephantine für immer den Durchgang versperren.

Aber man verteilte das Fell des Panthers nicht, ehe man ihn umgebracht hatte. Pianchi war ein furchteinflößendes Raubtier mit einer sehr guten Witterung, daher mußte man ihn in einem Augenblick der Schwäche überraschen, dann nämlich, wenn er keinen Grund zu Mißtrauen hatte.

Und diese Heldentat traute sich der Kopf des Spionagenetzes zu.

«Ich hätte sie schon längst erwürgen sollen!» schimpfte Nartreb und massierte sich die schmerzenden Zehen. «Diese Aurora ist gefährlich ... Sie weitet ihren Einfluß auf diese blöden Stammesfürsten aus, die sie mit den Augen verschlingen und ihr hingerissen zuhören.»

Yegeb, der auf einem alten Holztäfelchen Zahlen aufreihte, teilte die Meinung seines Gefährten.

«Mit Gift wäre es ein Leichtes, aber ein brutaler Mord an diesem Mädchen würde Tefnacht wochenlang, möglicherweise monatelang, sämtliche Kraft rauben, und jetzt, wo Pianchi naht, darf er nichts von seinen kriegerischen Fähigkeiten einbüßen.»

«Was schlägst du also vor?» fragte Nartreb.

«Man muß sie schlechtmachen, Tefnacht beweisen, daß sie nur Ränke schmiedet, sich deswegen nicht zur künftigen Königin Ägyptens eignet und daß er sie loswerden muß», meinte Yegeb.

«Hast du Neues über Fürst Akanosch zu vermelden?»

«Nichts», erwiderte Yegeb, «aber ich lasse ihn streng überwachen. Er will uns verraten, da bin ich mir ganz sicher ... Es sei denn, er ist feige geworden und versteckt sich mit seiner Frau in seinen Gemächern. Der jedenfalls kommt uns nicht in die Quere.»

«Glaubst du, daß die thebanische Verschwörung gegen Pianchi Erfolg hat?»

«Wenn es sich um eine Verschwörung handelt, nein. Aber das Ganze ist viel, viel feiner gesponnen und kommt genauso schnell und unerwartet wie der Biß der Schlange. Pianchi ist so gut wie tot», sagte Yegeb.

«Gut ... Dann sollten wir uns nun Aurora vornehmen.»

«Man nennt sie vollkommener Erdkreis», so wurde sie besungen, «denn ihre Ecksteine entsprechen den vier Säulen des Himmels. Theben ist die Königin der Städte, die Göttliche, das Auge des schöpferischen Urquells, und alle Städte preisen ihren Namen! Zu Beginn der Zeit bildete sich ein Sandhügel und stieg aus den Wassern, und auf dem wurde die Welt geboren, auf der man Theben, das Auge des Lichtes, erbaute.»

Pianchi und Abile weinten vor Freude, als sie die hunderttorige Stadt mit den zahllosen Tempeln erblickten. Sie hatte dem traurigen Niedergang pharaonischer Macht getrotzt und an ihren Überlieferungen festgehalten, anders als der Norden, der unter dem libyschen Eindringling alles vergessen hatte. Theben, das Heiligtum Amuns, des verborgenen Gottes, der weder Vater noch Mutter hatte, Theben, das alchimistische Meisterwerk, das der Gott geschaffen hatte, indem er es in seinem Flammenblick sieden ließ, Theben, wo das Unsichtbare seine Botschaft enthüllte und den Zwei Ländern mitten in ihrem Dunkel Licht schenkte, Theben, das die beiden äußersten Enden der Ewigkeit hielt!

Pianchi verschlang es mit den Augen, als ob hier eine Welt anbrach, von der er bis in die kleinste Einzelheit geträumt hatte und deren erhabene Wirklichkeit sich ihm jetzt offenbarte. Und Theben sprach zu ihm, sagte die Worte, die es seit seiner Gründung sagte: Hier, und nur hier allein, wird ein Pharao gekrönt, denn diese Himmelsstadt auf Erden schenkt dem König ein Land und die Fähigkeit, es inmitten der Menschen und in Harmonie mit den Göttern leben zu lassen.

«Komm zum Pharao, Amun», sang die Königin, «du, der mutige Hirte, und erlaube ihm, das Gestade des Sieges zu erreichen; komm zu ihm, Amun, du Retter der Schiffbrüchigen, und erlaube ihm, das Land des Glücks zu erreichen; komm zu ihm, Amun, du Fährmann, und erlaube ihm, den Westen des Friedens zu erreichen.»

Das königliche Paar verließ das Flaggschiff und bestieg eine Barke, die langsam den Kanal entlangfuhr, der den Nil mit dem Tempel von Karnak verband. ‹Reine Priester› mit rasiertem Schädel ruderten rhythmisch im sengenden, von Trauerweiden gedämpften Schein der Sonne.

Der Pharao und seine Gemahlin hatten erwartet, von der Göttlichen Sängerin, Pianchis älterer Schwester, trotz ihres Gesundheitszustandes empfangen zu werden. Doch dann war es ein betagter Priester, der sich vor ihnen verbeugte.

«Möge Amun euch seinen Schutz angedeihen lassen, Majestäten. Ich möchte euch im Namen der Priester und Priesterinnen von Theben willkommen heißen.»

«Warum fehlt meine Schwester?»

«Ach, Majestät, die Göttliche Sängerin liegt im Sterben.»

Am liebsten wäre Pianchi ans Krankenlager seiner Schwester gestürzt, doch das Ritual erforderte, daß er eine Pflicht erfüllte, sowie er den geheiligten Bezirk Amuns betrat: Er mußte ihm opfern.

Daher gab der schwarze Pharao seinen Bootsleuten den Befehl, Gefäße aus massivem Gold, ein jedes an die einhundertvierzig Deben schwer, silberne Kannen und Goldtafeln heranzubringen, mit denen die Säulensockel verkleidet werden sollten, außerdem Opfertische aus Granit und Diorit, die fünftausend bis siebentausend Deben wogen, und mehrere tausend Deben Gold, das Karnaks Goldschmiede zur Gestaltung ritueller Gegenstände und zum Vergolden der Götterstatuen bekommen sollten.

Trotz der Angst, die ihm am Herzen nagte, sammelte sich Pianchi für die Übergabe der Reichtümer, die ein deutliches Zeichen seines Vertrauens zu Amun waren. Ohne den Arm des verborgenen Gottes – machte er sich da nicht zum Gespött?

Kapitel 40

Marjolaine, die Vertraute der Göttlichen Sängerin, legte der Herrscherin Thebens ein feuchtes, duftendes Leinentuch auf die Stirn.

«Halt meine Hand», bat diese.

Marjolaine bemühte sich, ihre Angst zu verbergen.

«Heute kommst du mir nicht so schwach vor ...»

«Lüg nicht, ich weiß, daß ich sterben muß ... Ist Pianchi endlich eingetroffen?»

«Späher haben seine Flotte gemeldet.»

«Möge Amun mir die Kraft geben, auf ihn zu warten ... Ich möchte ihn so gern wiedersehen!» sagte die Göttliche Sängerin.

«Du wirst leben, ich glaube ganz fest daran ... Wenn ich dir doch etwas von meiner Jugend abgeben könnte!»

«Bewahre sie als kostbares Gut, Marjolaine ... Meine Zeit ist abgelaufen, ich danke dem Gott, daß er mir in diesem Tempel fern menschlicher Verworfenheit so viele glückliche Tage beschert hat. Gib mir bitte zu trinken ...»

Marjolaine verbarg ihr Gesicht, weil sie weinen mußte.

Als sie frisches Wasser in einen Becher goß, betrat ein Riese mit ebenholzfarbener Haut, der in einen Schurz mit Goldborte gekleidet war, in Begleitung einer jungen Nubierin mit zarten Zügen die Gemächer der Göttlichen Sängerin.

«Du bist ...»

«Lebt meine Schwester noch?»

Marjolaine verneigte sich.

«Ja, Majestät! Sie erwartet dich sehnlichst ...»

Als die Göttliche Sängerin Pianchi erblickte, gelang es ihr, sich aufzurichten und für einige Augenblicke ihrer Erschöpfung Herr zu werden. Bruder und Schwester hielten sich lange umfangen, ohne daß sie auch nur ein einziges Wort sagen mußten.

Dann fiel der Blick der Herrscherin auf Chepena.

«Deine Tochter ... Wie schön sie ist! Und welch tiefer Blick ... Du hast sie zu meiner Nachfolgerin ausersehen, nicht wahr? Und du hast gut gewählt ... Tritt näher, Chepena. Meine letzten Worte sind für dich bestimmt, ich möchte die Geheimnisse meines Amtes an dich weitergeben, damit du deine Pflichten ohne Fehl und Tadel erfüllen kannst.»

Am selben Abend, eine Stunde nach dem Ableben von Pianchis Schwester, die vom Pharao ein Begräbnis erhalten sollte, das einer Königin würdig war, wurde Chepena zur Göttlichen Sängerin und Herrscherin aller Tempel von Theben berufen. Nachdem sie sich in einem Teich gereinigt hatte, empfing sie die heiligen Stoffe, wurde in ein langes, fließendes Gewand gekleidet und bekam Goldsandalen angezogen. Auf dem Kopf trug sie eine Haube in Form eines Geierbalgs, die an die kosmische Mutter, die Göttin Mut, erinnerte; auf ihrer Stirn glänzte das Kobraweibchen, die Uräusschlange aus Gold, und ein Halsband aus Gold an ihrem Hals symbolisierte geistliche Fruchtbarkeit.

Wie die Göttlichen Sängerinnen vor ihr verpflichtete sich Chepena, nicht zu heiraten und keine Kinder zu bekommen. Ihr einziger Gemahl war der Gott Amun, in dessen Mysterien man sie anläßlich einer ‹königlichen Prozession› in den Tempel führte wie einen Pharao.

Dann durchbohrte die Göttliche Sängerin das kleine Wachsabbild eines Feindes, das sie in ein Kohlebecken warf, um böse Mächte aus Theben zu vertreiben und ihnen die Kraft zu rauben. Und als weltliche Vertreterin der Göttin Tefnut, des geheimen Schöpfungsfeuers, opferte sie schließlich eine kleine Figur der Maat, das Symbol ewiger Harmonie.

Angesichts geistlicher und weltlicher Würdenträger huldigte Pianchi seiner Tochter als Göttlicher Sängerin, die nun die Spitze einer richtigen Regierung aus Verwaltern, Speichermeistern, Schreibern und Werkstättenleitern war. Chepena durfte sich auf dem Bezirk von Karnak eine Kapelle errichten oder sich nach ihrem Tod anbeten lassen.

Die Morgendämmerung brach an.

Am Ende einer langen Nacht voller Rituale verspürte Chepena keinerlei Müdigkeit. Dennoch hatte sie innerhalb weniger Stunden ihre Jugend und ihr Vaterland verloren. Von nun an würde sie den umfriedeten Bezirk von Karnak nicht mehr verlassen, es sei denn, um auf dem Fluß nach Westen, zum Tempel von Medinet Habu, gefahren zu werden, wo man sie neben den anderen Göttlichen Sängerinnen in der Nähe des Hügels, in dem die Urgötter schliefen, bestatten würde.

Als Chepena den heiligen See betrachtete, trat Königin Abile im Schein der ersten Sonnenstrahlen zu ihr.

«Mutter ...»

«Das ist nun dein erster Tag als Herrscherin dieses heiligen Bezirks, Chepena. Wenn du von nun an jeden Tag die unsichtbare Gegenwart Amuns feierst, hältst du die Verbindung zwischen Ägypten und dem Jenseits aufrecht. Ich freue mich für dich, aber ich bin auch traurig, weil ich weiß, daß du nie wieder nach Napata zurückkehrst! Verzeih mir, wenn ich dich mit meinen Gefühlen belaste ... Du brauchst Kraft.»

Die beiden Frauen fielen sich in die Arme.

«Ich möchte mich der Aufgabe, die Vater mir anvertraut hat, würdig erweisen, selbst wenn dieses Schicksal größer ist als ich.»

«Dein Vater, du und ich, wir gehören uns nicht. Seit Tefnachts Einfall diktiert uns Ägyptens Seele, was wir tun müssen, und wir haben dem Land mit Eifer zu dienen, damit künftige Generationen das Glück erleben, das wir erlebt haben.»

«Möchte die ägyptische Königin der Göttlichen Sängerin helfen, das Sonnenaufgangsritual zu feiern?»

Und dann schritten Mutter und Tochter einträchtig zum Heiligtum des Amun-Tempels.

In Theben brodelte es.

Die Anwesenheit des schwarzen Pharaos verjüngte die alte Stadt und gab ihr eine Hoffnung zurück, die sie schon verloren gewähnt hatte. Auf einmal träumte sie wieder von einem vereinten Ägypten unter der Herrschaft eines Monarchen, der in die Fußstapfen seiner Vorväter trat und sogar im Norden wieder das Gesetz der Maat einführte. Doch niemand konnte sich verheimlichen, daß dieses unvorstellbare Ziel nur durch einen unerbittlichen Krieg gegen Tefnacht zu erreichen war, durch einen andauernden und blutigen Kampf, in dessen Verlauf Tausende von Männern fallen würden.

Solange Pianchi nicht mit der großen Offensive begann, blieb Zeit für Festmähler und Lustbarkeiten, so als ob das Morgen ein Freudenfest wäre, daher lud jeder Hochstehende aus Theben den Pharao an seine Tafel in der schönen Hoffnung, einen unvergeßlichen Abend zu verbringen. Doch der König lehnte alle Einladungen ab, und die Adligen mußten erkennen, daß er nie die Kaserne verließ, wo er die Truppen überprüfte, die dort seit seiner Thronbesteigung stationiert waren.

Als Pianchi dann alle Persönlichkeiten Thebens in dem großen, nach oben offenen Hof des Tempels von Karnak zusammenrief, da ahnte jeder, daß er den Zeitpunkt der großen Offensive bekanntgeben wollte. Die Nubier wurden seit mehreren Tagen streng gedrillt und hatten keinen Ausgang mehr.

Wer den Pharao nicht kannte, staunte über seine Stärke und Ausstrahlung. Angesichts eines Kriegers seiner Statur würde das Heer der nördlichen Fremdländer nur noch die Wahl zwischen Flucht oder Niederlage haben. Und wieder träumten alle den Traum vom großen Sieg. Vielleicht besaß dieser Nubier, der aus dem tiefsten Süden gekommen war, ja den Mut, seinen Auftrag bis zu Ende durchzuführen.

«Ich habe euch hier zusammengeholt, um euch eine wichtige Neuigkeit mitzuteilen», sagte der König.

Jeder hielt den Atem an, denn alles stand auf dem Spiel: das Schicksal des Landes und seiner heiligen Stadt.

«Ehe ich mich in den Kampf mit Tefnacht und den nördlichen Fremdländern begebe, möchte ich das Neujahrsfest und das Opet-Fest feiern und ihnen ihre einstige Pracht zurückgeben. Ich finde, es gibt keine wichtigere Aufgabe als unsere Rituale, die uns seit dem Ursprung unserer Kultur erlauben, mit unseren Vorfahren in Verbindung zu treten.»

Alles war sprachlos.

Anstatt sofort Tefnacht anzugreifen, dachte Pianchi an die Wiederbelebung eines überlieferten Festes, dem die Thebaner selbst aufgrund der Umstände immer weniger Beachtung geschenkt hatten.

War der schwarze Pharao von Sinnen?

Kapitel 41

Die Stadt Herakleopolis sang das Lob Tefnachts. Wer mochte noch an seinem endgültigen Sieg zweifeln, da seine Pläne so reibungslos klappten?

Bei dem Gedanken, endlich dem schwarzen Pharao entgegenzutreten und ihn besiegen zu können, wurde Aurora von Tag zu Tag fröhlicher. Oft begab sie sich in die Kaserne, um die Soldaten anzufeuern, und die waren entzückt vom Anblick einer so hübschen Frau, die dank ihrer Entschlossenheit bald ihre Königin sein würde.

Tefnacht genoß ihre wachsende Beliebtheit und half beim Drillen der Bogenschützen, als ihm Yegeb eine Nachricht überbrachte, die aus Theben kam.

«Warum diese Leichenbittermiene, Yegeb?»

«Ich verstehe das nicht, Gebieter ... Trotzdem, die Botschaft ist echt! Sie ist wirklich so verschlüsselt, wie es der Kopf unseres Spionagenetzes tut.»

«Will er Pianchi nicht mehr beseitigen?»

«Gewiß doch, aber der schwarze Pharao benimmt sich wunderlich! Statt seine Truppen auf die Schlacht vorzubereiten und ihnen das Zeichen zum Aufbruch nach Mittelägypten zu geben, hat er nichts Besseres zu tun, als das alte Opet-Fest zu feiern! Viele glauben, daß er den Verstand verloren hat und daß die Götter Thebens ihn so verzaubert haben, daß er darüber allen Sinn für die Wirklichkeit eingebüßt hat.»

«Pianchi ist kein Narr», meinte Tefnacht. «Das ist eine

List, mit der er uns in Sicherheit wiegen will. Er wird die Leitung der Riten der Göttlichen Sängerin überlassen und während des Festes einen Überraschungsangriff machen. Wir wollen unsere Wachsamkeit und unsere Anstrengungen verdoppeln.»

Verblüfft ließ Hauptmann Lamerskeni seinen Becher mit Starkbier fallen.

«Was, das Opet-Fest?» staunte er.

«Der Pharao hat beschlossen, es besonders prächtig zu begehen», erklärte Hauptmann Puarma gelassen.

«Mach mir nichts vor, Bogenschütze, du bist doch genauso überrascht wie ich! Wie kann der Pharao nur an Lustbarkeiten denken, während sein Land in Anarchie und Krieg versinkt?»

«Dieses Fest ist keine schlichte Lustbarkeit, das weißt du sehr wohl, sondern eine unerläßliche Huldigung der Götter», sagte Puarma von oben herab.

«Ach, die Götter! Aber die führen kein Schwert und keinen Speer.»

«Der Legende nach soll Amun Ramses dem Großen die Kraft gegeben haben, daß er in der Schlacht von Kadesch ganz allein Tausende von Hethitern besiegt hat. Und auch Pianchi steht unter Amuns Schutz.»

«Ich bin nicht mehr in dem Alter, daß ich an Legenden glaube! Sind deine Bogenschützen bereit?»

«Immer willst du …»

«Ich will das Fest auf meine Art feiern», sagte Lamerskeni.

Der Kopf des libyschen Spionagenetzes in Theben fragte sich, welche Strategie er einschlagen sollte. Anfangs hatte er geglaubt, daß Pianchis Ansprache nur eine List war und dazu dienen sollte, das Wohlwollen der einheimischen Geistlichkeit zu gewinnen und Tefnacht Sand in die Augen zu streuen; doch dann mußte er sich eingestehen, daß der schwarze Pharao tatsächlich die Absicht hatte, das Opet-Fest mit strengstem Fasten zu feiern, und zwar nach den uralten Überlieferungen, die nach und nach in Vergessenheit geraten waren. Pianchi fand, daß Verbundenheit mit den Göttern und Achtung der Rituale unerläßlich zur Klärung der Zukunft des Landes waren.

Scharenweise Höflinge, eine jubelnde Menschenmenge, allgemeine Begeisterung ... das bot viele ausgezeichnete Möglichkeiten für den entscheidenden Schlag. Aber war es nicht doch ein Köder? Es würde nicht leicht sein, an Pianchi heranzukommen. Seine Leibwache paßte auf, und dann war da noch die Königin, diese makellos schöne Nubierin mit der Witterung einer Tigerin, die war ganz allein dazu imstande, einen Mordversuch zu vereiteln.

Er mußte also so schlau wie möglich vorgehen ... Und dann kam dem Mörder eine Idee.

Dem libyschen Befehlshaber, der das befestigte Dorf Klippe-des-großen-Sieges eingenommen hatte, lachte das Glück, denn ihm war ganz unerwartet ein wahrer Schatz in die Hände gefallen. Im Keller des Dorfschulzen fand er Amphoren mit Rotwein aus den Oasen, der mehr als zehn Jahre alt war! Und so feierte er jeden Abend mit seinen Offizieren und einigen Dorfschönen ein Fest, das diese Bürschchen vom Militär durchaus nicht verschmähten.

Laut Nachricht aus dem Hauptquartier in Herakleopolis war die Lage festgefahren und würde sich auch in den nächsten Wochen, möglicherweise Monaten, nicht bewegen. Der Befehlshaber seinerseits war überzeugt, daß sich Pianchi in

Theben festsetzen und die Finger von einem Kampf mit unsicherem Ausgang lassen würde.

Daher schlief der Eroberer den Schlaf des Gerechten, als ihn ärgerlicherweise ein Wachtposten störte.

«Schnell, Befehlshaber, schnell!»

«Was ist? ... Es ist noch zu früh zum Aufstehen.»

«Wir werden angegriffen!»

Das war ein böses Erwachen.

«Pianchi?» fragte der Befehlshaber.

«Das weiß ich nicht ... Es sieht nicht danach aus, als ob die Nubier zahlreich wären.»

«Dann ist es die Freischar!»

Ein gräßliches Krachen zerriß dem Befehlshaber das Trommelfell. Lamerskenis Fußsoldaten hatten das Haupttor des befestigten Dorfes mit einem Rammbock aufgestoßen, während Puarmas Bogenschützen die Verteidiger auf der Mauer einen nach dem anderen abschossen.

Eilig kleidete sich der Befehlshaber in seinen Harnisch, als Tefnachts Sohn, ein schlaksiger, junger Mann mit mürrischer Miene, in sein Schlafzimmer stürzte.

«Die Nubier ... Das sind die Nubier! Und du hast gesagt, sie greifen nicht an!»

«Ich werde für deine Flucht sorgen.»

«Sie ... sie werden doch diesen Ort nicht einnehmen?» stammelte der Jüngling.

«Wenn Lamerskeni sich an die Spitze seiner Männer setzt, geht es um Augenblicke. Bei einem solchen Dämon haben wir keine Aussicht auf Erfolg.»

«Aber wir müssen uns wehren! Tefnacht läßt Feigheit nicht durch.»

«Beeil dich, mein Junge, hier geht es um dein Leben. Lamerskeni macht keine Gefangenen.»

Der Befehlshaber beugte sich aus dem Fenster und stellte fest, daß ihre Lage verzweifelt war. Der von dem nubischen Hauptmann geführte Angriff war so heftig gewesen, daß die Hälfte der libyschen Garnison in weniger als einer Stunde abgeschlachtet worden war. Oben auf ihrem beweglichen Turm richteten die unermüdlichen und genau zielenden Bogenschützen Unheil an und hinderten die Verteidiger daran, sich zu sammeln.

Lamerskenis Fußsoldaten folgten ihrem Führer blindlings und strömten so heftig in das Dorf Klippe-des-großen-Sieges hinein, daß ihre Gegner starr vor Schrecken waren. Den Mutigsten schlug der Hauptmann mit seiner Doppelaxt den Kopf ab, und Feiglinge, die um Gnade winselten, schlug er mit dem Arm aus Akazienholz nieder, in dem zwei Pfeile steckten.

Puarmas Bogenschützen besetzten die Mauer und erschlugen die letzten Libyer, die so dumm waren, sich noch zu wehren.

Der Befehlshaber und Tefnachts Sohn hätten noch Gelegenheit zur Flucht gehabt, wenn ihre Pferde nicht beim Gebrüll der tödlich getroffenen Soldaten in Panik ausgebrochen und durchgegangen wären. Die wiehernden und ausschlagenden Vierbeiner waren nicht mehr zu bändigen.

«Mir nach, mein Junge, jetzt heißt es die Beine in die Hand nehmen.»

«Kämpfen … ich will kämpfen!»

Tefnachts Sohn blickte irre, er hörte nur noch das Geröchel der Sterbenden und die zischenden Pfeile. Der Befehlshaber zog ihn am Arm, doch Lamerskenis Axt grub sich in seine Schulter und nötigte ihn loszulassen.

«Nicht! Tötet ihn nicht! Das ist Tefnachts Sohn!»

Puarma glaubte Lamerskeni in Schwierigkeiten und zielte

genau. Der Pfeil fuhr dem jungen Mann in die Kehle, er brach auf der Leiche des Befehlshabers zusammen.

Tefnachts Sohn war der letzte Tote bei dem schnellen und heftigen Angriff auf das Dorf Klippe-des-großen-Sieges.

«Das Fest fängt gut an», verkündete Lamerskeni, der nicht einmal Luft schöpfen mußte.

Kapitel 42

Als Kühler-Kopf Pianchi den von Hauptmann Puarma verfaßten Bericht vorlegte, hoffte er, daß sich der Pharao über das Vorgehen seiner Freischar freuen würde. Daher verblüffte ihn die Reaktion des Herrschers.

«Ich hatte ihnen befohlen, die Truppen des Aufrührers Tefnacht zu vernichten und diesen Schädling zu ergreifen ... Statt dessen begnügen sie sich mit der Wiedereroberung eines befestigten Dorfes und bilden sich ein, sie hätten eine Heldentat vollbracht!»

«Majestät ... Tefnachts Sohn ist gefallen!»

«Einer von Tefnachts Söhnen», verbesserte Pianchi, «und sein Tod wird die Libyer nicht dazu bewegen, auf eine Schlacht zu verzichten. Selbst wenn man alle seine Kinder vor seinen Augen umbrächte, er würde seinen Traum von der unumschränkten Macht weiterverfolgen. Ihn und niemand anders müssen wir schlagen. Und meine Hauptleute sind unfähig.»

«Wie lauten deine Befehle, Majestät?» fragte der Zwerg vorsichtig.

«Puarma und Lamerskeni sollen die Stellung halten und abwarten. Die Zeit ist gekommen, die heiligen Feste zu feiern und die Götter zu ehren.»

Der oberste Vorlesepriester, der für den reibungslosen Ablauf der Rituale verantwortlich war, wollte seinen Augen nicht trauen. Dank der emsigen Bemühungen der neuen Göttlichen Sängerin, die in ihren Aufgaben tatkräftig von Marjolaine unterstützt wurde, war es gelungen, einen sehr alten Text von der Zeremonie des Neujahrsfestes, das mitten im Sommer stattfand, auszugraben und das Fest nach alter Tradition vorzubereiten. Der schwarze Pharao hatte unschätzbare Reichtümer geopfert, darunter Bronzevasen, die mit Pferden und Papyrusbüscheln verziert waren, und dazu die ausgefallensten Meisterwerke, nämlich Kelche aus blaugefärbtem Glas mit kegelförmigem Fuß, geschmückt mit einer Osiris-Figur und einer schriftlichen Einladung zum Festmahl im Jenseits, die da lautete: Trink, und du wirst leben.

Der Pharao und die Göttliche Sängerin hatten Dämonen, böse Ausdünstungen, Krankheiten und andere Boten der Toten vertrieben, die während der letzten fünf Tage des alten Jahres, der am meisten gefürchteten Zeit für die Zukunft des Landes, von der Löwengöttin Sechmet ausgeschickt wurden. Mittels Magie war es ihnen gelungen, ihre Wut in heilbringende Energie zu verwandeln, indem sie vor den beiden Reihen der dreihundertfünfundsechzig Statuen Sechmets im Inneren des Bezirks der Göttin Mut Opfergaben darbrachten.

Nachdem diese Aufgabe zur Zufriedenheit erfüllt worden war, hatten die im großen, nach oben geöffneten Hof von Karnak versammelten Würdenträger dem Pharao Geschenke zum neuen Jahr überreicht, nämlich Ketten, Kästen mit Wäsche, einen Tragesessel, Gefäße mit Deckel in Widderkopfform, Bogen, Pfeile und Köcher und sogar Statuen von Gottheiten, die künftig im Tempel stehen würden. Bildhauer hatten ein Halbrelief von Thot geschaffen, wie er damit beschäftigt war, den Namen Pianchi auf den ‹Stengel der Millionen Jahre› zu schreiben.

Königin Abile empfand ungeheuren Stolz. In diesen Stunden des Glücks wurde ihr bewußt, welch hohen Auftrag Pianchi hatte, nämlich die Zwei Länder anzuleiten, nach dem Vorbild des Himmels zu leben und den Alltag zu einem frommen Fest zu machen.

Der Nil empfing Pianchi mit einer fruchtbringenden Überschwemmung. Jedes Dorf hatte dank der Großzügigkeit des Königs einen reichbestellten Tisch, und man feierte in seinem Namen mit einem mehrgängigen Festschmaus und guten Getränken.

In Gefäßen aus Gold, Silber und Kupfer empfingen der Monarch und seine Gemahlin das Wasser des neuen Jahres, als die Sonne auf den Fluten funkelte und das Land in Licht verwandelte.

Vor seinem Volk stehend, trank Pianchi die Flüssigkeit aus einem Goldgefäß, nämlich ein Gemisch aus Wein, Bier und Unkraut, und sprach dazu die uralte Formel: «Für dich, du verborgener Gott, der du die geheimnisvolle Weide voll der guten Eigenschaften bist! Auf ihr sprießen die Haare der Erde, der Weizen und die Gerste, die Leben schenken, auch wenn sie von Unkraut umgeben ist.»

Abile durchzuckte Angst. Wenn nun eine Mörderhand die Mischung vergiftet hatte? Doch dann beruhigte sie sich wieder, hatte nicht ihre eigene Tochter, die Göttliche Sängerin, das Getränk eigenhändig zubereitet? In Theben schwebte Pianchi nicht in Gefahr, denn hier stand er unter Amuns Schutz.

Und dann war die Zeit gekommen, für die Geheimriten im Inneren des Tempels, wo nur die in die Amun- und Osiris-Mysterien Eingeweihten Zutritt hatten, die sich jetzt zu einer Prozession von sechzig Priestern und Priesterinnen formierten, jeder mit einem Gegenstand, der zur Feier des täglichen Kults gebraucht wurde, einer mit einem Weihrauchgefäß, ein anderer mit einem Reinigungsgefäß und noch ein anderer mit einem Segnungsstab. Die Kraft der Symbole hatte sich erschöpft, es war an dem königlichen Paar, ihnen neues Leben zu schenken, indem sie diese auf dem Tempeldach der sengenden Sonne des neuen Jahres darboten.

Und genau zur Mittagszeit vollendete das göttliche Licht sein Werk.

Kurz vor dem Morgengrauen vollzog Pianchi im Innersten des Tempels die Mundöffnungszeremonie an der Amunstatue, bekleidete sie mit neuen Tüchern, salbte sie mit Duftsalbe und bot ihr das *ka* von fester und flüssiger Nahrung an. Dann öffnete der König den Mund jeder Statue, jedes Halbreliefs in jedem Raum des Tempels von Karnak, um diesem riesigen, lebendigen Wesen, das jetzt von neuer Energie durchpulst wurde, die Kraft und Stärke zu geben, von der sich das Heiligtum nährte.

Als Harfenspieler und Flötisten Amun eine musikalische Gabe darbrachten, merkte Abile, wie tief Pianchi in diese heilige Welt eintauchen wollte, der er gerade die Kraft zurückgegeben hatte. Als Königin trug sie den uralten Titel ‹Die, die Horus und Seth sieht›, weil nämlich Schaffenskraft und Zerstörungskraft in der wirklichen Welt unvereinbar waren, sich unaufhörlich im Universum bekämpften und sich auf wundersame Weise im Pharao vereinten, daher mußte sie eingreifen.

«Hast du den Krieg vergessen, Majestät?»

«Theben ist in Festtagsstimmung, Abile.»

«Läßt du deine Gedanken nicht zu sehr von diesen heiligen Orten abziehen, ohne an das Morgen zu denken?»

«Warum bist du so grausam zu mir, da ich dich doch über alles liebe?» fragte der König.

«Weil es meine Pflicht als Königin ist. Dieses Ägypten, mit

dem du wie alle Pharaonen vor dir vermählt bist, dieses Ägypten droht zu sterben, während du daran denkst, hier in Karnak zu bleiben und dich nur noch mit heiligen Dingen zu beschäftigen. Denn das hast du doch vor, oder?»

Pianchi schnürte sich das Herz zusammen, Abile hatte seine Gedanken gelesen.

Ja, er hatte daran gedacht, sich in Amuns Bezirk zurückzuziehen, sich damit zu begnügen, jeden Tag die Riten zu feiern und wie ein Priester zurückgezogen und fern den Forderungen und der Verderbtheit der Welt da draußen zu leben. Wenn er hier bliebe, wäre das nicht eine Absicherung des Friedens, zwar nur bedingt, aber dennoch wahr, den er dann mit der Kraft seiner Hymnen und Gebete festigen würde? Wenn er diesen Weg erwählte, würde die militärische Lage für viele, viele Jahre so bleiben, wie sie war.

Doch Abile wollte diesen Traum zerstören, sie zwang Pianchi, seine Selbstsucht zu erkennen und sich an das grausame Geschick der Ägypter aus dem Norden zu erinnern, die unter Tefnachts Gewaltherrschaft litten.

Ein wiedervereintes Land, ein vom Bösen befreites Land, ein endlich vom Krieg erlöstes Volk … Aber war der schwarze Pharao in der Lage, einen so umfassenden Sieg zu erringen? Anstatt Blut zu vergießen, sollte er sich lieber damit begnügen, Theben zu verschönern und über Gott nachzudenken.

Abile spürte, wie ihr Mann mit sich rang, und schwieg.

Von dem Entschluß, den der schwarze Pharao fällen würde, hing das Schicksal eines Landes und eines Volkes ab.

Kapitel 43

Lamerskeni lehnte mit dem Rücken an einem Kalksteinblock, auf den er auch die Arme gelegt hatte, aß Zwiebeln und ölte seinen Akazienarm mit Leinöl. Er hatte schon einmal daran gedacht, für jeden getöteten Feind eine Kerbe zu machen, doch ihre Zahl war rasch zu groß geworden.

Puarma setzte sich neben seinen Waffengefährten.

«Und nun?» fragte Lamerskeni, «greifen wir ein anderes befestigtes Dorf an?»

«Pianchi ist wütend», gestand der Hauptmann der Bogenschützen.

«Was du nicht sagst! Wir erobern Klippe-des-großen-Sieges zurück, wir töten einen von Tefnachts Sprößlingen, wir beweisen dem Gegner, daß er keinen Fingerbreit von der Stelle kommt, und der Oberhäuptling ist unzufrieden!»

«Der Pharao hat uns befohlen, unsere Stellung zu halten.»

«Und was haben wir seit Monaten getan? Dann hoffe ich wenigstens, daß Pianchi herkommt und uns zeigt, was wir zu tun haben», empörte sich Lamerskeni.

«Davon weiß ich nichts», sagte Puarma.

«Wie, davon weißt du nichts? Aber du hast doch wohl neue Befehle bekommen?»

«Ja, aber zu diesem Punkt schweigen sie. Pianchi will das Opet-Fest feiern und ...»

«Das Fest, schon wieder dieses Fest!» platzte Lamerskeni

heraus, griff sich einen Stein und schleuderte ihn weit fort. «Und was nutzt uns das hier? Wetten, daß sich der König in Theben niederläßt und kaum noch einen Fuß vor die Tür setzt!»

«Willst du damit sagen …»

«Pianchi hat gar nicht die Absicht, einen umfassenden Krieg gegen Tefnacht zu führen, da hast du die Wahrheit. Und wir hocken hier bis ans Ende unserer Tage und bewachen diese verdammte Grenze.»

Aurora versäumte keinen einzigen Drill der Elitebogenschützen, deren Genauigkeit zuweilen verblüffend war. Ein junger Hauptmann hatte gerade drei Pfeile mitten in eine zweihundert Ellen entfernt aufgestellte Zielscheibe, einen kleinen Schild, geschossen, die mehrere erfahrene Soldaten verfehlt hatten. Der junge Krieger hatte eine elegante Haltung, sein Gesicht war jugendlich, seine Bewegungen wirkten angeboren und mühelos.

«Bemerkenswert», meinte Aurora, und ihre grünen Augen funkelten vor Aufregung.

«Im Geist habe ich den dritten Pfeil dir gewidmet … Vergibst du mir diese Unverschämtheit?»

Die junge Frau lächelte.

«Ich betrachte sie als zarte Aufmerksamkeit … auch wenn es sich dabei um eine kriegerische Tat handelt.»

«Noch nicht, Fürstin! Im Augenblick ist es noch ein Spiel. Aber hoffentlich gibt es anstelle dieser Zielscheibe bald einen Nubier und dann noch einen und noch einen …»

Der Bogenschütze blickte ihr tief in die Augen, und das beunruhigte Aurora.

«Freust du dich so darauf, gegen Pianchi zu kämpfen?»

«Es ist mein innigster Wunsch, aber ich übe mich in Geduld. Jeder weiß, daß dieser Krieg den Ausschlag gibt», sagte der stattliche Bogenschütze.

«Und wenn er nun nicht stattfindet?»

«Das ist nicht möglich ... General Tefnacht wartet, bis die Zeit reif ist. Und der Krieg wird glorreich, das weiß ich genau!»

Die Frische und Begeisterung des jungen Mannes bezauberten Aurora. Er war in ihrem Alter, glaubte, daß ihm die Welt gehörte, und zweifelte nicht an seinem Tun.

«Du hast recht, der Sieg des Generals wird überwältigend.»

Sie entfernte sich, und er sah ihr lange nach.

Das Fest der Göttin Opet, die das Geheimnis geistlicher Fruchtbarkeit hütete, fand auf dem Höhepunkt der Überschwemmung statt. Die hatte nicht weniger als achtzig Tage gedauert, und bald würde sich der Nil zurückziehen, nachdem er seinen fruchtbaren Schlamm auf der Erde abgelegt hatte.

Während dieser Fastenzeit hatte sich das *ka* des Pharaos erholt, und das erlaubte ihm, sein Amt mit größter Energie zu erfüllen, einer Energie, die sich auf sein Volk und sein Land übertrug.

Pianchi hatte die Amun-Statue begleitet, die aus Karnak nach Luxor gebracht wurde, wo das Mysterium der göttlichen Offenbarung stattfand. Das Sichtbare hatte sich mit dem Unsichtbaren verbunden, als sich der König und die Königin von Ägypten unter dem Schutz Amuns neu vermählten, dessen große vergoldete und mit Edelsteinen verzierte Barke aus Zedernholz sich den Blicken einer jubelnden Menschenmenge gezeigt hatte. Doch das Tuch, das die Kabine der Barke bedeckte, die das Standbild des Gottes beherbergte, hatte sich niemals gehoben, und niemals würde er seine wahre Gestalt menschlichen Blicken zeigen.

Längs des Flusses und am Wegesrand zu den Tempeln von Karnak und Luxor hatte man Andachtshäuschen aus Holz aufgestellt, die viele Haltepunkte für eine Prozession bildeten, die von Sängern, Sängerinnen, Musikern und Tänzerinnen begleitet wurde, während sich die kleinen Leute mit Essen vollstopften, das großzügig von Priestern ausgeteilt wurde. Befahlen die Götter nicht, daß sowohl für die Leute auf dem Fluß als auch für die an Land Rastplätze zur Erfrischung eingerichtet wurden?

Mit dieser Feier zu Ehren Amuns, des Vaters, und seiner Gemahlin Mut, der Mutter, und ihres Sohnes Khonsu, des ‹Himmelsüberquerers›, bekräftigte Pianchi die Allmacht der göttlichen Dreieinigkeit, dank derer eine neue Sonne geboren wurde.

Pianchi hatte begriffen, daß das Geheimnis, wie man Ägypten regierte, in der strikten Befolgung des Festkalenders lag, so wie er dem Land zu Anbeginn der Zeit offenbart worden war. Gelassen erfuhr er die Wirklichkeit Amuns, als er seine Statue ins Heiligste des Tempels trug, während die Nacht von einem Licht erhellt war, das menschliche Augen nicht sehen konnten. Es war das Vorrecht des Pharaos, die Gottheit in ihre Wohnstatt zu bringen, den Schöpfer auf seinen Thron zu stellen und alle Dinge zurück an ihren angestammten Platz zu führen.

Theben gelang es kaum, sich die wochenlange Feierei abzugewöhnen, Feste, die Pianchi mit ungewohnter Pracht begangen hatte. Welche Ziele verfolgte der schwarze Pharao, außer daß er seine Herrschaft über den Süden Ägyptens so überwältigend bekräftigt hatte? Die ortsansässigen Würdenträger waren überzeugt, daß sich das Gespenst des Krieges entfernte und daß der König Napata für Theben eintauschen und die Stadt Amuns verschönern und ihre Tempel vergolden würde.

Jeder spürte, daß Pianchi von der heiligen Stadt verzaubert war, wo er mit Feuereifer jeden Tag Andachten feierte. Dank ihm hatten einige Priester wieder zum Glauben zurückgefunden, und die im Amun-Tempel gesungenen Psalmen waren genauso großartig wie zu Ramses' Zeiten.

Was die Göttliche Sängerin anbetraf, so dankte sie dem Himmel, daß sie ihren Vater als teuren Beistand hatte. Ohne ihn wäre sich Chepena verloren vorgekommen und von der Einsamkeit erdrückt worden, denn ihr neues Amt erschien ihr schwer und vielfältig. So oblag ihr die tatkräftige Leitung aller Tempel von Karnak, und das schien für eine junge Frau nicht machbar, die sich bislang nur der Herstellung von Duftsalben gewidmet hatte. Doch die Ratschläge ihrer Vorgängerin, des Königs und der Königin, die Unterstützung durch Marjolaine und einen treu ergebenen Verwalter hatten es Chepena ermöglicht, ihren Verpflichtungen so schnell wie möglich nachzukommen und ihre Ängste zu vergessen. Wie die meisten thebanischen Geistlichen hoffte sie darauf, daß Pianchi Theben zur endgültigen Residenz wählte und daß die Gewalttätigkeiten ein Ende nehmen würden.

Als Königin Abile aufwachte, galt ihr erster Blick Pianchi. Er hatte sie mit der Inbrunst des jungen Liebhabers geliebt, der sich in ein wunderbares und unerforschtes Land aufmacht. Doch der König hatte das Bett bereits verlassen.

Abile trat aus dem Schlafgemach des Palastes und strebte zu einem Dach, von dem aus man einen der Tempelhöfe von Karnak einsehen konnte. Sie wußte, sie würde ihn dort finden, die Augen auf Amuns heiligen Bezirk gerichtet.

Sie stellte sich neben ihn und legte den Arm um ihn, eine magische Beschützergeste, die Bildhauer in Stein meißelten, wenn sie Denkmäler eines in alle Ewigkeit glücklichen Ehepaares schufen.

«Hat der Pharao einen Entschluß gefaßt?»

«Heute begeben wir uns in den Mut-Tempel und vollziehen die Riten der Vernichtung unserer sichtbaren und unsichtbaren Feinde. Morgen setze ich mich an die Spitze meines Heeres, besiege das Elend und stelle wieder Harmonie her.»

Kapitel 44

Wütend zerriß Aurora den zarten Leinenschal, den Tefnacht ihr geschenkt hatte, und vergoß Zornestränen. Für eine kurze Zeit hatte sie die Vergangenheit überwältigt wie die gebieterischen Fluten des Nils zur Zeit der Überschwemmung. Der Tod ihres Vaters, die Vergewaltigung durch Nartreb, die Überheblichkeit des Generals der nördlichen Fremdländer, der Verrat, den ihr gewisse Leute vorwarfen … Sollte sie Herakleopolis verlassen, fliehen, verschwinden? War das nicht die beste Lösung?

Nein, sie war ihrem Schicksal begegnet.

Selbst wenn sie ihre Erinnerungen unterdrücken, Nartrebs lüsternen Blick und Yegebs Heuchelei hinnehmen und gegen die Feigheit einiger libyscher Fürsten kämpfen mußte, sie würde Tefnacht nicht verlassen und sich mit allen Kräften für die notwendige Rückeroberung Ägyptens einsetzen.

Ein Mann mit einem Tablett voller Weintrauben, Granatäpfel und Datteln betrat ihr Schlafzimmer.

Sie erkannte ihn auf der Stelle, es war der junge Hauptmann der Bogenschützen.

«Verzeih mir mein Eindringen, Fürstin. Ich habe mir gedacht, du würdest gern von diesem köstlichen Obst kosten.»

«Wer hat dich hereingelassen?»

«Die Wachtposten kennen mich … Ich wollte dir so gern eine Freude bereiten.»

Aurora wurde sich bewußt, daß sie fast nackt war. Die

schlichte Hülle, die ihr bis zur Wade reichte, verbarg fast nichts von ihren üppigen Formen.

«Stell das Tablett ab und geh.»

«Bis zum heutigen Tag habe ich mich nur fürs Bogenschießen interessiert ... Habe ich deine Erlaubnis, das Heer zu verlassen und dir zu dienen?» sagte der junge Mann.

Seine Stimme zitterte. Aurora war gerührt, kehrte ihm aber den Rücken zu.

«Mach keine Dummheit! Du bist ein erstklassiger Bogenschütze», sagte sie.

«Das ist mir einerlei, wenn ich dich nur sehen, dich sprechen, deinen Duft atmen, dich ... berühren kann.»

Zögernd legte sich seine Hand auf die Schulter der jungen Frau, und sie hätte beiseite treten, ihm befehlen müssen, sich zu entfernen, doch seine Liebkosung war so zärtlich ...

«Ich liebe dich», murmelte er und gab ihr einen zarten Kuß auf die Wange.

Auroras Herz schlug schneller, und eine eigenartige Hitze überkam sie.

«Nein ... nicht hier ...»

Der Hauptmann schien es nicht zu hören, er streichelte jetzt Auroras Haar.

Falls sie ihn gewähren ließ, widerstand sie ihm nicht länger.

«Wenn Tefnacht uns überrascht, sind wir des Todes, du und ich», sagte sie.

Aurora drehte sich um und blickte dem jungen Mann ins Gesicht, las in seinen Augen sein Begehren.

«Wann ... wann sehe ich dich wieder?» fragte er.

«Morgen, am frühen Nachmittag in dem Palastraum, in dem die Wäsche aufbewahrt wird. Tefnacht wird in der Hauptkaserne sein und die Waffen der Fußsoldaten überprüfen ... Nein, das ist Torheit!»

Er küßte ihre Hände.

«Ich liebe dich, Aurora, ich liebe dich wie verrückt! Und ich schwöre, ich halte alles geheim, denn es ist der Schlüssel zu unserem Glück.»

«Geh … Geh schnell!» flehte sie.

Er gab ihr einen so feurigen Kuß, daß sie ihn am liebsten zurückgehalten und sich ihm hingegeben hätte, doch die Gefahr war zu groß. Als er fort war, konnte es die junge Frau kaum erwarten, diesen verliebten Leib zu genießen und sein Feuer zu teilen.

Der junge Hauptmann verließ den Palast und begab sich in eine Gasse, die zur Kaserne führte. Dort wartete Yegeb auf ihn.

«Zufrieden, Hauptmann?»

«Wie ich schon gesagt habe, mir kann keine Frau widerstehen, und Aurora ist da keine Ausnahme.»

«Bist du sicher, daß du sie herumbekommen hast?»

«Ich kenne mich mit Frauen aus, Yegeb. Bis zu einem gewissen Punkt können sie sich verstellen, aber dann sind sie so ehrlich wie in diesem Fall Aurora. Übrigens, das ist ja ein prächtiges Weibsbild! Und wenn ich sie etwas härter bedrängt hätte, wir hätten schon heute abend zusammen geschlafen.»

«Das wäre verfrüht gewesen … Tefnacht muß euch überraschen, es darf kein Zweifel an der ständigen Treulosigkeit der Frau bestehen, die er für die künftige Königin Ägyptens hält.»

«Sie riskiert viel …», meinte der junge Hauptmann.

«Das ist nicht dein Problem», sagte Yegeb.

«Und du garantierst mir Straffreiheit?»

«Ich werde Tefnacht die Wahrheit sagen, nämlich daß ich dich dafür bezahlt habe, diese Hure zu verführen, um dem

General zu beweisen, daß er sich in ihr getäuscht hat, als er ihr sein Vertrauen schenkte. Damit stehst du als treuer Diener da und wirst befördert.»

«Während ich darauf warte, zahlst du mir, was du mir schuldig bist.»

Yegeb händigte dem jungen Hauptmann einen kleinen Ledersäckel aus, in dem sich Goldklumpen befanden. Der Hauptmann überzeugte sich vom Inhalt.

«Jetzt bist du ein reicher Mann», sagte Yegeb.

«Das ist auch richtig so, Yegeb, denn ich gehe ein großes Risiko ein! Und das hier ist nur eine erste Anzahlung.»

«Den Rest bekommst du, wenn Tefnacht diese verlogene, schlechte Frau verstoßen hat.»

«Warum haßt du sie so sehr?»

«Mach deine Arbeit, Hauptmann, und stell keine unnützen Fragen.»

Der junge Mann wog seinen Schatz in der Hand und schlug den Weg zur Kaserne ein.

Natürlich würde sich Yegeb sein Gold vom Leichnam dieses Einfaltspinsels zurückholen, den man wegen Beleidigung des Generals zusammen mit der Ehebrecherin hinrichten würde.

Und Tefnacht würde die Wahrheit nie herausbekommen.

Als es Nacht wurde, stiegen die Astrologen aus Karnak gemessenen Schrittes die Treppe hoch, die zum Tempeldach führte. Jeder hatte seinen ganz bestimmten Platz, von dem aus er die Bahn der Planeten, die ‹unermüdlichen Sterne›, und die Abfolge von sechsunddreißig Dekaden, die sechsunddreißig Kerzen, die am Firmament leuchteten, verfolgen konnte. Diese Fachleute vervollkommneten unablässig ihr Wissen über himmlische Phänomene und bemühten sich, die Botschaft der Götter zu entschlüsseln.

Ehe sich der oberste Astronom an die Arbeit begab, füllte er einen Becher mit klarem Wasser und stellte ihn auf eine ebene, glatte Steinplatte. Normalerweise bildete die Oberfläche der Flüssigkeit einen Spiegel, das Symbol Hathors, der Herrin der Sterne, und stellte eine Verbindung zwischen dem Geist des Beobachters und dem der Göttin her.

Der oberste Astronom traute seinen Augen nicht. Ein solches Phänomen, und dabei wehte gar kein Wind ... Er sah genauer hin und mußte sich eine schreckliche Wahrheit eingestehen: Das Wasser war unruhig!

Erschrocken stieg der Gelehrte im Eilschritt die steinerne Treppe hinunter und begab sich in den königlichen Palast, dessen Tor von zwei nubischen Fußsoldaten bewacht wurde, die ihm den Weg vertraten.

«Ich muß den König sprechen ... Meldet mich an!»

Pianchi empfing den Astronom, der seine Aufregung nur schlecht verhehlen konnte.

«Majestät, ich bin Zeuge eines ernsten Vorfalls. Der Wasserspiegel, den wir auf dem Tempeldach verwenden, kräuselt sich.»

«Und wie deutest du dieses Zeichen?» wollte der König wissen.

«Als Ankündigung eines großen Unglücks, Majestät! Ein so unerklärliches Phänomen deutet auf ein unmittelbar bevorstehendes Unheil hin, das auf das Herz des Königreiches zielt. Darum mußte ich dich unverzüglich warnen.»

«Welche Vorsichtsmaßnahmen empfiehlst du?»

«Die Magier sollen die ganze Nacht Beschwörungsformeln sprechen, das hindert den gierigen Tod daran, sich seiner Beute zu bemächtigen.»

«Kannst du deine Befürchtungen näher erläutern?» fragte der König.

Der oberste Astronom zögerte.

«Dein Leben ist in Gefahr, Majestät.»

Kapitel 45

Ein einziger Blick auf Tefnachts ernste Miene genügte den Mitgliedern seines Kriegsrates, um zu begreifen, daß sich die Lage jählings verändert hatte und daß der General, der in Begleitung von Aurora war, ihnen Wichtiges mitzuteilen hatte.

«Pianchi hat Theben verlassen», eröffnete er ihnen.

«Kehrt er wieder nach Nubien zurück?» fragte Fürst Akanosch.

«Nein, er will uns angreifen.»

Tefnacht ging nicht näher darauf ein, daß es dem Kopf des thebanischen Spionagenetzes nicht gelungen war, den schwarzen Pharao zu beseitigen, und daß dieser Fehlschlag ihn keineswegs betrübte. Natürlich wäre es einfacher geworden, das Heer der südlichen Fremdländer ohne seinen Befehlshaber zu schlagen, doch der General aus dem Norden hatte keine Angst vor der offenen Feldschlacht. Wenn er den Gegner höchstpersönlich vernichtete, könnte er seine Vormacht eindeutig unter Beweis stellen.

«Warten wir nun den Angriff ab, oder rücken wir vor?» fragte Fürst Peftau beunruhigt.

«Es besteht kein Grund für eine Änderung unserer Taktik, Pianchi soll sich die Zähne an unserer Festung Herakleopolis ausbeißen. Wenn er erst genügend Männer verloren hat, machen wir Angriff um Angriff, was mit der völligen Vernichtung des Feindes enden wird.»

«Begnadigst du die möglicherweise Überlebenden?»

«Nein», erwiderte Tefnacht. «Man muß dieses nubische Gesindel erbarmungslos vernichten. Die Zukunft des Landes steht auf dem Spiel.

Pianchi hatte Wasser aus dem mondsichelförmigen, heiligen Teich im Mut-Tempel geschöpft. In Krügen aufbewahrt, würde es dem Heer der südlichen Fremdländer, das sich auf den Aufbruch vorbereitete, als magischer Schutz dienen. Das Wasser entstammte dem himmlischen Strom, und mit dieser Energie aus dem Jenseits würde die zur Rückeroberung des Nordens entschlossene Streitmacht nimmermüde kämpfen.

Königin Abile war in ihrem langen, roten Gewand, das die Brüste freiließ, gar prächtig anzusehen, doch es gelang ihr nicht, ihre Ängste zu beschwichtigen.

«Der Astronom hat festgestellt, daß dir die Sterne nicht günstig sind?»

«Der Spiegel kräuselt sich», erinnerte sich Pianchi. «So kündigt sich ein Tod an, vielleicht meiner ... Aber es könnte sich auch um das Ende einer Epoche handeln, nicht wahr?»

Abile blickte ihren Mann starr an.

«Erst habe ich diesen Krieg gewollt, hernach hat er mir angst gemacht, aber ich habe ihn für nötig gehalten, damit das Glück neu erblühen kann, und dann habe ich ihn verdrängt ... Im Augenblick weiß ich gar nichts mehr. Ich weiß nur eins, ich habe Angst um dich. Wenn du abdanken und in diesem Tempel bleiben würdest, ich könnte es verstehen, wie schlecht man auch immer über dich reden würde. Du bist das Leben, das ich mir erträumt habe, mein Liebster, und du bist kein Traum geblieben. Ich möchte dich behalten.»

Pianchi schloß Abile fest in die Arme.

«Vielleicht steht am Ende jedes Abenteuers der Tod ...

Aber noch haben wir eine Aussicht auf Sieg. Wenn ich mein Amt nicht ausfülle, wenn ich nicht versuche, dem Gesetz der Maat überall im Land Geltung zu verschaffen, bedeutet das den zweiten Tod und ewige Auslöschung, denn dazu würde mich das Gericht im Jenseits zu Recht verurteilen. Wir haben keine andere Wahl, Abile, und aus diesem Grund dürfen wir frei handeln.»

Jetzt war Abile überzeugt, daß sie Pianchi nicht von seinem Vorhaben abbringen konnte, und begleitete ihn bis zum Tempel der furchteinflößenden Sechmet, wo die unerläßlichen Beschwörungsriten vollzogen wurden, mit denen man die schlechten Einflüsse des Feindes abschwächen wollte. Die ganze Nacht über hatten Karkaks Zauberer die Formeln zur Beschützung des Königs in der Hoffnung gesungen, daß sich der räuberische Tod keine neue List ausgedacht hatte, mit der er sich Pianchis bemächtigen wollte.

Wie verabredet feierte die Göttliche Sängerin die Geburt der neuen Sonne, während das königliche Paar mit Unterstützung Marjolaines und der Serket-Priesterinnen, die der Skorpiongöttin dienten, die erste große Zauberschlacht gegen Tefnacht und seine Verbündeten führte, die durch grobe Figürchen aus Alabaster und Sandstein symbolisiert wurden.

«Vor einigen Jahrzehnten», dachte Pianchi, «sind so die Nubier exorziert worden, aber heute sind sie als Bewahrer unerläßlicher Werte unserer Kultur und unseres Geistes aus dem tiefsten Süden gekommen, um das Land zu retten. Was für eine eigenartige Umkehrung der Wahrheit: Die Verfolgten von gestern vergessen ihre Vorwürfe und ihren berechtigten Groll und werden die Befreier von heute.»

Auf die Figürchen hatten Schreiber in roter Tusche einen kurzen Text geschrieben, der das zerstörerische Wesen der Aufrührer und Unruhestifter, dieser Feinde der Maat, schilderte, die knieten oder bäuchlings mit auf dem Rücken gefesselten Händen dalagen.

Marjolaine richtete das Wort an Pianchi.

«Pharao von Ober- und Unterägypten, mögen die Götter dich vor jenen beschützen, die Böses sagen und Schändliches treiben! Mögest du stärker sein als sie, und möge deine Macht sie erschrecken, damit du sie unter deiner Sandale zertreten kannst! Mögen die, die versuchen, die Sonne an ihrem Lauf zu hindern, auf ewig ohne Licht sein, mögen ihnen die Lippen versiegelt und die Arme abgehackt werden.»

Eine Priesterin verschloß den Figürchen den Mund mit Pianchis Siegel und zerbrach ihre Gliedmaßen. Dann warf Marjolaine sie in ein Kohlebecken, wo sie ein Wehklagen hervorzubringen schienen, das die Teilnehmer der Zeremonie beeindruckte.

Selbst die Manguste wurde ängstlich und flüchtete sich zu Füßen ihres Herrn. Königin Abile spürte, daß dieser uralte Staatszauber kein Trug war, sondern daß sich bei Pharao und Gegnern der Maat wahre Kraftwellen bekämpften. Und sie begriff, warum kein ägyptischer König seit der ersten Dynastie vor dem Aufbruch in den Krieg seine geistlichen Verpflichtungen vernachlässigt hatte.

Während das Feuer knisterte, reichte Marjolaine Pianchi ein wunderbares Alabastergefäß, auf dem sein Name geschrieben stand.

«Majestät, ehe dieses Gefäß in die Schatzkammer des Tempels gebracht wird, damit es dort deinen Ruf verewigen kann, trink bitte dieses von Gott Re geschaffene Bier, damit deine Tapferkeit in allen Provinzen des Königreiches erstrahlen kann.»

In dem Augenblick, als der Pharao den Arm ausstreckte, um das Gefäß in Empfang zu nehmen, kletterte die Manguste an ihm hoch, hielt kurz inne, sprang dann auf Marjolaines Handgelenk und biß sie bis aufs Blut.

Die Helferin der Göttlichen Sängerin stieß einen Schrei aus und ließ das Gefäß fallen, das auf den Steinplatten zerbarst. Eine gelbliche Flüssigkeit floß aus, die den Zorn der Manguste erregte. Sie umkreiste sie mit gesträubtem Fell und Schnurrhaaren, als handelte es sich um eine Schlange.

«Bringt das Tier da um, es ist verrückt geworden!» forderte Marjolaine.

Königin Abile, die das seltsame Verhalten des Tieres sah, begriff augenblicklich.

«Nein, dich, Marjolaine, denn du hast versucht, den König mit Schlangengift umzubringen, das dir deine Helfershelferin, eine der Serket-Priesterinnen, verschafft hat! Du bist Tefnachts Geschöpf, nicht wahr?»

Marjolaine, die sich mit der linken Hand das blutende Handgelenk hielt, konnte dem anklagenden Blick der Königin nicht standhalten und wich zurück.

Sie wollte alles leugnen, als zwei entsetzte Serket-Priesterinnen vergebens zu fliehen versuchten. Pianchis Soldaten nahmen sie roh fest.

«Warum hast du das getan, du, die meiner verstorbenen Schwester, der Göttlichen Sängerin, treu gedient hat?» fragte der König in einem so strengen Ton, daß Marjolaine erzitterte.

«Die neue Göttliche Sängerin ist Nubierin wie ihre Vorgängerin ... Reicht es dir nicht, Theben durch deine Vertreterin zu regieren? Tefnachts Sache ist gerecht! Sein Sieg schenkt uns die verlorene Einheit wieder.»

Die junge Frau fiel auf die Knie und leckte die tödliche Flüssigkeit auf.

«Ich bin gescheitert, aber der Norden wird siegen!»

Marjolaines Augen brachen, ihre Glieder wurden steif, sie erbrach Galle, umklammerte ihren Hals und sank zu Boden.

Mit ihrem Tod und der Festnahme ihrer Helfershelferinnen war Tefnachts Spionagenetz in Theben zerstört.

Kapitel 46

In den Reihen der Libyer mischte sich Begeisterung mit Furcht. Einerseits träumte man davon zu kämpfen, andererseits fürchtete man die Unmenschlichkeit des schwarzen Pharaos. Doch Tefnacht verstand es, seinen Leuten Zutrauen zu vermitteln und eine zuweilen flackernde Flamme am Brennen zu erhalten; er zwang sie nämlich, während des ganzen Tages zu üben, und hinderte sie so daran, sich in mehr oder minder beängstigende Träume zu verlieren.

Denn eines stand fest: Pianchi würde es nicht gelingen, Herakleopolis einzunehmen. Man wußte nur nicht, wie er darauf reagieren würde, entweder er ließ nicht locker und verlor Tausende von seinen Männern, oder er machte sich auf den Rückzug. Und Tefnacht mußte dann nur noch den besten Augenblick abpassen und zu einem gewaltigen Angriff ansetzen, der den Nubiern das Genick brechen würde.

Die Überprüfung der Waffenkammer beruhigte den General. Er besaß zahlreiche Waffen in gutem Zustand, Lebensmittelvorräte, mit denen er eine lange Belagerung aushalten konnte, zumal die nördlichen Provinzen mit ihren Lieferungen ohne Schwierigkeiten durchkamen.

«Gebieter ...»

«Was gibt es, Yegeb?»

«Ich habe zwei betrübliche Nachrichten für dich. Aber vielleicht komme ich damit im Augenblick ungelegen.»

«Sprich», befahl Tefnacht.

«Marjolaine ist tot, die Mitglieder ihres Netzes sind im Gefängnis. Wir haben nun niemanden mehr, der uns berichtet, was Pianchi beschließt.»

«Das ist nicht weiter schlimm, denn wir brauchen diese Art Informationen nicht mehr. Wir kennen die Stärke des schwarzen Pharaos und ändern unsere Taktik nicht. Und die andere schlechte Nachricht?»

«Die ist heikel, Gebieter, so heikel, daß ...»

«Heraus mit der Sprache.»

«Es geht um Aurora ...»

«Hat jemand versucht, ihr zu schaden?» fragte Tefnacht.

«In Wahrheit, Gebieter, ist eher sie es, die dir ernstlich schaden könnte.»

«Mäßige deine Worte, Yegeb!»

«Gebieter, ich flehe dich an, hör mir zu! Unser Sicherheitsdienst darauf gestoßen, daß ... Aurora ein Verhältnis mit einem jungen Hauptmann von den Bogenschützen hat.»

Tefnachts dunkle Augen blickten noch finsterer.

«Kannst du beweisen, was du da behauptest?»

«Leider ja. Wenn du mir folgen möchtest ...»

Aurora fand den Bogenschützen, der ihr Liebhaber werden sollte, noch immer anziehend. Im Wäschelager, wo es zart duftete und nach sauberer Wäsche roch, näherte sich der junge Mann ganz außer sich vor Verlangen.

«Du bist gekommen ... ich träume, aber es ist ein wunderbarer Traum!» sagte er.

Sie lächelte.

«Nein, ich bin kein Traum», versicherte sie ihm.

Er schloß die Augen.

«Zuerst möchte ich dich mir vorstellen, dann dich betrachten, so wie du bist ... du, meine schönste Eroberung!»

«Sind die so zahlreich?»

«Es gibt keine Frau außer dir!»

Langsam schob er den linken Träger ihres Kleides herunter, dann noch langsamer den rechten und entblößte Auroras wunderschönen Oberkörper.

Bebend senkte sie den Blick, während er ihre Brustwarzen küßte. Hingerissen blickte sie ihm in die Augen.

Was sie da entdeckte, erschreckte sie.

Sie las die gleiche Verachtung, die gleiche Überheblichkeit, die gleiche Brutalität wie in denen ihres Schänders Nartreb. Der junge Hauptmann liebte sie nicht, er wollte sie nur auf die bestialischste Art besitzen.

Auf einmal begriff sie.

«Dreh dich um», sagte sie, «ich will mein Kleid ausziehen.»

«Für so prüde habe ich dich nicht gehalten», sagte er.

«Bitte ...»

Belustigt gehorchte er.

Aurora ergriff einen Lederriemen, mit dem Wäsche verschnürt wurde, und erdrosselte den Bogenschützen mit dieser improvisierten Waffe.

Der junge Mann schlug um sich, doch Aurora zog unbarmherzig zu. Und sie zog noch stärker, als sie merkte, daß Tefnacht ihr mit verschränkten Armen zusah.

Als sein Kehlkopf eingedrückt war, wehrte sich der Bogenschütze nicht mehr und starb den Erstickungstod.

«Dieser Mann hat mich bedroht, er hat mich hierhergelockt und wollte mich schänden. Er wollte mich erniedrigen und damit dich treffen, denn dieser Verräter hat mir gestanden, daß er im Sold Pianchis steht.»

Aurora spuckte auf die Leiche, dann warf sie sich tränenüberströmt in Tefnachts Arme.

Yegeb hatte sich ein feuchtes Tuch um den Kopf geschlungen, den Oberkörper mit einer Salbe eingerieben, die seine angespannten Muskeln lockern sollte, er durchlitt eine Glaubenskrise, bei der ihm schmerzhaft die Galle hochkam.

«Dieses gräßliche Weib, diese Aurora, sie hat mich zu einer Entschuldigung gezwungen, und der General hat mir befohlen, meine Informationen besser nachzuprüfen, ehe ich den Ruf der künftigen ägyptischen Königin beflecke! Ich muß sogar befürchten, daß ich in Ungnade falle …»

Nartreb hob die Schultern und massierte sich weiter die schmerzenden Zehen.

«Tefnacht kann nicht auf uns verzichten, schließlich machen wir die Schmutzarbeit für ihn … Aber wie hat es dieses Mädchen geschafft, die Situation zu ihren Gunsten umzukehren?»

«Aurora ist eine Mörderin», sagte Yegeb.

«Hast du etwa Angst vor ihr?» fragte Nartreb.

«Für gewöhnlich schlägt mir nichts fehl … Und Aurora haßt uns jetzt.»

«Das ist nichts Neues. Wenn sie glaubt, daß Tefnacht wirklich auf ihren Rat hört, dann täuscht sie sich sehr. Die einzige Geliebte des Generals ist sein Ehrgeiz. Und wir helfen ihm, diesen zu befriedigen. Die große Auseinandersetzung steht bevor, Yegeb, und wir werden den größtmöglichen Nutzen daraus ziehen!»

Otoku hatte mindestens einhundertundfünfzig Deben abgenommen, und nichts wollte ihm mehr schmecken. Gewissenhaft verwaltete der Dicke die Hauptstadt Nubiens und kümmerte sich dabei um jede Einzelheit. Würdenträger und Beamte trauerten Pianchi nach, der trotz seiner Strenge weniger anspruchsvoll als Otoku gewesen war.

Doch dann war es keine Nachricht aus Theben, die dem Dicken seinen einstigen Appetit wiedergab. Und es war auch nicht der Besuch des alten Kapa, der ihn wieder froh in die Zukunft sehen ließ.

Otoku stellte seinen Alabasterteller hin, auf dem eine gebratene Gänsekeule auf ihn wartete.

«Wenn du mir Vorwürfe machen willst, Kapa, dann ist der Augenblick ungelegen! Ich stecke bis zu den Ohren in Arbeit.»

«Warum ist der Bürgermeister von Napata so bange? Deine Verwaltung und ich können stolz auf dich sein. Ich wollte dich lediglich dazu beglückwünschen.»

Otoku traute seinen Ohren nicht. Wollte der Alte ihn ärgern? Doch der Greis sprach nicht mit dem üblichen spöttischen Ton. Nein, der machte sich nicht über den neuen Stadtvater lustig, und außerdem war er genauso betrübt wie er.

«Kapa, glaubst du auch, daß Pianchi nicht zurückkommt?» fragte er.

«Machen wir uns nichts vor. Entweder er verliert den Krieg und fällt, oder er regiert in Theben, von wo er nie zurückkehrt.»

«Wirklich nie …?»

«Nie. Und du, Otoku, bist ans Ende deiner Tage Bürgermeister von Napata! Pianchi hatte eine glückliche Hand, als er dir dieses Amt anvertraut hat.»

«Gibt es für diese Stadt denn überhaupt noch Glück? Ohne den Schwarzen Pharao ist sie doch nichts als ein verlassener Marktflecken in einer Oase.»

«Mach es wie ich, Otoku, werde alt, und du fügst dich ins Unvermeidliche», sagte der weise Kapa.

Kapitel 47

Der Pharao und seine Große Königliche Gemahlin standen im Bug des Flaggschiffes, der wie eine Schlange mit vergoldetem Widderkopf geformt war und so an den reinen Fels eines Gebirges erinnerte. Sie richteten den Blick gen Norden, gen Mittelägypten und zur Hasen-Provinz, die sie in knapp zwei Wochen erreichen würden.

Der König trug die weiße Krone, das Symbol Oberägyptens, die in die rote Krone, das Symbol Unterägyptens, eingelassen war; daran waren zwei Kobraweibchen, die Uräusschlangen, befestigt, deren Zorn die Gegner des Herrschers auseinandertreiben sollte; außerdem trug er ein Oberteil aus Federn mit Trägern, die auf den Schultern zusammengebunden waren, und einen Leinenschurz. An seinen Handgelenken glänzten Reifen aus Gold und Glaspaste, auf deren Schloß Nut, die Himmelsgöttin, dargestellt war. An seiner goldenen Halskette, die aus winzigen Uräusschlangen bestand, hing ein Amulett von ungefähr einer halben Elle Höhe aus blaugrüner Fayence, das wie ein Widderkopf geformt und auf dem die Sonnenscheibe angebracht war. Damit wurden das Geheimnis des Göttlichen und seine leuchtende Offenbarung beschworen.

Neben ihrem Gemahl, dessen linken Arm sie würdevoll gefaßt hielt, stand Königin Abile in einem langen, roten Gewand, das in der Mitte von einem weißen Gürtel mit langen Enden gehalten wurde. Sie hatte sich mit goldenen Ohrringen in Form eines Henkelkreuzes geschmückt, es erinnerte daran, daß die Hieroglyphe für Ohren ‹die Lebendigen› bedeutete, ihren Hals zierte ein Pektoral aus Glas-, Fayence- und Karneolperlen, zwischen denen kleine Skarabäen eingelassen waren, die Veränderung symbolisierten, und dazu kleine Säulen, die Festigkeit bedeuteten. Bei ihrem Anhänger handelte es sich um eine Lotosblüte, eingerahmt von zwei Falkenaugen, die alle Maße des Universums enthielten.

«Amun naht im Wind», sagte Pianchi, «aber das Auge sieht ihn nicht. Die Nacht ist erfüllt von seiner Gegenwart, der Tag preist seinen Namen. Das Hohe gleicht dem Niedrigen, er ist es, der alles ins Werk setzt.»

«Du, die große Seele Ägyptens», betete Königin Abile, «verleihe allen Atem, die dafür kämpfen, daß die Zwei Länder wiedervereinigt werden.»

Pianchi zog einen Dolch aus einer Scheide aus vergoldetem Silber, auf dessen Klinge ein Löwe abgebildet war, der einen Nubier verschlang! Doch die Waffe stammte aus der glorreichen XVIII. Dynastie und war liebevoll im Amun-Tempel aufbewahrt worden. Und die Sonne funkelte auf der langen und kräftigen Klinge, die das Zeichen zur Abfahrt gab.

Golden heranreifende Gerste, Reiher, die über Papyrusdikkichten kreisten, Falken, die sich vom Wind tragen ließen, liebliche Ufer ... Die Schönheit der Landschaft verführte zum Träumen, doch keiner der nubischen Soldaten mochte sich ihnen hingeben. Jeder hatte nur die schreckliche Schlacht im Kopf, die immer näherrückte, jeder dachte an eine Ehefrau, eine Mutter, einen Vater oder an ein Kind, das er vielleicht nie wiedersehen würde.

Vor der Ausschiffung unterhielt sich Pianchi lange mit seinem Pferd, dessen kluge, funkelnde Augen unruhig blickten.

Er hielt mit der Wahrheit nicht hinter dem Berg, er warnte es, daß furchtbare Gefahren auf es zukamen. Löwenherz beruhigte sich und reckte stolz den Kopf. Auch er war bereit zu kämpfen.

An der südlichen Grenze der Hasen-Provinz standen die Hauptleute Lamerskeni und Puarma mit gemischten Gefühlen, teils bewegt, teils besorgt, am Ufer. Bewegt, weil sie den schwarzen Pharao wiedersahen, der sein Pferd eigenhändig aufgezäumt hatte, besorgt, weil sie Vorwürfe erwarteten.

«Ist Tefnacht noch immer ein freier Mann?» fragte der König sichtlich erzürnt.

«Ja, Majestät», erwiderte Puarma.

«Hatte ich euch nicht den Auftrag erteilt, diesem Aufstand ein Ende zu machen? Ich habe euch mein Vertrauen geschenkt, weil ich überzeugt war, daß ihr diese nördlichen Fremdländer auseinandertreibt! Aber Hermopolis und Herakleopolis sind immer noch vom Feind besetzt, und aufgrund eurer Unzulänglichkeit ist der Ruf des Pharaos zum Gespött geworden!»

Puarma ließ den Kopf hängen, Lamerskeni wehrte sich.

«Wir haben uns redlich bemüht, Majestät, aber Tefnacht ist kein unbedeutender Stammesfürst an der Spitze eines Haufens wilder Aufrührer. Wir haben es mit einem richtigen Heer zu tun.»

«Glaubst du, das weiß ich nicht?»

«Die Belagerung von Herakleopolis wird lang und schwierig», meinte der Hauptmann der Fußsoldaten. «Wir werden dabei viele Männer verlieren, aber ich hoffe immer noch darauf, daß ich einen Weg finde, wie ich diese Rebellenstadt vernichten kann. Wenn wir dort erst Herr sind, muß sich Tefnacht ergeben.»

«Also schwere Verluste in Aussicht ...»

«Leider ja, Majestät. Die Mauern von Herakleopolis sind dick, und die libyschen Bogenschützen sind tüchtig.»

«Schick auf der Stelle Aufklärer los. Sie sollen sich vor allem den Spähern zeigen, damit man sie bemerkt», sagte der König.

Lamerskeni staunte nicht schlecht.

«Aber, Majestät, es wäre besser, wenn ...»

«Morgen soll sich ein kleiner Trupp unter viel Getöse in einiger Entfernung der Stadt einnisten.»

«Ein kleiner Trupp ... Um Herakleopolis einzunehmen, brauchen wir unser gesamtes Heer!»

«Die Fußsoldaten sollen viele Zelte aufstellen und ein großes Lager errichten, so als ob sich mein ganzes Heer auf einen Angriff vorbereitet.»

«Wir ... wir greifen also nicht an?» Lamerskeni traute seinen Ohren nicht.

«Aber ja doch, Hauptmann Lamerskeni, doch nicht an der Stelle, wo uns der Feind erwartet.»

Erregt und gereizt schritt Nartreb auf den Mauern von Herakleopolis auf und ab, als ein Späher zwei nubische Aufklärer bemerkte, die sich linkisch hinter einem stachligen Gehölz versteckten. Sofort verständigte er Tefnachts Berater.

«Da unten sind zwei weitere ... und noch zwei am Feldrain.»

Nartreb stieg von der Befestigungsmauer herunter und rannte zur Hauptkaserne, wo Tefnacht und Aurora eine Ansprache an die Soldaten hielten.

«Sie sind da!» rief der Semit. «Zahlreiche Aufklärer ... mit anderen Worten, Pianchis Heer dürfte morgen oder in den nächsten Tagen eintreffen.»

Aurora lächelte, Tefnacht zügelte seine Freude.

«Heute abend», so erklärte der General, «gibt es Fleisch und Wein für alle, für Offiziere wie einfache Soldaten! Pianchi ist in die Falle getappt. Eitel, wie der schwarze Pharao ist, wird er gegen diese uneinnehmbare Festung anstürmen. Wir werden Tausende von Nubiern abschlachten, und der Norden wird siegen!»

Nachdem seine Männer ihm zugejubelt hatten, zog sich Tefnacht mit Aurora in seine Gemächer zurück. Beide waren zutiefst erregt, und die junge Frau erschauerte trotz der Hitze.

«Tefnacht, dein Traum wird Wirklichkeit, dieser Traum, der auch der meine geworden ist …»

Aurora entkleidete den General, löste die Träger seines Gewandes und liebte den Mann leidenschaftlich, der Pianchi besiegen und dem wiedervereinten Ägypten sein Gesetz aufzwingen würde.

Yegeb legte letzte Hand an den Plan zu einer Regierung, wie Tefnacht sie wünschte: Krönung des Pharaos in Theben und Memphis, völlige Vernichtung der Nubier einschließlich der nubischen Bürger, Zerstörung von Napata, Einnahme der Goldbergwerke, Ausbau des Heeres und der Polizei, Errichtung einer rigorosen, bürgerlichen Regierung, welche die Bevölkerung gut im Griff hatte, Unterdrückung der persönlichen Freiheit und Verbot von Eigenbesitz, Abschaffung der den allzu zahlreichen Tempeln zugestandenen Vorrechte, die in ihrer Mehrzahl in Kasernen umgewandelt werden sollten, das Verbot, Ägypten zu verlassen, abgesehen von Heeresangehörigen mit einem Auftrag Tefnachts, Erhöhung von Abgaben und Steuern, von denen man Tefnacht völlig ergebene Beamte bezahlen würde, Aufstockung der Verteidigungs- und Angriffswaffen, Bau von Festungen und Gefängnissen, sofortige Verurteilung jedes Aufrührers.

Yegeb, der künftige oberste Wirtschaftsratgeber, und Nartreb, der künftige oberste Sicherheitsberater, hatten das Programm entworfen und waren mit ihrer Arbeit zufrieden.

Doch eine letzte Einzelheit machte Yegeb zu schaffen, er mußte etliche libysche Stammesfürsten zur Ordnung rufen, die sich zu sehr an ihre Unabhängigkeit klammerten und kindlich daran glaubten, daß Tefnacht die Absicht hatte, diese zu respektieren. Die meisten dieser Fälle würden entweder durch die Oberhoheit des neuen Herrn in Ägypten entschieden werden oder durch die Verteilung von Geschenken, die den Widerstrebenden den Mund versiegelten.

Blieb nur noch Fürst Akanosch, der weder verderbt noch bestechlich und obendrein so starrköpfig war, daß er offen gegen die neue Politik protestieren würde. Ehe man ein jähes Ableben ins Auge faßte, was in dem Augenblick, wo sich Tefnacht auf dem Thron einrichtete, zu einem unerquicklichen Aufstand führen konnte, war es vielleicht möglich, in seinem Gefolge einen Verräter zu entdecken und ihn für immer in Verruf zu bringen.

Kapitel 48

Nemrod, Fürst von Hermopolis, war sehr guter Dinge. Es war richtig gewesen, Pianchi zu verraten und auf Tefnacht zu setzen! Wie der General der nördlichen Fremdländer vorausgesehen hatte, würde sich der schwarze Pharao die Zähne an der Festung Herakleopolis ausbeißen und zu spät begreifen, daß er sein Heer so geschwächt hatte, daß er nie mehr siegen konnte.

Nemrods Haar duftete, seine Nägel waren sorgfältig gepflegt, und er war so zufrieden mit sich, daß er sich sogar seiner Gemahlin Neseta entsann, die er über einem Schwarm von Gespielinnen, alle mehr oder weniger kundig im Liebesspiel, seit langem vergessen hatte.

Neseta hatte zwar die fünfzig überschritten, doch es fehlte ihr weder an Haltung noch an Liebreiz, aber sie konnte nicht mehr mit den hübschen Intrigantinnen von zwanzig mithalten, die zu Unrecht hofften, den Herrn der Stadt zu erobern. Schlicht gekleidet und mit einer alten Perücke zeigte Neseta dennoch keinerlei Anzeichen von Aufsässigkeit.

«Warum hast du mich rufen lassen, Nemrod?»

«Tefnacht wird bald zum Pharao gekrönt, und er bietet mir einen Platz nach meiner Wahl in seiner Regierung an. Wenn ich den Hof nicht schockieren will, muß ich mich mit einer treu ergebenen und diskreten Gemahlin an meiner Seite zeigen. Möchtest du diese Rolle übernehmen?»

«Und wenn ich mich weigere?» fragte Neseta.

«Dann verstoße ich dich unter irgendeinem rechtskräftigen Vorwand, und eine andere nimmt deinen Platz ein. Versteh mich richtig, du verlierst all deine Vorrechte und mußt sehr viel schäbiger leben.»

«Was wären meine Pflichten?»

«Dich lediglich an meiner Seite zu zeigen, so tun, als ob du glücklich bist, und kein dummes Zeug reden. Es gibt unangenehmere Beschäftigungen, Neseta. Mit dir gäbe es kein Getue und keine Vorwürfe. Ich brauche nämlich Ruhe für meine künftigen Aufgaben. Bist du einverstanden?»

«Ja.»

«Sehr schön.»

Die Welt lächelte Nemrod zu. Dank seines Einfühlungsvermögens, das er in Tefnachts Lager noch weiter vervollkommnet hatte, würde seine Stadt eine der reichsten in Ägypten werden und er eine der herausragendsten Persönlichkeiten am Hofe des neuen Pharaos.

Als sich der Fürst gutgelaunt zum Schlafgemach seiner neuesten Gespielin begab, einer syrischen Lautenspielerin mit Fingern von unvergleichlicher Geschicklichkeit, vertrat ihm der Oberst seiner Leibwache den Weg.

«Fürst Nemrod ...»

«Später, ich habe es eilig.»

«Fürst Nemrod, wir werden belagert!» sagte der Mann.

«Belagert ... Aber von wem?» fragte Nemrod verblüfft.

«Von den Nubiern ... von Tausenden von Nubiern!»

«Du redest irre, Pianchis Heer zieht gegen Herakleopolis!»

«Nein, Fürst Nemrod! Der schwarze Pharao ist wirklich hier, und das mit seinen Soldaten!»

Auch wenn er dabei außer Atem kam, Nemrod stieg bis ganz nach oben in den höchsten Turm der Befestigungen.

Was er erblickte, erschreckte ihn zu Tode.

Hoch zu Roß, auf einem herrlichen, braunen Streitroß mit falbfarbener Mähne, näherte sich der schwarze Pharao an der Spitze seiner Truppen.

Die tiefschwarze Haut, die narbigen Wangen, die kleinen, goldenen Ohrringe, der vorn rasierte Schädel, das kurze Kraushaar, der knappe, von einem roten Gürtel gehaltene Schurz, alles trug dazu bei, daß die Krieger aus dem tiefen Süden unbesiegbar wirkten. Sie, die die nördlichen Fremdländer als ‹Zopfträger› und ‹verbrannte Gesichter› abtaten, zogen ohne Eile auf Hermopolis zu. Die Offiziere waren an ihrer weißen Kleidung und der bunten Perlenkette in der roten Perücke zu erkennen.

«Sie sind zahlreich, Fürst, so zahlreich!» jammerte der Oberst der Leibwache.

Nemrod war wie versteinert und versuchte, Haltung zu bewahren.

«Unsere Befestigungen sind stark.»

«Man sagt, daß die Nubier ihren Opfern die Gedärme aus dem Leib reißen und sie den Krokodilen zum Fraß vorwerfen, man sagt, daß ihre Angriffe in Strömen von Blut enden, man sagt, daß ...»

«Es reicht! Jeder geht auf seinen Posten und verteidigt diese Stadt bis zum letzten Atemzug. Wir werden die südlichen Fremdländer zurückwerfen.»

Pianchi hatte allen vorgespiegelt, er würde sich wie ein Raubtier auf Herakleopolis stürzen, um sich besser auf Hermopolis, die Stadt des Gottes Thot, konzentrieren zu können. Ihr wollte der schwarze Pharao seine Gunst erweisen. Wie hatte Pianchi, der in den Überlieferungen lebte, ohne Hilfe des Herrn allen Wissens bis hierhergelangen können? Weder Tefnacht noch Nemrod kannten den Nubier von dieser Seite.

Wenn sie ihn als einen schlichten Eroberer abtaten, konnten sie vergessen, daß er der geweihte Amtsträger war.

Aber zum Wehklagen blieb keine Zeit. Nemrod mußte seine Stadt retten, und er würde sie retten, denn waren seine Befestigungen nicht genauso abschreckend wie die von Herakleopolis?

Hauptmann Lamerskeni, der schlechter gekleidet herumlief als die Fußsoldaten unter seinem Befehl, hatte sogar vergessen, sich zu rasieren. Er schmückte sich lediglich mit einem ungeschickten Leinenverband, der seinen Arm aus Akazienholz verbarg.

Seit einer geraumen Weile musterte der Hauptmann eine bestimmte Stelle der Befestigungsmauern.

«Was meinst du, sollten wir unseren Angriff auf diese Stelle konzentrieren?» fragte Pianchi.

«Im Gegenteil, Majestät. Das ist die Stelle in der Mauer, die Nemrod absichtlich zerstört hat, um die Freischar in einen Hinterhalt zu locken. Ich bin mir sicher, daß der Fürst von Hermopolis diese Stelle nach dem Scheitern seiner List besonders gut ausgebessert hat.»

«Welche Taktik schlägst du vor?»

«Wenn es nach mir ginge, so würde ich einfach drauflosgehen … Aber es handelt sich nicht um einen kleinen Ort wie Klippe-des-großen-Sieges! Siehst du, wie hoch und dick die Mauern sind? Wenn wir blindlings auf Hermopolis einstürmen, endet das in einer Katastrophe. Wir verlieren viele Männer, ohne vielleicht auch nur einen Fuß auf die Mauer zu setzen. Ehrlich gesagt, Majestät, ich bin bereit zu kämpfen, aber warum bei einem ebenso heldenhaften wie dummen Angriff sterben?»

«Hast du eine andere Lösung?»

Mißmutig hob Lamerskeni die Schultern, ein Zeichen der Verneinung. Puarma hätte ihn liebend gern erwürgt und vor dem Herrscher gestrahlt, doch auch ihm fiel dazu nichts ein. Obwohl die Nubier so zahlreich waren, bestand keine Aussicht, Hermopolis einzunehmen. Zweifellos konnten sie der Stadt schwer zusetzen, aber um welchen Preis?

«Laß die Zelte aufstellen», befahl Pianchi.

Lamerskeni überwachte die Arbeit der Pioniere höchstpersönlich; sie feuchteten den Boden an, damit der Staub besser zusammenhielt, zeichneten Gassen vor und errichteten Zelte von unterschiedlicher Größe, dann den großen Bereich, der dem königlichen Paar vorbehalten war, bis hin zu kleinen Schutzdächern für die Offiziere von niedrigerem Rang. Pferde, Esel und Ochsen bekamen zu fressen, die Streitwagen, die in Einzelteilen auf Frachtkähnen transportiert worden waren, wurden zusammengebaut, Wundärzte kümmerten sich um die Kranken, und es wurde verbissen gewürfelt, nur um die kommenden, blutigen Schlachten zu vergessen.

Königin Abile war auch nicht untätig. Sie stellte im königlichen Zelt Fayencebecher, Glasphiolen mit Duftsalben, Deckelgefäße in Form von Widderköpfen und kleine, lotosförmige Fächer auf und vergaß auch nicht die Schminkkästen, in denen sie Tiegel mit Farbe und Salben aufbewahrte. Eine Abfolge von Dienstboten trug die unerläßlichen Kisten mit Wäsche, Gold- und Alabastergeschirr herein.

Als Pianchi seinen privaten Bereich betrat, war er geblendet.

«Abile, du hast unseren Palast in Napata wiedererstehen lassen!»

«Es sind nur einige Stücke, das Ganze ist ziemlich unvollkommen. Dieser Feldzug gegen das Unrecht heißt nicht, daß wir wieder in Barbarei verfallen. Aber … du wirkst besorgt!»

Abile nahm Pianchis Gesicht in ihre weichen Hände.

«Wie kann ich dir helfen?» fragte sie.

«Hermopolis scheint uneinnehmbar. Sogar Lamerskeni möchte aufgeben», sagte der König.

«Aber du nicht?»

«Wiederholte Angriffe führen zu nichts weiter als zu schweren Verlusten. Wenn wir Hermopolis einnehmen wollen, muß uns eine andere Lösung einfallen.»

«Wenn man vor ein unüberwindbares Hindernis kommt, sollte man es entweder umgehen oder die Beschaffenheit des Hindernisses an sich beseitigen, nicht wahr?»

«Es so einrichten, daß Mauern keine Mauern mehr sind … Ja, du hast recht!»

Kapitel 49

Die Schreiner hatten Tag und Nacht an riesigen Katapulten gebaut, während die Fußsoldaten hohe Plattformen auf Rädern aufstellten und die Eseltreiber mit ihren Tieren Erde in strohgeflochtenen Körben heranschafften.

Hauptmann Lamerskeni lehnte an einer Palme, kaute auf einem Papyrusstengel und betrachtete den ganzen Aufruhr mit bedenklicher Miene.

«Hab Vertrauen», empfahl Puarma. «So lauten Pianchis Befehle.»

«Eine Festung mit Eseln einnehmen ... Glaubst du wirklich daran?»

«Du vergißt die Katapulte!» sagte Puarma.

«Ich weiß nicht, wie man mit solchen Vorrichtungen umgeht.»

«Unter den aus Napata gekommenen Soldaten befindet sich eine Spezialeinheit, die sich mit diesen Kriegsgeräten auskennt.»

«Das ist doch nur Sand in die Augen, mehr nicht.»

«Du grübelst ja nur, weil deine Männer dieses eine Mal nicht in vorderster Linie stehen!» meinte Puarma.

Lamerskeni brummte wie ein syrischer Bär.

Oben vom Aussichtsturm aus sah Nemrod den Vorbereitungen der Nubier zu, aber er verstand sie nicht. Der Befehlshaber der Garnison war genauso vor den Kopf geschlagen wie er.

«Warum setzen sie nicht zum Angriff an?» fragte der Fürst.

«Es ist höchst verwunderlich ... Und dabei sind die Gewohnheiten der nubischen Krieger wohlbekannt!» sagte der Befehlshaber.

«Wozu dienen die merkwürdigen Geräte?»

«Ich habe noch nie ihresgleichen gesehen, Fürst Nemrod. Meiner Meinung nach wissen sie nicht, wie sie uns angreifen sollen, und wollen uns einschüchtern.»

Ein von einem Katapult abgeschossener, großer Stein zerstörte mehrere Zinnen aus ungebrannten Ziegeln, tötete zwei libysche Bogenschützen und verletzte ein knappes Dutzend. Die nubischen Schützen hatten sich vom ersten Schuß an eingeschossen.

Jetzt traten zwanzig Katapulte in Aktion und richteten großen Schaden an den Mauern an.

Pianchi gab den Eseltreibern das Zeichen zum Aufbruch, ihnen folgten Ochsen, die Streitwagen voller Erde zogen. Um den Zug und das Ausladen zu schützen, standen Puarmas Bogenschützen auf den hohen Plattformen, streckten Libyer nieder und ließen ihnen kaum eine Möglichkeit, sich ihrer Bogen zu bedienen. Unter dichtem und zielgenauem Beschuß fielen viele der Verteidiger von Hermopolis, während die Pioniere einen Abhang an der Ringmauer aufschütteten, der bis zu Dreiviertel ihrer Höhe reichte.

Die Befestigungsmauer von Hermopolis war kein Hindernis mehr.

Puarmas Bogenschützen nahmen die Mauer ein, ohne einen einzigen Soldaten zu verlieren. Als sich Pianchi zu ihnen gesellte, stellte er fest, daß die Verteidigung der Stadt nicht völlig vernichtet war. Überlebende hielten noch den Palast, die Waffenkammer, die Kaserne und die Getreidespeicher. Doch aus den Gassen und den kleinen Plätzen stieg bereits süßlicher Verwesungsgeruch von den angesammelten Leichen auf. Bald würde Hermopolis nicht mehr atmen können.

Lamerskeni riß der Geduldsfaden.

«Majestät, das ist jetzt meine Sache! Meine Fußsoldaten brauchen nicht lange, um diese Memmen zu vertreiben!»

«Irrtum, Hauptmann. Sie werden um ihr Leben kämpfen. Warum sollten wir unser eigenes aufs Spiel setzen?»

«Aber … Wie lauten deine Befehle?» fragte Lamerskeni.

«Wir warten auf eine Reaktion von Fürst Nemrod, unserem ehemaligen Verbündeten.»

«Wir müssen alle sterben», prophezeite der Befehlshaber der Festung. «Einen Monat, vielleicht zwei, können wir standhalten, aber dann …»

Alle Offiziere teilten die Ansicht ihres Vorgesetzten. Was die Würdenträger der Stadt anging, so zitterten sie bei der Aussicht auf das Schicksal, das ihnen der schwarze Pharao zugedacht hatte.

«Wir müssen uns wehren», meinte Nemrod, dessen Gesicht jetzt gefurcht war. «Besser noch, wir machen einen Gegenangriff! Da sich Pianchi bereits für den Sieger hält, beweisen wir ihm, daß er sich täuscht!»

«Hermopolis ist umzingelt», hielt der Befehlshaber dagegen, «und wir haben die Hälfte unserer Männer verloren, aber Pianchi hat noch sein gesamtes Heer. Wenn wir einen Ausfall versuchen, werden wir vernichtet.»

«Was schlägst du also vor?» fragte Nemrod.

Der Befehlshaber ließ den Kopf hängen.

«Verhandeln, Fürst Nemrod», sagte er.

«Willst du damit sagen … wir sollen uns ergeben?»

«Es ist die beste Lösung.»

«Bist du von Sinnen? Pianchi schlachtet uns allesamt ab.»

Ein Würdenträger ergriff das Wort.

«Du bist sein Verbündeter gewesen, Nemrod, und du hast ihn verraten. Dich wird der schwarze Pharao verantwortlich machen, nicht diese Stadt. Er hat keinen Grund, ihren Einwohnern die Schuld zuzuschieben, wenn sie sich ihm demütig unterwerfen.»

«Ich bin euer Fürst, mir müßt ihr gehorchen!»

«Der Befehlshaber hat recht, man muß verhandeln.»

Mit geflochtenem Haar, den Bart schön zur Spitze gekämmt, in Gewändern mit Blumenmotiven traten die reichsten Würdenträger von Hermopolis durch das Tor der Umfassungsmauer von Nemrods Palast.

Sofort spannten die nubischen Bogenschützen ihre Bogen.

«Nicht schießen», befahl Puarma. «Sie sind unbewaffnet.»

Die Abgesandten waren schwer beladen mit Schatullen voller Gold, voll kostbarer Steine und teurer Stoffe, damit überquerten sie einen Platz, der mit libyschen Leichen übersät war, und kamen zu einer Ausfallpforte, an der Lamerskeni stand. Der Älteste von ihnen richtete das Wort an ihn.

«Gewährst du uns die Gunst, dem Pharao diese Geschenke zu Füßen zu legen?» fragte er.

«Zunächst einmal muß ich euch durchsuchen», sagte Lamerskeni.

Das ließen sich die Würdenträger ohne Murren gefallen. Sodann führte Lamerskeni sie in die Mitte des Lagers.

Pianchi saß auf einem Thron aus vergoldetem Holz, Fächerträger fächelten ihm ein wenig frische Luft zu.

Der Wortführer der Würdenträger verneigte sich vor dem schwarzen Pharao.

«Majestät, nimm bitte die Geschenke der Stadt Hermopolis entgegen. Hier sind die Reichtümer, die wir gesammelt haben, um sie dir zu schenken. Unsere Stadt liegt bäuchlings vor dir, sie huldigt deiner Stärke und fleht um deine Nachsicht.»

«Hat euch Nemrod geschickt?»

«Wir haben diesen Entschluß allein gefaßt, und der Fürst hat ihn gebilligt.»

«Warum begleitet er euch dann nicht?» fragte der Pharao.

«Er fürchtet deinen Zorn und ...»

«Dazu hat er auch allen Grund!» sagte Pianchi scharf. «Wann öffnet er mir die Tore dieser Stadt, die mir gehört und die er mir gestohlen hat?»

«Majestät, so begreife doch, was Nemrod fürchtet.»

«Dein Fürst ist nichts weiter als ein Aufrührer und, schlimmer noch, ein Verräter! Das wäre ein schwacher König, der ihm eine Gnade gewährte, die er nicht verdient?»

Der Wortführer der Abgesandten war entsetzt, dennoch versuchte er, die Sache seiner Stadt zu vertreten.

«Nemrod hat einen schlimmen Fehler gemacht, Majestät, und das bedauern wir. Aber muß Hermopolis die Folgen deines gerechten Zorns erdulden? Ihre Mauern sind bereits zerstört, die Hälfte der Garnison ist gefallen. Unsere Familien haben jetzt Angst, und niemand weiß, ob er morgen noch am Leben ist.»

Der schwarze Pharao erhob sich.

«Nemrod und Hermopolis haben das Gesetz der Maat mißachtet und den Treueschwur vergessen, den sie mir geschworen haben. Steht auf einen solchen Verrat nicht die schlimmste aller Strafen?»

Kapitel 50

Nemrods Gespielin massierte ihm den Rücken mit dem seltenen und kostbaren Moringaöl, doch es gelang ihr nicht, die Verspannungen des Fürsten von Hermopolis zu lockern. Auch zärtliche Liebkosungen erwiesen sich als unwirksam, und die junge Frau war enttäuscht, als Nemrod sie grob beiseite schob.

Auf der Schwelle zu seinem Schlafgemach stand Neseta, seine Gemahlin.

«Was hast du hier zu suchen?» blaffte Nemrod sie an.

«Falls ich dich im Liebesspiel störe, komme ich ein andermal.»

«Verschwinde», befahl Nemrod seiner Gespielin.

Verärgert entfernte sich diese.

«Wir müssen alle sterben», sagte der Fürst zu Neseta. «Pianchi kennt kein Erbarmen, weder mit mir noch mit den Einwohnern dieser Stadt. Tut mir leid, meine Liebe. Nun wirst du niemals eine hohe Herrin an Tefnachts Hof.»

«Wenn keine Aussicht mehr besteht, der Wut des schwarzen Pharaos zu entgehen, erlaubst du mir dann, ein letztes Mal zu verhandeln?» bat sie.

Nemrod staunte.

«Und wie?»

«Da ich deine Gemahlin bin, setze ich mich an die Spitze eines Zuges aus Frauen und Kindern und flehe Pianchi um Erbarmen an.»

«Du hast nicht die geringste Aussicht auf Erfolg», sagte Nemrod.

«Aber ich habe es wenigstens versucht.»

Ungläubig sah Lamerskeni einen eigenartigen Zug vorbeiziehen, der von einer stolzen, schlicht gekleideten Frau mit edler Stirn angeführt wurde. Der Hauptmann der Fußsoldaten wagte nicht, sie zu durchsuchen, doch er riet Puarma, sich bereitzuhalten, sie mit einem Schuß niederzustrecken, falls sie zur Bedrohung werden sollte. Hinter Neseta marschierten an die fünfzig Frauen und Kinder, etliche verschüchtert, andere beinahe belustigt, als sie die beeindruckenden nubischen Krieger so aus der Nähe sahen. Ein kleines Mädchen faßte den Schild eines Fußsoldaten an, und der nahm es auf den Arm, mischte sich unter die Prozession und erzählte ihr eine Geschichte aus dem fernen, fernen Nubien.

Königin Abile empfing die unerwartete Gesandtschaft.

Neseta fiel auf die Knie.

«Ich bin Nemrods Gemahlin und bin gekommen, euch um unser Leben zu bitten.»

«Steh auf», sagte Abile.

«Nicht ehe ich nicht das Ehrenwort des Pharaos habe», beharrte Neseta.

«Glaubst du, daß er für Nachsicht zugänglich ist?»

«Regiert ein ägyptischer König nicht auch mit dem Herzen?»

«Folge mir.»

Königin Abile trat mit Neseta in das Zelt, in dem Pianchi auf einem Stuhl aus Sykomorenholz mit Füßen in Stierform saß und seinen Durst mit einem Becher frischer Milch stillte.

Die Würde seiner Besucherin beeindruckte ihn.

«Ich heiße Neseta, Majestät. Bedauerlicherweise habe ich

Nemrod geheiratet, weil ich ihn geliebt habe. Er hat mich so unglücklich gemacht, daß mir jede Lebenslust abhanden gekommen ist ... Heute bitte ich für meine Stadt und ihre Einwohner. Sie sind unter das Joch eines Verräters geraten und gezwungen worden, ihm zu gehorchen. Warum sollten sie eine ungerechte Strafe erleiden? Nemrod, und nur er allein, muß sich für seine Taten verantworten.»

«Wenn das so ist», urteilte Pianchi, «soll er vor mir erscheinen.»

Nemrod hatte seiner Frau aufmerksam zugehört und nicht gewagt, sie zu unterbrechen. Was sie ihm vorschlug, war die Todesstrafe, oder? Vor Pianchi zu erscheinen war der reine Selbstmord. Ohne den Anflug eines Lächelns hatte Neseta an den Mut des Fürsten appelliert, dank dessen er Tausende von Leben retten würde und seiner Stadt furchtbares Leid ersparen könnte.

Noch nie hatte sich eine Frau so lustig über ihn gemacht wie die hier, noch nie hatte ihn eine in eine so demütigende Lage gebracht, ohne auch nur die Stimme zu erheben.

Dann hatte sich Neseta entfernt und Nemrod sich selbst und seinem Gewissen überlassen.

Nemrod liebte seine Stadt, doch sich selbst liebte er mehr, und darum blieb ihm nur ein Ausweg, nämlich die Flucht zu versuchen und sich zu Tefnacht durchzuschlagen.

Genau vor Sonnenaufgang wurde die Wache abgelöst. Einige Minuten lang stünde ihm eine niedrige Pforte offen. Als Bauer verkleidet könnte er sich an den Getreidespeichern entlangschleichen, dann am Exerzierplatz vorbei, die äußere Stadtmauer überklettern und sich durch die feindlichen Linien stehlen. Ein gewagtes Unternehmen, aber er hatte nichts mehr zu verlieren.

Nemrod öffnete seine Schlafzimmertür.

Seine Gemahlin und mehrere Würdenträger erwarteten ihn.

«Die Würdenträger, die Offiziere und die Bevölkerung sind einer Meinung», sagte Neseta, «der Fürst von Hermopolis muß vor seinem König erscheinen.»

Diese Angst.

Eine gräßliche Angst machte, daß das Prachtgewand an seiner Haut klebte und ihm beißender Schweiß ausbrach, eine Angst, gegen die Nemrod nicht mit dem Willen ankam ... Wenn er wenigstens ohnmächtig geworden und im Nichts versunken wäre! Doch er torkelte weiter wie ein Betrunkener, war jedoch leider bei klarem Verstand, als er unter den haßerfüllten Blicken Tausender Krieger das nubische Lager durchquerte.

Hätte Lamerskeni nicht den Befehl erhalten, Nemrod wohlbehalten vor dem Pharao abzuliefern, er hätte ihm liebend gern mit seinem Akazienarm den Schädel zerschmettert. Doch der Hauptmann mußte zulassen, daß Pianchi selbst seinen Zorn an ihm ausließ ... Vielleicht bot der Monarch ja seinen Truppen eine prächtige Hinrichtung, die Nemrod ins Gedächtnis rief, daß ein Ehrenwort etwas Heiliges war.

Puarma hob einen Zipfel des königlichen Zeltes und ließ den Fürsten von Hermopolis eintreten, wo er wie gelähmt im Eingang stehenblieb.

«Rein!» sagte Lamerskeni und versetzte dem Gefangenen einen Stoß in den Rücken.

Nemrod schloß die Augen in der Hoffnung, daß sich dieser Alptraum verflüchtigen würde. Als er sie wieder öffnete, stand der schwarze Pharao vor ihm, überragte ihn mit seiner riesigen Größe.

«Elegant wie eh und je, Nemrod. Du machst deinem Ruf Ehre.»

«Majestät ... Du kannst doch bestätigen, daß das Herz ein Ruder ist, das seinen Besitzer zuweilen kentern läßt, da es die Götter in der Hand haben? Der, der über unser Schicksal entscheidet, macht uns zu dem, was wir sind. Mein Herz hat mich fehlgeleitet, hat mich auf die schiefe Bahn gebracht ... Durch dich sind mir meine Fehler bewußt geworden, und ich bitte um Gnade.»

Pianchi zog einen Dolch aus der Scheide und musterte die Klinge.

«Du hast recht, Nemrod, das Herz begreift, es denkt, gibt den Gliedmaßen Befehle, befiehlt der Zunge und führt zur Erkenntnis. ‹Folge zeit deines Lebens deinen Wünschen›, schreibt der weise Ptah-hotep, «meide das Übermaß, aber nimm dir Zeit, deinem Herzen zu folgen, denn das *ka*, die Schöpferkraft, mag es nicht, wenn man auch nur einen Augenblick unnütz verstreichen läßt.› Der, dessen Herz kräftig und fest ist, der, der nicht Sklave der Forderungen seines Bauches ist, der darf darauf hoffen, das Göttliche zu erreichen und dessen Stimme zu hören. Ist das auch bei dir der Fall, Nemrod?»

«Nein, Majestät.»

«Die Altvorderen behaupten, unsere vier Feinde sind die Gier, die Taubheit, die Nachlässigkeit und die Starrköpfigkeit. Haben sie nicht, eine nach der anderen, auch dich besiegt?»

«Heute bist du der einzige Sieger, und ich würde gern wieder dein Diener sein.»

«Das Leben gleicht einem Spielbrett aus weißen und schwarzen Feldern. Die einen sind günstig, die anderen nicht. Und dann kommt der Tod ... Aber nicht er ist wichtig, sondern der Geisteszustand, in dem er uns antrifft. Bist du bereit zu sterben, Nemrod?»

Die Augen auf die Dolchklinge gerichtet, fiel der Fürst von Hermopolis auf die Knie.

«Nein, Majestät, ich bin nicht bereit! Der Tod macht mir schrecklich angst, und nicht einmal das Alter kann mir die Lebenslust rauben.»

«Was hat mir ein Verräter zu bieten?»

«Alle Schatzkammern von Hermopolis gehören dir, Gold, Silber, Lapislazuli, Türkise, Bronze ... Die Abgaben werden dir regelmäßig gezahlt, und jeder wird dir blindlings gehorchen, ich vor allen anderen!»

«Ich habe deinen Nachfolger bereits gewählt, Nemrod», sagte der Pharao.

Langsam erhob sich der Fürst, dessen Augen noch immer auf den Dolch gerichtet waren. Zumindest wollte er im Stehen sterben, aber er stellte trotz seiner Todesangst die Frage, die ihm auf den Lippen brannte.

«Wer ... wer ist es, Majestät?»

«Du selbst, Nemrod. Wer anders als du verstünde sich darauf, Hermopolis umsichtig zu regieren?»

Kapitel 51

Kühler-Kopf, der gerade den Bericht verfaßte, der dann ins Archiv kommen sollte, schmollte.

«Warum diese Mißstimmung?» fragte Pianchi.

«Zwing mich nicht, deine Entscheidungen zu kritisieren, Majestät. Ich habe dir stets treu gedient und werde darin auch nicht nachlassen.»

«Laß mich raten, Kühler-Kopf: Du möchtest, daß Fürst Nemrod vor dem ganzen Heer gefoltert wird, nicht wahr?»

«Ich habe keinen Spaß an Grausamkeiten ... Aber begreife doch, daß es viele schmerzt, wenn ein Verräter sein Amt behält», sagte Kühler-Kopf.

«Meine wahre Entscheidung wird noch nicht in vollem Ausmaß gewürdigt. Ist die Königin bereit?»

«Sie erwartet dich, Majestät», sagte Kühler-Kopf verdrießlich.

Auf ihrem Thron sitzend, sahen Pianchi und Abile Nemrod, Fürst von Hermopolis, und seine Gemahlin Neseta auf sich zukommen. Sie trug ein goldenes Sistrum in der rechten Hand und in der linken eins aus Lapislazuli. Die Saiten der beiden Musikinstrumente vibrierten sacht und sandten Wellen aus, die böse Einflüsse vertrieben.

Hinter den nubischen Soldaten drängte sich die Bevölkerung von Hermopolis und lauerte auf die Worte des schwarzen Pharaos.

«Diese Stadt hat aufgrund von Nemrods Einstellung großen Schaden genommen», verkündete Pianchi. «Seine Pflicht ist es nun, diesen zu lindern und dafür zu sorgen, daß Hermopolis dank eines Friedens wieder aufblüht, den ich euch zurückbringe. Jeder, der seine Fehler einsieht, kann sich auch bessern, vorausgesetzt, er verläßt nie wieder den Weg der Maat. Nemrod, verpflichtest du dich dazu, endlich deine Pflicht zu erfüllen?»

«Beim Namen des Pharaos und bei meinem Leben, ich verspreche es!» schwor Nemrod.

«In Anbetracht der bösen Fehler, die du gemacht hast, ist es nicht gut, wenn du allein regierst. Darum soll deine Gemahlin meine Sonderbeauftragte sein und mir über dein Tun und Lassen berichten. Bei Uneinigkeit gibt sie den Ausschlag. Sie wird an der Spitze des Ältestenrates die Reichtümer der Stadt verwalten und über das Wohlergehen seiner Einwohner wachen, was von jetzt an deine einzige Sorge sein soll.»

Nesetas edlem Gesicht war keine Gemütsbewegung anzusehen. Nemrod taumelte, als hätte ihn der Pharao mit seinem Zepter geschlagen.

«Reiß dich zusammen», empfahl ihm seine Frau leise. «Vergiß nicht, daß der Fürst von Hermopolis ein gutes Beispiel geben muß.»

Aus den Kehlen der Bürger stieg Jubelgeschrei. «Du hast gut gehandelt, Pianchi, Fürst des Lichtes! Du, der du uns Frieden bringst, beschütze die Hasen-Provinz und unsere Stadt und erlaube uns, ein Fest zu feiern!»

Unter dem scharfen Auge von Kühler-Kopf schlachtete ein Opferpriester rituell einen vom Fleischbeschauer freigegebenen Ochsen. Er schlug ihm Kopf und rechtes Vorderbein ab, das Symbol der Stärke, dann tauchte er seine Hand in das Tierblut und streckte sie einer Priesterin der Göttin Sechmet hin, die daran roch und sogleich verkündete, daß die Energie des Tieres rein sei und den Essern seines Fleisches sein *ka* verleihen würde.

Beruhigt, befreit und glücklich öffnete Hermopolis dem Schwarzen Pharao seine großen Tore, und der strebte auf der Tamariskenallee zum Amun-Tempel. Vor dem Eingangspylon standen zwei Kolosse, Abbilder Ramses' des Großen.

Nachdem er dem verborgenen Gott gehuldigt hatte, ging Pianchi zum großen Thot-Tempel. Am Fuß eines steinernen Pavians von enormer Größe wurde er vom Hohenpriester begrüßt, einem lächelnden Greis, der seit achtzig Jahren in die Geheimnisse des Gottes der Weisheit eingeweiht war. Er sah, daß der schwarze Pharao unter dem Schutz des Gottes stand und daß sein Handeln vom himmlischen *ka* geleitet wurde.

Voll Staunen entdeckte Pianchi einen Park, in dem sich der Lotosteich, der Geburtsort der ersten Sonne, die Insel des Feuers und der See der beiden Messer befanden, die Schauplätze des siegreichen Kampfes der Sonne gegen das Dunkel, außerdem das Heiligtum des Ur-Eis, das alle Elemente der Schöpfung barg.

Nemrod bemühte sich um Einsicht.

Na schön, man hatte ihn vor den Einwohnern von Hermopolis gedemütigt, aber er war noch am Leben und hatte einige Vorrechte behalten, die nicht zu verachten waren. Gewiß, er mußte seiner Frau gehorchen, behielt jedoch den Titel Fürst von Hermopolis. Und bestand nicht die Aussicht, daß er Pianchi dazu überreden könnte, er allein sei ein guter Verwalter, was er schon in der Vergangenheit bewiesen hatte, und Neseta hätte weder die Kraft noch die Fähigkeit, eine so große Stadt zu regieren.

Der schwarze Pharao mußte nur noch aus dem Thot-Tempel herauskommen, wo er seit mehreren Tagen die alten, mythologischen Texte studierte und sich stundenlang mit den Priestern unterhielt, an deren umfangreichem Wissen er teilhaben wollte.

Schließlich tauchte der König wieder auf und willigte ein, den Palast zu besuchen.

«Majestät», verkündete Nemrod begeistert, «ich möchte dir einige Wunder zeigen! Wenn es mir gelingt, dich zu blenden, gestattest du mir dann, dir meine Sache besser vorzutragen?»

Pianchis Miene war nichts abzulesen.

Zappelig vor Ungeduld führte ihn Nemrod durch die hundertfünfzig Zimmer des Palastes, die alle mit duftenden Blumen geschmückt waren. Im Audienzsaal, im Empfangssaal, in den Schlafgemächern standen geöffnete Schatullen, die Gold, Edelsteine, Stoffe und Salben enthielten.

Doch Pianchi zeigte kein Anzeichen von Staunen. Gleichgültig durchschritt er alles, so als ob ihn all diese Pracht nicht interessierte.

Nemrod war enttäuscht, doch er ließ nicht locker. Vielleicht verbarg der Herrscher ja seine wahren Gefühle ... Und dann blieb nur noch ein einziger Schatz übrig, der auch den strengsten Mann nicht kaltlassen würde.

Mit großer Gebärde hob der Fürst von Hermopolis ein Tuch.

«Majestät, das ist mir das Teuerste ... Es gehört dir.»

Zehn herrliche Wesen, nackt und kunstvoll geschminkt, räkelten sich auf bunten Polstern. Einige lasen Gedichte, andere spielten liebliche Melodien auf Lauten und kleinen Harfen.

«Nemrod, führe mich zu den Pferdeställen», sagte der Pharao.

«Zu den Pferdeställen ... Wenn du ein Pferd haben willst, dann lasse ich dir sofort eins holen!»

«Ich wiederhole meine Befehle nicht gern!»

«Gut, gut ...»

Nemrod hatte sich noch nicht ein einziges Mal in diesen übelriechenden Bereich gewagt, der den Stallburschen vorbehalten war. Zweifellos wollte Pianchi ihn auf die Probe stellen ... Und so führte er ihn unter heiteren Reden dorthin.

Bei den Vorräten an Futter und Korn blieb der Pharao stehen. Er griff sich eine Handvoll und ließ es auf die Steinplatten rieseln.

«Es bleibt haften», bemerkte er.

«Ist das ... so wichtig?» fragte Fürst Nemrod erstaunt.

«Wenn das Korn vollkommen trocken gewesen wäre, wie es sich gehört, dann wäre es gehüpft. Das Futter hier ist von schlechter Qualität.»

«Majestät, ich kümmere mich darum.»

Pianchi näherte sich einem Pferd mit zugeschwollenem Auge, das auf Kopf und Gliedmaßen dunkle Flecken hatte. Zunächst schreckte das Tier zurück, doch dann ließ es sich streicheln.

«Es hat Fieber ... Warum wird es nicht gepflegt?»

«Es wird geschehen, mein Wort darauf.»

Der König trat in eine Pferdebucht und fand dort ein Pferd, das sich das Bein verstaucht und eine Muskelzerrung hatte.

«Laß Salben bringen!»

Eigenhändig massierte der König den Vierbeiner, dessen Rücken so schwach war, daß man ihn nicht hätte besteigen können. Die dankbaren Augen des Kranken rührten Pianchi.

«Verletzte, verhungerte, vernachlässigte Tiere ... Bei meinem Leben, und so wahr mich Gott Re liebt, es schmerzt mich, wenn ich schlecht behandelte Pferde sehe, und das kommt zu den von dir begangenen Verbrechen noch hinzu! All deine Schätze, Nemrod, werden an den Tempel von Karnak geschickt. Und du, du unwürdiger Fürst, freue dich, daß ich Gnade vor Recht ergehen lasse.»

Kapitel 52

Die Nubier hatten bis spät in die Nacht gefeiert und sich mit ihren Lieblingsspeisen vollgestopft, nämlich Eiern und Ziegendickmilch. Lamerskeni war zwar ziemlich betrunken, sah aber noch so weit klar, daß er eine Ansprache an seine bierseligen Soldaten halten und ihnen bei der Einnahme von Herakleopolis eine sagenhafte Schlacht versprechen konnte. Dieses Mal durften sie ihre Tapferkeit unter Beweis stellen und Heldentaten vollbringen, von denen noch künftige Generationen erzählen würden.

Pianchi betrachtete die feiernde Stadt vom Dach des Palastes aus. Seine Gemahlin Abile griff sacht nach seinem linken Arm.

«Du hast ein Massaker verhindert, Pianchi», sagte sie.

«Und die Pferde werden jetzt gepflegt ... Aber wir haben auch Glück gehabt. Nemrod liebt sich selbst so sehr und findet so viel Geschmack an Zugeständnissen, daß er diese herrliche Stadt nicht zerstört sehen möchte. Das wird bei Tefnacht nicht der Fall sein, der geht bis zum bitteren Ende, und er opfert lieber all seine Männer, als daß er aufgibt.»

«Ich habe viel über diesen Nemrod nachgedacht ...»

«Willst du mir etwa vorwerfen, daß ich ihm keine harte Strafe auferlegt habe?» fragte der Pharao.

«Nemrod eignet sich so hervorragend zum Verräter, daß man seine Gabe doch für den Frieden nutzen könnte, was meinst du?»

«Was willst du damit sagen, Abile?»

Nach und nach erläuterte die Königin ihren Plan, und Pianchi dankte den Göttern, daß sie ihm eine so außergewöhnliche Ehefrau geschenkt hatten.

Tefnacht war wütend.

«Dank meiner Hilfe», so sagte er zu Nartreb und Yegeb, «seid ihr vermögende, einflußreiche Männer geworden, und ihr vermehrt euer Vermögen weiterhin durch Maßnahmen, die ich lieber übersehe! Ich verlange jedoch, daß man mich über die Bewegungen von Pianchis Heer informiert.»

Yegebs Stimme klang honigsüß.

«Gebieter, natürlich dürfen wir dich nicht hintergehen ... Aber wir sind uns nicht sicher, weil sich die eingezogenen Auskünfte widersprechen! Die einen besagen, daß der schwarze Pharao bereits wieder nach Nubien zurückgekehrt ist, doch laut anderer belagert er seit mehreren Tagen Hermopolis.»

«Diese Ungewißheit ist unerträglich! Macht, was ihr wollt, aber ich will Bescheid wissen!» befahl Tefnacht.

Eine strahlende Aurora drang in das Arbeitszimmer des Generals ein und bedachte die beiden Berater mit einem verächtlichen Blick.

«Anstatt diesen Nichtsnutzen zuzuhören, solltest du dich lieber um das Schicksal von Hermopolis kümmern.»

Nartreb rümpfte die Nase.

«Mit Verlaub, aber hier werden ernste Angelegenheiten besprochen ...»

«Ist euch die Bitte von Fürst Nemrod um eine Audienz ernst genug?» fragte Aurora spöttisch.

Die Kunde verbreitete sich in Herakleopolis mit der Geschwindigkeit eines galoppierenden Schakals. Daher hielt es

Tefnacht für geraten, seinen Hof in dem großen Säulensaal des Palastes zusammenzurufen, wo sich ein eleganter und selbstsicherer Nemrod einstellte, dessen Haltung die Anwesenden beruhigte.

«Ich freue mich, dich wiederzusehen, General Tefnacht!»

«Deine Anwesenheit, Fürst Nemrod, erfüllt uns mit Freude. Bedeutet sie, daß Hermopolis befreit ist und Pianchi seine Belagerung eingestellt hat?»

«Der schwarze Pharao hat seine Kraft gewaltig unter Beweis gestellt, seine Männer haben meine Mauern angegriffen und sind jämmerlich gescheitert. Angesichts seiner großen Verluste hat der Nubier den Rückzug angetreten. Künftig müssen wir ihn aus Theben vertreiben!» sagte Fürst Nemrod.

Diese kriegerische Rede des Fürsten von Hermopolis wurde mit lebhaftem Beifall aufgenommen. Tefnacht ging auf ihn zu, gratulierte ihm und versprach ihm ein unvergeßliches Bankett.

Herakleopolis feierte; junge Männer und junge Frauen mit Blütenkränzen im Haar spielten unter den Blicken der Festteilnehmer, die hemmungslos Krug um Krug des großzügig an die Bevölkerung verteilten Bieres leerten.

Während Tefnacht und Aurora strahlend unzählige Bittsteller abwiesen, schöpfte Nemrod zusammen mit Akanosch und Peftau, Fürst von Herakleopolis, unter einer großen Palme frische Luft.

Peftau war dick geworden, und seine rote Gesichtsfarbe zeugte von unendlicher Zufriedenheit.

«Was für ein herrlicher Abend, meine Freunde! Hatten wir nicht recht, als wir Tefnacht gefolgt sind, der uns diesen schönen Sieg beschert hat? Er wird noch viele andere im Gefolge haben. Heute bin ich mir sicher, daß wir demnächst auch in Theben einziehen und dort als Befreier begrüßt werden.»

«Ich habe diesen Feldzug satt», gestand Akanosch. «Wie gern würde ich wieder nach Haus, heim ins Delta, gehen und die ganze Auseinandersetzung vergessen.»

«Sag das nicht», hielt Peftau dagegen. «Keiner von uns kann Tefnacht in dem Augenblick verlassen, wo unsere Truppen dem schwarzen Pharao eine vernichtende Niederlage beibringen können!»

«Freu dich nicht zu früh», riet Nemrod.

«Ich merke schon, meine Einstellung wundert dich, aber ich habe schreckliche Angst gehabt, die Mauern von Hermopolis könnten Pianchis Soldaten nicht standhalten! Jetzt bin ich beruhigt und ...»

«Du irrst», sagte Fürst Nemrod.

Peftaus Gesicht verfärbte sich dunkelrot.

«Ich verstehe nicht», sagte er.

«Hör mir gut zu, Fürst von Herakleopolis, und du auch, Akanosch. Ist euch das Leben nicht das höchste Gut?»

«Gewiß doch, Nemrod, aber was soll die Frage?»

«Weil ihr es schon bald verliert, wenn ihr euch falsch entscheidet.»

«Hier trifft Tefnacht die Entscheidungen», mahnte Akanosch, «nicht wir.»

«Unter den gegebenen Umständen täuschst du dich.»

«Möchtest du uns das endlich erklären?»

«Ich habe gelogen», sagte Fürst Nemrod.

Akanosch und Peftau blickten ihn verblüfft an.

«Gelogen ... Aber warum denn?»

«Der schwarze Pharao hat Hermopolis eingenommen.»

«Nemrod, du machst dich über uns lustig!»

«Ich habe versucht, Widerstand zu leisten, aber Pianchi

besitzt eine Waffe, gegen die unsere Befestigungsanlagen nichts ausrichten, nämlich Katapulte, die mit riesigen Steinen schießen können, die die Mauern zerstören und die Soldaten töten. Ganz zu schweigen von den Pionieren und den Bogenschützen!»

«Heißt das, es gibt keine Festung, die Pianchi widerstehen kann?» fragte Fürst Peftau besorgt.

«Keine vergleichbare Festung, das eine steht fest. Die Mauern deiner Stadt, Peftau, sind nicht standhafter als meine», sagte Nemrod.

«Was ... was geschieht, wenn uns der schwarze Pharao angreift?»

«Tausende von Libyern und Männer deiner Provinz werden sterben, Herakleopolis wird großen Schaden erleiden und Pianchi in die Hände fallen», sagte Nemrod.

«Dieses Unheil muß abgewendet werden!»

«Aus diesem Grund bin ich hier. Ich mußte euch die Wahrheit enthüllen, die Tefnacht nie zugeben würde. Noch heute nacht breche ich wieder nach Hermopolis auf, um Pianchi, dem einzigen Herrn Ägyptens, von meiner Mission zu berichten.»

Fürst Peftau wußte nicht mehr ein noch aus.

«Aber ... was bleibt uns da zu tun?»

«Du hast es bereits gesagt: ein Unheil abwenden.»

Kapitel 53

Nach einer Liebesnacht, in der Aurora all ihre Liebeskünste aufgeboten hatte, hatte Tefnacht beschlossen, Theben mit dem Großteil seiner Truppen anzugreifen und dazu noch aus den Garnisonen der Städte Herakleopolis und Hermopolis Männer abzuziehen. Ein fliehender Pianchi würde nicht auf einen so brutalen und gewaltigen Angriff gefaßt sein. Entweder würde er weiter fliehen und den nördlichen Fremdländern das Feld überlassen, oder der Schreck wäre so außerordentlich heftig, daß er viele Männer verlöre. Doch die Niederlage der südlichen Fremdländer war unabwendbar, vorausgesetzt, die Offensive würde von Memphis aus organisiert.

«Ich komme mit», sagte Aurora. «Im Süden bereite ich dann unsere Krönung vor.»

Der General streichelte ihren Busen.

«Möchtest du wirklich Königin von Ägypten werden?» fragte er.

«Mach mit mir, was du willst, aber gewinne diesen Krieg», sagte sie.

«Aurora, du bist so viel jünger als ich ... Angenommen, du verliebst dich in einen anderen Mann?»

Die grünen Augen funkelten vor Zorn.

«Glaubst du, eine ägyptische Königin begeht den Fehler, nicht Herrin ihrer Sinne zu sein? Sie denkt ausschließlich daran, wie sie dieses Land wieder aufbauen kann, und dazu reicht vielleicht nicht einmal ein langes Leben.»

Tefnacht rückte etwas von ihr ab und musterte sie.

«Ich weiß, zu was ich dich mache, Aurora, und ich weiß auch, daß du deine hohe Stellung besser ausfüllen wirst als jede andere Frau.»

Nartreb und Yegeb hatten zwei große Feinde, denen schlecht beizukommen war, nämlich Frauen und Hitze. Letztere ließ Knöchel und Zehen anschwellen und verlangsamte sogar ihre Gedanken. Ein Aufenthalt im Norden, wenn auch nur für einige Tage, erschien ihnen wie ein kostbares Geschenk, selbst wenn es ihnen noch nicht gelungen war, Aurora loszuwerden, deren Einfluß störend blieb.

Nartreb und Yegeb stellten die Tiegel mit den erfrischenden Salben eigenhändig in einen Holzkasten, als ein kleiner Mann mit Rattengesicht zur Berichterstattung kam.

«Hast du endlich Leute aufgetrieben, die daran interessiert sind, Fürst Akanosch bloßzustellen?» fragte Nartreb aufgeregt.

«Leider nicht, aber ...»

«Binnen einer Stunde brechen wir auf und haben keine Zeit mehr, uns zu besprechen. Mach weiter und laß dir etwas mehr einfallen!»

Der Spion wich und wankte nicht.

«Man kann Fürst Akanosch überhaupt nichts nachweisen, aber eine Einzelheit macht mich stutzig.»

«Und die wäre?» fragte Yegeb.

«Es geht um seine Frau ... Niemand weiß etwas über die Zeit vor ihrer Heirat.»

«Interessiert nicht», meinte Nartreb.

«Vielleicht doch», kam Yegeb dazwischen. «Angenommen, Akanoschs Frau hat etwas zu verbergen ... Forsche weiter», befahl er dem Rattengesichtigen. «Und wenn wir aus dem Norden zurück sind, hast du ein greifbares Ergebnis vorzuweisen, falls du eine gute Belohnung haben willst.»

Tefnacht und sein Hof, dem auch Akanosch angehörte, verließen Herakleopolis um die erste Morgenstunde mit einer Begleitmannschaft aus Streitwagen und Bogenschützen. Kurz darauf brach auch das mächtige, libysche Heer von seinem Stützpunkt im Hinterland auf, um Mittelägypten zu durchqueren und den Süden zu erobern.

Pianchi hatte in Hermopolis nur eine Hundertschaft Fußsoldaten unter dem Befehl von Nemrods Gemahlin zurückgelassen, die seit ihrer Amtseinführung bereits Autorität und Strenge unter Beweis gestellt hatte. Ihr untergebener Ehemann war kaum noch einen Deut wert, auch wenn er noch immer der eleganteste Mann weit und breit war.

Nach seiner Rückkehr aus Herakleopolis hatte Nemrod Zweifel geäußert. Gewiß, er hatte seine Aufgabe erfüllt, hatte Tefnacht angelogen und Akanosch und Fürst Peftau die Wahrheit enthüllt, aber wie würde der reagieren? Peftau begeisterte sich für Tefnacht und glaubte an den Sieg der nördlichen Fremdländer. Nemrod zufolge tat der General so, als verließe er die Stadt, um besser einen Hinterhalt legen zu können.

Trotz der Verachtung, die ihm der Fürst von Hermopolis einflößte, teilte Hauptmann Lamerskeni seine Meinung. Peftau, dieser andere Verräter, mußte Tefnacht gewarnt haben, und der hatte Nemrod nur gehen lassen, damit dieser an den Erfolg seiner Mission glaubte.

Wenn die Nubier Herakleopolis mit ihren Katapulten und ihren hohen Plattformen belagerten, würden Tefnachts Streitwagen Pianchis Flanke durchbrechen und versuchen, die Kriegsgeräte zu zerstören. Daher machte sich Lamerskeni auf Gegenwehr gefaßt.

Abile hatte sich geweigert, in Hermopolis zu bleiben, und Pianchi hatte gar nicht erst versucht, sie umzustimmen. Auch dieses Mal hatte seine Gemahlin klargestellt, daß sie die ganze lange Reise in den Norden an seiner Seite zu bleiben gedenke. Und der schwarze Pharao wußte seit langem, daß die Magie dieser prachtvollen königlichen Gemahlin eine seiner wirksamsten Waffen war.

Der Aufenthalt in Hermopolis hatte Kühler-Kopf die Muße gegeben, sein Kriegstagebuch und seine Berichte auf den neuesten Stand zu bringen. Ein Staat, dessen Archive nicht korrekt geführt wurden, hatte keine Aussicht auf Bestand. Leider mußte er jetzt nach Herakleopolis aufbrechen und tausendundeine Einzelheit der Verwaltung überprüfen, der die Krieger ganz zu Unrecht keine Beachtung schenkten. Und Kühler-Kopf sehnte sich nach seiner Familie, die in Napata geblieben war. Wie viele Tage würden noch vergehen, ehe er Frau und Kinder wieder küssen konnte?

Pianchi ritt Löwenherz, seinen prächtigen Braunen, der sich auf den weiten Ritt freute. Seine freundliche Miene und seine blitzenden Augen zeigten eine Lebensfreude, die sich auf alle übertrug. Wer die schimmernde, falbfarbene Mähne vorbeitraben sah, fühlte sich neu belebt.

Herakleopolis kam in Sicht.

Die Mauern wirkten nicht weniger fest als die von Hermopolis, doch das beeindruckte Pianchis Soldaten nicht. Die beim vorhergehenden Sieg verwendete Technik würde auch hier zu den gleichen Ergebnissen führen, oder etwa nicht? Daß sich der Pharao um das Leben seiner Männer sorgte, beruhigte jeden. Noch nie war das Zutrauen in ihren Reihen so groß gewesen.

«Nicht weiter, Majestät», riet Hauptmann Lamerskeni. «Erst einmal müssen wir den Kanal und die Ebene in unserem

Besitz haben, darauf Tefnachts Streitwagen den Weg versperren, die nur nach Westen hin einen Ausfall machen können. Erst dann bringen wir die Katapulte und die beweglichen Plattformen in Stellung.»

Pianchi bewunderte Herakleopolis, ‹die Stadt des königlichen Kindes›, die inmitten einer blühenden Gegend erbaut worden war, zu der zwei große landwirtschaftliche Gebiete, aber auch viele Obstgärten unterschiedlicher Größe gehörten, die von mehreren Generationen Kleinbauern gehegt und gepflegt worden waren. Dem Herrscher gefiel die liebliche Landschaft, die er in ein Schlachtfeld verwandeln mußte.

«Meine Männer sind bereit», versicherte ihm Hauptmann Puarma.

«Meine auch», überbot ihn Lamerskeni.

«Stellt die Zelte auf und baut ein Lager», befahl der König.

Lamerskeni bedauerte diesen Zeitverlust. Eine sofortige ‹Säuberung› von den Hügeln her, wo sich Tefnachts Streitwagenmacht versteckt haben dürfte, wäre ein herrlicher Vorgeschmack auf die Einnahme von Herakleopolis gewesen, aber dem König lag das Wohlergehen seiner Männer mehr am Herzen.

«Majestät», platzte Puarma verblüfft heraus, als sich das große Stadttor öffnete.

Königin Abile lächelte. Sie war davon überzeugt, daß ihr Plan Erfolg hatte und daß sich Herakleopolis Pianchi ohne einen einzigen Tropfen Blutvergießen ergeben würde.

Fürst Peftau, dessen Name ‹der Windige› bedeutete, hatte es doch lieber vorgezogen, die Seiten zu wechseln. An der Spitze eines Zuges aus Würdenträgern und unbewaffneten Soldaten, die mit Gold, Silber und Edelsteinen beladen waren, verließ er als erster seine Stadt. Zu dem Zug gehörten noch zehn prachtvolle, junge, vollkommen gesunde Pferde.

«Und wenn das eine List ist?» meinte Lamerskeni argwöhnisch.

Im regelmäßigen Trab und mit ungewöhnlich edler Haltung näherte sich Löwenherz dem freien Platz vor der Stadt und blieb kurz vor Peftau stehen, der sich auf der Stelle zu Boden warf.

«Sei gegrüßt, mächtiger Herrscher!» sagte er, soweit es ihm seine erstickte und zitternde Stimme erlaubte. «Finsternis hatte mein Herz ergriffen, und Dunkel hielt meine Seele umfangen, aber ich habe meinen Fehler eingesehen! Möge dein strahlendes Gesicht mir erneut das Licht schenken, dessen ich bedarf! Ab heute bin ich dein treuer Diener, denn du bist der ferne Gott an der Spitze aller unvergänglichen Sterne.»

Der schwarze Pharao mißachtete die Geschenke und betrat die eroberte Stadt Herakleopolis, deren Bewohner Irisblüten auf seinen Weg streuten.

Kapitel 54

Die Garnison Herakleopolis hatte sich den Nubiern angeschlossen. Bei einem Festmahl, an dem alle Würdenträger der Stadt und ihre hinreißenden Ehefrauen mit Lotosblüten im Haar teilnahmen, wollte Peftau gar nicht aufhören, Pianchis Lob zu singen. Gesättigt schlief Pianchis Manguste, aber nur mit einem Auge.

Als Abile und Pianchi endlich im luxuriösesten Schlafgemach des Palastes allein waren, das man dem königlichen Paar auf Dauer eingeräumt hatte, streckte sich der Pharao auf dem Bett aus vergoldetem Holz aus, das auf Löwenbeinen stand. Waren es nicht zwei Löwen, das Heute und das Morgen, die den Schlaf des Ruhenden schützten, damit er für das Gestern starb und für das Morgen wiedergeboren wurde?

Abile setzte sich auf die Bettkante und streichelte sacht die Brust ihres Mannes. Je mehr die Jahre vergingen, desto mehr verkörperte er eine friedliche Macht, gegen die das Unheil nichts ausrichten konnte.

«Warum bist du so besorgt?» fragte sie. «Wir haben Hermopolis und Herakleopolis zurückerobert. Von heute an bleiben dir die beiden Städte dank deiner Maßnahmen treu ergeben, und Mittelägypten ist aufs neue ein Bollwerk gegen den Einfall der nördlichen Fremdländer.»

«Nicht ganz Mittelägypten, Abile.»

«Willst du damit sagen … daß du daran denkst, nach Norden weiterzuziehen?»

Darauf gab Pianchi keine Antwort, und Abile ereiferte sich.

«Wir haben unsere Stellungen zurückgewonnen, Tefnacht bedroht nicht länger Theben … Warum willst du diesen Krieg weiterführen?»

«Weil ich selbstsüchtig und feige gewesen bin. Mein Vater Amun hat gewollt, daß ich Pharao von Ober- und Unterägypten werde, aber ich habe mein Glück in Beschaulichkeit genossen und darüber die Hälfte meines Landes vergessen. Darum ist ein Dämon aus dem Dunkel aufgetaucht. Tefnacht hat uns brutal an unsere Pflicht erinnert, Abile.»

Jetzt blickte das schöne Gesicht der Königin traurig.

«Ich hatte erwartet, daß wir in Theben, in der Nähe unserer Tochter, der Göttlichen Sängerin, residieren und den Rest unseres Lebens mit der Verehrung der Götter verbringen würden.»

«Wenn wir Tefnacht nicht besiegen, gewinnt die Apophis-Schlange, die die Sonnenbarke auf ihrer Bahn umschlingen will, wieder an Kraft und sät erneut Unruhe im ganzen Land, selbst in Nubien. Es handelt sich nicht um einen kleinen Aufstand, wie ich zunächst geglaubt habe, sondern um einen richtigen Krieg. Tefnachts Heer ist unversehrt, es sammelt sich weiter nördlich.»

«Du denkst an … Memphis?»

«Ja, an Memphis, die Hauptstadt des goldenen Zeitalters, die Stadt mit der weißen Mauer, die von Djoser gegründet wurde, die leuchtende Stadt aus der Zeit der Pyramiden, die man ‹die Waage der Zwei Länder› nennt, weil sie das Zünglein an der Waage und Bindeglied zwischen Delta und Niltal ist.»

Abile schnürte sich die Kehle zusammen.

«Zwischen Memphis und uns gibt es noch mehrere befestigte Orte in der Gewalt der nördlichen Fremdländer … Und jeder weiß, daß die Festung Memphis uneinnehmbar ist! Unser Geschlecht hat schon lange darauf verzichten müssen.»

«Zu lange, Abile.»

«Pianchi ...»

«Hast du Angst, Königin von Ägypten?»

Sie schmiegte sich an ihn.

«Ja, ich habe Angst ... Angst, dich in einer Schlacht zu verlieren, Angst vor dem Leid, das unser Heer und unser Volk erdulden muß, Angst vor den schrecklichen Folgen, falls wir scheitern!» gestand sie.

«Ich auch, ich habe Angst vor einer Aufgabe, die unser Vermögen übersteigt, sowohl das der Menschen als auch das des Materials, aber ich weigere mich, auf meine Ängste zu hören.»

«Warum, Liebster?»

«Weil wir die Maat verraten würden, wenn wir den von ihr vorgezeichneten Weg nicht bis zum Ende gingen. Und der heißt Vernichtung Tefnachts und Rückkehr Unterägyptens und der Nordprovinzen in ein wiedervereintes Land.»

Die schöne Nubierin schmiegte ihre Wange an seine, legte ihren Arm auf seine Brust und wehrte sich nicht länger.

«Selbst mir ist es nicht gelungen, dich umzustimmen ...»

«Nein, weil du meinen Entschluß billigst. Du, die Isis' Zauberkraft besitzt, auch du weißt, daß Verzicht aus Lauheit Niedergang und Unheil nach sich zieht. Wir werden mit allen verfügbaren Kräften in diese Schlacht gehen, Abile. Wenn wir sterben, dann sterben wir gemeinsam und danken den Göttern, daß sie uns so viel Glück zugestanden haben.»

Der Rattengesichtige hatte keine Zeit mehr gehabt, seine Nachforschungen bezüglich Akanoschs Ehefrau abzuschließen, denn er hatte Wichtigeres zu tun, nämlich Herakleopolis so rasch wie möglich zu verlassen, sich zu Yegeb durchzuschlagen und ihm die Wahrheit über die tragischen Vorkommnisse zu erzählen, die sich gerade abgespielt hatten. Das Vorhaben war schwierig und riskant, aber es gelang ihm, die Frontlinie unter dem Vorwand zu überschreiten, er müsse seine Familie besuchen, die in einem Dorf wohnte, das ein gutes Stück gen Norden gelegen war und vermutlich schon zu Pianchis Herrschaftsbereich gehörte. Zynisch dachte der Offizier, der ihn passieren ließ, daß sich hier eine hervorragende Möglichkeit bot, sich davon zu überzeugen: Falls der Mann erschlagen wurde, lohnte es, das Dorf zu überprüfen.

Nachdem der Rattengesichtige die erste Zwischenstation geschafft hatte, durchquerte er bebautes Land, stahl Zwiebeln und Feigen und erreichte das Ufer des Nils in einem Gebiet, das nicht von den südlichen Fremdländern kontrolliert wurde. Unter den Fährleuten kursierten bestürzende Neuigkeiten, es war die Rede von plündernden Nubiern, die nicht zögerten, Dörfer in Brand zu stecken, Frauen zu schänden und die Einwohner abzuschlachten. Der Flüchtling schaffte es, einen von ihnen herumzubekommen, daß er ihn in aller Eile nach Memphis fuhr, damit er Tefnacht warnen und ihn bitten konnte, unverzüglich einzugreifen.

Das Boot wurde viele Male von Flußpatrouillen angehalten, die den Rattengesichtigen zwangen, sich zu rechtfertigen, und das manchmal mehrere Stunden lang. So verlor er kostbare Zeit, die der schwarze Pharao gewiß zum weiteren Eindringen in Mittelägypten nutzen würde. Die endlose Fahrt endete vor den Toren von Memphis, wo er verhört und fünfzehn Tage lang ins Gefängnis geworfen wurde.

Schließlich empfing ein Offizier den Spitzel, nahm seinen Bericht ernst und brachte ihn zu Yegeb, der sich in einem Schreibzimmer in der Nähe des Tempels eingerichtet hatte.

«Warum hast du nicht in Herakleopolis auf meine Rückkehr gewartet? Du bringst hoffentlich gute Nachrichten!»

«O nein, Gebieter! Fürst Peftau hat Pianchi die Stadttore geöffnet. Und vorher hat der schwarze Pharao bereits Hermopolis eingenommen.»

«Was erzählst du da? Fürst Nemrod ...»

«Nemrod hat gelogen! Er gehorcht genau wie Peftau wieder Pianchi.»

Yegeb spürte, wie seine Knöchel anschwollen, und ihm wurde übel. Aber die Lage war so ernst, daß er sich nicht um seine Knöchel sorgen konnte. Nachdem er Nartreb alarmiert hatte, der sich in einem Bierhaus vollaufen ließ, brachte er den Informanten in Tefnachts Hauptquartier.

Der General lauschte dem Rattengesichtigen sehr aufmerksam.

«Man soll ihn bezahlen», befahl er, «und ihm eine Unterkunft in der Stadt besorgen.»

«Wir sind viele Risiken eingegangen», verkündete Yegeb, sowie sein Helfershelfer gegangen war, «aber es ist uns gelungen, dich genauestens zu informieren.»

«Bist du dir da so sicher?» fragte Tefnacht.

«General, ich bin überzeugt, daß dieser Mann die Wahrheit sagt!»

«Ich auch, aber was mag Pianchi vorhaben?»

«Er hat sich zwei Städte zurückgeholt, die er als sein eigen ansieht, und er hat seine ursprüngliche Grenze wiederhergestellt und ist überzeugt, daß du sie nicht mehr überschreiten kannst.»

«Wenn er sich über meine Absichten richtig im klaren ist, dann weiß er, daß ich mich niemals mit dem augenblicklichen Stand der Dinge zufriedengebe und ihn wieder angreifen werde.»

«Pianchi und weiter nach Norden vordringen? Das wäre dumm von ihm!»

«Dieser Nubier hält sich für den König beider Länder, sowohl von Ober- als auch von Unterägypten!»

«Er wird ein paar Dörfer niederbrennen», prophezeite Nartreb, «und dann in seine geliebte, heilige Stadt Theben zurückkehren und zu seinen Göttern beten. Wenn er glaubt, die Situation hat sich beruhigt, bereiten wir ihm eine böse Überraschung!»

Tefnacht konnte sich ausmalen, wie Pianchi Mittelägypten einnahm und dann den Blick auf Memphis richtete ... Er an seiner Stelle hätte es genauso gemacht. Aber er, Tefnacht, war ein richtiger Kriegsherr und Pianchi ein Mann des Südens, der sich an Frieden, Vergangenheit und heilige Werte klammerte.

Kapitel 55

Pianchis Flotte fuhr den Nil hinunter bis zur Stadt Illahun, wo die reiche Provinz Fayum begann. An Bord herrschte aufgeräumte Stimmung. Hauptmann Lamerskeni bedauerte zwar die bedingungslose Übergabe von Herakleopolis, die seine Soldaten daran gehindert hatte, ihre Tapferkeit unter Beweis zu stellen, aber er machte gute Miene zum bösen Spiel und lieferte sich mit Puarma erbitterte Schlachten auf dem Spielbrett, bei denen er stets Sieger blieb.

Pianchis Ruf wuchs und wuchs. Nicht nur, daß er unglaubliche Siege errungen hatte, nein, er hatte auch das Leben seiner Soldaten geschont! Lamerskeni hatte ihre Begeisterung angestachelt, indem er ihnen harte Schlachten versprach. Nemrod aus Hermopolis und Peftau aus Herakleopolis, diese bußfertigen Abtrünnigen, hatten zwar nur mangelhaft Widerstand geleistet, aber es kamen noch andere Kleinfürsten, die in den Städten Mittelägyptens herrschten. Die waren den Libyern immer treu ergeben gewesen und hatten allen Grund, das Heer der südlichen Fremdländer zu fürchten. Daher würden sie ihre Städte sehr hartnäckig verteidigen.

Pianchis Ansprache klang auch nicht anders, denn er beschwichtigte seine Truppen keineswegs, sondern kündigte ihnen an, daß der schwierigste Teil noch vor ihnen läge. Schließlich wagten sie sich in unbekanntes Gebiet, das seit Jahrzehnten kein Nubier betreten hatte. Aber diese ernste Warnung hatte das Selbstvertrauen der südlichen Fremdländer noch gestärkt, sie kämpften für die Freiheit und das Wohlergehen der Zwei Länder, und sei es um den Preis ihres eigenen Lebens. Unter dem Befehl des schwarzen Pharaos zu dienen war eine Ehre, die künftige Generationen mit Neid erfüllen würde.

Dennoch legte sich lastendes Schweigen über die Kriegsboote, als man die Festung Illahun erblickte. Jeder wußte, daß die befestigte Stadt voller libyscher Fußsoldaten war, die sich bis zum letzten Blutstropfen wehren würden. Da auch die Mauern höher als die von Hermopolis waren, wußte niemand, ob die Katapulte hier etwas ausrichten konnten. Blieb nur zu hoffen, daß dem schwarzen Pharao etwas einfiel, wie man trotzdem siegen konnte.

«Was empfiehlst du, Hauptmann Lamerskeni?» fragte der König.

«Man könnte unsere Geräte ausprobieren ... Aber man darf keine Wunder erwarten!»

«Ich bin ganz deiner Meinung. Was sonst noch?»

«Die Pfeile unserer Bogenschützen werden nicht viele Opfer finden ... Siehst du die Überdachung des Wehrganges?»

«Gut beobachtet, Lamerskeni», sagte der König.

«Wir kommen um eine Belagerung nicht herum, und die kann lange dauern ... Mit anderen Worten, Tefnacht hat reichlich Zeit, Verstärkung zu schicken.»

«Die Pioniere könnten an der Mauer Erdhügel aufschütten», schlug Puarma vor, «das würde all unsere Probleme lösen.»

«Sie würden doch nur von den libyschen Bogenschützen abgeschossen werden», wandte Lamerskeni ein. «Du vergißt, daß sie dieses Mal ungeschützt vorgehen müßten!»

«Laßt mich allein», sagte Pianchi scharf. «Ich muß nachdenken.»

Illahun ... Ganz in der Nähe hatte Pharao Amenemhet III.

das berühmte Labyrinth bauen lassen, einen riesigen Palast mit Hunderten von Zimmern. Und auf seinen Anstoß hin hatte man das Fayum zu einem großen Obstgarten umgestaltet, dessen Fruchtbarkeit legendär war. Er war nur der Jagd und dem Fischfang vorbehalten und dem Schutz des Krokodilgottes Sobek unterstellt, der aus dem Urmeer eine wiedergeborene Sonne auftauchen ließ und sie oben an den Himmel setzte. Und verdiente er aus diesem Grund nicht den Beinamen ‹Schönes Gesicht›?

Der Pharao dachte nicht lange nach. Als er aus dem Ratszelt trat, fing ihn Abile ab.

«Was hast du vor?» fragte sie.

«Es wird dir nicht gefallen», sagte der König.

«Pianchi … Du bist König und Befehlshaber dieses Heeres, du hast kein Recht, dein Leben aufs Spiel zu setzen!»

«Abile, dein Zauber schützt mich.»

Auf seinem Braunen, der so schnell war wie ein rotäugiger Schakal und einem losbrechenden Sturm glich, entfernte sich Pianchi allein in Richtung Illahun, und seine Soldaten blickten entsetzt hinter ihm her. Berauscht von der eigenen Schnelligkeit, ließ Löwenherz die langen und muskulösen Beine spielen.

Doch um ihn zum Stillstehen vor dem großen Eingangstor zur Festung zu bewegen, genügte Pianchi ein kleiner Klaps auf den Hals.

An seinem Auftreten, seinen breiten Schultern, seinem vergoldeten Kettenhemd und dem strahlendweißen Gewand aus königlichem Leinen hatten die auf den Mauern von Illahun postierten Bogenschützen den schwarzen Pharao erkannt und wagten es nicht, ihre Pfeile abzuschießen.

Pianchis gewaltige Stimme dröhnte in den Ohren der Verteidiger von Illahun.

«Ihr seid lebende Tote, ohne es zu wissen, Unselige und Verlorene, deshalb hört mir zu, hört eurem König zu! Falls nur kurze Zeit verrinnt, bis sich diese Tore öffnen und ihr mir Treue schwört, seid ihr des Todes. Schließt durch Gehorsamsverweigerung nicht die Tore zu eurem Leben, legt euren Kopf nicht unter das Henkersbeil! Wenn ihr eure Stadt dem Pharao von Ober- und Unterägypten öffnet und das Gesetz der Maat achtet, stirbt niemand, niemand wird beraubt, und es wird Frieden herrschen. Ich erwarte eure Antwort, denn meine Geduld ist bereits erschöpft.»

Auf den Mauern tat sich etwas, und das in jeder Beziehung. Offiziere und Würdenträger stürzten in den Audienzsaal Osorkons, des Fürsten von Illahun, eines Libyers aus alter Familie, und hinterbrachten ihm Pianchis Worte.

«Dann ist er also da ... ist allein da!»

«Wir können ihn leicht abschießen», meinte der Befehlshaber der Festung. «Wenn er tot ist, treten die Nubier einen ungeordneten Rückzug an.»

«Dummkopf! Hast du noch nie von der übernatürlichen Kraft gehört, die einem Pharao zu eigen ist und die es ihm erlaubt, alleiniger Sieger über alle Vielfalt zu sein? Dank dieser Gabe hat Ramses der Große die Hethiter bei Kadesch geschlagen, und weil auch Pianchi damit belehnt worden ist, fordert er uns so dreist heraus. Kein Pfeil wird ihn erreichen, keine Lanze seinen Harnisch durchdringen, denn er gleicht einem alles verschlingenden Feuer, das kein Mensch löschen kann.»

«Aber ... was wirst du tun?»

Fürst Orsokon trat aus seinem Palast, befahl, das große Festungstor zu öffnen, und warf sich dem schwarzen Pharao zu Füßen.

«Der Schatten Gottes beschützt dich», sagte er, «und der

Himmel verleiht dir die Kraft, das, was dein Herz ersinnt, sogleich auszuführen. Wenn wir fähig sind, die Wirklichkeit so zu sehen, wie sie ist, dann aufgrund dessen, was du befiehlst. Diese Festung, diese Stadt, ihre Schätze und ihre Einwohner, sie gehören dir. Tritt ein in Frieden, Majestät.»

Löwenherz galoppierte bis zum Burgberg von Illahun, von wo Pianchi eine Stadt beherrschte, deren Hauptverkehrsadern mit geometrischer Sorgfalt gezogen waren und sich im rechten Winkel kreuzten. Prächtige Herrenhäuser mit siebzig Zimmern standen unter bescheideneren Anwesen von zweihundert Ellen im Quadrat. Die Einwohner schüttelten ihre Betäubung und ihre Angst ab und jubelten ihrem Befreier zu, während die Soldaten der Garnison, die statt Waffen Palmwedel trugen, die Nubier umarmten.

Binnen einer knappen Stunde war die ganze Stadt im Festtaumel. Aus den Kellern des Palastes holte man Hunderte von Wein- und Bierkrügen, auf niedrigen Tischen wurden Fleisch- und Stockfischscheiben abgestellt, auf den Boden streute man Feigen, Datteln und Weintrauben, und man besang das Glück, unter Pianchis Herrschaft zu leben.

«Was ist los mit dir?» fragte Puarma Lamerskeni. «Man könnte schwören, du bist berauscht, obwohl du noch gar keinen Tropfen getrunken hast!»

«Bogenschwenker, du bist wirklich der allerletzte Schwachkopf. Dich erstaunt rein gar nichts. Ich jedenfalls habe noch nie einen Mann wie den da gesehen.»

«Du bist schwach im Kopf, Lamerskeni. Wie viele Jahre brauchst du eigentlich, bis du begreifst, daß er der Pharao ist?»

Kapitel 56

«Illahun ist gefallen», sagte Tefnacht zu Aurora. «Die schlechte Nachricht scheint dich kaum zu betrüben», erwiderte sie.

«Fürst Osorkon ist ein verbrauchter Mann, der Angst vor der Zukunft hat ... Pianchi hat ihn gewiß mühelos davon überzeugen können, daß es besser ist, wenn er die Stadttore öffnet.»

«Dieser verfluchte Nubier kontrolliert also augenblicklich Fayum!»

«Nur einen Teil ... Wenn er weiterzieht, kommt er zu der Festung Meidum, und die versperrt ihm den Weg. Dort habe ich einen meiner schärfsten Offiziere als Befehlshaber eingesetzt. Der drillt seine Soldaten jeden Tag selbst und hat schon eigenhändig Rekruten getötet, die ihm zu schwächlich vorgekommen sind. Meidum hält Pianchi möglicherweise nicht ewig auf, aber es hält ihn wochenlang fest und kostet ihn viele Menschenleben.»

«Warum hast du keinen Ersatz geschickt?» fragte Aurora.

«Weil ich glaube, daß der Nubier einen wahnwitzigen Traum verfolgt: Er will Memphis erobern.»

«Pianchi ist doch nicht verrückt!» widersprach die junge Frau. «Er weiß sehr wohl, daß das unmöglich ist.»

«Seine jämmerlichen Siege haben ihn berauscht ... Soll er doch seine Kraft an kleineren Festungen verbrauchen und weiter an seine Unbesiegbarkeit glauben! Hier in Memphis rennt er mit dem Kopf gegen uneinnehmbare Mauern und kämpft gegen ein ausgeruhtes und besser ausgerüstetes Heer als seines. Diese alte Hauptstadt wird sein Grab.»

Seit fünf Jahren befehligte der Rote die Garnison Meidum. Daß die uralte Stadt ‹die Wohnstatt Atums›, des obersten Schöpfers, war, galt ihm gleichviel, er interessierte sich nur für die Kaserne, wo er Soldaten im Nahkampf ausbildete. Dabei störten ihn zwanzig Prozent Verlust nicht weiter, da er echte Kämpfer ausbildete, die hundsgemein waren. Seit seiner Ernennung war es ihm nie wieder in den Sinn gekommen, einen Fuß auf den Platz zu setzen, wo sich die prachtvolle Pyramide erhob, die erste mit glatter Oberfläche, die der Baumeister des Pharaos Cheops erdacht hatte. Der Rote träumte von nichts anderem als von blutigen Schlachten, und dieses Mal bot sich dazu eine ausgezeichnete Gelegenheit.

Seit dem Augenblick, als seine Späher ihm die unmittelbare Ankunft von Pianchis Heer gemeldet hatten, hielt es den Befehlshaber von Meidum nicht mehr an einem Ort. Er lief von Zinne zu Zinne, überzeugte sich von der Ausrüstung seiner Männer, brüllte Befehle und schärfte jedem ein, noch wachsamer als sein Nebenmann zu sein.

Zunächst glaubte er, seinen Augen nicht zu trauen, doch dann bemerkte er bei fast allen Verteidigern das gleiche Phänomen: Sie zitterten.

Am liebsten hätte der Rote sie niedergeschlagen, damit ihnen die Lust an der Angst verging, doch er brauchte sie alle. Und so behauptete er lauthals, daß seine Festung von Katapulten und nubischen Pfeilen nichts zu befürchten hätte, merkte aber, daß ihm niemand zuhörte.

Als sich Pianchi auf seinem Braunen ganz allein vor dem großen Tor einstellte, fiel ein libyscher Bogenschütze auf die

Knie. Der Rote schnitt ihm vor den entsetzten Augen seiner Kameraden die Kehle durch.

«Euch stehen zwei Wege offen», rief der schwarze Pharao, «entweder ihr öffnet die Tore von Meidum und bleibt am Leben, oder ihr haltet sie geschlossen und müßt sterben. Als König von Ober- und Unterägypten kann ich nicht dulden, daß eine Stadt mir den freien Zutritt verwehrt.»

Der Rote spannte den Bogen des Mannes, den er umgebracht hatte, und zielte auf Pianchi.

Doch der Pfeil wurde niemals abgeschossen, denn drei Bogenschützen stürzten sich auf den Libyer, erschlugen ihn mit den Fäusten und warfen seine Leiche über die Festungsmauer.

Gleich darauf öffneten die Fußsoldaten die großen Festungstore und ließen Pianchi ein, dessen Pferd vor Freude wieherte.

«Meidum ist kampflos gefallen», gestand ein kläglicher Yegeb, dem ein noch ängstlicherer Nartreb wie ein Schatten folgte.

«Was ist passiert?» fragte Tefnacht aufgebracht.

«Der Rote ist von seinen eigenen Soldaten verraten worden! Pianchi jagt ihnen Furcht und Schrecken ein ... Die wildesten Legenden ranken sich um diesen schwarzen Koloß! Es wird behauptet, daß Gott Amun seinen Arm führt, daß er die Gedanken seiner Gegner lesen kann, daß ...»

«Schluß mit dem kindischen Geschwätz! Bevor sich Pianchi auf den Weg nach Memphis macht, bleibt noch ein einziges Hindernis: Licht.»

«Geben wir uns keinen Täuschungen hin, General.»

Verbittert schnitt ihm Aurora das Wort ab.

«Siehst du nicht zu schwarz?» sagte sie.

«Im Gegenteil rosig ... Die Festung Licht ist nicht so wichtig wie Meidum und ...»

«Ihre Garnison wird sich als tapferer erweisen!»

«Hoffentlich, Aurora, hoffentlich …»

«Nenne mich nicht beim Vornamen, Yegeb, du gehörst nicht zu meinen Vertrauten. Für dich habe ich einen Titel: Hoheit.»

Yegeb schluckte seinen Speichel hinunter.

«Sehr wohl, Hoheit. Aber ich behaupte, daß Licht dem schwarzen Pharao nicht lange standhalten wird.»

«Dieser Mangel an Zuversicht könnte die Kampfmoral unserer Truppen schwächen, meinst du nicht auch? Zuweilen frage ich mich, ob du und Nartreb nicht unserem Feind in die Hände arbeitet.»

«Hoheit, dieser Vorwurf …»

«Es reicht», sagte Tefnacht scharf. «In einer Zeit, in der wir unsere Anstrengungen sammeln müssen, können wir uns nicht gegenseitig zerreißen. Meine Ratgeber sollen über das Wohlergehen des Landes wachen, ich meinerseits widme mich militärischen Problemen.»

Yegeb und Nartreb entfernten sich Hand in Hand.

Tefnacht packte Aurora bei den Schultern.

«Mach das nie wieder! Es ist nicht deine Sache, meine Ratgeber zu kritisieren.»

«Diese beiden werden dich verraten!»

«Sie hängen an mir wie Hunde an ihrem Herrn. Ohne mich gibt es sie nicht mehr.»

Die junge Frau machte sich los.

«Eines Tages mußt du zwischen ihnen und mir wählen. Ich liebe dich, Tefnacht. Sie aber nutzen dich nur aus», sagte sie.

«Glaubst du, ich weiß das nicht? Macht läßt sich nicht ohne Verbündete ausüben, und diese beiden sind tüchtig.»

Licht oder ‹Die, welche die Zwei Länder erobert›, war die Hauptstadt Amenemhets I., des Pharaos der XII. Dynastie, gewesen. Er hatte seine Pyramide nahe der Stadt erbauen lassen, die der von Sesostris I. ähnelte, der dem klassischen Zeitalter des Mittleren Reiches sein Siegel aufgedrückt hatte. In dieser Zeit waren auch mehrere Meisterwerke der Literatur entstanden, darunter die berühmte *Geschichte des Sinuhe*. Nachdem Licht seine Stellung verloren hatte, war es lediglich ein Ort zwischen Fayum und Memphis, der mehr und mehr in seinen Erinnerungen lebte.

Seine Festung jedoch war stattlich. Sie stachelte sogar die Begehrlichkeit von Hauptmann Lamerskeni an.

«Überläßt du sie mir, Majestät? Ein paar Würfe mit dem Katapult, und ich übernehme den Rest!»

«Nein, Lamerskeni. Warum eine Taktik ändern, die so erfolgreich ist?»

«Mit Verlaub, du solltest nicht zu sehr auf dein Glück setzen ... Ohne dich können wir nichts bewirken.»

«Warum sollte der Befehlshaber dieser Festung weniger vernünftig sein als die von Illahun und Meidum?» fragte der König.

Noch ehe der schwarze Pharao sein Pferd besteigen konnte, öffneten sich die Tore der Festung Licht, und ihr Befehlshaber, gefolgt von seinen Soldaten und der Mehrzahl der Einwohner, unterwarf sich Pianchi.

«Die Zwei Länder gehören dir», erklärte er, «der Süden und der Norden sind dein, die Reichtümer, die sie besitzen, sind dein, die ganze Erde wirft sich dir zu Füßen.»

Gleich nachdem er in die Stadt eingezogen war, opferte der schwarze Pharao ihren Schutzgöttern und huldigte Amun.

Ganz Mittelägypten hatte sich ihm unterworfen, der Weg nach Memphis war frei.

Kapitel 57

Der Aufklärer fuhr im Galopp in den Kasernenhof ein, hielt seinen Streitwagen vor dem Hauptquartier an und sprang herunter.

«Ich habe eine Botschaft für Hauptmann Lamerskeni», sagte er der Ordonnanz.

«Der ruht ... Aber Hauptmann Puarma ist da.»

«Wunderbar.»

Puarma wetterte ganz furchtbar gegen Lamerskeni, denn der vergnügte sich, statt seinen Aufgaben in der Verwaltung nachzukommen, mit der Stammkundschaft eines Bierhauses unweit der Kaserne. Und er, Puarma, hatte nicht einmal Zeit, der Tochter des Bürgermeisters eines benachbarten Fleckens, die über seiner stattlichen Erscheinung fast den Verstand verloren hatte, feurig den Hof zu machen.

«Hier sind die neuesten Informationen in allen Einzelheiten», sagte der Späher und überreichte Puarma einen dicken, versiegelten Papyrus.

«Endlich ... Darauf warten wir seit mehreren Wochen!»

Und als Träger des kostbaren Dokuments rannte der Hauptmann der Bogenschützen den ganzen Weg bis zum Palast.

Abile schwamm nackt, mühelos und mit der unvergleichlichen Anmut der Frauen aus dem Süden, die schon als Kinder lernten, mit der Strömung des Nils zu spielen. In dem stillen

Wasser des Palastes von Licht vergaß die Königin ihre Sorgen, auch wenn die Hitze noch so drückend wurde.

Und Pianchi bemühte sich, seine eigenen Sorgen beim Anblick dieser vollkommenen Ehefrau zu vergessen, deren Seele und Körper von unvergänglicher Schönheit waren.

Mittlerweile war es bald ein Jahr her, daß zwischen Nord und Süd Krieg herrschte. Nachdem der schwarze Pharao Mittelägypten erobert hatte, berief er Verwalter aus alten, eingesessenen Familien, die eisern entschlossen waren, Fürst Peftau und seinesgleichen auf dem Weg der Maat zu halten. Pianchi hatte den viel zu langen Jahren der Bestechung, der persönlichen, grenzenlosen Machtfülle und der Ausbeutung Niedrigerer ein Ende gemacht. Bei seinem Aufenthalt in Mittelägypten hatten die Würdenträger begriffen, daß der Pharao künftig mit Autorität und Strenge regieren und nicht auf die Stimmen der Stämme hören würde, die doch nur ihre eigenen Interessen im Auge hatten. In der Zeit, in der er den Staat neu ordnete, hatte es sich das nubische Heer wohl sein lassen, war aber trotzdem jeden Tag gedrillt worden. Die Verwundeten und Kranken hatten Zeit zur Genesung gehabt, während ihre Waffengefährten, auch wenn sie in Alarmbereitschaft waren, das Leben in dieser lieblichen Gegend genossen.

Wenn Pianchi nach der Einnahme der Festungen Mittelägyptens nicht sofort Memphis angegriffen hatte, dann weil er sicherstellen mußte, daß die Verwaltung dieser Gegend fest im Sattel saß. Jetzt hatte er sich davon überzeugt und konnte an die gefährlichste Etappe seines Feldzuges denken, an die Schlacht von Memphis.

Dazu brauchte er jedoch zuverlässige Angaben über die Befestigungen und die Verteidigungsmöglichkeiten der größten Stadt des Landes. Die Späher widersprachen sich, die Berichte waren ungenau, und der König wollte sich nicht auf dieses gefährliche Abenteuer einlassen, ehe er nicht das Ausmaß der Schwierigkeiten kannte.

«Majestät», sagte Kühler-Kopf, «Hauptmann Puarma bittet dringend, vorgelassen zu werden.»

«Herein mit ihm.»

Der Schreiber war bester Laune, denn Pianchi hatte ihm gestattet, nach Napata zu reisen, wo er ein paar viel zu kurze Tage mit seiner Frau und seinen Kindern verbracht hatte. Nach einem Empfang wie für einen Helden hatte sich Kühler-Kopf nicht lange bitten lassen und von den Heldentaten des Pharaos berichtet. Er hatte jedoch nicht verhehlt, daß der schwierigste Teil noch bevorstand und daß Napata aufgrund der Ereignisse für Pianchi nur noch eine ferne Provinzstadt war. Otoku kämpfte mit seiner Niedergeschlagenheit und hatte bei einem üppigen Festmahl wieder einige Deben zugenommen, aber er verwaltete die Stadt weiter mit einer Tüchtigkeit, die den alten Kapa freute.

Puarma war überaus erregt.

«Majestät, hier ist endlich der Bericht, auf den wir so sehnlich warten!»

«Setz dich und trink einen Becher frisches Bier.»

Der Zwerg tauchte wieder auf.

«Hauptmann Lamerskeni möchte ebenfalls vorgelassen werden, Majestät.»

Mit zerknittertem Gesicht, schlecht rasiert und in einem alten, über Kreuz gebundenen Lederschurz kam der Mann mit dem Akazienarm zögernden Schrittes herein.

«Mich hat geträumt, Puarma ..., daß du in meiner Abwesenheit zum König gegangen bist und ihm einen Plan der Festung Memphis gezeigt hast, und dabei sind es meine Späher, die diese wichtigen Informationen unter Einsatz ihres eigenen Lebens und auf meine Anweisung hin beschafft haben.»

«Setz dich unverzüglich», riet ihm Pianchi, «sonst fällst du noch um.»

«Zu Befehl, Majestät», sagte Lamerskeni bereitwillig und ließ sich in einen geflochtenen Weidensessel mit runder Rükkenlehne sinken.

«Du solltest lieber baden», schlug die Königin vor, als sie aus dem Becken stieg und sich in ein durchsichtiges Leinentuch hüllte.

«Wasser ist schlecht für mein Gliederreißen, Majestät. Am Vorabend vor einem Feldzug darf der Befehlshaber der Fußsoldaten nicht das kleinste Risiko eingehen», entgegnete Lamerskeni.

«Vermutlich hast du einen über den Durst getrunken.»

«Weit gefehlt, Majestät! Bei dieser Hitze, die immer ärger wird, muß man unablässig gegen das Verdursten kämpfen, eine heimtückische Krankheit, die einem überall auflauert.»

«Wir wollen uns dieses Dokument ansehen», forderte Pianchi.

Puarma erbrach das Siegel aus getrocknetem Dreck und entrollte den Papyrus.

«Der Plan von Memphis», stellte Lamerskeni genüßlich fest.

«Die Stadt ist ja riesig», meinte die Königin fast erschrokken über die Größe der ersten Hauptstadt der Pharaonen, die immer Mittelpunkt des Wirtschaftslebens in den Zwei Ländern geblieben war.

Auch Puarma war beim Lesen der flüchtig auf den Papyrus gesetzten Hieroglyphen beeindruckt.

«Im Süden eine Verteidigungslinie, die den Zugang zu den Docks des Hafens Peru-Nefer, das heißt ‹Gute Reise›, auf dem Landweg unterbindet. Im Westen zwischen Vororten und Wüste ein Kanal.»

«Ein Schwachpunkt», meinte Lamerskeni.

«Nur dem äußeren Anschein nach, denn ganz in der Nähe liegt eine Garnison, die überwacht die Stelle. Wo sie auf den kleinen Kanal trifft, der sich an der Südstadt vorbeizieht, ist er durch Frachtboote blockiert, auf denen sich ständig Bogenschützen aufhalten. Hier können wir nicht angreifen.»

Der Mann mit dem Akazienarm verzog das Gesicht.

«Wenn ich das richtig verstehe, so bleibt uns nur der Nil im Osten.»

«Dort zweigen Kanäle ab, der erste führt zu den Docks, der zweite zum Palast, der dritte zu der alten Festung mit den weißen Mauern in der Nordstadt. Aber die Leute aus Memphis haben mächtige Befestigungen gebaut, die jegliches Eindringen vom Fluß her unmöglich machen», sagte der König.

«Dann umgehen wir die Stadt eben durch die östliche Wüste, vorbei an der Totenstadt Sakkara, und stürzen uns auf den Norden von Memphis, wo uns niemand erwartet.»

«Du täuschst dich, Lamerskeni. Zunächst müssen wir den Kanal unter feindlichem Beschuß überqueren, und außerdem sind die Befestigungen im Norden, auch wenn sie älter sind als die im Süden, nicht weniger stark.»

Lamerskeni leerte erregt seinen Becher Bier.

«Dann bleibt uns keine Lösung!»

«Nach Durchsicht dieses Plans muß man zu dem Schluß kommen.»

Lamerskeni hätte liebend gern ein Argument vorgebracht, um zu beweisen, daß Memphis auch nur eine Festung wie andere sei, doch er schwieg still.

Dieses Mal mußte er sich eingestehen: Das Heer der südlichen Fremdländer konnte diese Grenze nicht überschreiten.

«Wir warten auf deine Befehle», sagte Puarma verdrießlich.

Die beiden Hauptleute entfernten sich, und Pianchi beugte sich lange über den Plan von Memphis.

«Puarma und Lamerskeni würden ohne zu zögern ihr Leben aufs Spiel setzen, wenn wir nur die geringste Aussicht auf Erfolg hätten», sagte Abile.

«Solange Memphis in der Gewalt von Tefnacht ist, wird es in Ägypten keinen Frieden und keine Gerechtigkeit geben. Dank der Reichtümer dieser Stadt kann er sein Heer aufrüsten und ernähren.»

«Du weigerst dich aufzugeben … Aber welchen Weg willst du einschlagen?»

«Wenn es keinen gibt, Abile, muß ich ihn erfinden», sagte der Pharao.

Kapitel 58

Abends rechneten Yegeb und Nartreb ihre Tageseinkünfte zusammen. Mit einem Lächeln auf den Lippen sahen sie, wie sich ihr Vermögen unablässig vermehrte, seit sie in Memphis wohnten. Sie hatten eine neue Steuer erfunden, nämlich einen allgemeinen Kriegsbeitrag, der sich beliebig und ohne Festsetzung einer Höchstgrenze abändern ließ und ihnen erlaubte, Reiche wie Arme vollkommen rechtens auszuquetschen. Da sich Würdenträger und Geschäftsleute aus Memphis um Tefnachts Achtung und Vertrauen bemühten, schließlich war er ihr einziger Beschützer vor einem nubischen Einfall, mußten sie den Forderungen seiner beiden Ratgeber nachkommen und auch noch in höchsten Tönen deren Hingabe und Tüchtigkeit preisen.

«Wie lange müssen wir diese Aurora noch ertragen?» sagte Nartreb besorgt, während er sich die geschwollenen Knöchel mit einer kostbaren Salbe einrieb, die ihm der Hersteller von Duftsalben im Ptah-Tempel gegeben hatte.

«Dieses Weibsbild ist zäher, als ich gedacht habe», gestand Yegeb, «aber der General hat sie auf ihren Platz verwiesen.»

«Morgen ist sie Königin!»

«Du hast allen Grund zur Sorge ... Ein Versuch, sie wieder in eine Falle mit neuen Verehrern zu locken, ist vergebens, sie nimmt sich in acht.»

«Diese Situation können wir nicht hinnehmen», sagte Nartreb zornbebend, und sein Mondgesicht schwoll vor Wut noch mehr an. «Das Mädchen haßt uns und wird versuchen, uns zu vernichten!»

«Du kannst sicher sein, daß ich die Gefahr nicht unterschätze», sagte Yegeb.

Der Rattengesichtige klopfte an die Tür des Schlafzimmers der beiden Ratgeber, die eilig den Papyrus zusammenrollten, auf dem die Einzelheiten ihres Vermögens notiert standen.

Nartreb öffnete.

«Ach, du bist das ... Was willst du?»

Eine Art Krampf entblößte die kleinen, spitzen Zähne.

«Wenn ihr mich gut bezahlt, habe ich euch Interessantes mitzuteilen.»

Nartreb packte den Informanten am Kittelkragen und schleuderte ihn ins Zimmer wie ein gewöhnliches Paket. Mit blutender Stirn stand der Mann wieder auf.

«Wenn du reden willst, dann schnell! Alsdann setzen wir selbst eine mögliche Belohnung fest. Merk dir eins: Wer uns erpressen will, hat nicht viel Zeit, sich dessen zu rühmen.»

Eingeschüchtert drückte sich der Verletzte in eine Zimmerecke.

«Schon gut, Gebieter, schon gut ... Ein Verleiher von Eseln, der wußte, daß ich die Vergangenheit von Fürst Akanoschs Gemahlin ausforsche, hat sich an mich gewandt. Das hat mich einiges gekostet und ...»

«Heraus damit!»

«Also ... Der Verleiher hat ihre Eltern gekannt, die gestorben sind, als sie ein junges Mädchen war. Das Ehepaar war ein Herz und eine Seele ...»

«Ist das alles, was du in Erfahrung gebracht hast?»

Schon hob Nartreb die Faust.

«O nein, Gebieter! Akanoschs Gemahlin hat zwar eine Haut wie du und ich, aber ihr Vater stammte aus Nubien.»

«Ihr Vater ein Nubier?» staunte Yegeb. «Bist du dir sicher?»

«Ich habe einen Zeugen, und der kann weitere beschaffen.»

«Gib ihm Geld», befahl Yegeb Nartreb. «Ich glaube, wir haben die Lösung all unserer Probleme gefunden.»

Tefnachts Hand streichelte Auroras Lendengrube, fuhr sacht ihren Rücken hoch, dann packte er sie bei den Haaren und nötigte sie, sich umzudrehen.

«Du bist mir zu wild!» rutschte es ihr belustigt heraus, während sie ihren Liebsten in sich aufnahm und sich von seiner Leidenschaft mitreißen ließ.

Der General war verrückt nach Aurora. Mit ihr war jeder Liebesakt anders. Unablässig mußte er sie neu erobern, und dieser Krieg verjüngte ihn.

«Was macht Pianchi?» fragte sie ihn, als sie sich im Palast von Thutmose in dem großen Schlafgemach, das auf den Nil ging, nebeneinander ausruhten.

«Er steckt fest, weil er begriffen hat, daß sein Heer Memphis nie wird einnehmen können. Aber er braucht natürlich viel Zeit, sich seine Niederlage einzugestehen, denn er ist sehr stolz.»

«Gibt er sich wirklich mit der Eroberung Mittelägyptens zufrieden?»

«Eine vorübergehende Eroberung, Aurora! Pianchi wird nicht in der Gegend bleiben, er dürfte sich nach Theben absetzen. Dann gehe ich zum Gegenangriff über, und die Verräter werden ihn erneut verraten, dieses Mal zu meinen Gunsten. Aber ich mache nicht den gleichen Fehler wie zuvor, das ist eine schlechte Taktik. Ich lasse sie hinrichten, und dann setzen wir das Regierungssystem ein, das meine Ratgeber vorgesehen haben.»

Er küßte ihre Brüste, die sonnengereiften Äpfeln glichen.

«Du kennst Saïs, meine Geburtsstadt, nicht, die mache ich zur Hauptstadt Ägyptens. Morgen reise ich mit dir dorthin!»

Aurora war überrascht.

«Ist deine Gegenwart hier nicht unerläßlich?» fragte sie.

«Diese Reise ist seit langem geplant, und sie hat strategischen Charakter.»

«Und falls Pianchi angreift?»

«Keine Bange. Entweder er hat es aufgegeben, oder er ist von Sinnen. In diesem Fall wird sein Angriff eine Katastrophe.»

«Das Delta und auch Saïs sehen … Ich hätte mir nie vorgestellt …»

«Ein herrlicher Landstrich und hundertmal schöner als das Niltal! Dort zeige ich meinen Untertanen dann meine Königin.»

«Willst du damit sagen …?»

«Ja, Aurora, in Saïs wird geheiratet.»

Pianchi galoppierte stundenlang durch die Wüste, unterhielt sich mit seinem Pferd und überließ es ihm, den Weg auszusuchen. Löwenherz nahm die Dünen spielend, wich Stellen mit weichem Sand aus, schien bis zur Sonne zu springen und die endlosen Weiten zu erobern, in der die Götter in der vollkommen klaren Luft ewige Worte sprachen.

Zehnmal, zwanzigmal hatte Pianchi den Plan von Memphis entrollt und sich mit Lamerskeni und Puarma beraten. Obwohl sie darauf brannten, die Stadt anzugreifen, hatten die beiden Hauptleute keine Strategie vorzuschlagen.

Abile schwieg sich aus. Auch sie konnte trotz ihrer magischen Kräfte keinen Riß in der Rüstung ausmachen, der ihnen eine Hoffnung auf Sieg gegeben hätte. Die Stimmung im nubischen Lager wurde immer gedrückter. Würde man hier noch einen weiteren Monat lagern oder gar jahrelang? Jeder wartete auf eine Ansprache des schwarzen Pharaos, wußte aber, daß ein Rückzug gleichbedeutend mit Niederlage war. Der glänzende Feldzug in Mittelägypten kam ihnen nur noch wie ein Köder vor, da das Heer der nördlichen Fremdländer unter dem Befehl eines festverwurzelten Tefnacht noch intakt war.

Mit der Zeit wurde ihnen ihr Erfolg eher zum Verhängnis. Gewiß, Theben war frei; gewiß, Mittelägypten war zurückerobert. Aber handelte es sich dabei nicht um ein Trugbild, das sich bei einem Einfall der nördlichen Fremdländer rasch verflüchtigen würde? Tefnacht hatte Memphis und damit den Schlüssel zu den Zwei Ländern, den Mittelpunkt von Reichtum und Gleichgewicht, dessen Besitz zum Regieren des Landes unerläßlich war.

Ohne jemanden um Rat zu fragen, zog Pianchi gen Norden und auf Memphis. Löwenherz schlug von sich aus ein gemäßigteres Tempo an, das ihm lange, lange durchzuhalten erlaubte, ohne zu ermüden.

Memphis! Wie war diese Königin des Alten Reiches doch schön und gebieterisch mit ihrem Palmenhain, der die Kahlheit ihrer Mauern milderte, der Katapulte und Bogenschützen nichts anhaben konnten! Die ‹weiße Mauer›, die Djoser der Prächtige hatte erbauen lassen, schützte prachtvolle Tempel, in denen Pianchi gern den Göttern der Altvorderen gehuldigt hätte, doch sie erhob sich vor ihm als unüberwindliches Hindernis.

Der schwarze Pharao näherte sich dem ersten libyschen Wachtposten.

Die Wachen waren überzeugt, die beiden sich auf der Stirn des Herrschers aufbäumenden Kobras wollten sie töten, und verständigten entgeistert ihren Vorgesetzten, der sofort den Befehlshaber der Festung, einen ehrgeizigen Schreiber, der lieber die militärische Verwaltungslaufbahn eingeschlagen hatte, aufforderte einzugreifen.

Dieser verließ seine Residenz und begab sich zur Mauer. In Abwesenheit Tefnachts oblag es ihm, Entscheidungen zu treffen.

Beim Anblick des schwarzen Pharaos war der Schreiber wie gelähmt.

«Ich bin dein König», verkündete Pianchi, «und du schuldest mir Gehorsam! Hör mich an, Memphis! Verschließe dich nicht, kämpfe nicht, du Stadt des Lichtes aus Urzeiten. Möge hineingehen, wer hineingehen will, und möge hinausgehen, wer hinausgehen will, niemand soll Kommen und Gehen behindern. Ich habe nur ein einziges Ziel: Ich will dem Gott Ptah, dem Herrn von Memphis, opfern und auch den Göttern, die in dieser Stadt wohnen. In den südlichen Provinzen ist kein einziger Einwohner getötet worden, mit Ausnahme derer, die sich gegen die Maat aufgelehnt haben. Man öffne mir die Tore!»

Der Schreiber erwachte aus seiner Betäubung. Auf seinen Befehl hin öffnete sich die Tür für die Wache, doch nur, um einen Trupp Berittene durchzulassen, die den schwarzen Pharao in ihre Gewalt bringen wollten.

Kapitel 59

Sie waren zu fünfzig und wollten eine Heldentat vollbringen, nämlich den nubischen Riesen niederreiten, der ihnen ungerührt trotzte.

Bedächtig zog Pianchi sein Kurzschwert aus der Scheide und schnitt dem ersten Angreifer mit einer raschen und genauen Bewegung die Kehle durch. Der zweite meinte, den schwarzen Pharao mit der Lanzenspitze berührt zu haben, doch der König wich im letzten Augenblick aus, damit er ihm besser den Todesstoß versetzen konnte, ehe er den dritten Libyer durchbohrte.

Zwar war sein Pferd zäh, doch Pianchi wußte, daß er erliegen mußte, wenn ihm sein Vater Amun nicht zu Hilfe kam. Die göttliche Kraft Amuns manifestierte sich in zwei seltsamen Erscheinungen, der des Hauptmanns Lamerskeni an der Spitze seiner besten Fußsoldaten und der des Hauptmanns Puarma, dessen beste Bogenschützen den Rest der Reiter aus Memphis töteten. Als ein Pfeilhagel von den Mauern herabregnete, zogen sich die Nubier zurück.

«Du hast uns zwar keinen Befehl gegeben, Majestät», rechtfertigte sich Lamerskeni, «aber wir haben es für richtig gehalten, dir zu folgen. Zweifellos wärst du auch ohne unsere Hilfe mit diesen Memmen fertig geworden, aber warum solltest du dich unnütz ermüden?»

Pianchi lächelte, doch sein Herz war traurig, weil Memphis den Frieden ablehnte.

Das ganze Delta war in einem Begeisterungstaumel. Tefnacht ließ sich als künftiger Herr Ägyptens feiern und kündete seine Hochzeit mit Aurora an, deren Schönheit die Stammesfürsten tief beeindruckte.

Mit der Begeisterung des Siegers rühmte der General den totalen Krieg gegen Pianchi, dem es nicht gelingen würde, Memphis einzunehmen. Um ihn für immer abzuschrecken, genügte es, die Zahl der in der großen Stadt kasernierten Soldaten zu vergrößern. Tefnachts Überzeugungskraft fegte alle Bedenken hinweg, er konnte also mühelos ein Reserveheer ausheben, während Aurora voller Entzücken Saïs entdeckte, wo die Göttin Neith mit sieben Wörtern die Welt erschaffen hatte. Eine Heerschar ergebener Diener las ihr jeden Wunsch von den Augen ab.

Tefnacht gesellte sich im Empfangssaal des Palastes zu ihr, den sie verschönern ließ. Statt der üblichen Friese mit Papyrus und Zugvögeln wollte Aurora ihren Mann dargestellt sehen, wie er auf seinem Streitwagen stand und das nubische Heer in die Flucht schlug.

«Sind diese Szenen nicht zu … kriegerisch?» erkundigte er sich spöttisch.

«Vertrauen stärkt den Arm eines jeden Soldaten. Hier, in deinem Palast, muß es Wurzeln schlagen.»

«Wie du willst … Ich breche morgen nach Memphis auf.»

«Läßt du mich allein zurück?» fragte sie.

«Bist du nun meine künftige Königin oder nicht? Während meiner Abwesenheit regierst du meine Hauptstadt.»

«Gib mir Anweisungen, und ich sorge dafür, daß sie befolgt werden.»

Der Schreiber-Befehlshaber der Garnison Memphis bemühte sich, entschiedene Zuversicht zur Schau zu tragen.

«General Tefnacht, wir haben den ersten Angriff des schwarzen Pharaos ohne Schwierigkeit abgewehrt.»

«Wie viele Männer hatte er geschickt?» fragte Tefnacht.

Der Schreiber kratzte sich am Hals.

«Ehrlich gesagt … recht wenige.»

«Genauer bitte!»

«Nun ja … anfangs war er allein, aber dann …»

«Pianchi hat es gewagt, sich höchstpersönlich vor den Toren von Memphis einzufinden?» staunte der General.

«Eine unsinnige Herausforderung, General!»

«Wie hast du reagiert?»

«Da er mir befohlen hatte, die Tore zu öffnen, habe ich das auch gemacht, aber nur um unsere Berittenen durchzulassen. Wenn die Nubier Pianchi nicht zu Hilfe geeilt wären, hätten wir ihn festgenommen. Aber unsere Schnelligkeit und Entschlossenheit haben sie in die Flucht geschlagen, die kommen nie wieder.»

«Wir wollen nicht an Sicherheitsmaßnahmen sparen; ich schicke dir Ersatz von achttausend Mann. Die in Memphis zusammengezogenen Kräfte werden Pianchi davon abbringen, einen Angriff zu wagen, der doch nur zum Scheitern verurteilt ist.»

«Verstehe ich recht, wir sollen ihn … informieren?»

«So ist es. Herolde sollen den Einwohnern der Stadt mitteilen, daß unsere Truppen verstärkt werden, und dann sollen zwei, drei Karawanen nach Süden aufbrechen. Die fangen die Nubier bestimmt ab und befragen die Händler. Und aus deren Mund erfahren sie eine Wahrheit, die sie entsetzen wird.»

Die Gegend um Saïs mit ihren großen Anbauflächen, ihren riesigen Palmenhainen und den unzähligen Kanälen bezauberte Aurora. Stundenlang ging sie mit ihren Dienerinnen in dieser lieblichen Landschaft spazieren, die viel Schatten gegen die gleißende Sonne bot, danach lief sie durch die Säle des Palastes, um die Verschönerungsarbeiten voranzutreiben. Gipser und Maler erneuerten die früheren Unterkünfte, Baumeister und Steinhauer vergrößerten den Tempel der Göttin Neith.

Abends, vor dem Abendessen, genoß Aurora das laue Wasser, das sie über ihren bernsteinfarbenen Leib rinnen ließ. An ihrer Tafel unter der Weißbuche empfing sie die Würdenträger und rühmte die Verdienste von Tefnachts Politik.

Als sie die Gänge für das Essen aussuchen wollte, stellte sie entrüstet fest, daß Yegeb in ihrem Vorzimmer war und vielsagend lächelte.

«Verlaß auf der Stelle mein Haus!»

«Hoheit, du mußt mir zuhören.»

«Geselle dich zu deinem Freund Nartreb, der langweilt sich sicher schon.»

«Du bist davon direkt betroffen, Hoheit», sagte Yegeb.

«Ach ja ... Und wie?»

«Ich muß gestehen, daß mir Nartreb von diesem Vorgehen abgeraten hat. Da ich dir aber nicht schaden will, habe ich es für geraten gehalten, dich vor großen Gefahren zu warnen, die auf dich lauern. Es ist besser, mit Träumen aufzuhören, ehe einen die Katastrophe eingeholt hat.»

«Um welche Gefahren handelt es sich?»

«Du bist nicht zum Regieren geeignet. Verlaß Tefnacht und verschwinde.»

«Bist du toll?»

«Befolge meinen Rat», sagte Yegeb, «wenn nicht, wirst du es noch bereuen.»

Als Yegeb sah, daß Aurora ein schweres Silbergefäß ergriff, floh er. Er hatte gewußt, daß die junge Frau niemals auf seine

Drohungen hören würde und daß sie ihn nicht mehr daran hindern konnte, seinen Plan in die Tat umzusetzen, daher hatte er sich das erlesene Vergnügen erlaubt, sie vor seinem Sieg zu quälen.

Gegen Jahresende hatte die Hitze noch zugenommen. Der Nil hatte seinen tiefsten Stand erreicht, höher gelegene Gebiete lagen ausgedörrt und rissig.

Hauptmann Lamerskeni trank zwar mehr Bier als zuvor, hatte aber trotzdem immer noch Durst. Und die Festnahme und Befragung eines reisenden Händlers, der aus Memphis kam, hatten seine Laune auch nicht gebessert.

«Majestät», sagte er zu Pianchi, «die Garnison Memphis soll mit achttausend Mann verstärkt werden, echten Libyern aus den Provinzen im Delta und gut ausgebildet.»

«Bist du dir da ganz sicher?» fragte der König.

«Leider ja, und etwas anderes ist auch sicher: die Speicher der Stadt sind voller Weizen, Gerste und Dinkel, die Ställe stehen voller Rinder, und die Waffenkammern sind voller Waffen.»

«Folglich wird eine Belagerung, selbst wenn sie lange dauert, zu nichts führen.»

«Wir schaffen es nicht, Memphis auszuhungern oder ihm seine Verteidigungsmittel zu nehmen», sagte Lamerskeni.

Der schwarze Pharao betrachtete den Nil.

«Wenn ein Pharao keine Lösung für seine Schwierigkeiten findet, warum läßt er dann nicht den Himmel auf die Erde herunterkommen?»

Kapitel 60

Als Tefnacht die Umfassungsmauer von Saïs passierte, dachte er an seine Vermählung mit Aurora. Die Hochzeit würde prächtig werden, Tausende von Gästen würden an dem Fest teilnehmen, an das man sich noch nach Jahrhunderten erinnern würde. Obwohl ihn die junge Frau anzog, ließ sich der General nicht ausschließlich von seinem Begehren leiten, er wußte, daß Aurora ebenso ehrgeizig war wie er und daß sie die Herzen der Ägypter gewinnen würde, wenn sie ihm einen Erben schenkte.

Gleich nach Ende der Festtage wollte Tefnacht nach Memphis zurückkehren, der Garnison eine Ansprache halten und ihr einen Sieg versprechen, den sie bereits errungen glaubte. Pianchi traute sich nichts mehr zu, weil die Festung Memphis uneinnehmbar war. Zweifel und Überdruß nagten bereits an der Kampfmoral der Truppen des schwarzen Pharaos. Und wenn sie erst auf dem Rückzug waren, würde ihre Kampfkraft rasch erlahmen.

Tefnacht wollte zwar gern losschlagen, wußte aber, daß er Geduld haben und die Zeit für sich arbeiten lassen mußte. Bald würde er für seine Einsicht belohnt werden.

Da die Belagerung von Memphis schon so lange anhielt wie die Einbildung Pianchis, er könne die Stadt einnehmen, hatte Fürst Akanosch beschlossen, mit seiner Frau ein paar Tage in seiner Heimatprovinz Sebennitos zu verbringen. Für sie verzog sich das Gespenst des Krieges immer weiter. Wenn der schwarze Pharao enttäuscht kehrtmachte und schließlich nach Süden abzog, wollte sich Akanosch nicht dem Eroberungsheer der nördlichen Fremdländer anschließen, sondern im Delta bleiben. Der alte Krieger hatte einfach keine Lust mehr an Waffengängen und wünschte sich nur noch Ruhe fern jeglicher Auseinandersetzung.

Während das Gesinde des Fürsten zusammenpackte, drang Nartreb an der Spitze von gut einem Dutzend mit Stökken bewaffneten Polizisten in die Gemächer Akanoschs ein.

«Bist du von Sinnen? Raus, und das auf der Stelle!»

«Wir befinden uns im Krieg, Fürst, und völlige Treue zu General Tefnacht ist Gesetz für uns alle», sagte Nartreb höhnisch.

«Du wagst es, mich mangelnder Treue zu beschuldigen?»

«Dich nicht … Aber deine Gemahlin …»

Fürst Akanosch schlug Nartreb ins Gesicht.

«Raus mit dir, du Ratte!» brüllte er.

Die dicken Lippen von Tefnachts Ratgeber schwollen an vor Wut.

«Ich habe den Beweis, daß deine Gemahlin Nubierin ist und somit eine Verbündete Pianchis. Der General will, daß sie augenblicklich vor ihm erscheint.»

«Ich weigere mich!»

Das rang Nartreb nur ein mitleidloses Lächeln ab.

«Wenn du darauf beharrst, muß ich Gewalt anwenden.»

«Und mit welchem Recht?»

«Auf Tefnachts Befehl hin», sagte Nartreb.

Trotz der grausamen Erinnerungen, die sie noch immer im Schlaf verfolgten, war Aurora glücklich. Morgen würde sie Tefnachts Frau werden und an der Wiedereroberung seines

Landes teilhaben. Zweifellos würde der Krieg einiges Leid mit sich bringen, aber es gab kein anderes Mittel, wenn man den schwarzen Pharao vernichten wollte. Trotz der sicheren Niederlage würde Pianchi bis zum bitteren Ende mit dem unsinnigen Stolz eines gestürzten Herrschers kämpfen. Und im Augenblick des endgültigen Zuschlagens würde Aurora Tefnacht nützlich sein, damit sein Arm nicht erlahmte.

Eine Dienerin zupfte eine prachtvolle, geflochtene Perücke auf Auroras Kopf zurecht, sie war aus Menschenhaar und beinahe blond, ein Gegenstand von unschätzbarem Wert, der das Gesicht der jungen Frau weicher machte und ihr das Aussehen einer vornehmen Edelfrau verlieh.

«Hoheit, bist du bereit zur Anprobe?»

Weberinnen aus Saïs, die besten in ganz Ägypten, hatten ein Gewand aus königlichem Leinen geschaffen, das sich an Auroras vollendete Formen schmiegte und sie hinreißend schön machte.

«Die Anprobe kann warten», sagte Yegeb mit honigsüßer Stimme. Aurora fuhr herum, als hätte sie ein Insekt gestochen.

«Wann hörst du endlich auf, bei mir einzudringen?»

«General Tefnacht möchte, daß du augenblicklich zu ihm kommst.»

«Ich bin noch nicht mit dem Ankleiden fertig», sagte Aurora.

«Er besteht auf augenblicklich.»

«Hat sich etwas Schlimmes ereignet?»

«Das weiß ich nicht, Hoheit.»

Aurora war besorgt. Hatte Pianchi Memphis angegriffen, was einem Selbstmord gleichkam? Bange und halb bekleidet in Hemd und kurzem Rock, eilte sie vor Yegeb zum Audienzzimmer, während er mit seinem Trippelschritt nur mit Mühe folgen konnte.

Als sie den nur schwach beleuchteten Raum betrat, in dem dicke Vorhänge das Licht ausschlossen, spürte Aurora die gespannte Stimmung.

Tefnacht schritt auf und ab. Nartreb hockte im Schreibersitz und fixierte Fürst Akanosch, der mit verschränkten Armen im Zimmer stand.

«Endlich, da bist du ja!»

«Ich hatte zu tun ... Was geht hier vor?» fragte Aurora.

Tefnacht zeigte mit dem Finger auf Fürst Akanosch.

«Kennst du diesen Mann?»

«Aber natürlich ...»

«Bist du dir da sicher, meine liebe Aurora?»

«Ich verstehe nicht.»

«Ich habe auch geglaubt, ihn zu kennen! Ich habe mir sogar eingebildet, daß er ein treuer Verbündeter ist, der mich nie verraten würde», sagte Tefnacht.

Die junge Frau war bestürzt.

«Aber du doch nicht, Fürst Akanosch ...»

«O nein, er nicht!» fuhr Tefnacht dazwischen. «Er nicht, aber seine Frau ... Seine Frau ist Nubierin! Nubierin, hörst du? Eine Verbündete Pianchis, hier, in meinem eigenen Palast!»

«Es ist meine Sache, ganz allein meine Sache, meine Gemahlin gegen diese unsäglichen Anschuldigungen zu verteidigen. Daß sie zur Hälfte Nubierin ist, macht sie noch nicht zur Verräterin. Gelten ihr Wort und meines so wenig gegen das dieser beiden elenden Ratgeber, die nur an ihre Bereicherung denken?»

«Bedauerlicherweise», höhnte Yegeb honigsüß, «haben wir den Beweis ihrer Schuld.»

Fürst Akanosch ballte die Fäuste.

«Du lügst!»

«Unser Sicherheitsdienst hat einen Brief abgefangen, der für die Schuld deiner Frau zeugt ... Der Text beweist, daß sie sich eines Verbindungsmannes bedient hat, und das offenbar ohne dein Wissen.»

«Verbindung ... mit wem?» wollte Aurora wissen.

«Meinst du nicht, du solltest aufhören, uns für dumm zu verkaufen?» sagte Tefnacht.

«Ich und dich für dumm verkaufen ... Was willst du damit sagen?»

Tefnacht packte Auroras Handgelenke, daß sie fast brachen.

«Du, du bist doch die Schreiberin dieses Briefes ... Du hast mich verraten, weil du mich haßt! Du wolltest mich umbringen, und du hast dieses Mittel gewählt, um dich zu rächen.»

«Du irrst ... Ich schwöre dir, daß du dich irrst!»

«Aurora, ich kenne doch deine Schrift.»

Tefnacht trat beiseite, nahm einen Dolch und setzte ihn der jungen Frau an die Kehle, daß ein Blutstropfen herunterrann.

«Ich sollte dich töten, Weibsbild ... Aber ein langsamer Tod in einem Verlies ist eine bessere Strafe. Dort wirst du Stunde um Stunde Jugend und Schönheit einbüßen.»

Ganz kurz überkam Aurora das Verlangen, sich Tefnacht zu Füßen zu werfen und ihn um Gnade anzuflehen. Doch dann bot sie ihm lieber die Stirn.

«Wenn du mich liebtest, würdest du mir glauben.»

«Schafft sie fort», befahl Tefnacht seinen Ratgebern, die sich ein Vergnügen daraus machten, die gestürzte Hoheit zu packen und der Wache zu übergeben.

Als der General mit dem bestürzten Fürsten Akanosch allein war, schlug er einen versöhnlicheren Ton an.

«Du bist wie ich hintergangen worden ... schaff dir deine Gemahlin vom Hals, und das schnell!»

«Ich vertraue ihr, ich weiß, daß sie keinen Verrat begangen hat», sagte Akanosch.

«Die Beweise sind erdrückend, Akanosch, auch wenn du darunter zu leiden hast. Der abgefangene Brief beweist, daß Aurora mit Hilfe deiner Nubierin den Befehlshabern der Festungen empfohlen hat, Pianchi die Tore zu öffnen. Du mußt ohne Verzug handeln, das ist der Preis für dein Leben.»

Kapitel 61

Kühler-Kopf hielt es nicht mehr an seinem Platz. Zehnmal am Tag fragte er seine Helfer, ob der Bote aus dem Süden endlich gekommen sei. Pianchi betrachtete unablässig den Fluß und war so in seine Meditationen versunken, daß er sogar Memphis vergaß, dessen weiße Festung in der Sonne gleißte.

Und dann kam der Bote und brachte eine Holztafel, die von Fachleuten in Assuan verfaßt worden war.

Pianchi prüfte das Dokument, das mit Zahlen bedeckt war.

«Nun, Majestät?»

«Alles ist gut, Kühler-Kopf, Amun hat meine Gebete erhört», sagte der König.

«Wie lange müssen wir uns noch gedulden?» fragte Kühler-Kopf.

«Ein paar Tage.»

Dieser kurze Aufschub reichte. Pianchi rief Lamerskeni, Puarma und die Pionier-Offiziere zur Befehlsausgabe zusammen. Sie sollten Flöße bauen, Masten vorbereiten und alle Boote vom kleinsten bis zum größten beschlagnahmen, vorher aber sollten sie eine Liste der Besitzer anlegen, damit man sie entschädigen konnte.

Unter den entzückten Blicken des schwarzen Pharaos stieg der Fluß an und brandete mit der ungestümen Kraft des neuen Jahres gegen die Ufer. Dank der in Assuan vorgenommenen Messungen des Nilstandes hatten die Fachleute eine prächtige

Überschwemmung vorausgesagt, die Ägypten in einen riesigen See verwandeln und fruchtbaren Schlick auf den Feldern zurücklassen würde. Sie würde die ungewöhnliche Höhe von mehr als sechzig Ellen erreichen.

Und die Erde trank gierig. Wasser füllte die Kanäle, nahe den Ufern formten sich Strudel, das Ungeziefer ertrank in der reinigenden Flut, und Skorpione und Schlangen flohen in die Wüste. Bald gab es nur noch Inselchen und die Anhöhen, auf die die Dörfer gebaut waren. Hapi, der Antreiber der Überschwemmung, vollbrachte sein Werk mit Begeisterung, weil der Stern Sothis jetzt hoch oben am Himmel stand, was bedeutete, daß Isis Osiris von den Toten erweckt hatte.

Pianchi bat seine Gemahlin, die Opferriten für den Nil zu leiten, denn ohne diese würde der Fluß ihnen nicht günstig gesinnt sein.

«Ein allerletztes Mal», sagte er zu ihr. «Ich will versuchen, Tausende von Toten zu verhindern.»

«Deine Offiziere und auch ich sind gegen dieses Vorhaben», sagte Abile besorgt.

Pianchi schloß sie in die Arme.

«Zuweilen nehmen Menschen von ihrer Torheit Abstand. Ich muß es versuchen, und das weißt du.»

Der schwarze Pharao war von Gestalt genauso eindrucksvoll wie sein edles Pferd. Die Augen des Mannes und die des Tieres musterten die Mauern, auf denen sich soeben der Schreiber-Befehlshaber der Festung eingefunden hatte.

«Öffne sofort die Tore dieser Stadt, die mir gehört, und ich verschone die Einwohner von Memphis. Was die Soldaten angeht, so sollen sie mir Treue schwören, und ich vergesse ihren Ungehorsam.»

«Zieh dich zurück, Nubier! Meine Männer sind zahlreicher als deine, du bist ja nicht einmal in der Lage, unsere Mauern zu zerkratzen.»

Ein Pfeil zischte und schrammte an Pianchis Kopf vorbei. Jählings wurde er wütend wie ein Panther und zeigte einen Zorn, bei dem die Garnison Memphis erstarrte.

«Gemäß dem Befehl meines Vaters Amun werde ich über diese Stadt kommen wie ein Wolkenbruch!»

Damit machte der schwarze Pharao kehrt.

Als die nördlichen Fremdländer wieder zu sich kamen und ihre Pfeile abschossen, war er bereits außer Reichweite.

Als es hell wurde, als ein neuer Tag heraufdämmerte, trug die Strömung riesige Flöße aus Booten aller Größen bis vor die Mauern von Memphis. Der Nil stand so hoch, daß die Mauern nur noch ein lächerliches, niedriges Hindernis für die nubischen Krieger waren. Fachleute unter den Pionieren lehnten Stangen, Pfähle und Leitern gegen das, was von den mächtigen Mauern noch aus den Fluten herausragte, und dann eröffneten die Bogenschützen den Kampf.

Puarmas Männer erwiesen sich als schneller und zielsicherer als die nördlichen Fremdländer. Kaum hatten sie einen Gegner niedergestreckt, zielten sie auf den nächsten. Helfer füllten ihnen unaufhörlich die Köcher.

«Und jetzt nach Memphis hinein!» befahl Pianchi, dessen Kampfeswut sich dem ganzen Heer aus dem Süden mitgeteilt hatte. «Wir klettern über die Mauern, die der Nil besiegt hat, und kein Feind wird uns daran hindern!»

In ununterbrochenen Angriffswellen wie der Wolkenbruch, den Pianchi angekündigt hatte, nahmen Lamerskenis Fußsoldaten von den Mauern Besitz, während die nubische Flotte, die vom schwarzen Pharao höchstpersönlich befehligt wurde, den Hafen angriff.

Auch der Hafen war überflutet, daher versuchten die Verteidiger vergebens, die Nubier zurückzuwerfen, die bereits den Bug ihrer Schiffe an Häusern vertäuten, die dicht am Fluß gebaut waren und deren Schwellen sich jetzt auf Wasserhöhe befanden.

Lamerskeni kämpfte mit einer solchen Begeisterung, daß ihn die Verletzung am Bein nicht einmal schmerzte. Als er Atem schöpfen mußte, verband ihm ein Wundheiler die Wunde dennoch mit einer Honigkompresse.

«Das ist der schönste Tag meines Lebens, Wunderheiler. Wer hätte gedacht, daß wir es eines schönen Tages schaffen würden, die Stadt Memphis zu erobern?»

«Nicht bewegen, Hauptmann ... Sonst hält der Verband nicht.»

«Beeil dich! Ich möchte der erste sein, der über die ‹weiße Mauer› geht. Dieses Vergnügen werde ich doch nicht Puarma überlassen.»

Unermüdlich schossen die nubischen Bogenschützen bis zu dem Augenblick, an dem alle Gegenwehr erlahmte. Insgeheim mußte Lamerskeni anerkennen, daß Puarma seine Männer sehr straff geführt hatte.

Die beiden Hauptleute verständigten sich durch ein Handzeichen und musterten von der mit Leichen übersäten Mauer die Stadt Memphis. Sie sahen, wie Pianchi anlegte und durch die großen Flügeltore auf der breiten Straße, die zum Ptah-Tempel führte, in die Stadt eindrang. Verschreckt liefen die Bewohner der Stadt hin und her und kamen den Soldaten in die Quere, die nicht mehr wußten, welchen Befehlen sie nun gehorchen sollten.

Lamerskeni fand, seine Fußsoldaten hätten sich genug ausgeruht, und führte sie ins Schlachtgetümmel, daß sie dem schwarzen Pharao eine Bresche schlugen. Von Bastionen, von

Wehrgängen, von monumentalen Toren und Türmen strömten Scharen jubelnder, nubischer Krieger herunter. Sie stürmten die Kaserne, die Amtszimmer der Schreiber, die Lager mit Papyrus und die Wohnung des Befehlshabers. Wer sich ihnen entgegenstellte, wurde mit der Axt, der Keule oder dem Schwert niedergemacht.

Lamerskeni sah zu spät, daß ein Bogenschütze auf ihn zielte, und wich nicht flink genug aus. Der Pfeil drang ihm in den linken Schenkel und zwang ihn innezuhalten. Und schon umringten ihn seine Männer.

«Myrrhe», forderte der Hauptmann.

Lamerskeni stach mit dem Dolch in das eigene Fleisch, zog den Pfeil heraus, wusch die Wunde mit lauem Wasser aus, das ihm ein Soldat reichte, und legte eine Wurzel der bitteren Wegwarte auf, die ihm ein Krankenpfleger gab, dann eine Schicht Myrrhe. Der Schmerz ließ nach, die Wunde würde rasch trocknen.

Der Hauptmann machte sich wieder auf, aber nicht ohne der Leiche des Bogenschützen, den Puarma erlegt hatte, einen zufriedenen Blick geschenkt zu haben.

«Lamerskeni, du wirst alt. Das nächste Mal ...»

«Das nächste Mal siegen wir wie heute! Was haben wir noch zu befürchten, wenn wir unter dem Befehl eines Königs stehen, der weiß, daß der Fluß sein Verbündeter ist?»

Da die Bevölkerung ein allgemeines Gemetzel fürchtete, zwang sie die letzten nördlichen Fremdländer, sich zu ergeben.

Als Pianchi flankiert von seinen beiden Hauptleuten vor dem letzten harten Widerstandsnest ankam, trat ihm der Schreiber-Befehlshaber entgegen, der mit der Verteidigung von Memphis betraut worden war.

«Willst du dich endlich unterwerfen?» fragte Pianchi.

«Ja, Majestät. Erlaube mir, daß ich mich vor dir verneige.»

Der Schreiber trat ganz nahe an den König heran. Und während er den Oberkörper zur Verbeugung nach vorn einknickte, zog er aus dem Ärmel seines Gewandes einen Dolch mit doppelter Scheide und wollte ihn Pianchi in die Brust stoßen.

Doch die Klinge wurde von Lamerskenis Akazienarm abgefangen, der sich ausstreckte, um den Pharao zu schützen.

Der entsetzte Schreiber machte nicht die kleinste Bewegung zu seiner Verteidigung, als ihm der Hauptmann mit einem brutalen Schlag ebendieses Armes den Schädel einschlug.

«Hältst du mich wirklich für zu alt, um das Leben des Pharaos zu verteidigen?» fragte Lamerskeni Puarma.

Kapitel 62

Fürst Akanosch empfing Yegeb in seinen Privatgemächern im Palast von Saïs. Tefnachts Berater mit dem langen Gesicht und den überlangen Armen fragte sich genüßlich, welche Lösung dem Libyer wohl eingefallen sein mochte, wie er seine geliebte Frau loswurde. Er, der den ausschlaggebenden Brief geschrieben und Auroras Handschrift vollendet gefälscht hatte, bildete sich viel darauf ein, daß er mehrere Fliegen mit einer Klappe geschlagen hatte.

«Du wolltest mich sehen, Fürst Akanosch?»

«Ich wollte dir danken, daß du mir die Augen geöffnet hast. Ich kenne die Abstammung meiner Frau, hatte aber beschlossen, sie zu übersehen, was nicht richtig von mir war. Dieser Krieg stellt die Wahrheit auf die Probe, und du hast recht daran getan, sie ans Tageslicht zu bringen.»

Yegeb verbeugte sich.

«Ich habe nur meine Pflicht getan», sagte er honigsüß.

«Ich habe meine Gemahlin aufrichtig geliebt, Yegeb. Jetzt weiß ich nicht, was ich tun soll, kannst du mir helfen?»

«Und wie?» fragte Yegeb.

«Ich selbst bin nicht dazu fähig, sie beiseite zu schaffen, wie Tefnacht von mir verlangt hat. Würdest du diese Aufgabe für eine große Belohnung übernehmen?»

«Woran denkst du dabei, Fürst Akanosch?»

«An einen Beutel Gold und ein Herrenhaus in meinem Fürstentum.»

Yegeb überlegte.

«Sagen wir ... zwei Beutel Gold, das Herrenhaus und ein Prozent an den Ernten», lockte Fürst Akanosch.

«Du verlangst viel», zierte sich Yegeb.

«Ist es kein gerechter Lohn? Na komm, Yegeb.»

«Du möchtest also, daß ich ... sofort eingreife?»

«Wir wollen doch keine Zeit mehr verlieren, oder?»

Akanosch führte Yegeb zu dem Schlafgemach, wo die Nubierin saß und ergeben wartete, und öffnete die Tür.

Yegeb hatte sich für Erdrosseln entschieden. Das war ein langsamer und schmerzhafter Tod.

Als er einen Schritt auf sein Opfer zutrat, wurde Yegeb brutal durch ein Lederband zurückgerissen, das in das weiche Fleisch seiner Gurgel schnitt.

«Es macht mir große Freude, dich zu töten», murmelte Fürst Akanosch. «Dank der Überschwemmung verschwindet das Ungeziefer ... Dank meiner ist Tefnacht eine Kellerassel los.«

Mit eingedrücktem Kehlkopf und geschwollener Zunge, die ihm aus dem Mund stand, starb Yegeb unter Gegurgel.

«Gebieter, es ist furchtbar, abscheulich!»

«Was soll diese Erregung?» fragte Tefnacht Nartreb.

«Es geht um Yegeb ...»

«Sprich, dann sehen wir weiter.»

«Er ist tot, Gebieter! Man hat seine Leiche in einer Gasse in der Nähe des Palastes gefunden. Jemand hat ihn erdrosselt.»

«Berufsrisiko», meinte der General. «Yegeb hatte viele Feinde.»

«Der Schuldige muß so schnell wie möglich festgenommen werden!»

«Wen hast du in Verdacht?»

«Fürst Akanosch! Er ist heute morgen in Begleitung seiner Frau in seine Provinz Sebennitos aufgebrochen.»

«Ausgezeichnet. In seinem Palast eingesperrt, kann uns die Nubierin nicht mehr schaden. Die Stammesfürsten haben große Achtung vor Akanosch, und ich beabsichtige nicht, ihn zu verurteilen, sondern ihm einen verantwortlichen Posten in meiner Regierung anzuvertrauen. Die Straßen sind nicht gerade mit ehrlichen Männern gepflastert.»

«Aber ... er ist ein Verbrecher!»

«Kümmere dich um deine eigene Nase, Nartreb, und überlasse mir die Sorge für meine Untertanen», sagte der General.

Tefnacht hatte sich nie mit einer Großen Königlichen Gemahlin belastet. Entgegen den traditionellen Forderungen regierte er allein und begnügte sich mit Nebenfrauen, wenn ihn das Begehren überkam. Auroras Verrat hatte ihm endgültig die Augen geöffnet, er durfte niemandem mehr vertrauen. Wahre Macht teilte man nicht.

Yegebs Verschwinden kam ihm zupaß. Nartreb und er waren ein furchterregendes Zweiergespann gewesen, das sich früher oder später gegen ihn verschworen hätte. Nartreb allein, diesen abartigen und gewalttätigen Menschen, konnte er mühelos lenken. Tefnacht bediente sich seiner, er machte die Schmutzarbeit für ihn. Wenn die Zeit gekommen war, würde er ihn durch einen noch Habgierigeren ersetzen.

«Gebieter ...»

«Sonst noch etwas, Nartreb? Ich habe dir doch gesagt, daß Akanosch bislang ein wertvoller Verbündeter gewesen ist. Du verschwendest nur Zeit, wenn du ihn anschwärzen willst.»

«Gebieter ... Memphis ist gefallen!»

Trotz der drückenden Sommerhitze überlief es Tefnacht kalt.

«Pianchi hat angegriffen ...»

«Nein, kein Angriff, er ist Herr der Stadt.»

«Aber die Garnison, die Mauern und das Verstärkungsheer ...»

«Der schwarze Pharao hat die Überschwemmung genutzt, die die Befestigungen null und nichtig gemacht hat. Tausende von unseren Leuten sind gefallen, die Überlebenden haben sich ergeben und sind ins nubische Heer eingetreten.»

«Memphis war uneinnehmbar!»

«Abgesehen von der Zeitspanne, als sich der Fluß mit Pianchi verbündet hat», sagte Nartreb.

«Er muß gewaltige Verluste gehabt haben!»

«Nein, Gebieter. Es waren eine einfache Belagerung und ein rascher Sieg.»

«Die Bevölkerung wird sich gegen ihn erheben!»

«Dann würde sie abgeschlachtet. Aber noch sind wir nicht besiegt, das libysche Heer zählt viele Soldaten, die kämpfen wollen. Das Delta ergibt sich nie.»

«Du hast recht, Nartreb, wir müssen weiterkämpfen.»

Das Land tauchte wieder auf, und das bedeutete wirklich einen neuen Tag. Endlich regierte der von Amun auserkorene Pharao in Memphis, der ‹Waage der Zwei Länder›, die nun wieder das Zünglein an der Waage war. Trotzdem fürchteten viele Einwohner die Rache des schwarzen Pharaos, schließlich hatten sie sich zweimal geweigert, ihm die Tore zu öffnen, also mußte es zu schrecklichen Vergeltungsmaßnahmen kommen.

Zahlreiche Würdenträger hatten schon bei Königin Abile um Gnade gebeten, doch letztere hatte nichts versprochen. Pianchi hatte sich im Palast von Thutmosis I., unweit der Festung mit den weißen Mauern, niedergelassen und machte sich mit der großen Stadt vertraut, ehe er sich zu einem Vorgehen entschloß. Die nubischen Truppen waren in Alarmbereitschaft und patrouillierten die Stadt.

Lamerskenis Wunden waren beinahe abgeheilt, und so befragte er der Reihe nach die Libyer, die zum schwarzen Pharao übergelaufen waren. Wer seinen Argwohn erregte, wurde entwaffnet und zum Ausbessern der Deiche abkommandiert. Was die siegreichen Fußsoldaten anging, so genossen sie die Bequemlichkeiten der großen Kaserne von Memphis und das gute Essen, das ihnen die Einwohner anboten, um sie milde zu stimmen.

Als das Morgengrauen den Sieg des Lichtes über die Finsternis verkündete, verkündete auch Pianchi seinen Beschluß.

«Memphis muß gesäubert werden.»

Königin Abile, Lamerskeni, Puarma und Kühler-Kopf erschauerten. Warum soviel Grausamkeit, wo sich doch in der Bevölkerung nicht das kleinste Anzeichen zum Aufbegehren zeigte?

«Majestät, ist das wirklich nötig ...?» Puarma wollte vermitteln.

«Unerläßlich», sagte Pianchi scharf. «Dieser Konflikt hat Ptahs Stadt beschmutzt. Ich will mich im ‹Geburtshaus›, im Inneren seines Tempels, reinigen, ihm Ochsen, hornloses Vieh und Geflügel anbieten, den dort versammelten Gottheiten Wein opfern und anschließend das Heiligtum und die ganze Stadt mit Natron und Weihrauch reinigen. Alsdann, und erst alsdann, beschäftigen wir uns mit weltlichen Problemen.»

Im Ptah-Tempel wurde Pianchi dann auch gekrönt, was ihn in den Augen aller Einwohner der Zwei Länder zum König von Ober- und Unterägypten machte. Unter dem Beifall der höchsten Würdenträger zeigten sich der Pharao und seine Gemahlin am ‹Zeigefenster› des an den Tempel angrenzenden

Palastes. Nun war die Stadt überzeugt, daß ein neues Zeitalter des Wohlstandes anbrechen würde, und jubelte ihnen zu.

Kühler-Kopf, der sich wie die Hauptleute Lamerskeni und Puarma mit mehreren Goldketten geschmückt hatte, erhielt eine Botschaft, deren Wortlaut er sofort dem Herrscher übermittelte.

«Majestät, die Soldaten aller Garnisonen in der Provinz Memphis haben ihre Festungen verlassen und sind geflohen.»

Die Neuigkeit schien Pianchi nicht zu freuen.

«Du denkst an die Eroberung des Deltas, nicht wahr?» fragte Abile.

«Die Festung Kher-Aha versperrt uns den Weg ins westliche Delta. Dort erwartet uns eine furchtbare Schlacht.»

Kapitel 63

In den Reihen der Libyer erholte man sich allmählich vom Fall der Stadt Memphis. Die Niederlage war natürlich von großer Tragweite, doch Tefnacht war es gelungen, die Hoffnung aufrechtzuerhalten, indem er die Provinzgouverneure des Deltas zusammenholte, die ihm treu geblieben waren. Von Pianchi hatten sie nichts als die Strafe zu erwarten, die Aufständischen vorbehalten war, von Tefnacht den unbezwinglichen Siegeswillen, die verlorenen Gebiete zurückzuerobern. Da Memphis nicht uneinnehmbar war, warum nicht dem Beispiel des schwarzen Pharaos folgen? Zu gegebener Zeit würde die große Stadt wieder den Libyern in die Hände fallen.

«Trotz des Rückschlags», so erklärte der General mit einer Begeisterung, die seine Verbündeten beruhigte, «sind unsere Kräfte noch beträchtlich und vollkommen in der Lage, Pianchi am Eindringen ins Delta zu hindern. Ich schlage euch folgende Taktik vor: wir halten den Vormarsch der Nubier in zwei Etappen auf, bringen sie genau dort zum Halten, wo wir wollen, und überrumpeln sie mit einem Gegenangriff. Erste Etappe: die Festung Kher-Aha. Sie ist eine der ältesten und mächtigsten der Gegend. Da sie auf einer Anhöhe erbaut ist, nützt die Überschwemmung dem Angreifer nichts.»

Fürst Petisis, Herr der Stadt Athribis, der über sechzig, reich und ein wenig verfettet war, ergriff das Wort.

«Dieser Pianchi ist Pharao geworden, und niemand zweifelt mehr daran, daß ihn der Gott Amun schützt … Wird er diese Festung nicht genauso einnehmen wie alle anderen?»

«Wenn ich ehrlich sein soll», erwiderte Tefnacht, «so glaube ich, daß es ihm gelingen wird. Aber dieser neue Sieg wird ihn schwächen, denn die Belagerung wird lang und schwierig.»

«Gewiß doch … Und die zweite Etappe?»

«Eine noch schwierigere Belagerung!»

«Welche denn, General?»

«Wenn Kher-Aha eingenommen ist, wird Pianchi sicher die nächstgelegene Stadt einnehmen wollen, nämlich Athribis. Darum, Petisis, ist deine Rolle ausschlaggebend.»

«Ich werde so lange wie möglich aushalten, aber …»

«Und dann greife ich mit all meinen Truppen ein, mit Bogenschützen, Fußsoldaten und Bootsmännern, die ich gleich jetzt in Mostaï, im Südwesten meiner Hauptstadt, umgruppiere. Wir stürzen uns wie die Falken auf Pianchis Lager und schlagen sein Heer, das vor deiner Festung festsitzt, in Stücke.»

«Der Plan ist machbar und könnte Erfolg haben», meinte Fürst Petisis, und die anderen Provinzgouverneure stimmten ihm zu.

Pianchi gab Löwenherz Salz. Wenn es sehr heiß war und das Pferd stark schwitzte, brauchte es diese Zusatznahrung. Gegen Verdauungsbeschwerden bekam Löwenherz am Tag reichlich Wasser und fraß dazu gutgetrocknete Gerste, Obst und verschiedene Gemüse. Abends rieb ihn Pianchi mit einem frischen Grasbüschel ab, das nahm Feuchtigkeit und Schweiß auf, und dann unterhielt er sich mit ihm und zog das Fazit des Tages. Bis jetzt hatten die Augen des Pferdes immer gelächelt, doch an diesem Abend wirkte sein Blick beinahe ernst.

«Hat er Angst?» fragte Abile.

«Nein, aber er fürchtet das Delta wie wir. Das ist eine Gegend, die keiner unserer Soldaten kennt und die gewiß voller Hinterhalte ist.»

«Zögerst du, sie zu erobern?»

«Zögern darf ich nicht mehr, Abile. Unterägypten gehört zu dem Königreich, das mir Amun anvertraut hat, es darf nicht in den Händen der Aufständischen bleiben. Aber es wird eine sehr harte Prüfung. Wir müssen mit Tefnacht auf seinem eigenen Gebiet kämpfen, und vorher werden wir viele Männer bei der Belagerung der Festung Kher-Aha verloren haben.»

«Wohin du sie auch führst, Majestät, sie folgen dir. Sie wissen, daß du der Sohn des Lichtes bist, der Bruder des Flusses und der Diener der Maat.»

Pianchi streichelte zärtlich Abiles Gesicht.

«Ohne dich wäre keiner einzigen meiner Taten Erfolg beschieden.»

Nartreb erholte sich schnell von Yegebs Tod und hatte die Nachforschungen eingestellt. Schließlich kam er sehr gut ohne seinen Helfershelfer zurecht, der ihn recht oft etwas von oben herab behandelt hatte, weil er gebildeter war als er. Yegeb mit seinen mathematischen Kenntnissen hatte sein Vermögen genau berechnen können, doch heutzutage gehörte es Nartreb! Und da er sich als Schatzmeister vorkam, würde er auch nicht das kleinste Bißchen von seinem Hab und Gut hergeben.

In Saïs, der größten und reichsten Stadt des Deltas, konnte Nartreb nichts passieren. Bis hierher würde sich der schwarze Pharao niemals wagen, vor allem nicht nach den harten Schlägen, die Tefnacht dem vor Athribis zusammengezogenen nubischen Heer zufügen würde. Der Plan des Generals war wirklich ausgezeichnet, und die in Mostaï zusammengezogenen libyschen Truppen verspürten Rachedurst.

Im nachhinein gesehen war Yegeb alt geworden, und es hatte ihm an Ehrgeiz gefehlt. Yegeb hätte sich damit begnügt, seine Reichtümer zu betrachten, während er, Nartreb, sich zum Politiker berufen fühlte. Der Krieg würde lange dauern, denn Tefnacht würde nach dem Sieg von Athribis versuchen, die verlorenen Gebiete zurückzuerobern.

Dazu würde er einen obersten Wesir brauchen, der im Hinterland blieb und sich ausschließlich mit der Verwaltung beschäftigte. Da Nartreb bereits ein Regierungsprogramm ausgearbeitet hatte, gehörte die Stelle rechtens ihm.

«Die Gefangene möchte dich sehen», meldete ihm der oberste Gefängnisaufseher.

«Aurora? Aber das Gefängnis ist schmutzig und übelriechend …»

«Aus diesem Grund werde ich die Gefangene in Räumlichkeiten überführen, die deiner würdig sind, falls du der Unterredung zustimmst.»

«Hmmm … Man soll sie waschen und mit Duftsalbe einreiben.»

«Zu Befehl.»

Eine unerwartete Ablenkung … Als er sie schänden wollte, hatte sich das Weibsbild gewehrt. Dieses Mal war sie ihm ausgeliefert. Aber was mochte sie ihm anzuvertrauen haben?

Obwohl man Aurora die Erschöpfung im Gesicht ansehen konnte, war sie noch immer hinreißend schön in ihrem kurzen, hellgelben Trägerkleid, das die Schultern freiließ, dazu ging sie barfuß und glich damit einem jungen Mädchen, das gerade die Kindheit hinter sich gelassen hat.

Nartreb spürte, wie ihn ein heftiges Verlangen packte.

Seine dicken Lippen wurden noch dicker, desgleichen sein Hals, und seine fetten Finger zuckten.

«Was hast du mir zu sagen, meine Kleine?»

Aurora wich Nartrebs gierigem Blick aus.

«Du und Yegeb, ihr habt recht gehabt ... ich wollte meinen Vater rächen, wie ich es ihm versprochen hatte.»

«Schön, schön ... Aber zur Reue ist es zu spät, findest du nicht auch?»

«Meine Strafe ist fürchterlich! Ich halte dieses Verlies, diesen Schmutz, diese Feuchtigkeit nicht länger aus ... Kannst du denn nicht verzeihen, Nartreb?»

«Unmöglich, meine Kleine. Tefnacht hat das Urteil gesprochen, und ich habe keine Möglichkeit, es abzuändern.»

«Ich flehe dich an ... sperr mich in eine andere Zelle ein, sauber und ohne Ungeziefer!»

«Was bietest du im Gegenzug zu solch einem Vorrecht?» fragte Nartreb lüstern.

Aurora ließ das Kleid an ihrem jugendlichen Körper hinuntergleiten. Nartreb lief das Wasser im Mund zusammen.

«Ich muß tun und lassen dürfen, was ich will ...»

«Einverstanden.»

«Aber du mußt mitmachen ... ich kann träge Frauen nicht ausstehen.»

«Ich werde mein möglichstes tun.»

Nartreb hatte keineswegs die Absicht, Aurora in ein anderes Gefängnis zu verlegen. Wenn Tefnacht Wind davon bekäme, würde er wütend auf seinen Ratgeber sein. Nartreb war der geborene Lügner, und er freute sich schon auf vergnügliche Stunden.

«Komm, meine Kleine, küß mich», befahl er.

Aurora reagierte schnell wie eine Schlange. Sie biß Nartreb so tief in die Kehle, daß das Blut hervorspritzte.

Verrückt vor Schmerz wehrte er sie mit Fäusten und Knien ab. Betäubt, wie sie war, sah sie den Tod nicht kommen, den er ihr zudachte, denn er trampelte sie mit einer Wut, die fast an Wahnsinn grenzte, zu Tode.

«Wie geht es Nartreb?» erkundigte sich Tefnacht.

«Die Wunde hat sich entzündet, und dagegen kann man wenig machen», erklärte der Wundarzt. «Dazu brauche ich große Mengen seltener und teurer Arzneien.»

«Nur keine Verschwendung, die wird mein Heer brauchen.»

«Darf ich das so verstehen, daß …?»

«Laß ihn sterben und lindere auch seine Schmerzen nicht. Ein Mensch, der so tief sinkt und zum Barbaren wird, hat schon lange keine Seele mehr.»

Tefnacht hatte Auroras Leiche gesehen. In Andenken an die Liebe, die sie einst geteilt hatten, schuldete er ihr diese letzte Rache.

Kapitel 64

Pianchi streichelte seinem Pferd den Hals, während sie auf die Festung Kher-Aha zuritten, und dabei dachte er an die heilige Stadt Heliopolis, deren Zugang sie bewachte.

Heliopolis, die Stadt Res, des göttlichen Lichtes, wo Ägyptens Spiritualität ihren Ursprung hatte. Heliopolis, wo die *Pyramidentexte* erdacht und verfaßt worden waren, die sich den unaufhörlichen Verwandlungen der königlichen Seele im Jenseits widmeten. Hier war die Stimme des Göttlichen auf Ägyptens Boden zum erstenmal vernehmbar geworden.

Es schnürte dem Pharao das Herz zusammen, als er sich dem Höhepunkt seines Lebens näherte. Wie hätte er sich, ein Sohn des fernen Nubiens, vorstellen können, daß er eines Tages dem Quell dieser Kultur, dem Vorbild und Sinn seines Lebens, so nahe sein würde?

Es gelang ihm nicht, die Traurigkeit abzuschütteln, die ihn ergriffen hatte. Wie viele tote Soldaten waren nötig, um Heliopolis zu erreichen?

Zärtlich umfaßte Abile seine Hand mit ihren beiden Händen.

«Hab Vertrauen», murmelte sie.

«Sie sind da», meldete ein Späher dem Offizier, der mit der Einteilung der Wachablösung auf den Mauern von Kher-Aha betraut war.

Der Offizier begab sich auf der Stelle zum Befehlshaber

der Festung, einem vierzigjährigen Libyer mit sehr zarter Haut und aristokratischem Benehmen. Er stammte aus einer reichen Familie im Delta, war Vater von drei Kindern und hatte leicht und reibungslos Karriere gemacht.

«Wie viele sind es?» fragte er.

«Meiner Ansicht nach das gesamte nubische Heer.»

«Und der schwarze Pharao?»

«Reitet an der Spitze», sagte der Offizier.

«Sind unsere Männer bereit?»

«Sie werden sich bis zum letzten Mann schlagen, Befehlshaber. Und sie werden viele Nubier töten, bis die Verstärkung von Saïs den Angreifer in die Flucht schlägt.»

«Aber wir bekommen keine Verstärkung», sagte der Befehlshaber.

«Keine Verstärkung, aber ...»

«Wir haben den Befehl, auszuhalten, solange es irgend geht, und dem Gegner so viel Verluste wie möglich zuzufügen. Aber dabei sind wir auf uns selbst gestellt.»

«Geht in Ordnung, Befehlshaber. Lebensmittel und Wasser reichen für mehrere Monate.»

«Was hältst du von den nubischen Katapulten?»

«Sie machen mir angst.»

«Und ihre Bewaffnung?» fragte der Befehlshaber.

«Allerbeste Ware», sagte der Offizier.

«Die Kampfmoral der Garnison?»

Der Offizier zögerte.

«Die Wahrheit», forderte der Befehlshaber.

«Nicht sehr groß ... Unsere Männer haben von dem Mut der nubischen Krieger und der Hartnäckigkeit des schwarzen Pharaos gehört. Wird nicht sogar behauptet, daß ihn der Himmel schützt und es ihm die Zauberkünste seiner Gemahlin ermöglichen, immer wieder zu siegen?»

«Jeder soll unermüdlich seine Stellung halten, und mögen die Götter uns hold sein.»

«Was für ein Mordsding!» rutschte es Lamerskeni heraus, als er die Festung Kher-Aha erblickte. «Memphis war viel zu einfach ... Dieses Mal gibt es eine richtige Schlacht.»

Puarma verzog das Gesicht.

«Wir opfern an die fünfzig Mann, nur um eine einzige Leiter anzulegen ... Die Stellung der Bogenschützen von Kher-Aha ist wie geschaffen für sie, meine können nichts ausrichten.»

«Hör endlich auf, immer so schwarz zu sehen. Du vergißt, daß Pianchi befehligt.»

Puarmas Augen hingen noch an den Mauern von Kher-Aha, er ließ sich nicht beschwichtigen.

«Und wenn die Pioniere Erde an den Mauern aufhäufen wollen, stoßen sie vielleicht auf unüberwindliche Schwierigkeiten ... Uns drohen schwere Verluste. Angenommen, wir zerstören dieses Hindernis, mit welchem Heer wollen wir dann das Delta angreifen?»

«Pianchi fällt schon etwas ein.»

Die Antwort ärgerte den Hauptmann der Bogenschützen.

«Wo ist dein Zweifel geblieben, Lamerskeni?»

«Wenn du mein Vorgesetzter wärst, ich würde verzweifeln. Aber es regiert ein Pharao, und morgen ist auch noch ein Tag.»

Der Morgen war prächtig, eine leichte Brise milderte die sengende Sonne. Tausende von Nubiern machten sich darauf gefaßt, ihr Leben für den Zugang zum Delta und zu den reichen Provinzen Unterägyptens zu lassen, die von den Libyern besetzt waren.

Puarmas Bogenschützen würden sich zwar bemühen, den

Pionieren und Lamerskenis Fußsoldaten Deckung zu geben, doch Pianchi wußte, daß zahllose Waffengefährten am Fuß der Festung Kher-Aha fallen würden.

Ehe der Pharao das Signal zum Angriff gab, legte sich tiefes Schweigen über die Linien der Nubier.

Löwenherz wieherte, stieg, beruhigte sich aber von allein, als er die großen Tore der Festung sah, die sich langsam und wie im Traum öffneten. Der libysche Befehlshaber trat auf den gepflasterten Vorhof, schleuderte Schwert und Bogen vor sich zu Boden, näherte sich Pianchi und warf sich nieder.

«Der Pharao ist in Memphis gekrönt worden», erklärte der Libyer. «Gott hat ihm befohlen, Ägypten zu regieren und es glücklich zu machen. Warum sollte ich Tod und Unglück säen, wenn ich, um das Unheil abzuwenden, nur gehorchen muß? Majestät, die Festung Kher-Aha ergibt sich.»

Das Schweigen dauerte ein Weilchen, es war, als hielte das gesamte nubische Heer den Atem an. Dann schwand die Angst, eine gewaltige Freude ergriff alle, und unter unbeschreiblichem Jubel rannten die Soldaten aus Kher-Aha auf Pianchis Soldaten zu und fielen sich in die Arme.

Der schwarze Pharao überquerte die befestigte Mauer von Kher-Aha und reinigte sich im See Kebeh, wo ihm das göttliche Licht das Gesicht mit dem Wasser aus der Urquelle wusch. Derart belebt wandte sich Pianchi dem Sandhügel Heliopolis zu, wo das Leben seinen Ursprung genommen hatte. Angesichts der aufgehenden Sonne opferte er dem obersten Schöpfer weiße Ochsen, Milch, Myrrhe, Weihrauch und Duftsalben, ehe er unter dem Beifall der Priester den Atum-Tempel betrat. Sie huldigten ihm als Pharao und als Bruder der vereinten neun Gottheiten, die die Welt in jedem Augenblick neu erschufen.

Der König sprach die rituellen Worte, die sichtbare und unsichtbare Feinde abwehren sollten, kleidete sich in Gewänder, die im ‹Geburtshaus› gereinigt worden waren, band sich das Band um den Kopf, das ihm Einblick in die Welt der Götter gewährte und stieg die Treppe empor, die zum ersten Stockwerk des Tempels führte, wo er den Obelisken aus Granit entdeckte, dem Urgestein, in dem das Urlicht Gestalt angenommen hatte.

Nun mußte er nur noch allein in das geheime Heiligtum Atums eintreten, dessen Name sowohl ‹Sein› als auch ‹Nichtsein› bedeutete. Pianchi erbrach das Siegel, das das innerste Heiligtum verschloß, öffnete die goldenen Türen und erblickte das Mysterium der Schöpfung, die ewige Bewegung, deren Sinnbild die unaufhörliche Reise der Morgen- und der Abendbarke war.

Da wußte der Pharao, warum er dieses lange und gefährliche Unternehmen auf sich genommen, warum er sein Leben und das der Seinen aufs Spiel gesetzt hatte, warum die Zwei Länder wiedervereint und mit Liebe regiert werden mußten.

Kapitel 65

Bezaubert von Heliopolis, der Geheimen, im Schatten ihrer Akazien und Tamarisken, hatte das königliche Paar in den erhabenen Tempeln von Ramses II. und Ramses III. Andachten abgehalten, hatte die ewigen Wohnstätten des Alten Reiches mit Blumen geschmückt und dem Mnevis-Stier gehuldigt, der die Kraft des Lichtes auf Erden verkörperte.

Pianchi fand das Andachtshäuschen des ‹Atum von der Sykomore› besonders schön und auch die Kapelle des heiligen Baumes, auf dessen Blätter ein Priester mit Thot-Maske die Krönungsnamen des schwarzen Pharaos geschrieben hatte. Gehölze, Obst- und Olivenhaine und Teiche machten Heliopolis zu einem angenehmen Wohnort, in dem man auf Schritt und Tritt die Anwesenheit der Götter spürte.

Nur Hauptmann Lamerskeni hatte schlechte Laune.

«Wir verlieren Zeit», beschwerte er sich bei Puarma. «Sieh dir doch unsere Soldaten an, sie tragen Hemden mit weiten Ärmeln, gefältete Schurze mit Glöckchen und Stickereien, die springende Gazellen in der Savanne darstellen, und sie lassen sich den lieben langen Tag von betörten, jungen Mädchen einduften! Und dann all diese Würdenträger vom obersten Schreiber bis zum Träger der Krone, die unaufhörlich Pianchis Lob jubeln! Wir schlafen noch auf unseren Goldketten ein und verlieren allen Kampfgeist. Auf diese Weise werden wir Athribis nicht einnehmen.»

Puarma lächelte.

«Hab Vertrauen, Hauptmann. Hat der Pharao nicht immer eine Lösung gefunden?»

Athribis, die Stadt des schwarzen Stieres, war eine reiche und mächtige Stadt, die Fürst Petisis, dessen Name ‹Geschenk der Isis› bedeutete, voller Stolz regierte. Trotz der wirtschaftlichen Anarchie, die der libyschen Besetzung gefolgt war, konnte er sich rühmen, daß kein Einwohner seiner Provinzhauptstadt hungern mußte und die Garnison ihm treu ergeben war.

Nachdem sich Fürst Petisis mit lauem Wasser hatte übergießen lassen, setzte er sich für gewöhnlich an eine wohlbestellte Frühstückstafel, was die Ägypter ‹Mundauswaschen› nannten, denn vor dem Essen gehörte es sich, daß man sich den Mund mit Natron reinigte. Er verspürte eine unmäßige Gier auf Ziegenkäse und Stockfisch.

Doch die Kunde, die ihm sein Privatschreiber brachte, verschlug Petisis den Appetit.

«Die Festung Kher-Aha hat sich kampflos ergeben ... Das gibt es doch nicht!»

«Der Befehlshaber hat die Oberhoheit des schwarzen Pharaos anerkannt. Daher gab es keinen Grund mehr, seine Garnison zu opfern.»

«Tefnacht hatte ihm befohlen, Widerstand zu leisten, und er hat den Preis für diese Tapferkeit gekannt! Wo befindet sich Pianchi?»

«Er residiert in Heliopolis.»

«Er wird uns unverzüglich angreifen ... Ruf alle Offiziere der Garnison zusammen.»

«Fürst Akanosch ist soeben aus Sebennitos eingetroffen und möchte dich sprechen.»

«Er soll eintreten», sagte Fürst Petisis.

Die beiden Männer begrüßten sich freundlich, denn sie schätzten sich seit langem.

«Du bist bei Nacht gereist, Akanosch?» fragte Petisis.

«Ich habe mich sofort auf den Weg gemacht, als ich vom Fall Kher-Ahas gehört habe. Ist die Neuigkeit bestätigt worden?»

«Der Befehlshaber der Festung hat dem schwarzen Pharao die Tore geöffnet. Pianchi mußte nicht einmal angreifen, daher hat er keinen Soldaten verloren.»

«Die erste Etappe von Tefnachts Plan ist also ein völliger Reinfall.»

«Und Pianchis Heer wird sich vollzählig vor den Mauern meiner Stadt einfinden ...»

«Wir müssen diesem Krieg ein Ende machen», meinte Akanosch.

«Willst du damit sagen, daß ...»

«Daß auch du die Stadttore öffnest und dich dem rechtmäßigen Pharao unterwirfst.»

«Bist du dir wirklich bewußt, was dieser Rat bedeutet?» fragte Petisis bedenklich.

«Es ist kein Verrat, Petisis. Unter dem Befehl von Tefnacht haben wir versucht, Pianchi zu besiegen, und wir sind gescheitert. Heute ist er der Pharao, und ihm schulden wir Gehorsam. Warum sollten unsere Provinzen unnütz leiden?»

Akanosch hatte alles aufs Spiel gesetzt. Petisis konnte seine Festnahme befehlen und ihn nach Saïs schicken, wo man ihn hinrichten würde.

«Ich muß dir ein Geheimnis anvertrauen, Akanosch, ich bin gar kein Libyer, sondern Ägypter. Wenn Athribis unter einem echten Pharao in den Schoß Ägyptens zurückkehren könnte, es wäre die Freude meines Alters.»

«Du siehst umwerfend aus», sagte Hauptmann Puarma zu seinem Waffengefährten Lamerskeni. «Dieses knappe Hemd mit den kurzen, weiten Ärmeln kleidet dich ungemein gut.»

«Das reicht, Bogenschwenker! Ich kann diesen gesellschaftlichen Hoppei nicht ausstehen.»

«Das hier ist kein gewöhnliches Ereignis! Man sieht schließlich nicht alle Tage, wie der Fürst von Athribis Pianchi seine Stadt übergibt.»

«Wir sind Soldaten, keine Hofschranzen. Ich hätte diese Festung lieber mit der Schwertspitze erobert.»

«Spar dir deine Kräfte für Saïs ... Tefnacht ergibt sich nicht, darauf kannst du Gift nehmen.»

Pianchi und Abile legten an Bord des Flaggschiffes im Hafen von Athribis an. Fürst Petisis hatte einen Pavillon aus vergoldetem Holz errichten lassen, damit er das königliche Paar im Schatten und nicht in der sengenden Sonne empfangen konnte.

«Betretet bitte euren Wohnsitz, Majestäten. Seine Schätze sind euer. Euch gehören meine Goldbarren hier, der Berg Türkise und Ketten, Amulette, Goldgeschirr, Kleider aus königlichem Leinen, mit feinem Linnen bezogene Betten, Weihrauchöl, Tiegel mit Salben und die vielen Pferde in meinen Ställen.»

«Schenkst du mir die besten?»

«Wer seine besten Pferde vor dir verbergen wollte, Majestät, müßte auf der Stelle sterben!»

«Steh auf, Petisis.»

«Ich bin ein Sohn Ägyptens, Majestät, und ich bin dir dankbar, daß du Athribis befreit hast. Was die geborenen Libyer angeht, so unterwerfen sie sich heute deiner Oberhoheit.»

Als erster näherte sich Fürst Akanosch in Begleitung seiner Gemahlin. Pianchi gefiel ihre adlige Haltung, die so gar nichts Schlaffes hatte.

«Wir sind besiegt. Von heute ab untersteht die Provinz Sebennitos dem ägyptischen Pharao. Möge er sich nachsichtig gegenüber meinen Untertanen und meiner Gemahlin erweisen, die zwar aus Nubien stammt, aber meinem Stamm stets die Treue gehalten hat.»

«Deine Klugheit gefällt mir», erwiderte Pianchi. «Diene diesem Land und seinem König in Treue, und bleibe Gouverneur von Sebennitos.»

«Du hast also Vertrauen zu mir, zu einem Libyer?»

«Ich habe Vertrauen zu einem Mann, der sich Gedanken macht, wie er seine Provinz und ihre Einwohner schützen kann. Da du ihr Leben über deines stellst, wirst du sie glücklich machen.»

Bürgermeister, Verwalter, Berater, Richter, Offiziere, die einen ägyptischer Abstammung, die anderen libyscher, traten der Reihe nach vor und schworen dem schwarzen Pharao Treue. Der Fürst der reichen Stadt Letopolis tat es ihnen gleich.

Pianchi sagte jedem klar und deutlich, welche Rolle ihm bei der Verehrung des Gesetzes der Maat und beim Erhalt der Einheit der Zwei Länder zukam, für die er der unerschütterliche Garant war. Das Fest begann erst spät abends, nachdem die Regierung für den größten Teil des Deltas eingesetzt worden war.

Lamerskeni kaute zwar einen gebratenen Entenschlegel und spülte das Ganze mit lieblichem Weißwein hinunter, doch das hinderte ihn nicht daran, laut nachzudenken.

«Bleibt noch Saïs, Tefnachts Hauptstadt ... Die letzte Schlacht ist die schönste!»

Pianchis Manguste sprang auf seinen Akazienarm.

«Da bist du ja! Du wirst uns bis zum Ende beschützen, was?»

Der kleine Fleischfresser kletterte ihm auf die Schulter und leckte dem Helden die Wange.

«Der Pharao hat recht, man muß das Werk zu Ende bringen. Wäre doch schade, wenn wir bei der allerletzten Etappe sterben müßten.»

Kapitel 66

Tefnachts letzte Getreue hatten sich in Saïs, in seinem Palast, um ihn geschart. Die Unbelehrbaren predigten den totalen Krieg gegen die Nubier.

«Athribis hat uns verraten», eröffnete ihnen Tefnacht, «und die meisten libyschen Stammesfürsten haben sich Pianchi unterworfen.»

«Und wenn schon!» rief ein alter Offizier. «Um solche Memmen ist es nicht schade. Wenigstens wissen wir nun, auf wen wir zählen können. Komm nach Mostaï, wo sich unsere Truppen gesammelt haben, General, und du wirst feststellen, daß wir kampfbereit sind!»

«Ihr müßt wissen, daß ich mich niemals ergebe. Noch ist unser Heer stark genug, um Pianchi an der Einnahme von Saïs zu hindern, das er in Blut und Feuer tauchen will.»

Ein junger Offizier widersprach.

«Du irrst, General! Pianchi hat bislang keinen Bürger töten lassen, und alle, die ihm gehuldigt haben, sehen keinen Grund zur Klage.»

«Da bist du auf dem Holzweg. Der Nubier hat nur ein Ziel, nämlich mich zu vernichten und zusammen mit mir alle Libyer vom Erdboden verschwinden zu lassen. Bis heute hat er listig den Nachsichtigen gespielt, morgen zeigt er sein wahres Gesicht, nämlich eine mitleidslose Grausamkeit.»

«Deine Ansprache überzeugt mich nicht, General. Tatsachen sind Tatsachen.»

«Du möchtest also mein Heer verlassen?»

«Ergeben wir uns, General. Pianchi wird uns begnadigen.»

Der alte Offizier stieß dem jungen Mann seinen Dolch in die Brust, und der brach mit bestürztem Blick zusammen.

«Wir werden kämpfen und wir werden siegen», bekräftigte der Mörder.

Auf der Karte des Deltas blieb nur noch eine nicht unterworfene Provinz übrig, nämlich Saïs, wo Tefnacht regierte.

«Die letzte Etappe», sagte Lamerskeni.

«Noch hat Tefnacht seine besten Männer», meinte Puarma. «Bis jetzt, Majestät, hast du recht viele Leben retten können. Aber diese Begegnung wird mörderisch.»

Pianchi, auf dessen Schulter die Manguste hockte, war nachdenklich.

«Wenn ihr an Stelle von Tefnacht wärt, welche Strategie würdet ihr einschlagen?»

Lamerskeni kratzte sich den Holzarm.

«Keine einzige Festung hat dir widerstanden ... Saïs wird keine Ausnahme von der Regel sein. Wenn er sich dort einschließt, hat er keine Aussicht zu überleben», sagte er.

«Folglich», fuhr Puarma fort, «hat er seine Truppen woanders zusammengezogen, wahrscheinlich an einem der Wege, die nach Saïs führen.»

«Ich kann euch sogar die genaue Stelle sagen, wo er auf uns wartet: Mostaï.»

«Majestät, wie ...»

«Die libyschen Fürsten haben mir diese Information gegeben. Ich wollte mich nur überzeugen, ob ihr noch richtig urteilen könnt.»

Lamerskeni begehrte auf.

«Wenn er weiß, daß ihn seine Verbündeten verlassen haben, dann weiß er auch, daß sie ihm den Namen Mostaï verraten haben! Bestimmt wird sich Tefnacht einen anderen Ort für seinen Hinterhalt suchen.»

«Das steht nicht fest ... Er braucht ein Gelände, das günstig für ihn ist, wenn er seine Streitwagen einsetzen will, und Fußsoldaten wie auch Boote zu verlegen ist nicht leicht.»

Kühler-Kopf schwebte zwischen Freud und Leid. Freude, weil der schwarze Pharao bislang gesiegt hatte, Leid, weil er für immer fern von Napata und Nubien sein würde. Da ihm Pianchi mitgeteilt hatte, daß er einen wichtigen Posten als Wesir bekleiden solle, überlegte der Schreiber, ob er seine Familie nach Ägypten nachkommen lassen sollte.

Aber wo würde das königliche Paar residieren? In Theben oder Memphis? Zweifellos während des Sommers im Norden und während des Winters im Süden, denn der Pharao mußte klarstellen, daß er weder Unter- noch Oberägypten vernachlässigte. Nun mußte er nur noch das Geschwür Saïs aufstechen, das letzte, an dem der herrliche, von den Göttern geliebte Leib Ägypten litt.

Trotz der freudigen und entspannten Atmosphäre, die in Athribis herrschte, spürte Kühler-Kopf, daß Pianchi nicht heiter war. Auch wenn er Tefnacht geschwächt hatte, so fürchtete der König dennoch eine heftige und unerwartete Reaktion seitens des libyschen Generals, eine törichte Handlung, die den Norden mit blutigen Wirren überziehen würde. Und der Herrscher sorgte sich auch um Hauptmann Lamerskeni, dessen Mission bereits länger dauerte als vorhergesehen.

Was Puarma anging, so scharrte er vor Ungeduld sozusagen mit den Hufen. Wenn er nicht ein disziplinierter Soldat gewesen wäre, er hätte Pianchis Befehl zuwidergehandelt und nach seinem Waffengefährten gesucht, der zweifelsohne in Schwierigkeiten steckte.

Lamerskeni hatte das Glück herausgefordert, und nun hatte es ihn möglicherweise verlassen.

Er war staubig, müde, durstig und mißmutig, aber noch lebendig.

Lamerskeni weigerte sich zu sprechen, ehe er nicht einen Krug kühles Bier getrunken und seinen Akazienarm gesäubert hatte, in dem reichlich Stacheln steckten.

«Ich mußte mich durchs Unterholz schleichen», erklärte er, «und Schlangen und Skorpionen ausweichen, und dann bin ich unweit von Mostaï in einen Sumpf geraten. Und ich habe sie gesehen, Boote auf einem Kanal und ein Lager mit Fußsoldaten.»

«Viele?» fragte Pianchi.

«Unerheblich. Ich schlage vor, wir greifen Kanal und Lager gleichzeitig an. Unsere Boote erzwingen sich leicht die Zufahrt, unsere Bogenschützen erledigen die beiden Wachtposten, und unsere Streitwagen schlagen den Weg nach Norden ein und nehmen sich die Fußsoldaten vor.»

Dagegen hatte Puarma nichts einzuwenden.

«Ich würde mich gern ein, zwei Tage ausruhen», sagte Lamerskeni jetzt, «aber es ist besser, wenn wir schnell zuschlagen.»

Pianchi hätte die Hilfe der libyschen Fürsten anfordern können, doch es war ihm lieber, wenn sie sich nicht an dieser allerletzten Schlacht beteiligten, sondern nur sein eigenes Heer, das ihm seit dem Aufbruch in Napata mit unverbrüchlicher Treue gedient hatte.

Hauptmann Puarma wagte es, eine Vermutung zu äußern, die ihm angst machte.

«Majestät … Falls diese Schlacht fehlschlagen sollte, ist dein ganzes Werk zunichte, und es herrscht wieder Anarchie.»

Lamerskeni brauste auf.

«Ich bin der, der Stellungen und Stärke des Feindes ausgekundschaftet hat, nicht deine Bogenschützen. Es gibt auf dem ganzen Weg keinen einzigen Hinterhalt.»

«Und wenn es nun doch ein libysches Reserveheer mit Streitwagen …»

«Das existiert nicht, Puarma! Es sind Tefnachts letzte Truppen, und die werden wir vernichten!»

Pianchi und Abile unternahmen im Segelhafen des Palastes von Athribis eine Kahnpartie, der König ruderte höchstpersönlich. Die Königin war in ein Netzgewand gekleidet, das mehr enthüllte, als es verhüllte, und schützte sich mit einem tragbaren Sonnenschirm vor der Sonne.

«Das ist die letzte Etappe, nicht wahr?»

«Ich glaube, Lamerskeni hat tatsächlich recht», sagte Pianchi.

«Trotzdem haben deine Offiziere Angst.»

«Stimmt, Abile. Man könnte meinen, das Gespenst der Niederlage nagt ihnen an der Seele.»

«Das böse Auge … Es versucht, sich in unsere Reihen zu schleichen. Man muß es beschwören, ehe wir angreifen», dachte die Königin laut.

«Was rätst du also?»

«Laß uns unseren allerältesten Ritus feiern, das Zerbrechen der roten Gefäße.»

In der Nacht, die dem Aufbruch des nubischen Heeres nach Mostaï voraufging, zerbrach Königin Abile auf den Fliesen des Tempels im Namen der Göttin Sechmet mehrere rote Gefäße, die überall mit Tefnachts Namen beschriftet waren. Damit nahm sie dem Libyer die Energie und dem Gott Seth die Gewalt, die von der roten Farbe symbolisiert wurde.

Kurz nach Ende des Ritus spürte Hauptmann Puarma, wie ihn die Niedergeschlagenheit verließ, die ihn seit einigen Tagen am normalen Atmen hinderte, und mehrere Soldaten empfanden die gleiche Erleichterung.

Königin Abiles Zauber war wirksamer als Tefnachts, und so zog das nubische Heer singend gegen die letzte Bastion der nördlichen Fremdländer, um sie zu erobern.

Kapitel 67

Tefnacht hatte die Ruhe vor dem Sturm nicht mehr ausgehalten und beschlossen, Pianchis in Athribis stationierte Truppen anzugreifen. Wenn er sich den Überraschungseffekt zunutze machte, konnte er ihnen schwere Verluste zufügen, ehe er sich zurückzog und weitere Angriffe aus dem Hinterhalt vorbereitete.

Die libyschen Soldaten mit ihrem auf der Brust gekreuzten Wehrgehänge, den geflochtenen Haaren, dem zur Spitze geformten Bart, den Kriegertätowierungen auf Armen, Brust und Bauch mußten sich nur noch zwei Federn ins Haar stekken. Weder die Kranken noch die Alten wollten in der Nachhut bleiben, und selbst der alte Streitwagenoffizier Pisap mit seinen siebzig Jahren hatte den Ruhestand aufgegeben, um an dem Kampf teilzunehmen, der Tefnachts Truppen wieder Vertrauen geben sollte.

Dem General war es nicht gelungen, ein Auge zuzutun, er hatte eine unruhige Nacht voll quälender Visionen von Nubiern gehabt, die sich auf ihn stürzten wie Wellen des aufgewühlten Nils. Tefnacht spazierte durch das schlafende Lager, das im Schein des Vollmondes lag, und zum erstenmal kamen ihm Zweifel.

Zweifel an sich selbst, an der Rechtmäßigkeit seines Tuns und am Nutzen seines Kampfes. Hatten der Himmel und die Götter ihm nicht zahlreiche Zeichen geschickt, die ihm die Augen öffnen sollten? Von Amun gesandt, als Pharao anerkannt, hatte Pianchi den Weg der Gerechten eingeschlagen und Freude und Frieden gebracht, während er, der Aufrührer und Aufwiegler, sich ganz allein am Rand eines Abgrundes befand.

Der Morgen dämmerte herauf, doch die Vögel sangen nicht. Ein Rumpeln in der Ferne hatte sie verschreckt. Ein Rumpeln, das mit jedem Augenblick lauter wurde ... Pianchis Streitwagen!

Der General befahl den Trommlern, Alarm zu trommeln. Mit einem Ruck schossen die Fußsoldaten hoch, rüsteten sich eilig, während die Streitwagenmannschaften anschirrten.

Puarmas Bogenschützen hatten bereits die Wachtposten erledigt, während Pianchis Flotte Tefnachts Boote angriff, deren verstörte Mannschaften wenig Gegenwehr zeigten.

Tefnacht begriff sehr schnell, daß er den nubischen Angriff nur noch mit seinen Streitwagen zerschlagen konnte. Der General an der Spitze seiner besten Soldaten hatte keine andere Wahl als den Frontalangriff.

«Vorwärts!» brüllte er.

Neben ihm hielt der alte Pisap, der sich mit einem Lederriemen gut am Streitwagen festgebunden hatte, die Zügel mit fester Hand.

«Wo ist mein Bereiter?» rief Tefnacht.

«Der kotzt ... hat Angst vor dem Tod. Keine Bange, General, ich kann mit Pferden umgehen. Du bringst haufenweise Nubier um!»

Den Libyern mangelte es weder an Mut noch an Geschicklichkeit, doch das wellige Gelände erwies sich als ungünstig für sie. An den Streitwagen brachen die Räder, während Pianchis Streitwagen, wie der Schreiner in Napata versprochen hatte, der Schnelligkeit und dem unebenen Gelände gewachsen waren.

Die libyschen Bogenschützen und Lanzenwerfer verloren das Gleichgewicht und schossen zumeist am Ziel vorbei, während die Nubier fast mit jedem Schuß ins Schwarze trafen. Und dann geschah das Wunder: Weniger als hundert Ellen vor Tefnacht war Pianchi auf seinem Braunen! Pianchi in Schußweite und sich nicht der Gefahr bewußt, in der er sich befand.

Der General spannte seinen Bogen, zielte und schoß.

Löwenherz machte einen riesigen Satz, weil er einem libyschen Streitwagen ausweichen wollte, der gerade umkippte, und der Pfeil streifte den Hals des schwarzen Pharaos.

«General», sagte Pisap verzweifelt, «wir müssen fliehen.»

Tefnacht drehte sich um. Seine Streitwagen waren nicht mehr kampffähig.

«Zum Kanal!» schrie er.

Pisap glaubte, der General hätte einen Plan zum Gegenangriff und ließ den Pferden die Zügel, damit sie sich einen Weg bahnten.

Tefnacht sprang vom Streitwagen, lief zum ersten vertäuten Boot, ergriff eine Fackel und steckte das Segel in Brand. Der Morgenwind fachte das Feuer an, der Bug erglühte rot, und schon griffen die Flammen auf das benachbarte Boot über.

Pisap war entsetzt.

«General, warum ...?»

«Pianchi bekommt meine Flotte nicht. Und jetzt sterben wir. Laß uns in das Schlachtgetümmel zurückkehren.»

«Nein, wir fliehen!»

«Wie denn?»

«Wir nehmen den Weg am Kanal entlang und dann durch das Weizenfeld in Richtung Norden. In den Delta-Sümpfen sind wir in Sicherheit. Ich kenne Verstecke, die Pianchis Soldaten niemals finden.»

«Dafür ist der Streitwagen zu groß.»

«Vorwärts, meine Kinderchen!» brüllte Pisap. «Vorwärts!»

Und die Pferde stürmten davon.

Vom libyschen Heer gab es nur noch einige Überlebende, die meisten davon tödlich verwundet. General Tefnachts beste Soldaten waren tot. Pianchi befahl den Wundärzten, sich um die Unseligen zu kümmern, dann ritt er hoch zu Roß vor seine Soldaten, die ihm zujubelten.

«Ihr habt euch nicht für den Ruhm eines einzigen Mannes geschlagen», sagte er, «sondern für Ägypten und seinen Pharao, den Vertreter des himmlischen Gesetzes der Maat auf Erden. Dieser Krieg ist zu Ende, und ihr seid von heute an Erbauer des Friedens. Mißbraucht eure Macht nicht, sondern schützt die Schwachen und gewährleistet die Sicherheit der Bevölkerung, so tragt ihr den schönsten Sieg davon.»

In Begleitung von Lamerskeni und Puarma suchte Pianchi das Schlachtfeld nach dem Leichnam Tefnachts ab. Die Nubier schnitten den Leichen die rechte Hand ab, so zählte man die Toten, und Schreiber notierten alles auf ihren Paletten.

Zweimal meinte Puarma, den General nach einer Beschreibung erkannt zu haben, die ihm ein an der Schulter verwundeter Libyer gegeben hatte. Doch angesichts der sterblichen Überreste mußte der Streitwagenfahrer den Hauptmann der Bogenschützen enttäuschen.

Nach übereinstimmenden Zeugenaussagen gelangte Lamerskeni zu dem Schluß, daß Tefnacht mit einem Streitwagen in Richtung Norden geflohen war. Mit Hilfe einiger Aufklärer entdeckte er den Weg, auf dem man noch den Abdruck der Räder sehen konnte.

Pianchi verhehlte seinen Ärger nicht.

«Also lebt Tefnacht noch immer ...»

«Ich schicke mehrere Suchtrupps los», entschied Puarma.

Die Manguste schlief zusammengerollt auf Pianchis Knien. Er selbst saß auf einem Thron aus vergoldetem Sykomorenholz im Dämmer des Audienzsaales von Saïs, wo noch vor kurzem Tefnacht Recht gesprochen hatte.

Die Stadt der Göttin Neith hatte dem schwarzen Pharao gehuldigt und lag in tiefster Ruhe, wiegte sich in die Gewißheit, daß Pianchi ihre Einwohner verschonen würde. Der schwarze Pharao selbst hatte nicht schlafen können und war hierhergekommen, um sich an der Stelle zu sammeln, wo sein Gegner seine wahnwitzigen Pläne erdacht hatte.

In der Stille des verlassenen Palastes dachte Pianchi an den geschlagenen Feind, der keine Unterstützung mehr finden würde. Tefnacht hatte seinem Trugbild bis zur äußersten Grenze seiner Kraft mit einer solchen Überzeugung nachgejagt, daß ihm auch die Abfolge von Niederlagen kaum zugesetzt hatte, doch er hatte sich in seinem eigenen Schicksal und dem Ägyptens getäuscht.

Barfuß näherte sich Königin Abile im Dunkel, setzte sich zu Füßen des Thrones und lehnte den Kopf an das Bein ihres Mannes.

«Was haben die Nachforschungen ergeben?» fragte sie.

«Nichts», erwiderte Pianchi. «Tefnacht kennt sich mit dem Sumpf und den Inseln im Delta gut aus, der wandert von Versteck zu Versteck.»

«Warum überlassen wir ihn nicht seiner Einsamkeit?»

«Weil er selbst sich nicht damit begnügen wird. Der schart jetzt einen Haufen Schiffer und Fischer um sich, plündert die Dörfer und macht die Landesgrenzen unsicher. Und das dulde ich nicht.»

Kapitel 68

Tefnacht war nicht ganz so einsam, wie Pianchi annahm. Während er sich durch die fremde und gefährliche Welt der Deltasümpfe vorarbeitete, dachte er an die kleinen Fischergemeinden, die er zum Kampf gegen die Nubier verbünden könnte. Der alte Pisap hatte Verwandte unter den Schiffern, die die Kanäle nördlich von Saïs befuhren, und die würden ihm bestimmt zu Hilfe kommen.

Die beiden Libyer hatten den Streitwagen stehenlassen, als er ihnen nichts mehr nutzte, und hatten sich mit einem Papyrusboot zwischen hoch aufragenden Schilfhecken fortbewegt. Keinem Nubier würde es gelingen, sie in diesem Gewirr zu verfolgen, in dem man sich auskennen mußte, wenn man die Eilande erreichen wollte, auf denen die Fischer ihre Hütten gebaut hatten.

Und zu einem dieser Inselchen strebten Tefnacht und Pisap. Es war gar nicht so klein, versteckte sich inmitten von Papyrusdickichten, in denen Dutzende von Vögeln nisteten, und war geebnet worden, weil man dort der Schlangengöttin Uadjet, der Göttin, die belebte und neue Kraft schenkte, ein Heiligtum aus Stein errichtet hatte.

Dort hatte der Schatzmeister des libyschen Heeres Gold und Edelsteine versteckt, als er in dieser Gegend jagte. Dank dieses kleinen Vermögens würde Tefnacht Söldner bezahlen und einen unaufhörlichen Kleinkrieg gegen Pianchi führen können.

Nachdem sie gebratenen Fisch gegessen hatten, legten sich die beiden Männer schlafen.

Mitten in der Nacht hörte Tefnacht ein verdächtiges Geräusch, das sich wie Flügelschlagen anhörte, und verließ mit gezücktem Schwert die Hütte.

Der Mond schien zwar nicht, denn Wolken verdeckten ihn, aber man konnte sehen wie am hellichten Tag. Oben auf einem zwölf Ellen hohen Papyrus saß eine Schwalbe mit Menschenkopf und blickte ihn anklagend an.

Dann war der Mythos also doch wahr ... Wenn die Ahnen aus dem Jenseits zurückkehrten, nahmen sie unter dem Einfluß des Lichtes gern die Form eines Vogels mit Menschengesicht an.

Die Gesichtszüge der Schwalbe verwandelten sich, und Tefnacht meinte, Thutmosis, Amenhotep und Ramses den Großen zu sehen ... Und alle Pharaonen machten ihm Vorwürfe.

Alsdann erhob sich ein heftiger Wind, Dunkel nahm ihm die klare Sicht, die Schwalbe flog davon und hinterließ eine türkisfarbene Spur.

«Pisap, ich vertraue dir einen wichtigen Auftrag an, bring Pianchi diese Botschaft.»

Der alte Mann kratzte sich am Ohr.

«Ich höre wohl nicht recht, General», sagte er.

«Du hast mich sehr gut verstanden.»

«Du, Tefnacht, du willst ... dich ergeben?»

«Nein, verhandeln. Als Abgesandter der Provinz Saïs hast du nichts zu befürchten.»

«Ja ... dann willst du also nicht mehr kämpfen?»

«Nein, Pisap. Heute nacht sind mir meine Ahnen erschienen und haben mich davon überzeugt, daß ich vom rechten

Weg abgekommen bin. Es gibt jetzt einen rechtmäßigen König, der in Heliopolis, in Memphis und in Theben gekrönt worden ist, und ihm müssen wir alle gehorchen. Die Einheit, von der ich geträumt habe, der schwarze Pharao hat sie verwirklicht. Ich war blind, aber nun bin ich sehend geworden. In Ägypten herrscht endlich Frieden, wie könnte ich den noch zerstören wollen?»

«Verhandeln, schön und gut, aber du weißt, was dich erwartet?» sagte Pisap.

«Als Aufrührer wird man mich zum Tode verurteilen, denn dazu ist der Pharao verpflichtet. Ich anstelle von Pianchi würde genauso handeln. Aber ich will stehend sterben, will meine Richter dabei ansehen, und nicht als Flüchtender, den ein Pfeil in den Rücken niederstreckt. Und ich möchte außerdem, daß meine Unterwerfung die letzten Aufrührer zum Einlenken bewegt und sie nicht weiter Krieg führen. Und als letztes will ich, daß der Pharao mir vergibt, damit ich meine Sache vor den Richtern im Jenseits vertreten kann.»

«Beeil dich, Lamerskeni, wir sind spät dran! Du solltest schon gewaschen, rasiert und angekleidet sein!»

«Laß mich weiterschlafen, Puarma ... Geh allein hin.»

Taktvoll zog Puarma eine junge Frau mit entzückenden Brüsten und schmalen Hüften aus dem Bett, die Ursache für Lamerskenis Müdigkeit. Sie warf dem Hauptmann der Bogenschützen ein hinreißendes Lächeln zu, doch der Nubier hatte leider keine Zeit, ihren Reizen zu huldigen.

Als sich Lamerskeni auf die andere Seite drehte, um weiter von schönen Dingen zu träumen, warf Puarma sein Bett um. Lamerskeni krachte auf die Fliesen und wurde wach.

«Ich graule mich vor militärischen Zeremonien», knurrte er und hielt sich dabei das Kreuz.

«Bringt dich kaltes Wasser auf andere Gedanken?»

«O nein, bloß das nicht!»

«Gut, dann beeil dich!» sagte Puarma.

«Ob wir wohl wieder mit Vorwürfen überhäuft werden, weil es uns noch immer nicht gelungen ist, diesen verfluchten Tefnacht zu fangen?»

«Trotzdem müssen wir den Befehlen des Pharaos gehorchen und uns zu der Zeremonie begeben. Ich ziehe dir jetzt eine einigermaßen saubere Tunika über, und dann kommst du ohne Widerrede mit.»

Schlaftrunken verließ Lamerskeni sein Schlafzimmer.

Er schlief in der Schar der Höflinge im Stehen, während Pianchi mit der Verteilung von goldenen Fliegen begann, die jeder Soldat als Belohnung erhielt, der sich durch Tapferkeit und unaufhörlicher Kampfeslust ausgezeichnet hatte.

«Der Augenblick ist gekommen, daß ich auch unsere höheren Offiziere ehre», verkündete der Pharao. «Ich denke da vor allem an einen, der nicht gezögert hat, sein Leben viele Male aufs Spiel zu setzen, und den Feind aufgehalten hat, ehe wir ihn niedergestreckt haben. Dank seiner Tüchtigkeit und der seiner Bogenschützen verdient es Hauptmann Puarma, zum General ernannt zu werden.»

Fassungslos riß Lamerskeni die Augen auf. Er sah, wie Puarma aus der Menge hervortrat und sich vor seinem König aufbaute. Puarma und General! Ein Bogenschwenker, dem jeglicher Sinn für Strategie fehlte!

Aber schließlich, warum nicht? Der Bogenschwenker war jung, und Mut hatte er auch. Gewiß, er würde einen schlechten General abgeben, aber einen besseren als ihn gab es nicht.

«Das gleiche Lob und den gleichen Rang verdient Lamerskeni», fuhr Pianchi fort.

Der Mann mit dem Akazienarm traute seinen Ohren nicht. Wie festgewachsen stand er da und konnte sich nicht bewegen. Puarma suchte nach ihm und führte ihn vor den Herrscher, der ihn mit einer goldenen Fliege dekorierte.

«Ich bin stolz auf euch, meine Generäle. Ihr beiden befehligt das ägyptische Heer, das zur Zeit aus Nubiern, Libyern und Ägyptern besteht. Eure Aufgabe ist es nun, sie zu einer Einheit zu verschmelzen.»

«General Lamerskeni», sagte Kühler-Kopf sichtlich erregt, «ein Gesandter Tefnachts möchte Seine Majestät sehen!»

«Ich bin mitten in einem offiziellen Empfang», brummte Lamerskeni mit belegter Stimme.

«General, die Sache ist ernst!» beharrte Kühler-Kopf.

Zur Feier seiner Beförderung hatte Lamerskeni seine Fußsoldaten zu starkem, unverwässertem Oasen-Wein eingeladen. Und beim Trinken ging ihnen der neue General, wie es sich gehörte, mit gutem Beispiel voran.

«Der Mann nennt sich Pisap», beharrte Kühler-Kopf, «und er hat ein Dokument mit Tefnachts Siegel.»

Ein zweites Wunder an ein und demselben Tag ... Lamerskeni goß sich den Inhalt eines Topfes Wasser über den Kopf, doch das Trugbild verflüchtigte sich nicht, der Schreiber war wirklich da.

Lamerskeni bemühte sich um würdiges Benehmen, wie es sich für einen General geziemte, hörte sich die Erklärungen des alten Pisap an und führte ihn dann zum König, der gerade sein Pferd abrieb.

Der hohe Wuchs des Pharaos verschreckte den Libyer, und auf einmal brachte er kein einziges Wort mehr hervor.

«Hat dieser Abgesandte wirklich ein Ansuchen zu übergeben?»

Lamerskeni nahm Pisap den Papyrus ab, erbrach das Siegel aus Schlamm, entrollte das Dokument und las den Text laut vor.

«Von General Tefnacht an den Pharao von Ober- und Unterägypten. Gott schenke dir ein langes Leben bei Wohlstand und guter Gesundheit. Friede sei mit dir, Pianchi, der, dem niemand ins Gesicht blicken kann, der, dessen feurigem Blick niemand standhält. Du bist der Stier mit dem mächtigen und siegreichen Arm. Ist dein Herz nach der Niederlage, die du mir zugefügt hast, zum Frieden bereit? Ich, Tefnacht, bin verloren und verlassen. Richte mich mit Nachsicht, schlage die trockenen Zweige am Baum ab, aber reiße ihn nicht mit den Wurzeln aus. Ja, ich habe Angst vor dir, und diese Furcht nagt an meinen Eingeweiden und schmerzt mich im Rücken. Seit dem Tag, an dem du mich geschlagen hast, habe ich nur noch das Brot des Hungers gegessen und das Wasser des Durstes getrunken, meine Kleider sind zerfetzt, und mein Leib ist eine einzige Krankheit. Selbst die Göttin Neith, die Schutzgöttin meiner Stadt, würde sich meiner Verfehlungen erbarmen. Und was tust du, du jagst mich ohne Unterlaß, du auferlegst mir eine endlose Flucht, und ich, ich bin am Ende meiner Kräfte. Darum flehe ich dich an, mich von meinen Fehlern zu reinigen. Nimm mein Hab und Gut, nimm meine Pferde, sie sollen deine Schätze vermehren, aber beantworte meine Bitte günstig, damit die Furcht aus meinem Herzen weichen kann.»

Pianchi hatte die Manguste beobachtet, die den alten Pisap lange beschnuppert hatte und dann eingeschlafen war. Letzterer stellte keine Gefahr dar.

«Hast du noch eine weitere Botschaft zu überbringen?» fragte der König den Abgesandten, der noch immer zitterte.

«Ja, ja, Majestät ... Tefnacht möchte dich allein treffen, im Tempel der Göttin Neith.»

Kapitel 69

Der dicke Otoku und der grämliche Kapa saßen nebeneinander auf dem Stamm einer gefällten Palme. Kapa stützte die knotigen Hände auf den Griff seines Stockes und betrachtete die nubische Wüste.

«Die Nachrichten sind hervorragend», eröffnete ihm Otoku. «Von jetzt an gehorchen Norden, Süden, Westen und Osten Pianchi. Alle Provinzen sind unterworfen, und alle Städte huldigen dem Herrn der Zwei Länder.»

«Schön, schön ... trotzdem», so meinte Kapa, «hätte ich Peftau und Nemrod, diesen Fürsten, die so schnell verraten, liebend gern die Kehle durchgeschnitten!»

«Peftau ist krank und wird sich bald zurückziehen. Was Nemrod angeht, so ist er Pianchis treuester Anhänger geworden, und ... er kann nichts mehr machen!»

«Wo wird sich der Pharao niederlassen?»

«In Memphis, dort hat er ständig das Delta im Auge.»

«Ein weiser Entschluß», sagte der alte Kapa.

«Memphis, das ist so weit ...»

«Füge dich in dein Schicksal, Otoku, du bist und bleibst ein guter Bürgermeister, und wir altern friedlich zusammen, hier in unserem guten, alten Napata. Pianchi hat viele schöne Erinnerungen zurückgelassen, die können wir jetzt in Ruhe genießen. Derzeit ist seine Aufgabe so groß wie Ägypten.»

«Es ist wahrlich ein Triumph, aber er beraubt uns auf immer der Gegenwart unseres Königs und unserer Königin.»

«Ihr Schicksal läßt sich nicht mit unserem vergleichen, weil sie sich nicht selbst gehören. Gegenüber dem Glück und dem Wohlstand des Landes und seines Volkes zählen ihre Wünsche nicht.»

Mit traurigem Herzen verspeiste Otoku mehrere aufeinandergestapelte Fladen. Warum behielt dieser Greis immer das letzte Wort?

Mit Billigung seines Gefährten Puarma bekundete General Lamerskeni dem König sein Mißfallen.

«Das ist viel zu gefährlich, Majestät! Ich glaube nicht die Spur daran, daß Tefnacht bereut. Er hat gelogen, um dich zu ködern, und will dir eine letzte Falle stellen. Wenn er sich mit dir unter vier Augen treffen will, dann nur, um dich zu töten.»

«Meinst du, ich könnte mich nicht verteidigen?»

«Warum ein unnützes Risiko zu einer Zeit eingehen, in der das Land dich dringend braucht?» bat Lamerskeni.

«Erlaube mir, ihn wenigstens zu durchsuchen», forderte Puarma.

«Er ist da!» rief ein Späher.

Der alte Pisap fuhr den besiegten General im Streitwagen, der sich in einem erbärmlichen Zustand befand. Die Deichsel war gespalten, und die Räder machten den Eindruck, als wollten sie jeden Augenblick brechen. Pianchi sah nur den beklagenswerten Zustand der erschöpften Pferde.

Die Stallburschen kannten Pianchis größte Sorge, führten die Tiere sofort in die Ställe des Palastes und kümmerten sich um sie. Lamerskeni packte den alten Pisap bei der Schulter.

«Der schwarze Pharao wird Tefnacht töten, nicht wahr?» fragte Pisap.

«Du kennst das Gesetz des Krieges, Alter. Komm mit und

lösche deinen Durst, darüber vergißt du, was geschehen muß.»

Tefnacht war unrasiert, hatte einen Bart und ging in Lumpen. Sein Aufenthalt in den Sümpfen hatte ihn in einen Bettler verwandelt, aber seinen stolzen Blick hatte er behalten.

Der Besiegte schritt durch zwei Reihen verblüffter Soldaten und dann bis zur Schwelle des Tempels, wo Puarma auf ihn wartete.

Der Nubier durchsuchte ihn, aber Tefnacht hatte keine einzige Waffe versteckt.

Die Manguste hockte auf dem Kopf einer Löwenstatue, die Nichteingeweihte abschrecken sollte, und benahm sich zutraulich.

«Der Pharao erwartet dich im Inneren des Tempels», sagte Puarma.

Tefnacht trat über die riesige Schwelle, durchmaß den großen, nach oben offenen Hof und betrat den ersten Säulensaal, dessen Tür offen war.

Dort stand der Pharao unbeweglich in einem Lichtstrahl, auf dem Kopf die Doppelkrone, die Ober- und Unterägypten symbolisierte, dazu eine dicke Goldkette, ein weißer Schurz und weiße Sandalen.

Als Tefnacht ihn so aus der Nähe betrachtete, begriff er, warum er es nie geschafft hatte, ihn zu besiegen. Dem athletischen Körper entsprach eine unbeugsame Seele, die sich auch ins Unbekannte wagte und das Unmögliche versuchte, ohne zu erlahmen. Pianchi dachte nicht einmal an Sieg, er ging vorwärts, wie groß die Hindernisse auch sein mochten, und der Sieg war dann eine schöne Zugabe.

«Ich bin dir ausgeliefert», sagte Tefnacht.

Pianchi zog einen Dolch aus einer vergoldeten Scheide, die mit einer Darstellung Amuns mit Widderkopf verziert war.

Tefnacht zitterte, aber er wich keinen Schritt zurück. Wie er es sich gewünscht hatte, sah er jetzt seinem Tod ins Gesicht.

«Ich fordere einen Treueschwur von dir», sagte der Herrscher.

Eine gewaltige Rührung ergriff Tefnacht, und zum erstenmal in seinem Leben warf er sich der Länge nach zu Boden.

«Ich will nie mehr gegen das Gesetz der Maat verstoßen», versprach er. «Ich will den Befehlen des Pharaos gehorchen, ich will seine Erlasse ausführen, ich will seine Verbündeten nicht mehr angreifen, und ich will mich nach seinem Willen richten.»

Als Tefnacht aufgestanden war, steckte der Dolch wieder in der Scheide.

«Fürst Tefnacht, ich vertraue dir die Regierung der Stadt Saïs an, die du wie kein anderer kennst. Bemühe dich, die Einwohner deiner Provinz glücklich zu machen, und führe die Anweisungen, die du von mir erhältst, bis ins kleinste aus. Du wirst jeden Tag in den Tempel gehen und dich reinigen lassen. Jeden Monat wirst du dort drei Tage lang wohnen, fern der Sorgen und Geschäfte dieser Welt, wirst den Worten der Götter lauschen und alle Anwandlungen von Aufbegehren gegen die Maat in dir zum Schweigen bringen. Verpflichtest du dich bei deinem Leben und bei dem des Pharaos, diese Auflagen zu erfüllen?»

«Ich verpflichte mich, Majestät», sagte Tefnacht.

Als sich die nubische Flotte Napata näherte, dachte Otoku an die anstrengende Verwaltungsarbeit, die ihn erwartete. Wie versprochen hatte Pianchi Gold, Silber, Kupfer, kostbare Stoffe und seltene Essenzen geschickt, die für den Amun-Tempel bestimmt waren. Und von diesen Reichtümern mußte er nun unter dem scharfen Auge Kapas eine Bestandsaufnahme machen. Der Dicke wußte, daß der Älteste des Kronrates nicht die kleinste Ungenauigkeit durchließ. Wenn sich doch Kühler-Kopf um diese Formalitäten kümmern würde … Otoku vertraute keinem anderen Schreiber, daher übernahm er diese Aufgabe lieber selbst.

Ganz Napata war auf dem Kai zusammengelaufen, um die Soldaten zu begrüßen, die das Glück hatten, nach Nubien zurückzukehren, während ihre Waffengefährten unter dem Befehl der Generäle Puarma und Lamerskeni in Ägypten bleiben mußten, sei es in Memphis, sei es in Theben.

Man sang, man küßte sich, man jubelte Pianchis Namen, man überhäufte die Bootsmänner, die vor dem Anlegen mit einem Opfer für den sanften Nordwind gedankt hatten, mit Palmenzweigen.

«Kapa …»

«Was ist, Otoku?» schrillte der Greis, den diese innigen Grußbezeugungen ärgerten.

«Das ist … das ist doch Kühler-Kopf!»

«Ich kann nicht mehr so gut sehen … Bist du dir sicher?»

«Er kommt die Laufplanke heruntergerannt!»

Die Menge teilte sich und ließ den Zwerg durch, der seinen Ruf als hohe Respektsperson nicht mehr begründen mußte.

Das hätte Otoku freuen sollen, doch vor Erstaunen stockte ihm der Atem.

«Sieh, Kapa, sieh gut hin!» rief er.

«Ich habe dir doch schon gesagt, daß ich schlecht sehen kann.»

«Im Bug des Flaggschiffes, das ist Pianchi … Pianchi mit Königin Abile!»

«Du redest irre, Otoku.»

«Der Pharao ist zurück!»

Und schon galoppierte der Dicke mit all seinen eintausendeinhundertundvierzig Deben behend wie ein Elefant davon und stürmte zur Laufplanke, weil er der erste sein wollte, der sich vor dem königlichen Paar verneigte.

«Majestät ... Du bist es, du bist es wahrhaftig?»

«Habe ich mich so verändert?» fragte Pianchi lächelnd.

«Du ... Du bist nicht in Memphis geblieben?»

«Ich habe meinen Auftrag erfüllt, Otoku. Ägypten ist wieder vereint, in den Zwei Ländern herrscht Frieden, jede Provinz hat einen Gouverneur, und alles gehorcht dem Pharao. Aber mein Platz ist hier in Napata, in der Nähe meines Vaters Amun. Denn er hat mich geleitet, er hat mich beschützt, und zu ihm muß ich zurückkehren. Im Augenblick herrscht das Gesetz der Maat im Delta wie auch im Niltal, und die Tage fließen glücklich im Rhythmus der Feste und Riten dahin. Wenn das ägyptische Volk morgen meinen Arm braucht, um eine Herrschaft des Schreckens und der Ungerechtigkeit zu verhindern, dann breche ich wieder auf.»

Während man das Fest vorbereitete, strebten Pianchi und seine Gemahlin zum heiligen Berg. Die Sonne vergoldete den Wüstensand und spiegelte sich auf den Toren des großen Tempels.

«Du allein kennst mein Geheimnis», sagte der König zu Abile. «Du allein weißt, daß Macht nicht mein Lebensziel ist, sondern daß ich nur eine einzige Reise machen möchte, nämlich die, die in diesem Heiligtum von Göttern und Ahnen vorgezeichnet worden ist. Weder bei Waffengeklirr noch bei den Schmeichelreden der Höflinge lebe ich im Einklang mit mir.»

«Du hast ein großes Werk vollbracht, du hast den Menschen das Herz geöffnet, daß sie ihre wahre Berufung entdekken konnten, und du hast jeden an den ihm zustehenden Platz gesetzt. Du hast unsere Welt nicht verändert, aber du hast ihr Sinn gegeben. Wir wollen jeden Tag den Göttern opfern und darum beten, daß wir den Feinden trotzen können, die uns auf dem Weg ins Alter erwarten.»

«Und auch diesen Kampf», so versprach der Herrscher, «werden wir gewinnen.»

«Ja, Pianchi, weil die Göttin der Liebe am Himmel, unserem wahren Land, vor Freude alle Sterne tanzen läßt.»

Zusammen traten Pianchi und seine Große Königliche Gemahlin durch das riesige Tor des Tempels ‹Himmel auf Erden›, und das Dunkel wurde licht.

Pianchi gehörte zu den Pharaonen der XXV. Dynastie, und er herrschte mehr als dreißig Jahre (747–715). Seine Wiedereroberung Ägyptens ist nicht mit Sicherheit zu datieren: Fand sie nun 730 oder gegen Ende seiner Regierungszeit statt?

Sein gewaltiges Abenteuer wird auf einer hohen Stele (1,80 Meter hoch und 1,84 Meter breit) erzählt, die im Museum von Kairo aufbewahrt wird (Eintragungsnummer 48862, ergänzt durch die Fragmente JE 47086–47089). Sie wurde 1862 auf dem Gelände des Gebel Barkal, ‹dem reinen Fels›, entdeckt und von Mariette in seinem Museum in Boulaq ausgestellt, ehe sie in das jetztige Antikenmuseum gebracht wurde.

Diese Stele ist mehrfach übersetzt worden und war Grundlage zahlreicher Einzel- und Gesamtuntersuchungen, von denen einige richtungweisende hier aufgeführt werden sollen:

E. de Rougé, «Inscription historique du roi Pianchi-Meriamoun», in *Révue archéologique*, Band VIII, 1863, S. 94 f.; *Chrestomathie égyptienne*, faks. IV, 1876.

F. J. Lauth, «Die Pianchi-Stele», in *Abhandlungen der königlichen Akademie der Wissenschaften*, XII (1871), S. 241–314.

H. Schäfer, *Urkunden der älteren Aethiopienkönige*, I (*Urkunden*, III), 1905, S. 1–56.

J. H. Breasted, *Ancient Records of Egypt*, Band IV, 1906, S. 406–444.

N.-C. Grimal, *La Stèle de Pi(ankh)y au musée du Caire*, Le Caire, 1981.

M. Lichtheim, *Ancient Egyptian Literature*, Band III, 1980, S. 66–84.

C. Lalouette, *Textes sacrés et textes profanes de l'ancienne Égypte*, Band I, 1984, S. 124 f.

Einige Ägyptologen sind der Ansicht, daß der Name dieses Pharaos *Peye* (und nicht Pianchi) geschrieben werden muß, denn so lautet er im nubischen Dialekt, bedeutet jedoch immer noch «der Lebende».